恋爱
甜宠
命中注定

你见过爱财又懂翻译的美人鱼吗?
她可爱极了.

谁叫我是美人鱼

SHUIJIAOWOSHI MEIRENYU

宋小闲 著

百花洲文艺出版社
BAIHUAZHOU LITERATURE AND ART PRESS

图书在版编目(CIP)数据

谁叫我是美人鱼 / 宋小闲著. 一 南昌 : 百花洲文艺出版社, 2017.10

ISBN 978-7-5500-2445-8

Ⅰ. ①谁… Ⅱ. ①宋… Ⅲ. ①长篇小说－中国－当代 Ⅳ. ①I247.5

中国版本图书馆CIP数据核字(2017)第235009号

出 版 者 百花洲文艺出版社
社　　址 江西省南昌市红谷滩世贸路898号博能中心A座20楼 邮编：330038
电　　话 0791-86895108（发行热线） 0791-86894790（编辑热线）
网　　址 http://www.bhzwy.com
E-mail bhzwy0791@163.com

书　　名 谁叫我是美人鱼
作　　者 宋小闲
出 版 人 姚雪雪
责任编辑 余丽丽 李 瑶
特约编辑 颜小玩
封面设计 Insect
内页设计 米 籽
经　　销 全国新华书店
印　　刷 湖南凌宇纸品有限公司
开　　本 880mm×1230mm 1/32
印　　张 10.5
字　　数 355千字
版　　次 2017年11月第1版
印　　次 2017年11月第1次印刷
书　　号 ISBN 978-7-5500-2445-8
定　　价 34.80元

赣版权登字：05-2017-396

目录

SHUIJIAOWOSHI
MEIRENYU

目录

SHUIJIAOWOSHI MEIRENYU

“CH 的企业文化是什么？”
“道貌岸然。”

Chapter 01

重逢，对面不识

姜婠婠坐在沙发上，用手撑着下巴，百无聊赖地望着楼下。

透过透明的落地窗户，只见一楼防弹玻璃柜台里一排排的钻石璀璨夺目，她盯着看了一会儿，眼睛有些花。忍不住想，这里卖钻石的姑娘们每天被这么闪着，过的该是怎样一种虐身又虐心的日子呢？

有客人临门，施家定制的水晶自动门缓缓往两旁退开，仿佛两道水晶帘，拉开通往宫殿的华美帷幕。

一对男女走进门，两个人拉拉扯扯，几乎快打起来。

痴男怨女。

姜婠婠心中感慨了一句，正要收回目光，却见女人因为拉扯，露出手腕上一只殷红如牛血的镯子。

姜婠婠一双眼珠子唰地亮了起来。

身旁这时传来脚步声，姜婠婠收回视线，只见珠宝店的经理走近：“抱歉，久等了。”

姜婠婠微微一笑：“没关系，刚才是哪个明星来了吗？”

她今天来这里面试，和经理坐下刚说了两句话，外头忽然一阵忙乱，经理听到店员在耳边报的消息，脸上神情顿时说不出的庄严肃穆，匆匆和她说了一句就快步出去了。

姜婠婠一瞥之间，似乎看到一双长腿，包裹在昂贵的西装裤里。

长腿欧巴？

又要换代言了？

说起来，CH 真是财大气粗，代言人全用当下红得发紫的大明星。现在的代言人就是今年夏天蹿红的 H 姓男星，在他红得如日中天的时候请过来的。

CH 这么爱砸钱，瞬息万变的娱乐圈一定爱死了它。

经理一脸虔诚地否认姜婠婠的猜测："是大老板。"

噢，原来是财大气粗的大老板。

言归正传，经理对姜婠婠说："姜小姐的资历很出众，做个普通的柜员不会觉得可惜了吗？"

姜婠婠立刻谦虚地表示："亲自到一线岗位，了解不同客户偏好，我想这对于我之后的发展一定大有裨益。"

经理目露赞赏："很少有年轻人能像姜小姐这么脚踏实地了。什么时候能来上班？"

"明天就可以。"姜婠婠忽然想起刚才那惊鸿一瞥，又积极地说，"今天可以留在这里提前学习吗？"

经理当然不会反对，带着姜婠婠下去了。

两人走到楼下时，底下那对男女正在打架，男的扇了女的两个响亮的巴掌，女的用指甲挠了男的一脸的血痕，又哭又踹，大吵大闹。

两个店员姑娘上前去劝，却被殃及，其中一个被女人狠狠一巴掌扇得摔倒在地。

好在保安这时来了，一边一个控制住。

经理立刻安排人照顾受伤的店员，那对男女被保安制住了依旧吵得不可开交。

店里转眼不剩什么客人，只有坐在远处沙发上的林女士淡定，毫不分心地挑着新款钻饰。

姜婠婠看明白了，那对男女之所吵架是因为女的要买钻戒，男的不给买。

男人说："不是买过了吗？"

女人说："我自己拿放大镜看不算，你是不是还要我出门也带上放大镜，给我的朋友们人手一只啊？"

姜婠婠捂着嘴笑得乐呵呵的。

两人顿时同仇敌忾地瞪向她。

男人说："我妈不是已经把传家的镯子给你了吗？明朝的东西，比钻石值钱多了好吗？"

女人"呵呵"一声，用力地把手上那只牛血红的镯子拔了下来，两根手指捏着在男人眼前用力地晃："你说这破玩意儿吗？红色土死了，多传几代就能说是宝贝了？我告诉你，破烂它传十八代它也是破烂，永远不可能变成宝！"女人越说越激动，"你买不买？你买不买？不买就离婚！"

姜婠婠一双眼珠子紧紧盯着女人手上那一只殷红如血、包浆沉敛的镯子，只觉唯有一句话方能表达她此刻的心情——愚蠢的人类啊。

能把这稀世难求的珊瑚镯子说成破烂，还说得这样理直气壮，也是本事。

深海里的宝石珊瑚成长不易，且枝状直径小，就算长成也不足以制成镯子，所以珊瑚制品几乎都是蛋面，后期镶嵌金银成为珠宝，古时宫廷里的贵人则用整枝作为风水摆件。十万株珊瑚里面也未必能挑出一株来制成镯子，就算撞大运碰到了，珊瑚质脆多瑕，想要做出这么完美的镯子还需要连连撞上大运才行。所以市面上的珊瑚镯子都是用胶水一小块一小块黏合，并不值几个钱，像这样天生的整枝开出的镯子全世界也屈指可数，更遑论这一只颜色如血、光泽流动，绝对是稀世难求的品相。这还不止，从包浆来看，这只镯子更有不短的历史，明朝或者更早都有可能。

稀有的古董珠宝，市价九位数不在话下，若是送去拍卖，那真是价值不可估量。

那女人两只手指将九位数拎着颤颤巍巍地晃了许久，忽然忍无可忍地爆发了，用力将镯子往外砸去："一拍两散，离婚！"

姜婠婠义无反顾地朝着镯子飞身扑去。

接住镯子的刹那，只觉劫后余生。姜婠婠将心惊肉跳稍微平息，就特别好心地去劝和了。

夫妻吵架这回事儿她没有经验，但是她说得掏心掏肝儿，很快将暴怒如公牛的女人安抚，当然代价是她明确地站了队。

——"对，钻戒一定要买！"

姜婠婠一面站队，一面将目光瞥向远处，只见角落里的林女士正将手伸向铂金包，姜婠婠知道她这是要买单的节奏。姜婠婠微微偏头想了想，轻声在满脸眼泪鼻涕的女人耳边说了几句，女人顿时双目放光地看向姜娟娟："可以吗？"

姜娟娟微微一笑，袅袅婷婷地走向林女士。

"夫人，我来替您结账吧。"

林女士看起来约莫三十出头的年纪，妆容精致，举手投足自带奢侈气质。她见姜娟娟一双眼睛亮晶晶的，像发着光一般，含笑望着她。

林女士似笑非笑地将手里的信用卡递给姜娟娟。

林女士手中拎着新款的钻石项链离开时，姜娟娟一路送她到了门口。

林女士又忽然顿住脚步，神色莫名地看了姜娟娟一眼，没说话，大气地走了。

破镜重圆的夫妻跟着走出来，说他们破镜重圆并不夸张。只见不久前恨不得手撕对方祖宗十八代的夫妻此刻手牵着手，虽然不亲密，但也是重修旧好该有的态度。

女人在姜娟娟面前停下脚步，感激涕零地握住姜娟娟的双手："谢谢你，真想不到今天竟然能遇见你这样的大好人，你一定会后福无穷的。"

喏，这就是不亲密的原因，因为钻戒不是老公买的，是姜娟娟买的。

姜娟娟微微一笑。

店里一时再没有客人，经理神情微妙地看着姜娟娟："娟娟啊，你用自己的方法安抚那对夫妻做得很好，上班第一天，你让我看到了你的应变能力和解决问题的能力，是个机灵的姑娘，前途不可限量，但是……"

经理欲言又止，目光落到姜娟娟手上拿着的那只血红镯子上："你用钻戒和那位女士交换手镯纯属你个人行为，不能代表公司，公司是不会替你收这只……"

经理想说破烂儿，没说出口。

姜娟娟笑眯眯地随手就将镯子套到了自己手腕上。她皮肤原本就生得白，又常年十指不沾阳春水，真正是肤如凝脂，手如柔荑。此刻皓腕之上一圈红脂，美得让人心动。

姜娟娟臭美地凑到了水晶灯下，手腕晃来晃去地欣赏着，不甚在意地说："就是我个人行为啊！"

公司还想白捡便宜？哼哼！

经理惊呆："你说真的？虽然你给那对夫妻买的是低端产品，但那也是实实在在的十万元人民币，你难道要自己出？"

姜娓娓微微偏着脑袋，朝经理笑得无比温婉大方："这也是没有办法的事嘛，今天初一，我要行善积德，总该有点付出才能显出诚意，对不对？"

一颗钻戒挽救了一场婚姻，姜娓娓觉得自己真是福德甚多。

而在场其他人只觉……醉了醉了。

你这么挥金如土还来做什么店员？

这时，经理的行动电话忽然响了……

接完电话，经理的神色变得无比庄严肃穆，他对姜娓娓说："苏先生请你上去。"

"哪个苏先生？"姜娓娓摆弄着手镯，随口问。

经理没有回她。

姜娓娓余光一扫，只见二楼一面落地窗后，有一个挺拔矜贵的身影立在那里，神色漠漠地俯瞰着楼下。他身姿修长清贵，不知是不是仰视的原因，姜娓娓觉得被那个人俯瞰着，这里的气场都变了。

姜娓娓跟着经理，低眉顺眼地走到苏先生面前。如果她没有猜错，苏先生就是经理口中的大老板了。

苏先生坐在沙发里，没说话，经理懂事地退了出去。

姜娓娓抬起头来，看清苏先生的一刹那，呼吸不由自主地乱了一乱。近看才看清，这位苏先生简直美得叹为观止，深邃幽沉的眼睛，高挺好看的鼻梁，微微抿着的薄薄的嘴唇，精致完美的脸部线条……他整个人好看得得天独厚。

姜娓娓下意识地深深吸进一口气，一时呆呆地看着他。

苏先生还很年轻，看起来不到而立之年，然而他静静坐在那里，却又有着和他年龄极其不符的深沉，这样的气质不知经过了多少岁月沉淀，又反过来为他的美貌增添了些许说不出的味道。

姜娓娓想，这个苏先生，真是她见过的最好看的男人。

而此刻这个最好看的男人也正直直注视着她，她只觉有些神魂颠倒。

姜娓娓就是在整个人神魂颠倒的时候听到苏先生说："你走吧，我这里不留你。"

姜娓娓惊呆。

她眨了眨眼睛。

什么？

苏先生不疾不徐地拿起茶几上两张单子："这是刚才你和那位林女士的付款账单，我发现一个有趣的事情，你们用的是同一张信用卡。"

姜媗媗神魂颠倒不下去了。

是的，十万块，她刷的不是自己的卡，而是林女士的卡。

苏先生好整以暇地问："你说，我要报警吗？"

姜媗媗平静地说："不用。"

惜字如金不配合的态度，苏先生却没有继续追究的打算。刚才的事尽在他眼底，林女士那张卡是有密码的，可是姜媗媗输入娴熟，俨然是拿自家东西的模样，显然她和林女士关系不浅。

卡的事与他无关，他简明扼要地说："我不要心术不正的人。"

心术不正？！

姜媗媗听到这四个字，瞬间惊愕地瞪圆了双眼，转瞬又变成怒目而视。她气得不行，想说什么，又似乎觉得懒得多说。

"愚蠢的人类！"姜媗媗冷笑一声，转身就走。

"等一等。"

姜媗媗脑子里有半秒的犹豫，还是停下脚步，微微侧回身子，下巴抬得高高的，从上往下望着苏先生。

苏先生平静地看着姜媗媗，虽然坐着比她矮了一截，但那上位者的气势却丝毫不损，他淡淡地说："把镯子留下。"

姜媗媗彻底目瞪口呆了。

苏先生不疾不徐地说："稀有的古董珠宝，价值过亿，在主人不知情的情况下，拿来和你交换钻戒，九位数换六位数，这在法律上讲属于无效交易。"

哦，原来今天识货的不止她一个，还有高人在啊。

可惜这个高人可真蠢。

姜媗媗轻哼一声："你想还给那对夫妻吗？他们又不识货，你还给他们也是让他们摔了，你不如自己摔，还能听个声响。"

苏先生奇道："谁告诉你我要还给他们？"

姜媗媗："……"

苏先生望着她，微微一笑："当然，如果你坚持要还，我也支持，现在就派人把他们找回来，我还可以把钻戒的钱悉数退给你。"

姜婠婠戒备地望着他。

果然，就听他意味深长地继续说："顺便，打个赌如何？我赌你会惹祸上身。"

姜婠婠："……"

"刚刚那对夫妻绝对不是省油的灯，尤其是那个女人。法律范畴上讲，无效交易确实撤销就好，但人心不足蛇吞象，如果他们想要更多呢？譬如缠上你，告你诈骗，要你赔偿？要是十万块的诈骗，我看你压根也不会放在眼里，但涉及金额至少一个亿，情况可就要另当别论了。这样的麻烦，你惹得起吗？"

姜婠婠背脊一僵，他在威胁她，她今天遇到对手了。

瞧这位道貌岸然的样子，实际上不过是想螳螂捕蝉黄雀在后。

姜婠婠考虑了五秒，五秒之后，她将镯子褪了下来。

好吧，愿赌服输，又不是输不起。

她将它递出去，大气地说："那还是给你吧，宝剑赠英雄，就是说东西要给识货的人，你虽然不是英雄，放在古代好歹也是个枭雄，给你不至于明珠暗投。"

苏先生似笑非笑地看了她一眼，心安理得地接受："你倒是机灵，知道见风使舵。"

姜婠婠忍不住问："这只镯子……你会怎么处理？"

"送去拍卖。"

姜婠婠鬼使神差地问："公益拍卖？"

苏先生一脸惊奇："你怎么会有这样深的误会？今天虽然是初一，但我并没有积德行善的习惯。"

姜婠婠："……"

她痛苦地抱住头，不让自己冲上去打架。

"你就不怕我找到那对夫妻，告诉他们今天一切都是你逼我做的，让他们来纠缠你？"想到自己白白为他人做了嫁衣，姜婠婠真是好气。

苏先生抬眸，一双眼睛如星河深邃。

姜婠婠不懂，有这样一双眼睛的男人怎么可以这么理直气壮地欺负她一个小姑娘？不是说相由心生吗？

只听他不紧不慢地说："这是你的自由，我不会阻止你。但是我也会让他们知道，古董行业从来买定离手，盈亏自负。”

姜婠婠：“……”

怎么同样的事，在她这里就是诈骗，到他那里就是行规，盈亏自负？

苏先生一眼看透她的心思：“这件事本就模棱两可，既然两可，那就看人了。是不是行规，我可以说了算。你可以吗？”

苏先生甚至大方地将镯子递了回去：“如果你可以，也可以归你。”

姜婠婠盯着眼前的镯子，只觉自己的心都要化了，可是，她要不起它……

她惹不起麻烦，哪比得上苏先生财大气粗，只有麻烦惹不起他。

赤裸裸的威胁，太欺负人了！

姜婠婠离开CH，自动门在她身后合上。迎面吹来一阵冷风，她觉得自己好凄凉，今天她亏得就只剩下身上这身衣服了。

她做人十五年，从来没有吃过今天这样的大亏。空手而归，倒贴十万，外加一个烂摊子嗷嗷待收。

呜呜……姜婠婠捂着脸，发出一声痛苦的哼哼。

姜婠婠回到西山别墅，一进门就敏锐地感觉到今天气场异常凝重，客厅里有种草木皆兵的空旷肃杀感。沙发上一对男女目光不善，从她进门起就直直盯着她。

他们是姜婠婠的亲爹姜滩和后妈林丽雅，嗯，林丽雅就是刚才的林女士。

林丽雅脸上挂着居高临下的微笑，直直地瞧着姜婠婠。刚才在CH，姜婠婠忽然殷勤地要帮她结账，她就知道有猫腻，姜婠婠不作死她才头疼呢。那样好的机会，她简直是求之不得，恨不得姜婠婠多刷一点才好，反正那张卡是姜滩的，消费记录会悉数发到姜滩的手机上。

回来就迫不及待地向老公报账，姜滩听了，果然脸色很难看。

——姜滩收到的消费短信多了十万块钱。

其实林丽雅买的那套钻石项链价值两百万，十万块也不过它的百分之五罢了，对如今的姜家而言，九牛一毛。但问题就是，这百分之五是姜婠婠花的，还是当着后妈的面花的。这世上绝大多数的后妈都痛恨将钱花在继女身上，这是一个有历史渊源的规则。

出于对这个历史规则的尊重，接下来的半个多小时，在林丽雅的围观之下，姜娟娟被姜濉骂得简直生无可恋。

教训得差不多了，姜濉才言归正传，问姜娟娟：“你认识那对夫妻？”

姜娟娟垂着脑袋，诚实地摇了摇头。

姜濉被姜娟娟气得头疼。

林丽雅笑了：“素不相识娟娟你出手就这样大方，这乱花钱的毛病可真是要不得。”

姜娟娟仿佛听不懂林丽雅的煽风点火，她耷拉着的眼皮轻轻地抬了抬，水滴滴的一双眼睛显得无比乖巧而无辜、真诚又委屈，她向姜濉解释：“可是爸爸，没有钻戒他们就离婚了啊。”

“他们离婚关你什么事？”姜濉几乎是吼出来的。

姜娟娟垂下眼皮，弱弱地辩解：“我只是想做好事。”

姜濉觉得自己快被气昏过去了：“滚回房去！”

姜娟娟不想滚回房，她想游回大海……但看姜濉总结的这四个字，也是到此为止的意思。

那还是滚回房吧。

姜娟娟进门就瘫倒在沙发上，她觉得自己喘不过气来，用力呼吸，像是一条离了水的鱼。

虽然壳子是人，但姜娟娟的芯儿的确是一条鱼，人鱼，美人鱼。东方古书中记载的鲛人和西方童话里的美人鱼，描述的都是她这个品种。

她自有记忆起就没见过父母，三百年前，独自一人游荡在无边无涯的大海。她没有亲人，只有小伙伴，好在同类们都很喜爱她，总体说来，她是一条快乐又自在的美人鱼。

和安徒生笔下的美人鱼一样，有一天，她也救了一个溺水的男人。

倒是没有那样曲折的故事，不用她拿声音换双腿换爱情。她三百年前已经能够自己变出双腿来，不过只能坚持三十分钟。她救的男人也不是王子，但那个男人一开始就知道她是什么品种，仍旧义无反顾地与她相爱。

姜娟娟至今不知道这是她的幸运还是不幸。

自重生为人，姜娟娟就将那三百年前的记忆忘得差不多，包括那个男人。她忘记了他的名字，忘记了他的模样，也忘记了他们曾经如何相爱。严格来说，她现在就只记得一件事：她丢了人鱼与生俱来的灵珠，是被她最爱的男人偷走的。

她也是直到灵珠丢失以后才晓得，并不是所有的人鱼都能变出人类的双腿来，只有她可以。因为……说起来真是悲伤，丢了珠子以后，她就不可以了。

她找他找了三百年，沧海桑田，她眼睁睁地看着她的小伙伴们相继老去、离开，只有她还奇迹般地活着，绝望地寻找那个男人。

然而，三百年实在是太漫长了，终于有一天，她也坚持不下去了。

这是一个悲伤的结局，她找到死也没有找到他。

美人鱼婠婠临死前漂浮在水里，耷拉着眼皮，回忆自己的鱼生，只觉确实是生无可恋，可以安心地死去。

死前她对漫长的三百年总结了最后一句：来生再也不要救人了……

然而命运就是个小调皮，她刚刚说完，一个溺水的人类小女孩就沉到了她眼前。

美人鱼婠婠："……"

美人鱼婠婠还是救了她。

毫不惜力，鱼尾重重一扫，直接将人扫到了岸上。

真是作死，扫得人五脏六腑都快出来了——这是婠婠摔上岸时的亲身感受——也就是那一扫，将美人鱼婠婠的芯儿扫到了小女孩的壳子里。

那一年，小女孩八岁，婠婠于是又从八岁从头活了一遍，作为人类。

姜婠婠今年二十三岁，今天以前，算是游刃有余。然后今天，她遇见了天敌，苏先生。

呜呜，心好痛。

姜婠婠一心一意沉浸在对天敌的讨厌和痛失宝物的心痛之中，天真地以为烂摊子已经收拾完。

所以第二天一早，当烂摊子继续被林丽雅摊开时，她有些措手不及。

不，不是……已经结束了吗？

当然，林丽雅用实际行动证明了这是姜婠婠一厢情愿的想法。

林丽雅先是以"母亲"的身份，苦口婆心地对姜婠婠进行了一番为人应当勤俭的教育，然后对姜婠婠前一天一掷千金挥金如土的行为表示痛心，继而忧心忡忡地针对姜婠婠的未来表达她个人的不乐观看法。

而这一切的中心思想就是：姜婠婠花钱太不像话，需要好好教育。

林丽雅一面重申中心思想，一面不停地朝着姜濉使眼色。

姜婠婠见状，心中“咯噔”一下，有不祥的预感，连忙放下碗筷迫不及待要逃之夭夭。

然而姜濉终究还是快了她一步，他不自在地轻咳了一声：“你阿姨说得对，你任性够了，实在需要教育。这样，你先把卡交出来，什么时候真的认识到错误，我什么时候还给你。”

姜婠婠：“……”

她望了望姜濉，又望了望林丽雅，出于对这个亲生父亲的尊敬，最后终于将自己的储蓄卡递了出去。

姜婠婠没有信用卡，只有储蓄卡。那是她自己一笔一笔存起来的小金库，里面其实并没有姜濉给的钱。

因为姜婠婠大学毕业那年擅自放弃保研和国外名校 Offer，义无反顾要贡献社会，结果却整天不做正事，频频换工作，姜濉一怒之下就让她自食其力，已经断她零花钱三年。

姜濉将姜婠婠的卡收到手里，林丽雅余光瞥了一眼，嘴角的笑容压都压不下去：“婠婠你可不要怪你爸爸，你三天两头换工作我们先不说，但是乱花钱的毛病一定要改正，你爸爸这是为你好。”

姜婠婠：“……”

除了昨天她操之过急，乱花也是花的她自己的钱啊。

“凭什么！”赵小亿“砰”的一声将杯子重重放到桌上，“凭什么没收你的卡？那可是你自己的钱！你傻吗？”

姜婠婠慢吞吞地说：“就当哄哄他咯。毕竟前娘后母的家庭一不小心就会鸡犬不宁，这可是有历史依据的。我爸那个人呢，又偏偏那么喜欢粉饰太平，连我要搬出去住他都不答应，我想想我也没别的地方可以报答他养我这么多年，这些身外之物能让他消气的话那就给他吧。再说他也是迫于我那后妈盯着做做样子，过几天就还给我了。”

赵小亿盯着姜婠婠半晌，张了张嘴巴：“你……你知道参考历史，你这种情况也有一个准确的描述吗？”

“什么？”

“愚孝。”

“……”

姜娟娟端起果汁喝了一口，静静地望着窗外。

赵小亿怎么会懂，她这种海洋生物和大自然孤身对抗惯了，有个爸爸撑起一个家，养育她十多年，她有多么感恩，她一向是愿意顺着这个爸爸的。

赵小亿看着姜娟娟，却忽然一副恍然大悟的样，朝她笑着点了个赞。

姜娟娟一头雾水。

“还是娟娟高明！”赵小亿赞完又同仇敌忾地表达起她对林丽雅的鄙视，“那个没文化的林丽雅怎么可能斗得过你？你可是我们学生时代的学神，想做什么不是分分钟的事？”

姜娟娟困惑：“……哈？”

赵小亿对姜娟娟挤眉弄眼：“时机终于成熟了对不对？”

姜娟娟无语：“……”你到底在说什么？

赵小亿哈哈笑：“你终于可以进姜滩公司了啊！你看哈，你三年来工作不定性，铺垫，铺垫得差不多了吧；钱，钱被没收了吧。你现在身无分文，不正是打入姜滩公司内部的绝佳时机吗？从此深入权力中心，将那只碧池逼得无路可走，真是指日可待。”

姜娟娟一脸惊奇地望着赵小亿：“你怎么会有这样的想法？我怎么可能会身无分文？”她说着，拿着手机晃了晃，“支付宝快捷支付绑定了银行卡，银行卡交出去并不妨碍我花钱啊。”

赵小亿：“……”

都是套路……白费她发散思维这么久。

姜娟娟大方地跟着服务员去付款，一路走得婀娜多姿。

只是，扫码出现了问题。

姜娟娟垂头丧气走了回去。

赵小亿不解地看向她。

姜娟娟低声说：“我的卡……它被冻结了。”

赵小亿：“……”

两人走出火锅店，姜娟娟根本就走不动路。

姜婠婠一直是个大气的姑娘，何时这样过？赵小亿由此推算出她的心理阴影面积。不用说，这样不留活路赶尽杀绝，一定又是林丽雅的杰作。

赵小亿连忙从钱包里抽出一张金卡来塞到姜婠婠手里，安慰她："没事没事，你看这里还有呢。"

姜婠婠一双眼珠子像黑葡萄似的，大约是刚吃完火锅的原因，黑葡萄上面还氤氲着水汽。她瞅着赵小亿，可怜巴巴地说："我……我是真的走不动路，我好像……吃太多了，这里好辣。"

她指了指自己的胃。

赵小亿："……"

姜婠婠最后还是收下了金卡，她对赵小亿说："虽然我要去工作挣钱了，但还是先放在我这里，以防万一。"

说起工作，赵小亿想起来："对了，CH 怎么样？"

CH……苏先生……

说起来都是泪。哪个说的棋逢敌手爽了？棋逢敌手真是虐死了好嘛！

想到昨天输得那么惨，简直不忍再回忆一遍，姜婠婠只能含糊地说："高端大气倒是高端大气，就是企业文化我不怎么喜欢。"

赵小亿好奇地问："CH 的企业文化是什么？"

姜婠婠回："道貌岸然。"

赵小亿："……"

“对不起，苏先生，请您不要拆穿我们。”
“你们？我要拆穿的只是你而已。”

Chapter 02

互坑，冤家路窄

银行卡没了，好在公交卡还在。和赵小亿分手后，姜娟娟倒了两趟地铁，去了郊区一家珠宝厂。

自然是比不上 CH 那样的财大气粗，不过胜在企业文化高尚。珠宝厂的厂长周老头是姜娟娟从前合作过的一个珠宝商，六十多岁的年纪，不拘小节，过得比姜娟娟还潇洒。

有这样的领导者，企业文化自然深受姜娟娟喜欢。

巧的是，这个企业也很喜欢她。

见姜娟娟忽然过来，正和设计师确认新款设计图的周老头立刻笑眯眯地迎出来：“稀客啊，多久没来了？”

多久？上次过来好像是去年。

姜娟娟记性不错，刹那间已经在心里做好了算术，她可爱地比了几个数字出来：“三百八十六天。”

周老头喜欢姜娟娟什么？他就喜欢姜娟娟这股机灵劲，明明是没心没肺的样子，偏偏说出来的话能让你感觉到她对你无比上心、无比真诚。

周老头被她逗得心花怒放。

“说吧，这次想做什么？工费五折，工期减半。”

姜娟娟喜欢周老头什么？她就喜欢周老头性情中人。

周老头的生意做得大，订单全排得满满的，大品牌的代工工期也得排半年，减半就是三个月，对姜娟娟这样打酱油的散客而言真是给足了面子。

但这次她可不是来做首饰的。

她笑眯眯地说："老头，我来找工作，你收留不收留我啊？"

周老头闻言，条件反射性露出了一个受宠若惊的表情："你说真的？"

"真的啊。"姜婠婠点点头，真得掏心掏肝，"我得罪了我后妈，我爸把我积蓄没收了，现在身无分文，只能先投靠你一阵子。"

只有需要投靠的时候才想得起他。

"你啊……真是诚实得可爱！"周老头指了指她，心情大好地把她留下了，还体贴地给她预支了一个月工资。

姜婠婠下班时拿着鼓鼓的一个信封，朝周老头笑得眉眼弯弯："老头，我会报答你的。"

周老头轻哼一声："你人来就是报答了。"

姜婠婠摇头，满脸认真："这怎么够，今年珠宝圈最受瞩目的'琼华宴'设计大赛下个月就开始了，以品牌为单位参赛，我要帮你拿个冠军回来，让'绮艳珠宝'以此为契机迈入一线品牌的行列。"

周老头目瞪口呆地望着她："……"

他也不算是个没有野心的老头，但他发自内心地觉得姜婠婠想得有点多。珠宝圈大佬 CH 以下，大神小神众多，而他的"绮艳珠宝"只是个十八线品牌……他不是妄自菲薄，只是足够懂行。

不过，他一向把婠婠当孙女照顾，这时也就顺着她随便开了个玩笑："冠军倒是不用，三甲就好。"

姜婠婠一本正经地说："这个比赛只设冠军不设三甲。"

周老头："……"

你开心就好。

姜婠婠下班倒两趟地铁一趟公交车回到家，已经是晚上九点。正饥肠辘辘地坐在餐厅等李阿姨做吃的，姜灏的助理到了，送来巴黎空运的小礼服，那是林丽雅为下个月 3 号的拍卖会定制的。

林丽雅不知道从哪里弄来的请柬，为了这场拍卖会准备了半年，这是真正上流社会的拍卖会，和他们家这种暴发户的性质截然不同，林丽雅心向往之，迫不及待要借此正式跻身上流社会。

如今拍卖会在即，万事俱备，林丽雅心情大好，像一阵风一样跑上跑下，不久就打扮好。她再次跑下来时，姜婠婠刚扒了一口饭。

“婠婠，快别吃了，你爸还没回家，你来帮阿姨看看，好不好看？”

姜婠婠抬起头来，只见林丽雅一身宝蓝色晚礼服，整个人美得空灵。空灵这个东西，穿好了才是空灵，没穿好是松垮。公平地说，林丽雅是前者。

林丽雅自己会照镜子，显然也知道自己是前者，这会儿自然地在姜婠婠面前摆了个女王的Pose，下巴抬得高高地问姜婠婠：“好看吗？”

姜婠婠目光落在林丽雅脖子上那条璀璨奢华的钻石项链，笑容忽然变得格外甜美：“真好看！”

姜婠婠双目澄澈晶亮，又这样含笑赞美，林丽雅受用无比，转了几个圈又飘上楼去。

姜婠婠的眼珠子转了转，不知道想到什么有趣的事，捂着嘴巴自己乐了起来。

第二天一早，姜婠婠像早起的小鸟儿一样飞到郊区，周老头还没来，但她已经迫不及待，主动给周老头打了电话。

“老头，我想用你的金子和钻石做个私活。”

周老头还以为她念念不忘参赛作品，无奈地说：“什么私活不私活，你喜欢做什么就做什么，我还和你计较这些不成？”

姜婠婠心中陡然一下不是滋味，连忙表示：“不是参赛作品，参赛作品我才不会和你客气呢，必要时候我还要亲自去采购，全用最好的品相，然后找你报销。但这个真是私活，金子和钻石的费用还有损耗费我会自己去找财务结算，就是和你打声招呼。”

周老头笑呵呵地答应下来。

挂了电话，姜婠婠立刻循着记忆，将CH那条钻石项链画在纸上。

她记忆极好，几乎过目不忘，又天生对珠宝敏感，眨眼就将林丽雅脖子上的项链画在纸上，一比一的比例，金钻的等级分毫不差，栩栩如生，光芒万丈几乎要飘出稿纸。

今天她到得早，此刻同事们都还没有来，否则如果让别的设计师看到了这张图纸，一定大惊失色，当她是从CH过来卧底的。

她满意地自我陶醉了一会儿，又不慌不忙地将几个参数改动，金钻全部降低一到两个等级，将图纸上的东西和CH的产品区别开来，但这个区别却很轻微，只有她这样的行家或是资深珠宝玩家才看得出。

做完这一切，她满意地看着自己的成果，微微一笑。

开工。

3号很快就到了，当天却出了个小插曲，姜潍公司临时有事去不成，指派姜媗媗陪林丽雅过去。

林丽雅气得只想砸东西，可惜姜潍打了她一个措手不及，她妆都化好了，实在不适合发怒，只能让姜媗媗白捡个大便宜。

其实姜媗媗也有些措手不及，虽然这个拍卖会她也参与了精心准备，但亲自出场还是个意外。也没有巴黎空运回来的晚礼服给她，好在她有年轻和貌美，小金库虽然被没收了，但她还有自己收藏的珠宝大金库。她从中选了一套出自名家之手的古典祖母绿水滴首饰，配上香槟色的修身长礼服，祖母绿的高贵典雅与她年轻娇美的容颜相得益彰，让她整个人光彩夺目。

不过，这样的姜媗媗吸引的目光还是没有林丽雅多。

林丽雅脸上的笑容灿烂得堪比头顶的水晶灯，她不停地变换着姿态回应那些陌生的目光，偶尔觑了空隙还会装作疑惑地问姜媗媗："媗媗，他们在看什么？"

姜媗媗双目含笑，诚实地回答："在看你，阿姨。"

林丽雅嘴角的弧度真是压都压不下来："有什么好看的？"

姜媗媗心悦诚服地说："是阿姨你应得的。"

林丽雅笑得合不拢嘴。

姜媗媗也快要笑得合不拢嘴。这样的场合，公然戴着不高明的赝品招摇，可不就是应得的吗？

哼哼哼，要你赶尽杀绝，害我身无分文，还在我面前炫富。我让你炫个够啊……

这么美妙的夜晚，姜媗媗自是享受得心安理得，有侍者路过，她随手拿了一杯香槟。

却忽然察觉到一道微微紧窒的目光落在自己身上，她下意识地迎视。看清是谁，手当即一抖。

天，天敌……苏先生。

右侧不远处，男人精瘦修长的身体包裹在低调昂贵的手工西服里，整个人不动声色，气场却强大到不容忽视。

姜娟娟脸色发白，下意识地就往旁边挪去，垂死挣扎地想用身体挡住林丽雅……的脖子。

可惜已经来不及，苏先生的目光落在林丽雅身上，顿时双目微眯，神情莫测。

他看出来了。

当然啊，这本来就是她有意要让人看出来的赝品，苏先生这样的行家怎么可能看不出来？

姜娟娟听到了心脏"咯噔"一跳的声音。

苏先生微微侧头对身旁的助理说了一句，助理颔首，立刻抬步往姜娟娟的方向走来。

外人看笑话，若是 CH 这样泰山北斗级的品牌发现有人公然戴着他们的仿制品招摇，他们会如何？

想都不用想啊！

姜娟娟立刻弹跳起来，往苏先生走去，半路上顺手将助理先生拦下。

她走到苏先生面前时脚步有些虚浮，而她此刻的心情就和她的脚步一样。毕竟眼前这位苏先生有多么厉害和冷血，她最有体会。

她底气不足又厚着脸皮地朝他笑了笑："苏先生，好巧……"

苏先生目光掠过她，并没有打算和她寒暄。

姜娟娟连忙道歉："对不起，苏先生，请您不要拆穿我们。"

苏先生很高，至少一米八五以上，姜娟娟只有一米六，从他的角度看去，应当正好看到姜娟娟将脑袋垂得低低的，在他面前仿若蝼蚁般渺小。

将姿态低到尘埃，这也是姜娟娟眼前唯一的缓兵之计。

可惜苏先生根本就不接招，他冷冷地说："你们？我要拆穿的，只是你而已。"

一针见血，不给活路。

说完就要绕过她。

姜娟娟连忙侧过身，情急之下伸手揽了他的腰。

手触及到的是紧致有力的肌肉，这个触感让姜娟娟一时怔住。苏先生立刻不悦地退开，显然非常厌恶姜娟娟这个唐突的动作。

姜媗媗连忙说：“您听我解释，我是有苦衷的。”

苏先生身上看不到一丝人情味：“你做了什么我不感兴趣，但我想那位林女士应该有权知道，她两百万买下的项链为何短短几日之内就成了赝品。”

那边，林丽雅正好换了个姿态，准备迎接更多赞美的目光，助理先生走到她身旁，低声对她说了两句。

姜媗媗看到林丽雅一张红润的脸一寸寸地白下去。

林丽雅忽然用力扯下脖子上的项链，紧紧拽在手里，金钻的东西硌手，然而她气急了一点都感觉不到疼，眼风就跟刀子似的朝姜媗媗扫过去。

姜媗媗无力回天，只能眼睁睁地看着林丽雅捂着脸跑了出去。

姜媗媗觉得自己这下真是生无可恋了：“你满意了吗？”

苏先生奇道：“我为什么要满意？缺少管教的姑娘。”

缺少管教的姑娘。

从心术不正到缺少管教！

姜媗媗瞪着眼前的男人，觉得自己快要气晕过去了。

她好讨厌这个人，真的好讨厌他，可是她斗不过他，他对她而言太强大。无力感和委屈感让姜媗媗的眼睛渐渐变红。

虽然是一条大气的人鱼，但姜媗媗好歹也是个姑娘，从来没有这样输过的姑娘一时输不起了，她鼻子一酸，就无声无息滚下来一滴眼泪。

原本态度冷漠的苏先生看到她眼角滚落的水珠，忽然浑身一震，目光僵硬地定在她脸上。

姜媗媗流泪的方式很特别，很少有人类会像她一样落泪，她的眼泪不是滑下去的，而是滚下去的，珍珠一样，颗颗分明，一圈圈地滚下去。

而姜媗媗呢，她其实只是一时没控制住情绪。意识到失态后，她连忙侧身走开。

不走开还能做什么呢？难不成破罐破摔，“哇”的一声哭出来吗？她姜媗媗还是有自尊的。

后面的拍卖会姜媗媗就没有什么心情了，本来只是捉弄心起的恶作剧，结果一发不可收拾，她还不能坚强到当什么都没发生，继续竞拍。

那为什么还要留在这里呢？

因为她不敢回家啊！

这会儿姜家一定已经闹翻天了，姜婠婠想等姜濉气稍微消一点点再回去，她不想面对姜濉左右为难的眼神。

其实今晚姜濉的公司根本没有出什么状况吧，他只是想把这样的机会让给她，让她可以和林丽雅一起进入上流社会，这种事他也不是第一次做了，她知道。

这样的爱懦弱又让人难堪，换了别人都不屑接受，可姜婠婠心软又太过感恩，总是心照不宣地配合他。

可惜这次没配合好，闯祸了。

姜婠婠就这样磨蹭着等到了今晚压轴的拍卖品。当那只殷红如血包浆沉敛的红珊瑚镯子带着权威鉴定证书和收藏证书在众人瞩目下登场时，她陡然呼吸急促，瞪视着前方，不停地深呼吸，以防自己被气死。

她没有想到，苏先生竟然说真的，真的拿出来拍卖！

全场凝神屏息。

姜婠婠却忽然扒开众人上前，她这个举动在此刻显得异常突兀，立刻就将全场的目光吸引过去。她却恍若未觉，径直向前。

在场的工作人员不得不出声叫她，她也仿佛听不到，目光执拗地盯着那只镯子。

最后在警戒线外被工作人员拦住。

“小姐，请留步。”

姜婠婠被拦，没有办法，脸色苍白、双眼通红地望着工作人员。工作人员一时被她这个悲伤的样子弄得摸不着头脑，行动稍一迟缓，她就直接落了眼泪。

工作人员：“……”

姜婠婠哽咽地说：“那是我的……”

她声音不大，但此刻正是鸦雀无声，她的声音就显得格外清晰。

拍卖师尴尬无比，连忙表示：“小姐如果喜欢，可以参与竞拍。”

“我当然要竞拍。”姜婠婠目光楚楚，轻悠悠地说，“这本来是我妈妈的遗物，被我爸爸送给了他外面的情人，后来……后来就丢失了，一直遗落在外。没有想到今天会在这里看到……我也不知道我今天有没有本事把妈妈的遗物拍回来，如果我办不到，办不到……那也是命吧。”

她长叹一声，忽然转身，再次扒开人群，走到外围。

姜媗媗今夜的礼服修身，柔软高档的面料将她姣好柔美的身体曲线勾勒得令人心动，领口以上的肌肤娇嫩莹润，衬着祖母绿幽敛的光芒，赏心悦目。她的脸低垂着，眼角的泪痕惊艳。

她这个样子不知动容了多少观众的心。

在场原本跃跃欲试的，都不好意思再出手。

毕竟是人家母亲的遗物，真的好意思和她争吗？只要是绅士，都选择让一让她。而姜媗媗的美就是这么奇妙，男人看她，看到的是女人的“美”；女人看她，看到的是小姑娘的“美”。绅士愿意让一让她，女士也愿意让一让她。

果然，竞拍开始后，零落两三个叫价都是跟着姜媗媗的节奏来，并且点到即止，姜媗媗一一回以感激的微笑。

但也有人不让着她，像 CH 的经理就志在必得。

最后，当然是没有钱的姜媗媗惜败于财大气粗的 CH。然而因为其他人的有意相让，这只镯子最后的成交价只有两个亿，加价幅度低出了上流拍卖会的历史水平。

苏先生游离于人群之外，从头到尾将一切尽收眼底。

“恭喜 CH 成功竞得明朝老珊瑚手镯！”

拍卖师一锤定音，CH 的经理笑得跟哭没什么两样。

姜媗媗擦了擦眼角，微微一笑，大方地朝经理点头致意，而后潇洒退出人群。

经过苏先生身边时，姜媗媗朝他偏了偏头，露齿一笑，那个乖巧那个天真。

“不用谢，苏先生。”

一句不用谢，深藏功与名。

苏先生觉得头疼。

姜媗媗走出会所，心情总算好了点，今晚最后稍微翻了小小一盘，她觉得现在正常呼吸已经没有问题了。

感谢爸爸妈妈给了她这样好的演技！

唔，今晚如果没有她，就真的要让那个苏先生奸计得逞了。这只手镯今晚应该是计划要被他拍到十个亿，轰动全城，不，轰动全国、全世界的。但有一点没有悬念，不论拍到多高，最后得主一定还是CH。

姜婠婠不得不承认，那个苏先生虽然是奸商，却也是真正的懂货之人。不只是识货，更是懂货，他懂得那只手镯的价值，他或许会将它卖以高价，但一定也是卖给同他自己一样懂货惜货之人，定不会让明珠暗投，这样的心态，和姜婠婠的心态是不谋而合的。也正是这样的心态，让之前的姜婠婠甘心认输，将镯子交给他。

所以姜婠婠知道，苏先生不会草草将镯子卖给附庸风雅的土豪。可他也不会就这么默默无闻地收着，作为一个商人，这样无异于是锦衣夜行。所以他暗中拿出来拍卖，再让CH轰轰烈烈地拍回去，届时，万众瞩目的拍卖会，CH以十亿高价拍得稀世难求的手镯作为镇店之宝，其效应之轰动，不，应该叫震动，简直不敢想象。而如此财大气粗之势，必定让CH在珠宝界的地位更上一层楼，CH将成为珠宝界真正的大佬，从此一言九鼎。

苏先生是一个精明的商人。

不过可惜，他遇见了姜婠婠。今晚，姜婠婠用演技让他功败垂成。

嘻嘻。

“那个……你可以借我点钱吗？”
“谢谢你，苏先生。”

Chapter 03

援手，似曾相识

山间夜凉，姜娟娟走出会所时，在晚礼服外面套上了外套，不过晚风迎面一吹，还是将她吹得抖了一抖。

孤零零站在台阶上，姜娟娟才想到另一个悲伤的问题：司机呢？

唔，她闯了这样大的祸，还用问司机吗？今晚可真是一个损人不利己的夜晚。

姜娟娟拿出手机，号码停留在司机上面，想了想还是算了。这个时候的司机哪有胆子来接她？还是打车吧。

刚刚这样想，就有电话进来。姜娟娟看着屏幕上跳动的“姜滩”两个字，深深吸了好几口气，最后是凭着一股视死如归的心气儿点了接听。

“姜娟娟你实在太胡闹了！你知道你的行为已经构成偷窃了吗？”姜滩震怒的声音破空而来，狠狠刺激着姜娟娟的耳膜。

姜娟娟知道自己不占理，还是垂死挣扎地解释：“我没有，我只是想捉弄她，只是这么一个晚上，我会换回来的……”

“姜娟娟你还是小孩子吗？”姜滩恨铁不成钢，沉声吼她，“二十多岁的人，整天不做正事，尽知道胡闹！”

“……”

姜娟娟默默将手机拿远了一些，让备受刺激的耳膜稍微喘口气。

姜滩骂得差不多了才缓了缓语气，问：“你现在还在拍卖会？”

所以说从某种程度上来说，姜滩还真是了解她的，知道她不敢回去。

姜娟娟吸了一口冷风，轻轻“嗯”了一声。

姜濉顿了顿，说："你阿姨情绪很激动，刚刚才睡下，你今晚不要回来刺激她，就在酒店开个房间，明天等她冷静一点，你再自己打车回来道歉，知道吗？"

姜媗媗点了点头，想到姜濉看不到，正要出声，姜濉已经挂了电话。

姜媗媗心中滋味莫名，不自觉地向夜色深处走去。刚走出不远醒悟到自己在做什么，顿时后悔。大半夜的，她这是抽的什么风？是想走下山去吗？

疯了疯了。

姜媗媗为了人身安全还是决定先回到会所去等出租车来接。从前她的鱼尾很有力，把十个八个人类扫出五脏六腑来不是问题，不过可惜，现在她只是个娇娇弱弱的人类姑娘。

刚刚转身，就见一辆宾利驶来，司机见她回头，立刻换了近光灯。不过当轿车后座的车窗在她眼前降下时，她决定收回前言。

这是罪魁祸首的车。

真是……冤家路窄。

苏先生说："上车，我送你下山。"

姜媗媗心里"呵呵"一声，只当没听到，自顾自地往回走。

没想车子竟缓缓后退，不疾不徐地跟着她。

"上山有门禁，出租车上不来。"

"……"

寥寥几字，顿时让姜媗媗如霜打的茄子。

她回忆起上山来的情形，似乎真的有门禁，并且离这里还挺远。这乌漆墨黑的山路，一个人也没有。

姜媗媗停下脚步，非常不友好地打量着要带她下山的苏先生。

苏先生也看着她，两个人像是在用眼神交锋。

当然最后毫无悬念姜媗媗再次斗败。

没办法，谁让今晚条件太恶劣，还是命重要。

不过考虑到他们之间的不共戴天之仇，姜媗媗上车前还是先跑到宾利的车头，靠在车身旁摆了个 Pose，咔嚓自拍了一张，将苏先生那财大气粗的车牌号拍得 BlingBling 的。

苏先生眉头微拧。

姜婠婠正襟危坐，高冷地说："放心，等我平安下车就删除。"

"……"

苏先生抬手揉了揉太阳穴，他真是觉得头疼。

说是带她下山，下山后还是没人没车，没办法，这里离市中心太远。

姜婠婠有点尴尬，下山路上她一直一副高贵冷艳的样子，纤细的腰肢挺得笔直，就等着苏先生一个举动她立刻"呵呵"一声。结果人家苏先生根本当她不存在，上车后径自闭目养神。

有气没处发泄，姜婠婠整个人都气鼓鼓的。结果下山来却又是这个光景，气鼓鼓的姜婠婠瞬间就蔫儿了。她要一个人下车吗？这个地方好没有安全感……她可是娇弱的人类姑娘啊。

苏先生忽然打破沉默："地址。"

他依旧闭着眼睛，波澜不惊的样子，心里却跟明镜似的，清清楚楚地知道姜婠婠的窘迫。

姜婠婠迟疑片刻，基本没有挣扎地投降了。

想到已经承了人家两个人情，她说话的语气也不好意思再像之前那么冷艳高贵："送我到市中心就好。"

去市中心随便找家酒店住吧。

苏先生终于睁开眼睛，侧头看着姜婠婠，沉黑的眸子里有着不认同："女孩子这么晚了不回家，不好。"

这一句话终于让刚刚才将态度软下来几分的姜婠婠找到机会"呵呵"一声了。

"你以为是谁害我半夜不能回家的？"

苏先生沉默下去。

姜婠婠觉得眼角又有些酸，连忙将头别开，望向窗外。其实窗外有什么好看的？乌漆漆的，还没有仇人的脸好看。

气氛再次僵持，身后却忽然传来一声将沉默打破。

"对不起。"

姜婠婠背脊一僵。

她不可置信地转过头去，车子里幽暗，她不太看得清男人脸上的表情，但他眼中的认真不容错认。

姜媗媗更加目瞪口呆："你……你是在发疯吗？"

今晚他们两个半斤八两，实在是谁也不用对谁说对不起。

苏先生注视着她："让你有家不能回，我很抱歉。"

姜媗媗哑口无言，这个时候她要怎么接话呢？大方地回一句没关系，还是你敬我一尺，我敬你一丈，也向苏先生说一声对不起？从此两人化干戈为玉帛，相逢一笑泯恩仇？

不过苏先生还真是贴心，接下来的话彻底免去了姜媗媗做这道选择题的苦恼。

苏先生说："但是，你确实做错了事，我并不认为指出你的错误有任何问题。"

姜媗媗微微张开嘴巴，直直瞪着苏先生。

话都给他说完了，她还能说什么？

"呵呵！"

苏先生平静道出一个事实："你的行为已经构成偷窃。"

偷窃……

从心术不正，到缺少管教，这会儿竟然到了偷窃！

姜媗媗觉得自己要被气炸了，却又偏偏在这样一个狭窄的空间里，让她连生气都不好发挥，她只得用力在座位上换了个姿势，好让自己面对苏先生的态度更加凛然："如果不是你不近人情当场揭穿我，我今晚回去就会把项链换回来，神不知鬼不觉，只是让林丽雅出了一个晚上的丑罢了！"

姜媗媗气得胸口急剧起伏，一定是因为太生气了，她觉得自己的舌头都不灵活了，竟然说不出更加有力的话语来。这让她更生气了，气得她在座椅上用力蹦弹了两下，聊胜于无地吼道："都怪你多管闲事！浑蛋啊你！"

姜媗媗做人十五年，就从来没有今晚这么失态过。车子刚刚停在 HT 酒店门口，她就用力推开车门跳下去，关门的时候出于教养，她还是克制了力度，但她最后凑到窗边对着苏先生说："谢谢你送我，就不和你说再见了，我们最好这辈子都别再见！"

说完，她趾高气扬地进了酒店，高跟鞋在大理石地面上踩得哒哒响，以此表达出她对刚才那个誓言的决心。

可惜……姜媗媗就是个打脸专业户，她做美人鱼的时候到死都还在打脸，生生将自己折腾成了人类，这会儿再打脸也没什么稀奇了。

谁让命运就是特别偏爱调戏姜娟娟呢？

姜娟娟刷押金的时候没刷动，她刷的是赵小亿给她的那张以防万一的金卡，根本没理由会刷不出钱来。唯一的解释就是……这张卡也被冻结了。

她打赵小亿的电话，赵小亿的电话关机，她转而打姜潍的电话，还是关机。有些事并不多复杂，稍微一想就可以想通来，林丽雅怎么可能轻易地让她好过呢？

恐怕这时就是别墅的座机也被拆了电话线。

姜娟娟生无可恋地妄想老天让她游回海里去，妄想了一秒，还是当机立断地飞奔出酒店。

万幸，苏先生的车还在，还没有开走。

后座的车窗一直降着，她一出门就直直对上了苏先生的眼睛。他坐在车上，静静地望着她的方向，似乎是等待的姿态。姜娟娟不知道他在等谁，但她自身难保，实在也没有多余的精力去替别人想太多。

不管了，比起流落街头，她打脸就打脸吧，反正已经是死猪不怕开水烫了。

姜娟娟站在车前，期期艾艾地问："那个……你可以借我点钱吗？"

想她短短几分钟前才对苏先生放话"我们这辈子都别再见"，眨眼就可以低声下气对他说"可以借我点钱吗"……她觉得自己以后也不用总想游回海里了，她哪里还有脸面对同类呢？呜呜！

……

今晚的波澜壮阔总算结束了，姜娟娟踢掉脚上的高跟鞋，扯下外套，走到窗前。从高层酒店俯视下去，正好看到宾利缓缓驶离。

"谢谢你，苏先生。"

姜娟娟朝着离去的宾利轻轻低喃一声。

就像苏先生可以一面教训她，一面真诚地对她说对不起一样，此刻她竟也有了这样分裂的心境，虽然今晚她的一切落魄全都拜他所赐，但还是……

谢谢你，苏先生，免我流落街头。

"苏先生，现在去哪里？"

离开酒店后，司机一直将车速控制在40迈左右，这个速度让他们在深夜的大街上显得突兀。这个时间，还在街上的都在迫不及待地赶着去下一个地点，狂欢或是回家，只有这台宾利仿佛散步一样，漫无目的，它慢得太游离，几乎像是迷路，找不到方向。

苏先生支肘撑着额头，许久没有回答。

他的确找不到方向，不知该去哪里。

三百年了，哪里是他没有去过的？哪里又是他没有找过的？他想得很认真，可惜真的再想不出来，只能痛苦地抬手盖住眼睛。

眼前却再次浮现出姜媗媗落泪的画面。

苏先生并不算是一个温柔的男人，对女人的眼泪天生没有抵抗力，相反，他冷血又无情。

他从前也不是这样一个不近人情的商人，从前，他是一个正气凛凛的将军，英姿勃发，少年封侯。可惜活太久，太孤单，一颗心都冷硬了。从里都外，他都再也不是当年那个人。

只是姜媗媗流泪的方式实在太特别，她的眼泪也太特别，数百年漫长的人生里，他就只见过一个人流着这样的眼泪。

准确地说，那也不是人，是人鱼。他的，小美人鱼。

传说，珍珠是鲛人流下的眼泪。嗯，不是传说，小美人鱼的眼泪就是珍珠。恍然一见姜媗媗的眼泪，他心脏重重一紧，几乎以为那就是珍珠，仔细一看，却又不是。

不过是微薄得不能再微薄的似曾相识之感，却奇迹般激活了他泯灭数百年的温柔和耐心，即使对方是个蔫坏得令他不喜的姑娘，他也鬼使神差地等在酒店门口，要确认她今夜安全无虞。

车子又漫无目的地走了两个街区，苏先生才开口，略带倦意："去海边。"

姜媗媗是饿醒的，伸手将床头的闹钟拿来一看，嘴角顿时僵硬……闹钟没电了，停在七点五十六分。

姜媗媗昨晚定的闹钟是八点。

命运可真是爱调戏她姜媗媗啊，这样的事在姜媗媗的"人"生里，真的不是第一次发生。

姜媗媗打开手机，时间显示下午一点半，刚开机就嘀嘀嘀个不停，不停进短信。

本城移动来电服务提醒，姜滩从今早八点半到五分钟前一共打了二十三个电话过来，赵小亿也打了三个并一条短信：“昨晚你爹给我爹发短信，让我爹把我给你的卡连夜停掉。我刚刚才知道这事，对不起啊，你还好吧？”

姜娓娓思考了一下，她现在的情况算是好，还是不好呢？

虽然险些走投无路，但至少没有流落街头，却又是罪魁祸首救的她……

姜娓娓还没有思考出结果，姜滩的电话就进来了。

姜滩心中有愧，语气没有昨晚那么可怕了，更隐隐透着着急：“娓娓，你怎么样了？你阿姨昨晚背着我拿我的手机给赵鸿运发短信，我不知道这事，你现在在哪里？我来接你回家。”

姜娓娓撇了撇嘴，他是该着急的。她好歹是个小姑娘好吗？大晚上的不让她回家，又把她唯一的卡冻结，是要对她赶尽杀绝吗？

因为她是一条厚脸皮的美人鱼，她现在才能好好地住在酒店里，要是换了个有自尊心的，昨晚说不定就以死保全风骨了。

不过姜娓娓语气里一点抱怨都没有：“我没事，爸爸。我运气不错，新工作给我预支了一个月工资，所以卡刷不动也不算大难临头。”

才怪，她预支的工资全用来做赝品了，真是一点没剩下。

从这个角度来说，她确实是损人不利己，用全部家当去玩一个恶作剧……

姜娓娓暗暗地敲了敲自己脑袋，连忙端正态度：“对不起，爸爸，我睡过头了，我现在马上就回家。”

姜滩原本以为姜娓娓会委屈得直哭，或是气得大发脾气，就像林丽雅一样。却怎么也没想到她是这样的反应，这样乖巧懂事。这让姜滩心头如被重重掼了一拳，声音难受地哽在脖子里，根本说不出话来。

或许于苏先生而言，姜娓娓昨晚的行为是心术不正，是缺少管教。但是于姜滩而言，姜娓娓昨晚仅仅是戏弄了林丽雅一场，毕竟她没有对林丽雅造成任何实质上的伤害。但林丽雅所为的性质却完全不同，她已经挑战了他的底线。

姜滩虽然有些偏心，但典型的大男子主义让他对妻女的保护欲格外强烈，姜娓娓念大学的时候只有十六岁，那两年，姜滩防着她“早恋”防得简直是心力交瘁，开学放假，他无不亲自接送，期间还要来几次微服私访。

所以，为着半夜逼得姜娓娓无路可走这事，姜滩已经和林丽雅吵了整整一上午。要知道，因为林丽雅比姜濉小了二十多岁，姜濉对林丽雅的纵容原本可是没有原则没有底线的。

姜婠婠回去就把真的项链交给了姜濉，由姜濉领着去见林丽雅。林丽雅把下巴抬得高高的，只留了个侧脸给姜婠婠父女。

姜濉淡淡地说："好了，孩子还小，只是贪玩，你也见好就收吧。"

林丽雅冷笑一声："她还小？她都二十三了！我像她这么大的时候，我们都有第一个孩子了。"

姜濉闻言，眼色顿时沉痛。他们的第一个孩子一直是姜濉的心结，也多多少少是他对林丽雅无限纵容的原因。

林丽雅很了解姜濉，很懂得抓他的软肋。于是，姜濉又纵容了她一次。

纵容的结果就是，林丽雅这回要把姜婠婠真正的金库也没收了。

姜婠婠真正的金库是什么？

和她的首饰盒比起来，她的储蓄卡只是个零头而已，这也是她上一次毫不反抗就把储蓄卡上交的部分原因所在。

姜婠婠在珠宝方面天赋异禀，她眼光好，出手准，又与不少周老头这样的珠宝商结交，这几年以藏养藏，如今她的首饰盒里全是绝无仅有的收藏品，林丽雅觊觎多时。看姜婠婠昨晚随随便便一套首饰拿出来就是有价无市的东西，林丽雅就嫉妒得不要不要的。

林丽雅将理由说得抑扬顿挫："阿姨相信你是孩子心性，可你已不是孩子了，身份证骗不了人，你该改了。你就是装备太齐全，才会这么有恃无恐。"

言下之意，装备没收。

姜婠婠当然不答应，再没上次那么好说话了。姜濉也在一旁劝林丽雅，但这个举动更是深深刺激到了林丽雅。林丽雅觉得姜濉也不帮自己，姜濉和姜婠婠才是一家人，一起算计她对付她，她不要活了啦。

于是，林丽雅大闹了一场，将家里的东西全砸了。

瓷器碎片一件件砸落到脚下，姜婠婠看得既心惊胆战又目瞪口呆，脑子里一团糨糊之下，就……屈服了。

不过，她也有条件："可以给你们保管，但是这么贵重的东西要放在单独的保险柜里。"

林丽雅接受这个条件，因为家里空置的保险柜正好就在她和姜濉的卧室。

林丽雅精，姜娓娓也不傻。

首饰盒放进去，林丽雅去设置密码，刚按了三个数字，姜娓娓就叫停。

而后，姜娓娓在林丽雅狐疑的目光中凑过去，挡着林丽雅的视线眨眼输入了后面三位数。

这下好了，谁也甭想偷偷打开！

林丽雅：“……”

风波总算过去，而姜娓娓也彻底一贫如洗了。

她趴在自己房间里的小沙发上，久久不能从自己戏剧般的节节败退中回过神来。

虽然她的执念太深，即使重生，也一直在古董和珠宝中辗转，念念不忘地想要寻找前世丢失的灵珠，存款也好，首饰也好，在她看来都是顺便玩一玩，身外之物。可真当一贫如洗的时候，她才发现，原来她对身外之物的爱也不浅。

手机响了一声，赵小亿发来微信，晚上请她吃饭。

吃，吃什么吃？牙疼。

是真的牙疼。这晚吃的是海鲜，姜娓娓一直在喝汤。

赵小亿以为姜娓娓是在不开心，笑着向她解释：“你也知道，你后妈拿你爹的手机发短信，我爹以为是你爹在教训你，怎么好妨碍他管女儿？”

姜娓娓水汪汪的眼睛瞅着赵小亿，手指指了指自己左边的脸颊：“呜呜……真的是牙疼。”

赵小亿赔姜娓娓去牙科医院挂号，拍了个牙片，总算知道为什么牙疼了。

长智齿了。

前几天吃了火锅，又生气上火，所以有点发炎。

……真是祸不单行。

女医生和赵小亿妈妈差不多的年纪，对姜娓娓说：“建议拔除，否则如果后期长势不好，会挤到其他牙齿。”

姜娓娓想了想，问：“多少钱？”

“五百左右。”

五百……她现在能拿出一百来就算万幸了。

“等我发工资再拔吧……”

赵小亿顿时目瞪口呆，一出门就问姜婠婠：“不是吧？你已经穷成这个样子了？”

姜婠婠欲哭无泪地朝她点了点头：“我的首饰也被没收了。”不然还可以忍痛卖一件出去，能快活一两年。

赵小亿已经说不出话来了。

不过，赵小亿还是觉得姜婠婠也有错：“如果你当时不贪心就好了，不去招惹那只镯子，也就不会刷你爹的卡，也就不会发生后来这些事，把自己弄得这样惨。”

姜婠婠叹了一口气，苦恼地跺了跺脚：“可是当时那么大一块肥肉在我眼前，我狠不下心不叼回来啊！”

人这一生能有几次幸运，能遇见那样的稀世珍宝？所以明明知道当着林丽雅的面刷姜濉的卡是作死，也觉得值得。

真的值得，被她捣乱都拍到两个亿，就是可惜……钱不是她的。

最后，没钱拔牙的姜婠婠只能随便买了点下火的中成药，结账的时候显示六十八块，她挣扎了一秒，就嘴甜地对收银员说：“姐姐，可以帮我刷一刷你的会员卡吗？”

药房的店员都有会员卡，可以打八折，姜婠婠知道。

收银员有些为难：“原则上是不可以帮顾客刷的。”

姜婠婠笑眯眯地说：“可以啦，你人这么好，我以后都来你们这里买药。”

收银员想了想：“那好吧。”

一旁的赵小亿默默转开了脸去。

可怜的姜婠婠，已经穷成这个样子了……谁没事会常来买药啊？又不是“蛇精病”！

“为什么是大海？”
“人之所以在等待归来的过程里痛苦，就是因为时光漫长，而大海里的时光，最漫长了。”

Chapter 04

夺冠，琼华盛宴

混乱又虐心的周末总算过去，周一，姜娟娟简直是迫不及待地回到了工作岗位。

“琼华宴”已经紧锣密鼓地开赛，作为珠宝圈中备受瞩目的盛事，同事们津津乐道，有着与有荣焉的骄傲。

小王毕业就在这里工作，刚做了一年，对未来还有着灼热的追求和幻想，在网上看了看最新的报道，眼中洋溢着明晃晃的上进之情：“我给自己定个目标，五年，对，五年，五年后的琼华宴，就是本人大放异彩之时。”

姜娟娟的邻桌刘姐是个资深的老人，闻言失笑：“谁知道五年后的琼华宴是什么样子？”

姜娟娟看向刘姐。

刘姐就事论事地说：“前年的时候还没有什么琼华宴，这个琼华宴是从去年开始的，去年第一年，按说应该没什么动静，可是因为 CH 的强势参与，带动了珠宝界的大神小神，最后影响力远远超出了所有人的想象。今年刚刚放出消息，整个珠宝界就跃跃欲试，主办方又趁热打铁地以一千万元的‘琼华奖’将声势推向高点。这下还看不出吗？这背后是有不差钱的大资本家在运作呢。什么事儿一旦有了资本的参与，那就不好说了。往好处想，能带领珠宝艺术跨越式发展；往坏处想，说不定又是哪个资本家的玩物呢？一时兴起办个两年，哪天兴致缺缺就撂挑子不干了，就算还能留个有名无实的空壳子，也不再有什么参与价值。”

姜娟娟听完刘姐的分析，心想这果然是多做了几年人类的，看她的目光立刻就多了几分崇拜。

小王紧张兮兮地问：“既然背后有大资本家，那会不会暗箱操作？”

刘姐笑了笑：“谁说得准呢？不过相对公平吧。听说这次最大的赞助商是 CR 地产。CR 地产是什么概念，那可是地产界说一不二的老大，和 CH 在我们这一行一样，一言九鼎的地位。不过地产行业可远比我们这个行业有钱得多，就算有暗箱操作，那暗箱操作的也是人和情，不会是钱。说得粗暴一些，奖金就有一千万，人家还看不上你贿赂这点钱呢。”

小王哀叫一声:“人和情啊……那门槛不是比钱更高？我更没有希望了。”

刘姐：“……”

姜婠婠看小王兴趣大，忍不住笑着说：“想那么多干什么呢？既然夜长梦多，那索性今年就参加吧。”

小王扁扁嘴：“婠婠你刚来不知道，去年琼华奖的得主是 CH 的首席设计师 Alisa，她的作品现在都能在网上看到，和她竞争的其他设计师作品也能看到，去年那场赛事竞争激烈，最后还是 Alisa 技高一筹。他们啊，可都是现在的我不能望其项背的。我还是老老实实工作，一步一个脚印来吧。”

还好有小王提醒，否则姜婠婠一定轻敌。她虽然一直晓得 Alisa，可是却不知她去年的参赛作品竟然那样惊艳。小王说竞争激烈，在她看来，岂止是激烈，简直是惨烈。从作品可以看出心血，所有人都是尽了心血，在毫无保留地去竞争去年的桂冠。

看到这样才华横溢的设计师参与，又看到这样惊艳时光的作品产出，姜婠婠方才明白“琼华宴”这个“宴”字真的是实至名归，当之无愧。

这一刻，姜婠婠竟对琼华宴背后的大资本家生出敬意，想他一定是一个懂得艺术、珍惜艺术的资本家，是真正想要创造一个百花齐放的珠宝盛世。

能够恰逢盛会，姜婠婠也与有荣焉，更是心无旁骛，尽心尽力地扑在设计稿上。

一连半个月时间，姜婠婠每晚挑灯画图，总算引起了姜濉的重视。

“晚上怎么熬那么晚？”早餐桌上，姜濉问姜婠婠。

这个样子的姜婠婠实在罕见，姜濉回忆她的成长历程，惊讶地发现竟是前所未有。姜婠婠是很有天赋的，从小顺风顺水，全不费力，高考她几乎没有怎么努力，就轻轻松松就考上了一流名校 A 大。此后更是彻底放飞，然后不出他所料地走起了下坡路。

乍然见她努力，姜濉以为她转性，暗中惊喜。

没想姜媗媗不走心地随口答了一句：“挣奖金。”

姜濉：“……”

想了想，姜濉轻咳一声，以教育的口吻说：“不要为了这些身外之物熬坏了身体。”

那你可以把身外之物还给我吗……姜媗媗幽怨地看了看姜濉，又看了看林丽雅。

林丽雅不屑地轻笑一声：“把你那公司卖了也才多少钱？能有多少奖金，值得你这么拼命的？”

姜媗媗头也不抬地说：“一千万。”

林丽雅立刻被噎得说不出话来。

姜媗媗吃完早饭就匆匆拎包出门了，今天是初赛截稿日期，她要先去市中心送参赛作品，然后再去郊区上班。

林丽雅对姜濉说：“你女儿越来越不靠谱了啊，这么不高明的谎话都说，她是穷疯了吗？”

姜濉：“……”

林丽雅被打脸是在两个月以后，格外响亮又避无可避的“巴掌”。

彼时，琼华宴初赛结束，最终从来自国内外数百个参赛珠宝品牌中选了前十六名进入决赛。

所谓重赏之下必有勇夫，虽然是以品牌为单位参赛，但由于对设计师的个人奖金设置太高，琼华宴短短时间蜚声海外，吸引了不少国外名家前赴后继，甚至有设计师因为在自家品牌争取不到名额，而临时自创珠宝品牌参赛。

这样普天同庆的盛事，毫无悬念引来国内外媒体争相报道。而作为承办城市的 A 市当然不甘落后，更加不遗余力地宣传。晋级名单出来以后，A 市各大媒体争先恐后将这事宣传得街头巷尾尽人皆知。

而作为晋级的其中一人，绮艳珠宝的设计师姜媗媗自然也跟着炙手可热起来。

林丽雅在 CH 门口看到有“姜媗媗”三个字的宣传海报时，脸都要绿了，原本还想进去买买买，当下心情尽失地扭头就走。

另一边，周老头则是一连几个晚上笑醒过来。

不过是进入决赛，原本名不见经传的十八线品牌就摇身一变跻身小神行列，订单每天铺天盖地砸来，整个珠宝厂上上下下忙得脚不沾地，人力资源部紧急做出应对方案，对外招聘大量新员工。

周老头原本还担心紧急扩招会无法控制员工质量，没想又出乎意料地迎来惊喜。因为琼华宴的影响力，应聘者个个履历出众，绝大部分还是从大品牌跳槽而来。

周老头只恨不得将姜婠婠捧在手心才好，翻箱倒柜在办公室找红包，最后失望地发现竟然没有一个红包足以表达他对姜婠婠的倚重和疼爱之情，他思索片刻，当机立断让助理出去买红纸。

红艳艳的纸张买回来，周老头觉得这下他发挥的舞台总算足够大了，将办公室的门一关，打开保险柜，就从里面取出十沓钞票。

姜婠婠在生产部忙到天黑，下班时整个珠宝厂几乎已经不剩什么人，回到办公室，却见笑眯眯的周老头正等着她。

周老头将巨型红包推给她，埋怨地说："等你大半天了。"

姜婠婠双手抱住掂了掂重量，只觉这个红包骨骼格外清奇，美得很是简单粗暴。

"嘿嘿，谢谢周老头！"

周老头语重心长地说："是我要谢谢你，婠婠，你让绮艳珠宝一下子进步了十年你知道吗？"

姜婠婠浑不在意地往包里塞红包，一面说："我说过要报答你的啊。"

她就是这样一条知恩图报的美人鱼。

决赛和初赛的比赛规则略有不同。初赛考虑到参赛品牌太多，为了节约彼此的时间和成本，所以选的是设计稿，而决赛则是将入选的设计稿制作成成品，以任意手法现场展示，得分最高者摘得琼华宴桂冠，被授予琼华奖，同时设计师本人获得一千万元奖金。

彼时，现场将会有专家评委四人，由国内外名家、业界泰斗担当。嘉宾三人，不用说，应该就是资本方。这七人一人手持 10 分，共 70 分，最后 30 分是大众现场投票。

姜婠婠一向是艺高人胆大的性子，又这样顺顺利利成为凤毛麟角的十六分之一，更加对比赛的公平度满怀信心，自是又义无反顾投入了废寝忘食的制作中。

这样的连轴转之下，决赛眨眼就到了，地点在CR旗下的奢华五星级酒店。

比赛那天，周老头亲自送姜娟娟过去，另带了自己的助理专门帮姜娟娟拿东西，以示格外重视。

结果到了以后，见识到其他十五个品牌的做派，三个人纷纷自惭形秽地低下头去。

其他品牌从核心团队到模特儿，从主管到实习生，从造型师、服装师到灯光师，浩浩荡荡，最多的有一个连那么多。主办方给每个品牌安排了单独一个大房间，其他品牌全部人满为患，纷纷要求追加房间，唯独姜娟娟他们这边空空荡荡，从老板到助理全部事不关己地围观竞争对手抗议房间太小。

周老头围观得差不多了，问姜娟娟："你怎么不告诉我要模特儿？"

姜娟娟无辜地望着周老头："我以为主办方会统一安排。"

周老头："……"

姜娟娟说："你看我，我不是比那些模特儿好看吗？"

周老头看了她一眼，一语中的地反驳："可你太矮了。"

姜娟娟："……"

会心一击。

这次琼华宴的主题是"归来"，姜娟娟是最后一个选手。因为被她委以重任去抽签的周老头抽了第十六签回来，所以她有充足的时间在后台看其他人比赛。

其他人里，若论最出众，CH的Alisa当之无愧。她的作品是一顶华丽尊贵的王冠，以CH财大气粗之势，用一百零九颗顶级硕大的钻石打造一顶王者之冠，再缀以九颗殷红如血的鸽血红宝石，使尊贵之中带着杀伐之气，仿佛携带着千军万马之势。

她的"归来"，是"王者踏血归来"，气势磅礴，赢得行内行外不约而同的掌声齐动。

……

Alisa震撼出场之后，后面的设计师再没有得过高分。没办法，有比较就有伤害。

周老头无比悔恨自己手欠去抽签，抽了最后一个，将姜娟娟置于不利的境地。想说什么，却见姜娟娟神情平静，眼神专注，他只能聊胜于无地安慰：

“娟娟，咱们无愧于心就好。”

终于到姜娟娟。

前台的灯光由暗转明，帷幕尚未拉开，就听得清澈悦耳的乐器声，带着绵长的情意，缱绻中藏着天真。

随着帷幕缓缓拉开，淡雅的布景渐渐展露，其上铺着星星点点的鲜花。

陌上花开。

背景之上，姜娟娟一身月白色长裙，剪裁流畅典雅，又恰到好处地衬托着她柔软窈窕的身体曲线。她的头发绾成发髻，完全露出圆润的耳垂和洁白的脖颈。

她坐在古筝后，微微低垂着头，十指如行云流水。

古筝是一种极具张力的乐器，它既可以奏出最缱绻温柔的绵长情意，又可以表达最铿锵有力的壮志激情。姜娟娟出场不久，乐曲就从缱绻天真变得铿锵有力，仿佛刹那间场景变换，从少女情怀变成将军舞剑，一静一动，一柔一刚，交相辉映。这时，曲调再次变化，又由力量转为绵长，但这一次却不是回到最初的天真,而是变成一种硬汉柔情的承诺和担当,温柔里饱含力量,扣人心弦。正当众人以为这就是音乐的主调,曲调却又陡然间变得急促而动荡,仿佛恋人遭遇变故,被迫分离,怨恨和无助刹那间将全曲推向高潮。高潮过后,动荡渐歇，却不是归于平和，而是悉数化作忧愁暗恨。

山重水复的剧情，极致精妙的音乐仿佛画面一般将荡气回肠的剧情在观众面前徐徐展现，分毫不差。

而随着音乐将情绪推动，摄影师的特写镜头也恰到好处地落在姜娟娟佩戴的首饰上。

她的作品是一套，由铂金、钻石和矢车菊蓝宝石打造的耳环和项链。如同她的音乐，讲述着一个山重水复故事。

一对耳环以铂金用写意手法勾勒线条，左边耳环线条柔和婉转，神似少女曼妙多情的曲线；右边耳环线条锋利简练，呈现出将军舞剑的英姿勃发，细节处用钻石和矢车菊蓝宝石加以镶嵌刻画，画龙点睛。随着姜娟娟的演奏，耳环随之荡漾，贵重宝石在灯光之下熠熠生辉，光彩照人。

这两只耳环正是音乐传达的前面两个场景，一柔一刚，一静一动，虽然天生不同，却是天作之合。

随着音乐进入高潮，摄影师的特写镜头跟着落在项链上。姜娟娟脖颈上是一条蓝宝石项链，不同于耳环小巧精致的切割，这一块硕大的蓝宝石被大刀阔斧地一刀削成平面，镶嵌在铂金之内，铂金外围以钻石点缀出星星点点的璀璨，俨然月下大海，平静、湛蓝、深邃。而所有的波云诡谲全暗藏在那一刀削平的蓝宝石里，因为没有切割，蓝宝石天然的纹理露出，那似箭矢一般的纹理汇聚向一处，使原本纯粹极致的美丽带上了些许凌厉之气。

此时，音乐正好在忧愁暗恨之处戛然而止。

现场久久鸦雀无声，所有人无不沉浸在这样一场视觉和听觉盛宴之中，迟迟无法回过神来。

过去那短短五分钟，他们看了光芒万丈的珠宝，听了荡气回肠的音乐，还有一个山重水复的故事，每一样都将他们吸引，然后又仿佛在他们最入迷的时候，无疾而终，让人怅然若失。

直到姜娟娟起身致谢，前排的专家评委才回过神来，而后，掌声雷动，现场喝彩声久久不绝于耳。

第一个反应过来的专家评委待现场稍微安静，玩笑般地说了第一句点评："你这个压轴好戏是刻意安排的吗？"

姜娟娟笑眯眯地站在台上，也玩笑般地回答："抽签抽的，不过一切都是最好的安排。"

她说着朝评委鞠躬，笑道："就像我今天能够遇见欣赏我的老师、嘉宾和观众，也是最好的安排。抱歉，我将老师刚刚的话理解成了欣赏，希望不是我自作多情。"

今天这样的场面，除了像 Alisa 那种见惯风雨的设计师，其他人都或多或少局促紧张。可是姜娟娟一席话机灵俏皮、落落大方，毫不逊于 Alisa。

她耳目一新的回答立刻又为她赢得了好感，另一位专家评委笑着说："不是，那的确是欣赏。好，言归正传，现在请你向我们解释一下你的作品。"

"好的。"姜娟娟谦恭地又鞠了一躬，徐徐道出她的灵感。

"我想'归来'这个主题很容易让人联想到陌上花开，可缓缓归矣。这是五代十国时期吴越王写给他归宁王妃的一封信，有一种硬汉柔情在其中。我个人很喜欢这种反差，所以就以此为灵感，塑造了将军和少女两个形象，作为爱情的主体，打造了这一对耳环。但对于'归来'这两个字，我想，像信中那样的岁月静好其实是万幸，万中之一的幸运，因为他们能够想重逢就重逢，想归来就归来。但更多的分离是没有这种幸运的，他们迫于各种各样的理由，不得不天各一方，归来对他们而言，是遥遥无期的等待，使他们不得不在离别和思念中忍受煎熬。所以我认为，归来的喜悦只是结局，前面更应有辗转反侧的情绪，相逢的感恩，别离的忧愁，相思的暗恨，最后才是重逢的喜悦。”

“忧愁，暗恨……倒是剑走偏锋。”第三位评委沉吟着姜婠婠的话，问，“那你的喜悦在哪里？”

姜婠婠微微一笑，自信地问：“各位老师，不论主题，不论设计，仅从视觉的角度来说，你们认为我的这一套首饰美丽吗？”

几位专家相视一眼，给了肯定的答案。

“谢谢老师，”姜婠婠笑着说，“美丽就是喜悦。你们看，不论我设计的心思如何婉转，它最直观的结果就是美丽，让人心生喜悦，这不是正和归来的含义一样吗？”

专家评委们一时无言，最后，第四位评委率先亮分，他给出了 10 分满分的高分。

“姜小姐，你的设计无懈可击。”

姜婠婠开心地鞠躬致谢，其余三位也纷纷给分，最后以 39.7 的高分赢得全场掌声。

接下来是三位嘉宾给分。今天的嘉宾团中，有 CR 的总裁裴复亲自坐镇。

换句话说，今天给钱的大爷就坐在这里。嘉宾点评时，裴复的助理忽然出现，在他耳边低声说了些什么，到其他两位嘉宾点评完毕，他才开门见山地问：“姜小姐，你是否曾经等待过谁？却求而不得？”

姜婠婠心中霎时“咯噔”一跳。

而后，她镇定自若地笑着摇头：“没有。”

“那你怎么会有这么深刻的感悟？不少人活了一辈子怕也没有姜小姐这样深切的体会吧？”

姜婠婠回答：“可能……是书读得多吧。”

裴复：“……”

对于这样厚脸皮的回答，裴复简直无言以对。

裴复身旁的助理再次俯在他耳边说了一句什么，而后就听裴复问：“是大海吗？”

裴复无头无尾的一句大海，让姜娓娓再次没有做贼偏偏心虚地手指一抖，转瞬她镇定自若地说：“是的，蓝宝石项链是切成了大海的样子。”

“为什么是大海？”

姜娓娓微微失神，有感而发地说：“人之所以在等待归来的过程里痛苦，就是因为时光漫长，而大海里的时光，最漫长了。”

裴复深深看着她，没再说话。

其他两位嘉宾率先打分，分别给出了 9.8 和 9.7 的成绩，到了裴复，姜娓娓目露期待。她有一种感觉，在场所有的人里，最懂她设计的不是给她满分的专家评委，也不是现场喝彩不止的观众，而是裴复。

然而结果令姜娓娓大失所望，裴复在她期待的目光中，不动声色地给了她一个 8.5。

这对于姜娓娓而言，着实是一个低到离谱的分数。

姜娓娓惊呆，连主持人的舌头也跟着打结。

记得刚刚 Alisa 之后的那个设计师被 Alisa 的气场震慑住了，话都说不清楚，说到一半说不下去，不得不以“谢谢老师”强行收尾，全程表现一塌糊涂，裴复也给了 8.5 分。所以在他看来，姜娓娓和那个连自己的设计都无法说清楚的设计师是同等货色吗？

姜娓娓气血上来，几乎要针锋相对回去，可是想到大众还没有打分，她又强行忍住。

她一向自信心爆棚，自觉自己的设计绝对可以碾压式征服内行，可还是弃用模特儿，亲自上阵炫技，不就是为了赢得观众的好感吗？

内行外行，她都要征服。

姜娓娓强迫情商上线，鞠躬道谢：“谢谢裴老师。”

还好姜娓娓没有脑袋一热就冲动，成功保住了她在大众心中的好感，最后以 29.9 分的绝对高分成为今天大众投票得分第一名，将第二名远远甩出。

如果没有裴复挖坑，今天比赛已经到此结束，姜娓娓当之无愧摘得桂冠。然而因为一个 8.5 大大拖了后腿，最后姜娓娓以 97.6 的总分与 Alisa 并列。

琼华奖只有一个，现在却出了两个第一名，这要如何是好？

裴复这个时候再次开口说话：“既然是这样，那就再加一位神秘嘉宾吧，由他定夺。”

给钱的是大爷，裴复一声令下，主持人连声应和。

裴复看着台上的 Alisa 和姜媎媎，说：“刚才姜小姐是十六号最后，公平起见，现在就由她先去见神秘嘉宾，Alisa 你有没有异议？”

Alisa 笑着后退一步，大方地抬手：“姜小姐，请。”

姜媎媎被工作人员带到了顶层总统套房。

她一路回想刘姐指点的那一句，假如有黑幕，也在人和情……越想越觉得自己今天果然遭遇了人情黑幕。

而这个想法在她见到那位神秘嘉宾时得到了彻底的证实。

“怎么是你？”

真是造化弄人，前面等着她的那个赏心悦目的男人，正是她的天敌，苏先生。

苏先生坐在沙发里，面前的茶几上摆着笔记本电脑，姜媎媎余光看了看，正是刚才比赛直播的视频。

显然一切尽在他掌控。

“姜小姐，请坐。”

姜媎媎坐下，不解地问：“CH 不是参赛品牌吗？你怎么会是嘉宾？”

苏先生笑了笑：“CH 是 CH，我是我。这么说吧，裴复是在为我打工，这整个琼华宴都是我办的。”

姜媎媎：“……”

原来背后那个令她钦佩不已的大资本家，竟然是苏先生。

多么痛的领悟。

“你知道我为什么要举办琼华宴吗？”

“我在找人。

Chapter 05

生疑，众里寻她

姜娟娟很矛盾，她一面欣赏甚至敬重这个比赛，一面又觉得这的确是个有黑幕的比赛，就算没有黑幕，她和苏先生过节这么深，对她也非常不利。

但就算不利，她也没有别的选择。已经走到这一步，还能再像从前一样任性地和他作对吗？

姜娟娟别无选择地正襟危坐。

苏先生坐在她对面，双眸沉黑幽深：“你为什么要参加比赛？”

“作为一名珠宝设计师，我……”

这道题可是居于周老头为姜娟娟准备的十二个预测题榜首，姜娟娟被逼着看了好几遍答案，简直倒背如流。

“你知道换句话说，我这是一票否决权吗？”苏先生忽然不轻不重地打断她。

姜娟娟愣住。

苏先生面无表情地说：“所以，不要用这些话来糊弄我，我要听真话。哪怕只有一句假话，我也会毫不犹豫行使我的一票否决权，那么不管你刚才表现多么不俗，都是徒然。”

如果说刚才在下面，姜娟娟在面对评委和观众时，气场上一直处于上风，掌握着主动，那么此刻，她面对苏先生就是彻底沦为被动。

苏先生注定是她的天敌。

“我想要一千万……”

“做什么？”

姜媗媗幽怨地抬眼看着他："因为你……我的小金库、大金库都被我爸爸和后妈没收了，你害得我身无分文，这个奖金对我而言简直是从天上掉馅饼儿，我又不是接不住，当然就来了。你如果明年还要继续举办，我明年还会来。"

苏先生："……"

他也不是想让她诚实得这么巨细靡遗的。

苏先生移动桌上的笔记本电脑，使屏幕正对姜媗媗，视频正到她弹奏快板的画面，曲调急剧激烈。

"你弹琴是和谁学的？"

姜媗媗心脏漏跳一拍。她这一犹豫，苏先生立刻板起脸来，她被他一吓，脱口而出："自学的。"

"自学？"苏先生仿佛听到了一个天大的笑话。

他敢说，姜媗媗连一个呼吸都是经过名家指点，还不是沽名钓誉名不副实的名家，是真正造诣极高的大师。

古筝的派别分明，假如师承名家，看姿态和气口几乎就能看出师父是谁。而姜媗媗对乐曲的处理，苏先生简直不能更熟悉，她几乎和他一模一样。可是他这一生，漫长的三百多年，就只教过那么一个人。

他盯着姜媗媗的眼睛，笃定地说："你骗我。"

姜媗媗被他这个样子吓尿，但她确实没有说谎。她重生以后自然而然就会弹琴，至于跟着谁学的，她倒是没有记忆，可能美人鱼天生就是音乐天才吧。

她垂死挣扎地反驳："我没有骗你，不信你去查。以我那种复杂的家庭，我的小后妈怎么可能会愿意花钱培养我课外艺术？"

姜媗媗的话如一盆冷水，将苏先生心头好不容易燃起的一丁点希望火苗当头浇灭。

苏先生沉默半晌，目光落在她身上佩戴的首饰："取下来。"

姜媗媗早已是怕了这个人，连忙照做。

手指轻轻摩挲着一对耳环，苏先生的目光久久停留在那舞剑的将军身上，他哑声问："这是你做的？"

姜媗媗点头："从设计到制作，都是我一个人。"

"你知道这个人是谁吗？"他的声音更哑了。

姜媗媗愣住："他是我创造的虚拟人物，暂时还没有起名……"

“虚拟人物……”苏先生重复姜媗媗的话，语气中仿佛含着疲惫的叹息，却又没有叹出声来。

他又拿起少女耳环，看了许久，像是想要看出点什么，却终究看不到他想看到的。

这确实只是一个人类女子，那么那个将军，还有她的琴技，想来也都是巧合罢了。

苏先生正准备还给她，却忽然发现这一对耳环用的是耳夹，而不是耳针。他立刻去看她的耳垂，果然没有耳洞。

“你没有打耳洞？”他问。

姜媗媗老实地说：“嗯，怕疼……而且多了一个洞，就像是少了一块肉，感觉身体都不完整了。”

多么让人无言以对的解释，苏先生闻言，手指却猛然一颤，目光震惊。

绵绵也没有耳洞，曾几何时，绵绵也是这样对他说，打了耳洞就少了一块肉，身体都不完整了。

苏先生直直地看着姜媗媗，目光复杂难辨。姜媗媗完全跟不上他的节奏，只能傻乎乎地回视他。

苏先生忽然问：“你知道我为什么要举办琼华宴吗？”

……钱多？

姜媗媗在心中斟酌了一下，中规中矩地吹捧：“因为您懂得艺术、珍惜艺术，又足够财大气粗，所以想为艺术……”

“我在找人。”苏先生打断她。

“……”姜媗媗茫然地看着他。

这要她怎么接话？要不要问找谁？会不会逾越了？可是如果不这么问，又要怎么接话？

姜媗媗痛苦地纠结着，最后由于沉默实在太漫长尴尬，只能别无选择地逾越：“找……找谁？”

“绵绵。”

“……”绵绵冰？

“浮长川而忘返，思绵绵而增慕。夜耿耿而不寐，沾繁霜而至曙。”

姜媗媗刚回到后台，周老头立刻迎上来：“来，媗媗，今天你辛苦了，老头请你吃蛋糕，你最爱的雪域牛乳芝士……”

姜帼帼怔怔地看着他。

姜帼帼一向自信心爆棚，周老头还从没见过她这个失魂落魄的样子，连忙问：“帼帼，你怎么了？你刚刚见到了谁？”

姜帼帼心不在焉地答：“大爷。”

周老头：“……”大爷怎么会让你变成这个样子？

“我也不知道怎么了，他只是念了一句诗，我忽然就觉得好难过，心里好难过。”

周老头和助理面面相觑。

这年头的大爷都这么有文化了？

周老头想了半天，恍然大悟：“帼帼，你应该是饿了。难过的不是你的心，是你的胃。”

姜帼帼狐疑地望着周老头，周老头斩钉截铁地保证。

周老头刚给姜帼帼切好蛋糕，回头一看，Alisa 正站在门口。

“哎，怎么你进去那么久，她这么快就出来了？”周老头满脸不解地问姜帼帼。

姜帼帼一回头，正对上 Alisa 的视线。

Alisa 对着姜帼帼微微一笑：“我是来恭喜你的。”

“啊？”

“苏先生让我进去只是告诉了我结果。他说，他的‘归来’，没有喜悦，只有等待，时间对他而言太漫长，所有的人里只有你懂他。”

Alisa 离开后，周老头立刻将门关上，和助理抱在一起，激动得泪流满面。

不晓得的还以为他们在抱头痛哭……

姜帼帼也很想融入到他们的快乐里，可是苏先生对她念诗时的样子一直深深刻在她的脑子里，那种无能为力的痛苦让她的心沉甸甸的。

她想，她应该不是饿了，如果真和吃有关，那么可能是吃太饱了。

“帼帼，你怎么了？你是冠军啊，怎么不开心？”周老头手舞足蹈，恨不得替姜帼帼开心起来。

姜帼帼回：“可能是……比较淡泊名利吧。”

周老头：“……”

得到的时候才能说淡泊名利，失去的时候就不能够了。

姜娟娟和周老头在后台等待颁奖，然而等了一个多小时，却一点动静也没有。

之前的分数都是公开的，最后的角逐也仅仅是 Alisa 和姜娟娟之间的角逐，按说也没有其他十四名选手什么事了，然而琼华宴自开赛以来就备受瞩目，此时结果迟迟不公布，竟也没有一个人先行离场。反而大家都有种离奇的镇定和耐心，就好像这出戏拖得越久会越精彩似的。

姜娟娟简直佩服人类的想象力。

有什么可精彩的，一千万就是我的，还看不出来么，哼哼。姜娟娟淡泊名利地想。

刚刚带她去见苏先生的助理这时却忽然出现："姜小姐，苏先生要见你。"

姜娟娟愣住。

周老头率先上前去问："刚刚不是已经见过了吗？怎么又要见？"

助理面无表情地说："临时出了点状况，苏先生想要听姜小姐的解释。"

"解释？"

"是的，解释。"

姜娟娟心下一沉。

姜娟娟走进时，总统套房内多了两人，是 CR 总裁裴复和 CH 的经理，两人安安静静地立在苏先生一旁。苏先生坐在沙发上，微微阖着眸子，他的面前摆着一个印有 CH logo 的丝绒首饰盒。

姜娟娟只觉这个首饰盒有点违和，却一时间想不起来违和在哪里，惴惴不安地叫了一声："苏先生，您找我？"

男人缓缓地睁开眸子，眸色晦暗地看了她一眼，淡淡地对一旁的人说："拿给她看。"

CH 经理立刻将首饰盒递给姜娟娟。

姜娟娟狐疑地打开，看清里面那条项链的刹那，脸色一白。

"这……"姜娟娟脱口而出，"这条项链怎么会在这里？"

裴复解释道："这是刚才 CH 的经理带着一位女士过来交给我的，她说，这个东西是你亲手做的。"

姜娟娟措手不及："我……"

"是你做的吗？"裴复又问一遍。

姜娟娟下意识地看向苏先生，后者面无表情地回视着她。

姜婠婠心中懊恼得简直翻天覆地。

她这几个月忙昏了头，竟然忘记去把林丽雅手上那条赝品要回来。这本来也没什么，她虽然做了赝品，却并没有以此盈利，只是恶作剧了一下，以她对自己那一点都不严格的道德标准而言，这根本不值一提。当然换作其他任何时候，也确实不值一提，但绝对不包括此刻。

此刻，她参加这样万众瞩目的比赛，即将摘得桂冠，获得名利，这个时候，这个东西却被当作黑历史的证据送到了组委会，对于她，对于绮艳珠宝，都绝对是致命的一击。如果这件事传出去，那么她曾经将绮艳珠宝捧得多高，就可以让它摔得多惨。

见她迟迟不说话，裴复只当她年轻，还不懂得这件事的严重性，又解释一番："姜小姐，诚然国内的知识产权保护形同虚设，在珠宝圈里，也有许多以专门盗版别人作品为生的小作坊，他们一样赚得盆满钵，但他们是上不得台面的，见不得光的，赚再多钱，都不被认可。而你不同，从你站上这个舞台的那一刻起，你就得到了我们的认可，但我们怎么能认可窃取别人作品的鼠辈呢？"

鼠辈？姜婠婠浑身一颤，望着裴复。

"裴总裁，"一直没有出声的苏先生忽然出声，"你先出去吧。"

裴复意识到自己的话说得太过，苏先生这是在提醒他。

"是，苏先生。"

裴复离开后，苏先生又对 CH 的经理说："你也出去吧。"

"好的，苏先生。"

"你先坐。"

苏先生站起身来，亲自泡了一杯茶给姜婠婠。

姜婠婠受宠若惊，没想到此时此刻自己不仅没被赶出去，还能让苏先生亲手泡茶。

比起姜婠婠的坐立难安，苏先生浑不在意地说："那个东西你该处理掉。"

"啊？"

这话听起来怎么像是站在她这边？是她自作多情吗……

苏先生看了她一眼："这对我而言不算什么，毕竟我知道你不过是玩了个损人不利己的恶作剧。"

“……”

“留下这么大个祸根，对你不公平。”苏先生话锋一转，“但是对方做得很绝，CH 是你的竞争对手，所以她先去找 CH。如果她直接找的裴复，我还能将这件事压下去。”

姜婠婠咬了咬嘴唇：“苏先生，我不会让你为难的。”

苏先生看向姜婠婠。

“这个奖，我不要了。”

苏先生似笑非笑：“一千万可不是个小数目，你现在正好囊中羞涩吧。”

姜婠婠坦诚地说：“一千万的确不是个小数目，我以为手到擒来的时候还能做出淡泊名利的样子，可是现在不会有了，我也很舍不得。身外之物这个东西，我有的时候并不觉得我多喜欢，没有的时候才发现我也挺喜欢的。但这件事是我一手造成，我种的因，我愿意承担后果，所以没有一千万就没有了吧，我……我只是有一个不情之请。”

苏先生看着她：“你说。”

姜婠婠忽然站起身来，朝着他深深鞠下一躬：“苏先生，我的老板，绮艳珠宝的周老头，他和我不同，他是一个很有原则的商人，因为太有原则了，又没有什么背景，没有雄厚的财力，所以至今只是个十八线小品牌。我曾经答应过他，要帮他赢个冠军回去，让他以此为契机挤入一线品牌，现在我是拿不到冠军了，Alisa 也当之无愧。可我希望苏先生能够帮我一次，给绮艳珠宝这个品牌一个名誉上的奖励，不要奖金，只是个声名而已，譬如……譬如，曾经有幸夺冠奖什么的。”

她故作轻松地开了个玩笑。

苏先生沉默着没说话，姜婠婠这个玩笑顿时显得尴尬。

她深深吸了一口气：“作为交换，我愿意从此退出珠宝行业。”

一直波澜不惊的苏先生，眼中终于露出震惊。

他略一思索，问：“周老头是你什么人？你现在已经崭露头角，正是前途不可限量，不觉得可惜吗？”

“他和我没有什么特别的关系，但是每一次我遇到困难，他都会雪中送炭，算是我的恩人吧，所以我要报恩。”

苏先生就事论事地说：“你这个交换有些奇怪，你退出或是不退出，对我而言并没有任何区别，对你自己的伤害倒是比较大。”

“我明白，”姜婠婠点点头，目光湛湛真挚地望着苏先生，“但是这个代价是我目前能拿得出手的最珍贵的东西，我只是想用我最有价值的东西来和你交换，我只是……想表达我恳求你的诚意。”

苏先生看着姜媗媗，久久说不出话来。

过了许久，他情绪莫测地说：“好，我答应你。”

当天，姜媗媗没有等到大赛结果公布就离开了，因为结果已定。

她不仅失去了大奖，更失去了人生目标。

是的，苏先生以为她和他交换的是自己的锦绣前程，但他不知道，她交换的东西比那珍贵得多，她交换的不是前程，是人生目标。

她辗转在珠宝圈中，接触不同的珠宝和珠宝商，不是为了什么锦绣前程，她是在寻找前世丢失的灵珠，她整个人生的目标都是那颗珠子。此时一旦离开，再要寻找就难上加难了。

她没有骗苏先生，她真的是在用她最有价值的东西在和他交换，表达她的诚意。

苏先生也算对得起她，最终琼华奖花落 CH，又造了个亚琼奖出来颁给绮艳珠宝。名字虽然平平，可她也看到了苏先生的诚意，毕竟绮艳珠宝能与 CH 相提并论，本身就是过度地捧高，胜过一切华丽的名字。

绮艳珠宝不负姜媗媗所望地声名鹊起，想来不消多长时间就能如姜媗媗对周老头的承诺一样，跻身一线品牌行列。

姜媗媗是一条从不食言的美人鱼。

姜濉倒是问过姜媗媗几次，怎么她为了绮艳珠宝尽心尽力，最后绮艳珠宝名利双收，她却辞职了。

彼时，姜媗媗玩着手机，一面玩世不恭地答：“就是因为要尽心尽力啊，我不想做这么累人的工作。”

姜濉：“……”

姜媗媗这个不上进的样子，真是气得他话都不想说了。

林丽雅心里再清楚不过来龙去脉，小人得志地乜斜着姜媗媗，只笑着不说话。

姜媗媗瞧都不瞧她一眼。

算了，人贱自有天收，她懒得对这种人浪费表情。

姜媚媚再次出现在绮艳珠宝是在一个月以后，她包里揣着苏先生给她的那条赝品项链。

是时候去处理掉了。

周老头再见姜媚媚，气得不轻，将她拉到办公室，劈头盖脸一阵痛骂。

姜媚媚震惊地望着他："你怎么知道？"

周老头心痛地说："苏先生后来都告诉我了，你……你怎么就不和我商量呢？我都六十多岁的人了，一只脚踩到棺材里了，没有你以为的那么有野心，绮艳珠宝这么不温不火几十年我不也活得快快乐乐的吗？要你为了我牺牲？"

姜媚媚老实地说："我不是为你牺牲，我只是习惯答应你的事就要做到，你随便感动感动就好，也不要太自作多情了……"

周老头："……"

然后他亲自带着姜媚媚去生产部，将那条项链熔了。

"好了，这下毁尸灭迹了，再没有人能抓住你的把柄，你乖乖去上班吧。"周老头拍了拍姜媚媚肩膀。

姜媚媚笑眯眯地摇头："周老头，我答应你的事都做到了，答应苏先生的事也要做到。"

"啧……少往自己脸上贴金了，苏先生才懒得理你要不要退出呢，你对他一点影响都没有。"

姜媚媚满脸认真地说："我知道，可那是我的诚意。"

"……"周老头无言以对，"你是不是傻？"

姜媚媚望着窗外绯红的晚霞，轻叹一声："我这几年也常常想，我是不是傻，我用这么深的执念束缚自己，自以为是人生目标，其实却是不放过自己，真的值得吗？我甚至不知道那个东西还在不在……就算被我找到了，现在一切都变了，又还有什么意义呢？"

周老头听得满头雾水，茫然地望着她："什么东西？"

姜媚媚笑而不语："周老头，不要把我想得太高尚，说不定我只是给自己找个借口退一步呢。你们不是常说，退一步，海阔天空吗？"

周老头简直忍无可忍，吼道："退什么退？！你现在要做的是进一步，进一步，你就是平步青云，锦绣前程了！"

姜媚媚在他的吼声中摆摆手，潇洒退场。

再见了，执念！

再见了，灵珠！

再见是再简单不过的两个字，难的，却是再见以后的事。

要知道，她换的不是工作，是人生目标。而且“换”这个字其实还是她一厢情愿的说法，毕竟她还没有找到下一个人生目标，所以准确地说，她是“失去”了人生目标。

于是，以前的姜娟娟只是辗转在珠宝圈中，时常换工作，这下是彻底游手好闲了起来。

姜娟娟为工作忙碌的时候，林丽雅看不惯她，生怕她越飞越高；她整天游手好闲，林丽雅更看不惯，生怕她多吃了家里粮食，趁姜滩不在，忍不住就拿话刺儿她：“你大小金库都被没收了，还不上进，我看你是过惯穷日子了吧？”

姜娟娟斜倚在沙发里，正在手机上投简历，闻言漫不经心地看了她一眼：“拜你所赐，我只是和一千万大奖失之交臂，你该不会真的以为我帮了周老头那么多，他私下连个小奖都没有吧？”

林丽雅脸色一变。

姜娟娟轻笑一声：“别傻了，那张卡里的钱你喜欢就送你好了，反正我靠着周老头的奖金也可以吃喝玩乐个三年五载。穷日子？你想象力可真丰富。”

她说着起身，在林丽雅嫉恨的目光中婀娜多姿地上楼去了。

姜娟娟嘴上占尽上风，其实冷暖自知。

她瞧着别的人类小姑娘在她这个年纪，要么深造念书，要么在职场奋斗，于是也学着别人在网上投简历。但她这个人天生自信心爆棚，学生时代的背景又那么好，自然是看不上一般工作的，于是在赵小亿的指点下下了个高端的招聘 APP，上面的年薪基本在三十万起步。

三十万年薪算多吗？对姜娟娟而言还真不算，她给周老头工作没几个月，仅红包就比这个多，更别说她从前自由自在混迹珠宝圈，凭借着眼光以藏养藏了。

但问题就在这里，姜娟娟从前的经历是个例外，是不能做正常参照的。于是就出现了姜娟娟和招聘方互相看不上对方的尴尬局面。

对招聘方而言，拿这样的工资出来是要招有出色项目经验的专业人才的，而不是从头培养一个新人，保守要求就是五年经验以上，有拿得出手的项目作品。而姜媗媗要彻底转行，珠宝公司就不能再考虑了，那么在新的行业里，她又的确和刚出校门的大学生没什么两样，而且她还不如大学生。大学生虽然没有工作经验，可是人家还有应届生身份，而她呢，不仅没有经验，还没有应届生身份，唯一的优势就是教育背景好，A 大的牌子响亮。

可惜在她的高端 APP 里，A 大也帮不上她什么忙。

她高中那会儿做人还没多久，什么都不懂，胡乱跟着“学好数理化，走遍天下都不怕”的口号选了个理科专业。她学霸属性一直在线，学得是不错，年年奖学金，可理工科毕竟是个技术专业，她二十岁大学毕业以后就直接转行了，时隔三年没碰本专业，她敢去对方也不敢用。

勉强接了几个电话面试，基本都是围绕这些问题：

“姜小姐，您的教育背景不错，只是，为什么您念的是理工科，工作却一直在珠宝行业呢？”

“姜小姐，您从前的工作成绩很出色，按说前途不可限量才是，怎么会忽然转行了呢？”

“姜小姐，您对我们这个行业了解多少呢？”

……

几轮电话面试下来，姜媗媗和 HR 基本上到了互相嫌弃的地步，这才晓得工作不好找，转行更不好轻易转。

她有些后悔，那时不该一时热血冲脑，义薄云天地就扬言退出这个行业。义薄云天只在刹那，日子却要分分秒秒地过下去。

姜媗媗躺在沙发上，自暴自弃地想，要不还是先去姜滩的公司吧？先混点项目经验，然后再跳槽。

但一想到林丽雅防贼似的防着自己，生怕自己占了姜滩什么便宜，姜媗媗又实在无法折损自己的风骨。可是转念一想，林丽雅又有什么资格拦着阻着她呢？

她姜媗媗怎么说都是姜滩血浓于水的亲生女儿啊！

姜媗媗纠结万分。

正在姜媗媗举棋不定的时候，姜滩忽然宣布要和林丽雅去欧洲旅游，二人世界，意思就是不带姜媗媗了。

姜媗媗望着林丽雅眼中的得意，只觉得没劲透了，不就是报复她那天拿话怼她吗？

不就是个二人世界，有什么好嘚瑟的……

还真不只是个二人世界，还真有可嘚瑟的。

这天姜娟娟的微信忽然有条好友请求，林丽雅的。

林丽雅和姜娟娟两人的圈子一向是互相隔绝的，现在林丽雅忽然加她，能有好事？

姜娟娟假装没看到。

过了一会儿，林丽雅又发了两条请求过来。

姜娟娟："……"

她点了接受。

林丽雅也没特意和她说话，她觉得林丽雅就是闲的。然而过了一会儿，她才醒悟过来，林丽雅这种人怎么可能会闲呢？

朋友圈被林丽雅刷屏了，姜娟娟从中受到了十万点伤害。

姜滩说，他和林丽雅是二人世界去了，那么林丽雅秀的那些照片里那个小男孩是什么鬼？

那个小孩五六岁的光景，是林丽雅弟弟的孩子。姜滩欧洲游不带姜娟娟就算了，还把别人家的孩子带着拍全家福算几个意思？

这是要把姜娟娟置于何地，何地啊！

姜娟娟气得在沙发上直蹬腿，怒而删微信。

姜娟娟心中怄了一整天，正好这一个星期隔壁原本空置多年的别墅开始紧锣密鼓地装修，"砰砰砰砰"的，吵得她更生气，简直觉得身体里有洪荒之力，随时要爆发。

姜娟娟心情烦躁地跑出去，却在见到隔壁那装修阵势时目瞪口呆。只见隔壁的工人一个个训练有素，目光专注，各自忙着自己的工作，连工友之间的目光交流都没有，搞得整个装修队不像装修队，倒像是特工队。而且人多势众，她远远瞧见一楼就有二三十个工人在敲敲打打，这别墅三楼，每一楼传来的声音强度差不多，大约都是一样的人数分布。

姜娟娟忍不住折服在新邻居的财大气粗之下。

姜娟娟转身，正好身后停着一辆黑色的高档轿车，车子擦得锃光瓦亮，她一回头就从车窗上看到自己稚嫩的容颜，带着不经世事的娇弱。姜娟娟忍不住抬起手，不开心地戳了戳车窗上倒映的人："长得这么不稳重，一看就没有五年工作经验，难怪人家质疑你……”

她想想又觉得不对：“五年工作经验有什么了不起，就那点钱还要求我五年工作经验呢……”

“……”

姜娟娟就这样自言自语地嫌弃起来。忽然，她不知怎的想起了苏先生，又自己和自己东拉西扯。

“看看人家苏先生，虽然也很年轻，却不像你这样弱不禁事的样子，人家沉稳大气，仿佛天经地义就该坐拥天下的样子。”

“贫富差距真是无孔不入……”

……

姜娟娟自言自语了一会儿，觉得日头高照，将她越晒越蔫，快没有力气了。她正打算回去，面前的车窗却忽然缓缓降下。

她就这么眼睁睁看着一张美得惊心动魄的脸不疾不徐地暴露在她的眼皮底下，整个人措手不及地呆住。

车里的男人似笑非笑地看着她：“我想你对我有点误会，我并没有坐拥天下。”

“苏先生……怎么会是你？”姜娟娟下意识地挤了个笑容，结果笑得比哭还尴尬。

苏先生看了眼正在装修的别墅：“我来查看装修进度。”

姜娟娟刹那间只觉晴天霹雳：“这……这是你家？”

苏先生矜贵地点了下头。

姜娟娟：“……”

真是天意弄人。

"苏先生，是不是因为你刚来，有人看你财大气粗就骗你这样请客？"

"如果我说我什么话都没有，只是在西山不期而遇，忍不住就想和你吃饭，你信不信？"

Chapter 06

试探，山重水复

"你住哪里？"

在这个地方相遇，苏先生那么精明的男人当然看得出她就住在这个小区，他问的是具体位置。

姜婠婠生无可恋地指了指旁边最近的那一栋。

苏先生意味不明地说："想不到我们这么有缘，从今以后就是亲近的邻居了。"

他在邻居前加了个"亲近"，听得姜婠婠一头雾水。

亲近……可以这么用？

男人笑了一笑："这整个小区的住户都是邻居，但只有我们之间的距离最近，我想把你和其他人区分开来。"

姜婠婠："……"

这种殊荣她怎么消受得起。

她讪讪一笑："还是一视同仁吧。"

苏先生深深地看着她："装修动静打扰到你了？"

大概是她刚才闷闷不乐的样子让他误会，她连忙否认："没有，没有，绿化这么丰富，噪音都被削弱得不剩什么了。"

她不开心主要是自己心不静。

但是苏先生却非要一厢情愿地坚持那只是她的客套话："上来，我请你吃饭，当作赔罪。"

姜婠婠："……"

“真的不用了。”姜娓娓一再推辞。

“为什么？”

苏先生满脸认真，一副不谙世事情商不在线的样子，真是让人无法将他和那个运筹帷幄的大资本家联系在一起。

这种问题有什么为什么呢？姜娓娓理所当然地心想，然而话到嘴边还真说不出来，她惊讶地发现自己竟然真的被他难住了。

对啊，为什么？

最正当的理由应该是，家里已经做好了。可如果真的这样说，不邀请他去自己家里吃饭就好像说不过去了，毕竟认真地算起来，苏先生帮过她，现在正是饭点儿，而且他还是她……亲近的邻居。

可真要请他到自己家里吃饭，那就更加不合适了。

最后，姜娓娓心痛地发现，上车，和他一起去外面吃竟然是最佳选项。

于是，她就被这么看似简单的“为什么”三个字逼得进退维谷，最终别无选择地上了车。

苏先生这种人怎么可能情商不在线？

不在线的人一直是她，呜呜……

西山别墅区是有名的暴发户根据地，周围最不缺的就是消费高昂的酒家饭店，姜娓娓以为苏先生会随便在附近选一家，但是她万万没有想到，司机竟然径直将车开到了市中心。

姜娓娓问：“这是去哪里？”

苏先生回：“碧海潮生。”

姜娓娓：“……”

苏先生这顿饭请得可真是掏心挖肝有诚意。

碧海潮生是A城一家有着三百年历史的饭店，这倒没什么特别，在A城，百年老字号数不胜数。但与其他百年老店“从人民群众中来，到人民群众中去，和人民群众打成一片”的服务宗旨不同，碧海潮生三百多年来一直坚守着它贵族式的骄傲，默默矗立在人群外围，以叹为观止的消费水准，傲娇地睥睨着人民群众。

它没有分店，固守在市中心的一座庭园里，在城市急剧化扩张的年代，从不肯放低身段去亲近人民群众。然而即使它姿态高冷，俨然一朵高岭之花，依旧吸引本城有钱人趋之若鹜，络绎不绝。

姜婠婠想，可能人类天生就是爱找虐吧。就像碧海潮生，不仅高冷，还不许开车进去。明明占着市中心大片地方，修了地广人稀的奢华庭院，却就是不肯分出方寸之地来停车，非要让人将车停到步行五分钟以外的停车场。

只是没想到，苏先生竟然也是这种爱找虐的人。

然而当她目瞪口呆地看着苏先生的车一路畅通无阻开进碧海潮生时，她才醒悟到自己对贫富差距这个概念的理解还是不够深刻。

院子里候着一个西装革履的高大男人，面貌英俊，脸上有着深刻的岁月痕迹。苏先生的车刚刚停稳，他立刻殷勤地上前开车门。

但他大概没料到苏先生的车上还会有别人，车门打开，他和姜婠婠两个面面相觑。

好在对方是见惯大场面的，刹那怔愣后，立即神态自若地抬手护住车顶的位置，绅士地说："小姐，您慢点。"

姜婠婠："……"

这本是再平常不过的一个动作，但不知道为什么，由这个人做来，她看到了点纡尊降贵的意思。

"那是碧海潮生的老板。"进了主楼，苏先生这样对姜婠婠解释。

姜婠婠惊呆："碧海潮生的老板会亲自来这里吗？我以为他只要守在家里等着别人抱大腿就好。"

苏先生看着她，笑而不语。

老板不仅亲自坐镇，更亲自煮茶、上菜。

姜婠婠呆呆地望着服侍殷勤的大老板，想到这个大老板对整个 A 城的土豪都爱答不理，此刻却在苏先生面前低到尘埃，不禁有点神魂颠倒。

这样矜贵的苏先生，终于让姜婠婠泯灭已久的自知之明难得上线。

"苏先生，你找我是不是有什么事啊？"大老板离开后，两百多平方米的包厢内只剩下两人，姜婠婠开门见山地问。

苏先生将茶水放在她面前："苏则。"

"啊？"

苏则直直地看着她："我还没有正式向你自我介绍过吧，我叫苏则。既来之，则安之的则。你以后也不要总是苏先生苏先生地叫我，那是给外人的称呼。"

姜娓娓：“……”

她眨巴眨巴眼睛，愣得比刚才更加彻底。

外人……苏先生的言下之意是，她是他的内人？

不不，姜娓娓被自己这个不知天高地厚的假设惊醒过来，她还是有自知之明的。

财富差距先不说，苏先生从第一次见面起就不怎么看得上她的人品。虽然在她眼里，苏先生自己的人品也就是偶尔出现打打酱油而已，他们两个，实在是谁也不该嫌弃谁。

苏则神态自若地摆弄着桌上的菜：“这里的菜准备得过于精致了些，耗时太长，今天又有些晚，所以我就先让他们做了，也不知道你爱吃不爱吃，如果不爱吃，下次我再带你过来。”

姜娓娓看向满桌珍馐，有四分之三都是她爱吃的，其中又尤以鱼最为丰盛，单是不同的做法就有六种。

姜娓娓最爱吃鱼，她是大鱼，大鱼一向喜欢吃小鱼。她不知道苏先生这是有意投她所好，还是巧合，但她脑子里一直明晃晃地飘着几个大字：无事献殷勤，非奸即盗。

姜娓娓这个人天生情商不够，绞尽脑汁才憋出一句：“苏先生，是不是因为你刚来，有人看你财大气粗就骗你这样请客？”

苏则听出她这是委婉地在让他有话直说，不由得轻笑一声：“如果我说我什么话都没有，只是在西山不期而遇，忍不住就想和你吃饭，你信不信？”

“……”

不得不信。

之后，两人的确只是在相安无事地认真吃饭。

苏则吃饭的姿态极好，行止之间不疾不徐，那样的优雅仿佛是贵族门庭里经年教养出来的，让身边的人也能跟着心旷神怡。

姜娓娓忍不住想，这样的苏先生，有财富又有地位，有才华又出身高贵，怎么会对她有什么企图呢？她身上哪样值得人家觊觎？

唔，她实在不该把人想得那么坏。姜娓娓自我反省完，整个人立刻就心无芥蒂起来，毫无后顾之忧地专捡自己喜欢的吃。

一顿饭吃得太过精致，从他们到碧海潮生，到各个细节完成，最后离开时已经是三个多小时以后。

太阳正明晃晃地挂在天上，苏则让司机先上车开冷气，然后问姜婠婠要去哪里。

市中心到西山别墅要一个多小时，姜婠婠不好意思让他特意送自己，只说："你先忙吧，我要随便逛逛。"

苏则皱眉看了看火辣辣的烈日："这么热的天，你要去哪里逛？我送你过去。"

姜婠婠："……"

她主要是觉得今天的苏先生有点奇怪，她实在不想再和他待在一起，为他着想什么的倒是其次。

姜婠婠做出痛苦回忆的样子："我也不知道，我总觉得今天好像忘了什么重要的事，可就是想不起来，我得好好想想……"

苏则看她这个模样简直哭笑不得，忍不住就顺着她，纵容地说："那我让司机送你回家，你慢慢想。我就不送你了，我还要在这里等一个人。"

姜婠婠闻言，双眸乍亮。

苏则目送姜婠婠离开，直到车子驶出视线，仍立在原地。他身形颀长俊美，如芝兰玉树，此刻在烈日之下周身自带清润之气。

不久，助理阿未从主楼走来："苏先生，慕院长已经到了。"

苏则轻轻点头，抬脚回到主楼。

苏则和姜婠婠刚刚吃饭的包厢内，安静地等着一位老者，他头发花白，却精神矍铄，金丝眼镜之后，目光精睿。

听见苏则的脚步声，他连忙站起身来，恭恭敬敬地叫了一声："苏先生。"

"慕院长，辛苦你亲自跑一趟了。"苏则脚步未停地走向餐桌。

"苏先生您千万别这么说，您用得上我是我的荣幸。"慕院长受宠若惊地跟过去。

此时的餐桌还是他们刚刚离开时的样子，分毫未动。

苏则指向姜婠婠刚刚坐的位置，对慕院长说："这就是她用过的餐具。"

"是，苏先生。"

慕院长连忙打开自己带来的工作箱，戴上手套，小心翼翼地将姜婠婠刚刚用过的碗筷一一包好，悉数放回工具箱内。

做完这一切，慕院长提起箱子："那么，苏先生，我就先回医院了。检测结果出来后，我会第一时间将报告送到府上。"

苏则点点头："好，这件事对我很重要，务必要由你亲自完成，不能泄露给任何人知道，哪怕是你最亲近的人。"

"我明白，苏先生，我一定不敢假他人之手。不论结果如何，也一定会死守秘密。"

"好，你先走吧。"

慕院长离开后，苏则静静地看着一桌的残羹冷炙。

这一顿饭，他几乎没有吃什么东西。桌上动过的菜，基本都是姜媗媗吃的。

她的口味和绵绵一模一样。

她设计的将军和少女可以是巧合，她的琴艺可以是巧合，她的耳洞可以是巧合，她的口味可以是巧合……可是这么多巧合如果都凑到了一起，那还是巧合吗？

媗媗就是绵绵……几个字抵在他的舌尖，呼之欲出，可是他却害怕起来，手忍不住轻轻发抖。

三百多年前，他是少年封侯的大将军，威名赫赫。他青云直上，难免因为立场不同树敌，一次巡视边防，被政敌暗算，不慎落海。原本一切都在他掌握之中，他安排了亲信接应，可是人算不如天算，就在那短短的时间里，他竟遇上了海洋漩涡。

大自然毁灭的力量太强大，不管他如何在朝堂上运筹帷幄，战场上所向披靡，他终究也是凡胎肉体，对抗不了大自然的力量。漩涡几乎将他绞碎，他与死亡只差一线。

然而千钧一发之际，另一股强大的力量忽然介入，与漩涡的力量旗鼓相当，两股力量似在对抗一般，一股力量要将他吞噬，另一股力量却要执拗地将他救出。拉扯之间，他昏了过去。

醒来的时候，他躺在岸边，身旁跪着一个小姑娘。

那时正是日出时分，朝阳自她的身后冉冉上升，将云霞染成绯红。姑娘凑在他面前，好奇地盯着他瞧。她瞧着他，他也看着她，劫后余生的脑子里一片空白，唯有一句诗明晃晃地在眼前，和她娇美的样子重叠：皎若太阳升朝霞，灼若芙蕖出绿波。

"是你救了我？"他有些不敢相信，她看起来弱不禁风，像是需要人将她捧在手心里的样子。

她却答非所问："你长得可真好看，是我见过最好看的男人。"

他终究是朝堂上的男人，心思深沉，她的赞美在他听来自然地成了别有深意。

他坐起来，似笑非笑地望着她："你要我娶你？"

"啊？"她愣住，傻乎乎地望着他。

"救命之恩，无以为报，所以你要我以身相许？"他凌厉地盯着她。

她很敏感，立刻就感觉到了他的敌意，顿时不开心地站起来。

"哼，我救了你，你却对我这么凶……真不该亲自抱你上来，你也就只配被我扫上来而已！"她站起来的时候趁机发脾气，故意将衣裙上的水扫了他一脸。

他被她的坏脾气弄得哭笑不得，却见她转身就径直往海边跑去，而后在他的目光里，双腿化作鱼尾，"扑通"一声跳进了海里。

他深受儒家文化影响，子不语怪力乱神。那一刻，他几乎以为是自己眼花，震惊极了。

他连忙追到海边，可是海面平静，什么也没有。她就像镜中花水中月一样，来得忽然，消失得干净，什么都没有留给他。

他甚至不知道她叫什么名字。

直到后来他才发现他错了，她不是什么都没有留给他，她把相思留给了他。在她以前，他从来不知道自己会这样惦记一个女人，为她神魂颠倒，辗转难眠，而她甚至不是人……

但他少年成名，无畏无惧惯了，一向不将世俗放在眼里，弄明白自己的情意以后，就义无反顾地任自己陷了下去。

他开始夜里不睡觉，整夜整夜地去他们相遇的海边等她。他不知道她的名字，就一厢情愿地为她起了名字。

浮长川而忘返，思绵绵而增慕。夜耿耿而不寐，沾繁霜而至曙。

他叫她绵绵。

绵绵是一条心软的美人鱼，他才等了七天，她就出现了。

她的身子浮出海面，骄矜地望着他："坏人，你是在等我吗？"

……

你是在等我吗？

三百年来，这句话就像是魔咒一样，时时在他耳边响起，撩拨着他日益脆弱的神经。

他多么希望她可以再一次像三百年前般对他心软，然后忽然出现在他眼前，骄矜地对他说："坏人，你是在等我吗？"

可是她再也没有出现。

他找她，翻天覆地地找了三百年。在漫长寂寞的人生里，只有那一句幻听陪伴着他。

也不是不曾见过希望，只是那些希望最后无不以失望告终。

这一次，终于又一次，希望触手可及。可是越接近，他越害怕。纵然知道自己会一直等她，用全部的生命等她，但一次又一次的失望仍旧也会让他痛苦。

千真万确，姜婠婠真的觉得自己今天忘记了一件重要的事。她在车上想了一路，绞尽脑汁，挠心挠肝，可惜就是想不出来。

那种用力去想可脑子就是和自己作对的感觉真的太痛苦了，姜婠婠痛苦了一路，终于在到家的时候，心力交瘁地想了起来。

只来得及和司机说一声谢谢，她飞快地跑下车。

回到房间，打开电脑，QQ好友栏里的太阳头像果然不出所料地闪个不停，抓狂的样子像是条件允许的话要从屏幕里爬出来找她算账。

她还真是忘了个重要的事。

今天，她追了七年的美剧最新一季回归。

上百条未读消息，时间从上午开始到一分钟以前，全部来自高阳，姜婠婠完全能从字里行间感受到高阳内心的崩溃和绝望……

"美人鱼婠婠，出现！"

"贴吧都要爆了，等你翻译字幕呢！"

"今天首播两集，大家都在等你，姑奶奶，你到底去哪儿了！"

"你再不出现你就永远别出现了！"

"姑奶奶，我错了，你还是快点出现吧。"

高阳是姜婠婠所在的美人鱼字幕组组长。

姜婠婠从十六岁开始就在追一部美剧，追了整整七年，简直是爱得矢志不渝。

不知是因为前世美人鱼经历的影响还是今生自带学霸属性，姜媗媗看美剧从来不需要字幕，但别人需要。

本来姜媗媗是绝对不会有这种“我为人人”的觉悟的，但五年前，她偶然看到美人鱼字幕组招募，因为这个团队带了“美人鱼”三个字，让她觉得是以自己命名的，无端就产生了强烈的使命感和归属感，当即加入。美人鱼字幕组成立伊始，组员只有组长高阳和翻译“女王也要打酱油”，再加一个美人鱼媗媗。

这么多年以来，虽然美剧字幕组层出不穷，但翻译是一种艺术，只要是艺术，就有高下。没有比较就没有伤害，只要有美人鱼字幕组在一天，其他字幕组立刻相形见绌，美人鱼字幕组因此受尽追捧，获得了强悍的江湖地位。

而美人鱼字幕组自身也是稳定得离奇。字幕组绝大部分是无偿劳动，这种高强度却没有回报的工作导致组员流动极大，大多数人都是满腔热情而来，心灰意懒而去。可是五年以来，美人鱼字幕组的组员从未动摇，当然这方面组长高阳也功不可没，他为人格外挑剔，五年就只扩招了一名翻译——“就要上天的棉花”。整个团队前期后期加一块儿总共就四人，实在是让人想撂挑子都不好意思。

今天真的是难得一见的不巧，“女王”要去滚床单，“棉花”真的要上天（飞伦敦），所以高阳提前了两个星期就对美人鱼媗媗千叮咛万嘱咐。

一定要按时出现！

结果，还是没有按时出现。

姜媗媗想，要不怎么说天意弄人呢。

姜媗媗小心翼翼地打了三个字过去：“我来了。”

高阳显然是寸步不离地等着，立刻回了过来，不过只有两个字：“呵呵。”

姜媗媗不敢怠慢地接收了组长的不满，顺便接收了两个离线文件，当然主要是文件。

因为自知迟到理亏，时间紧迫之下，姜媗媗只用了一个小时就将两集全部翻译完成，再一次快出了历史新纪录。

QQ上弹出消息提示接收文件的时候，高阳整个人蒙了一蒙。他连忙接收，几乎是以挑刺儿的心态审校，却惊讶地发现，挑不出来。即使他暗搓搓地想借题发挥也找不到理由，因为，姜媗媗的翻译真的是连改一个字的余地都没有。

高阳一直晓得姜媗媗厉害，但是今天他觉得姜媗媗的厉害又刷出了一个新高度。

他连忙马不停蹄地做后期，一番忙碌下来，总算……也不算太晚。

刚传上去就有粉丝留言：

“这才叫翻译！”

“是啊，老子等不及先看了别家的，简直瞎了狗眼……早知道还不如多等等！”

“美人鱼！美人鱼！美人鱼！”

……

最后那一声声美人鱼真是叫得姜婠婠格外受用，她笑眯眯地对着电脑屏幕挥手：“大家好！”

活像一只“蛇精病”。

电脑竟还适时地附和了一排的赞美：“辛苦你了，婠婠。”

自然毫无悬念是高阳发过来的。

姜婠婠连忙趁热打铁地求原谅：“对不起，最近心力交瘁，差点把这么重要的事忘了。”

“什么事心力交瘁？”

姜婠婠心想，不就是刚刚使劲想这件事想得我心力交瘁嘛，一面却脸不红心不跳地打字：“找工作啊，刚面试回来，心力交瘁……”

“感觉怎么样？”

感觉互相看不上对方……姜婠婠心里想着，再次南辕北辙地打出一行字：“感觉很好，虽然‘九九七’，早上九点上班晚上九点下班，一个星期工作七天，离我家路上来回四小时，但上市公司，年薪有十万呢。”

高阳囧囧有神地望着屏幕：“……”

姜婠婠用一派胡言将高阳震住以后，这才不慌不忙地下楼去拿了一杯果汁上来。

生活这么艰难，高阳你刚刚还对我那么凶，真的好意思？哼哼……

“婠婠，你再仔细考虑看看好吗？”

“我是不知道你面试的什么公司，但是这种付出和收入完全不对等的工作，只会消磨了你的才华，我为你感到不值。”

“婠婠，好工作多的是，你再看一看，千万不要冲动。”

姜娟娟慢吞吞地回到房间的时候，高阳果然已经自觉地忏悔了一屏幕。

她娇娇气气地将果汁放在一旁，想了想，非常入戏地回复："我不怕吃苦，明天一早就去。"

"娟娟……"高阳停顿半晌，忽然飞快地打下一行字，"别去。相信我，给我一点时间。"

姜娟娟望着屏幕，只觉这个对话十分违和。

她只是说要去工作，为什么高阳表现成这样，给她一种他是要去抢亲的感觉?

虽然姜娟娟心领神会，高阳的意思是要帮她留意工作，但也并不放在心上。他们四人之间虽然有五年的情谊，可是大家都是二次元与三次元泾渭分明的人，网上再怎么不见外，在现实生活里也只是见面不识的陌生人。

最重要的是，姜娟娟觉得高阳未必懂得她喜欢什么，毕竟人鱼和人之间有着种族隔离，一般人类真是很难投她所好，而像苏先生那种请她吃饭刚好能摆个全鱼宴出来的人类实在是个罕见又凑巧的奇迹。

但假如姜娟娟去过苏则市中心的别墅，那么她就不会再认为那只是个凑巧的奇迹了。

那实在是个为了重逢而费尽心思的试探。

姜娟娟家住西山别墅，以她自己的话来说，那里就是个暴发户根据地。苏则虽然在那地方买了房子，但是醉翁之意不在酒，他不是暴发户，骨子里不属于那里。他住在市中心的别墅，那里才是 A 城真正有钱又有地位的人居住的地方。

大隐隐于市，高墙将欧式外观的别墅与凡尘喧嚣隔绝。曲径通幽的尽头，点点灯光黯淡。

已经是凌晨两点，慕院长跟着前面带路的人走进市中心的别墅。

他将样品连夜审慎检测再三，终于下定结论，不敢耽搁地联系苏先生，苏先生当即派人将他带来这里。

慕院长也是第一次来。

踏进别墅的刹那，整个人仿佛穿越了时空，上一秒还在陆地，下一秒就置身海洋，幽幽的蓝光，广阔的空间，美轮美奂。他身处在五彩斑斓的世界里，头上是穹顶，地板是透明的玻璃，四周环绕着巨型鱼缸，从屋顶到四周到地板，湛蓝的海水相互流通。极为惹眼的是里面自在游弋的大鲸鱼，鲸鱼的周围围绕着各类海洋生物，有鱼类，有藻类，还有殷红如血的宝石珊瑚，几百万人民币一株的宝石珊瑚，一株一株就这么随意扔在里面，做出虽为人造，宛若天成的样子，让人恍惚间以为自己真的身在海底。

那个从骨子里离群索居的男人此刻正坐在正中的沙发上，他阖着眸子，以肘支颐，身上是一种慵懒而疲惫的气息。

“苏先生，慕院长到了。”

阿未是苏则身边多年的老人，今晚是他亲自去接的慕院长。

苏则闻言，缓缓睁开眼，一双沉黑的眸子如枯井，没有一点波澜。

结果他已经知道，他刚刚只是，还在慢慢让自己接受。

慕院长从公文包里取出检测报告，双手递到苏则面前：“苏先生。”

苏则没有接，阿未帮他接下。

慕院长祖祖辈辈都在为苏则做事，慕院长被选定为继承人的时候只有二十岁，从二十岁起，他就知道自己要为苏则找一个人。可是今年慕院长已经七十多岁，五十多年过去了，苏则却是第一次找到他。就是说，苏则花了五十多年甚至远远更多的时间才找到星星点点的希望，然而这个希望又在不到十个小时的时间里湮灭成灰。

慕院长不知道换作是自己，自己还能不能有勇气继续寻找下去，毕竟人心是肉长的，而现实却如钢铁般冷硬：“苏先生，我可以肯定，那个姑娘她的基因百分之百是人类。”

苏则的手指无意识地敲打着小羊皮的沙发：“有没有可能……人鱼的基因和人类的基因是一样的？”

慕院长愣了愣，下意识地觉得苏先生这是在自欺欺人。但转念意识到，苏先生绝对不是自欺欺人的人，他这么问，一定有他的理由。

慕院长连忙谨慎地回答：“形态由基因决定，既然两种物种形态上已经有本质的差别，那么从理论上讲，基因不可能相同，至少不可能百分之百相同。”

苏则闻言，轻轻点了点头：“让我再想想。”

他的样子波澜不惊，语气又不疾不徐，如果在场的不是知情人，根本完全看不出他对这件事的在乎。

他就这么不动声色地思考了良久。

“你再帮我查，她和姜漄是不是亲生父女。”

阿未适时地提醒道：“苏先生，姜漄出国了，我们一时拿不到他的样品。”

慕院长却忽然道："不难，姜濉的家庭医生是我的一个学生，我会让他安排姜濉到我们旗下的医院体检。只要姜濉一回国，不久后我们就能知道结果。"

"好。"苏则轻轻点头，看向慕院长，"那就辛苦你了。"

慕院长连忙受宠若惊地表示："苏先生您千万别这么说。"

苏则看向阿未："阿未，送慕院长回去。"

阿未送完慕院长再回到别墅的时候已是破晓，苏则还没有睡，仍旧坐在沙发上原来的位置，不同的是手上多了一份资料。

那是姜婠婠的资料，他已经翻看过无数遍，想来在阿未离开的时间里，他又看了好几遍，倒背应该是没什么问题了。

阿未怕苏则因为执念太深而当局者迷，提醒道："苏先生，我们会不会一开始就错了方向？慕院长不是说，她百分之百是人类的基因吗？"

苏则闻言，一直寂静无波的脸上终于有了表情。他笑了笑，笑得苍白无力。"方向？我怎么会有什么方向？姜婠婠是我这么多年找到的唯一的线索，抓住这棵稻草，我或许还能生还，放弃她，我就真的什么希望都没有了。"

苏则轻叹一声："阿未，我是别无选择，你懂吗？"

阿未震动得说不出话来。

谁能想得到，富可敌国有权有势的苏先生，在没有人看得到的地方，其实是这么的无能为力？抛开一切的身外之物，他也不过是一个失去爱人却苦寻无果的普通男人。

苏则将资料再看了一遍之后，对阿未说："你通知裴复，让他给我找个英语翻译。"

阿未愣住。

苏则将文件放在一旁，淡淡地说："我昨天听她自言自语，像是在找工作。她一根脑筋地从珠宝界退出，又偏偏从骨子里带着骄傲，这个转行怕是举步维艰。她不是美人鱼字幕组的翻译吗？那就找她做我的翻译。"

高阳让姜婠婠给她一点时间，可能是因为姜婠婠这个人在这种事情上不靠谱惯了，所以他虽然放了话却也惶惶不安的，生怕姜婠婠再次不将他的话放在心上。

结果只是过了一个晚上，第二天上午高阳就迫不及待地在 QQ 上发来消息：“美人鱼娟娟，下午三点来这个地方面试。”

紧接着一条地址。

这个消息姜娟娟是在下午一点的时候看到的，她不爱手机设置推送，所以这样的交流毫无悬念地没有时效性。

高阳一直等不到姜娟娟的回复，以为她一根筋，还念着“九九七”，苦口婆心地劝：“这么和你说吧，要论钱多、大气、上档次，这个地方要说第二，全国就没有敢说第一的，你来了要是后悔，我微博直播吃键盘。”

姜娟娟：“……”

基本上，她是抱着要看高阳直播吃键盘的心态，将地址存到手机里的。

她觉得这个地址有些眼熟，又一时想不起到底在哪儿见过，最后恍恍惚惚地想：可能是因为这个地段实在太寸土寸金了吧，所以才觉得在哪里见过。

才怪！

一个多小时以后，当姜娟娟下了出租车，站在恢弘大气不可一世的大楼前时，才终于明白为什么她会觉得这个地址眼熟。

这里是 CR 总部大楼。

想到琼华宴的时候，CR 总裁裴复给了她一个 8.5 分，她给了裴复一个黑历史，她的心情一时真是复杂难言。

她纠结了不到一分钟，当机立断地转身，抬手就要招来出租车。

这个时候却从身后传来一道略带迟疑的试探：“美人鱼娟娟？”

姜娟娟转过身去，只见身后是一个身穿深蓝色西服的男人，身量很高，站在阳光之下，自带一身俊朗。

姜娟娟下意识地认出对方：“高阳？”

随着姜娟娟出声应和，高阳眼中闪过惊艳，似真似假地笑：“没想到你是这样的美人鱼娟娟。”

他又自我介绍：“你好，我是凌天。”

姜娟娟恍然大悟：“如日凌天，可不就是太阳高挂吗？”

“我们进去吧。”凌天自然而然地要带姜娟娟进去，姜娟娟却迟疑的样子。

凌天恍然大悟：“哦，对，我还没有和你说职位的事呢，这样，我们边走边说。”

姜娟娟：“……”

就是在凌天一厢情愿的“恍然大悟”里，姜娟娟别无选择地跟了进去。

“我们CR是大公司，由职业经理人打理，也就是现在外面家喻户晓的裴家。但是董事长却极其低调，不只是我，就连公司的许多高层老人都从没有见过他，这次说要回国也来得突然。董事长常年旅居海外，虽然身边有助理，但总裁为了周到，今天一早就让人力资源部为董事长紧急招聘第二助理，也就是董事长的专职英语翻译。”

姜娟娟听到前面，心跳莫名漏了一拍。苏则曾经说过，裴复也只是为他办事，那么CR的董事长会不会就是苏则？她下意识转身要走，却又听凌天说他常年旅居海外，还因为语言不通，才需要翻译，又安稳放下一颗心来。

董事长应该是个外国人，苏先生是中国人，且一直在国内，怎么可能需要翻译？他汉语真是不要太好好吗，说她心术不正、缺少管教的时候，词语用得多么出神入化啊。所以，董事长根本就不会是苏则。

说话间，凌天已经将她带到了人力资源部。

抬眼看到人力资源部门庭若市的场面，姜娟娟整个人蒙了一蒙。只见人力资源部外面的待客区此刻已经人满为患，乌泱泱的人群将原本高雅精致的空间全部挤满。虽然分开来看，每个人都打扮得精致得体，但这样挤在一起，整体观感实在违和。

姜娟娟目瞪口呆地感慨：“我是真的不知道现在找个工作竞争这么激烈，犹记得上一次见此盛况还是高考。”

凌天与有荣焉地笑道：“这可不是一般的工作，我不是和你说了吗，要论财大气粗，放眼全国，CR敢居第二，就没人敢居第一。他们现在应聘的可是CR大老板的贴身助理，怎么可能不拼了命地趋之若鹜？”

听凌天这么得意骄傲的语气，姜娟娟想自己是没有办法临阵脱逃了，不由得轻叹一声。

凌天自觉理解为她退却，连忙比她还有信心地说：“放心，他们什么水平我大概清楚，和你比起来，也就是一群打酱油的。”

姜娟娟：“……”

凌天帮着姜娟娟将简历递给HR，又积极地为她拿来了试译题目。

一页英译中，一页中译英。

找位置却是个问题，两个人在场中转了三四圈，发现完全没有地方可以给她坐下。

姜娟娟的耐心立刻磨光："要不我明天再来吧？"

凌天看奇葩一样看着她："你在说笑吗？明天黄花菜都凉了。"

姜娟娟："……"

她本来也不爱吃黄花菜啊。

凌天尽心尽责地带着她继续找位置。

姜娟娟心不在焉地跟在凌天身后，一抬眼，却见外面又进来一人。那个人像是具有自动聚焦功能，她下意识就多看了两眼。

——真是个活色生香的大美人。姜娟娟这样想。

姜娟娟自己就长得好，生得清水出芙蓉的美貌，加之性格骄矜傲娇，几乎很少有心悦诚服拜倒在哪个姑娘美貌之下的时候。但是此刻，她却觉得自己的美只是一种锦上添花的美，不过是长得比普通人好看一点，能让人觉得赏心悦目多看两眼，仅此而已。但是那个大美人的美却有一个层次的飞跃，已经从简单的视觉效果飞跃到了能吸引他人为她付出。

只见大美人走过，一位绅士立刻神魂颠倒地站起来让座。

可惜大美人没有理会，目不斜视地径直走进了 HR 办公室。绅士灰溜溜地摸了摸鼻子，如梦初醒般地坐下奋笔疾书。

"你在东张西望什么？"

姜娟娟指了指大美人的方向，凌天只来得及看见一道美丽的背影。她忍不住为凌天惋惜，凌天却若有所思地笑了笑："有位置了，跟我来。"

在凌天的指挥下，姜娟娟稀里糊涂地坐在了 HR 办公室里，旁边就是活色生香的大美人。

她想，如果她是个男人，此时此刻简直没有办法认真笔试。好在她也是个姑娘，但即使这样，她也大方地想，一会儿做完她要借给 Angela 抄。

是的，大美人名叫 Angela，也是来参加应聘的。

刚刚他们正找不着位置，一进 HR 办公室，只见后到的大美人安安稳稳地坐在员工的位置上，手上却拿着和姜娟娟同样的试译题。

凌天上前打招呼："Angela，这是我朋友姜娟娟，外面没有位置了，可以让她坐你旁边写一下吗？"

Angela 抬起头看了看两人，似笑非笑地说："凌天，好巧。好啊。"

就这样，姜婳婳坐到了 Angela 旁边。

人力资源部的员工各自手忙脚乱，办公室里鸦雀无声。姜婳婳侧过头，原本想轻轻打声招呼，却见 Angela 手边摆着一个 iPad，正端端正正地照着 iPad 上的内容抄写。

姜婳婳好奇地往 iPad 看去，只见里面赫然是试译题目的答案。Angela 大张旗鼓地抄着答案，旁边就有 HR 来来去去，却没有一个多看一眼，仿佛这件事多么稀松平常。

姜婳婳目瞪口呆。

她原本还以为自己是关系户，可以不用先递简历就来参加面试，此刻在真正的关系户面前只觉自惭形秽爆了。

关系户很快就将答案抄好，随手递给路过的 HR。

HR 接过时面带小心翼翼的笑容："好的，请您稍等。"

关系户对姜婳婳笑了笑，心安理得地玩起手机。

姜婳婳："……"

活得多么恣意潇洒的人类，她自愧弗如。

四点半的时候，姜婳婳完成了试译。她走出办公室，外面已经是摩肩接踵的盛况。试译题目很难，这也是一个重要的原因，导致几乎没有人提前完成，腾不出位置，而后面通过各种渠道来参加面试的人却前赴后继。

姜婳婳相信，今天像她一样走小路进来的人绝对不在少数。

而她的想法很快得到了凌天的证实："董事长这么忽然一回来，简直是从天上扔了个肥差下来，别说外面的人了，就是 CR 内部上上下下，哪个不是抻长了脖子要去接？职位不怎么高的想要更上一层楼，职位高点的想安排自己的人到董事长身边。大家都摩拳擦掌，互不相让。"

姜婳婳听完，发自内心地感叹："你们董事长可真是一块肥肉，直接把他吃了不是更补？"

凌天失笑："是很补，但他可不是一般人吃得下去的。你看那个 Angela 漂亮吧，长得跟仙女一样，她还是裴副总的女朋友，想要接近董事长，也得挤在人山人海里做试译题。"

姜婳婳没好意思说人家是自带答案过来的，她笑了笑，捧场地问："那你呢？你一定也很厉害，Angela 都要给你面子呢。"

凌天自黑地说：“我那是狐假虎威。”

“……”

“我是裴副总的助理，她是在给裴副总面子。”

“裴副总……是谁？”

“总裁裴复的儿子，裴时。”

姜婠婠：“……”

真是绕来绕去都绕不过冤家路窄。

CR不愧是财大气粗的大公司，效率高得叹为观止。五点整，HR出现，将进入面试的名单公布。

寥寥六人榜上有名，和满屋子一片哀号遥相呼应，韵律感十足。

姜婠婠自是在面试名单之内，她站在外面听见落选人群里传来抱怨：“根本没做完好吗？”

“你是没做完，老子是还没做……”

姜婠婠无言以对地想，果然这种事情先到先得。

凌天有自己的事情要忙，表示只能帮她到这里以后就离开了，HR带着姜婠婠及其他五人上电梯，去见上级主管。

上级主管……是谁？

姜婠婠漫不经心地想，按理说应该是董事长，但听语气，董事长还没回来，那应该是……

“是裴总裁吗？”电梯里有其他姑娘问HR。

HR含笑点头。

姜婠婠想，鉴于她和裴复不愉快的历史，电梯到了以后她完全不用出去，直接跟着电梯再下去就行了。

却见身旁的Angela嘴角一抹笑，那个笑容的层次丰富极了，有几分得意，有几分不屑，有几分胸有成竹的自信，又有几分看猴戏一样的兴致。

姜婠婠当即心领神会，面试官不是裴复，是裴时。

电梯到了高层，当裴复的秘书Serena对HR说裴复不在时，姜婠婠简直要佩服自己的眼力劲儿。

“裴总裁中午的飞机，现在还在路上，他安排了副总代为主持面试。”

然而面试官是关系户的男朋友，姜婠婠觉得这个情况也乐观不到哪里。

她态度端正地想，要是面试顺序她在前面，她就进去，要是又像上次一样最后一个，她就不浪费时间等了。

她正这样想着，就听Serena叫她的名字："姜婠婠，你是笔试第一名，你第一个面试。"

姜婠婠："……"

姜婠婠走进办公室，只见宽阔敞亮的办公室整体装潢稳重沉敛，办公桌后却是一张玩世不恭的脸。

这人年轻英俊，五官上隐约有几分裴复的影子，气质却截然不同。裴复是刻板的，这人却有些不羁。

姜婠婠根据刚才得到的仅有的一点信息，礼貌地鞠下一躬："裴副总好。"

"姜婠婠？"裴时念着她的名字，嗓音似笑非笑。

"是的。"

"我们见过。"

"……"

"在拍卖会，还有，琼华宴。"

姜婠婠："……"

她以为躲过裴复就一切好说，没想到她的黑历史深入人心，躲过一个知情的，还有另外一个旁观的。

姜婠婠心力交瘁地笑了笑："裴副总记性真好。"像她，就对眼前这个人完全没有印象。

裴时眸光流转："你不记得我，也许是因为你的注意力全放在了其他人身上。"

"……"

"不像我，我从第一次见到你，就深深记得你……一身的好演技。"

"……"

"姜小姐你为什么要来做翻译呢？翻译才挣几个钱？你这么漂亮又这么会演戏，连苏先生都拿你没办法，你应该去做演员。我在影视圈还有些人脉，我说真的，姜小姐你考虑下，我能将你捧得大红大紫。"

"……"

"你会弹琴，又舌灿莲花，天生就能吸引别人的目光。姜小姐，你还会什么？跳舞会不会？这里没有外人，你跳支舞给我看看，多样的才华可以为你的面试大大加分。”裴时说着说着嘴上愈加没有把门儿。

“……”

姜婠婠终于忍无可忍，不轻不重地反问：“到底是我在面试你，还是你在面试我？”

裴时：“……”

“那么为什么从我进来起一直是你在说话？”姜婠婠轻轻笑了笑，“我这么有天赋的人，不用你捧也能大红大紫，你呢，你就少往自己脸上贴金吧，我要找金主，还轮不到你。倒是你，说话做事毫无分寸，自以为是，把轻浮当作风流，把人家的大公司搞得跟个家庭小作坊就算了，你连面试官都不会当，真该多读几本书。我也说真的，刚好我和 A 大的老师们很熟，要不然看我的面子，请他们帮你补习点文化知识吧？”

角色对转，姜婠婠在气场上居高临下地看着裴时，裴时忍无可忍地瞪着姜婠婠。

姜婠婠不疾不徐站起来，一副“不陪你废话了”的样子：“这年头，连流氓都有文化，你连文化都没有，还想当流氓？”

她说完，趾高气扬地转身就走。

“姜婠婠，站住！”

身后传来裴时怒不可遏的吼声，姜婠婠置若罔闻，高跟鞋清清脆脆地一路径直踩了出去。

姜婠婠做人做得这么霸气，自然是连结果都不屑等待的，出去以后就要离开。

却没想再次被命运调戏。

外面此刻正电闪雷鸣，大雨瓢泼。

姜婠婠站在落地窗前，呆呆地看着外面倒霉的行人到处躲雨，怅惘地想，明明她刚进去面试的时候还是晴空万里啊。

不过姜婠婠要离开的决心风雨无阻，Serena 眼尖地发现她走到了电梯，连忙出声提醒她：“姜小姐，面试结果是当场公布的。”

姜婠婠油盐不进地按下电梯：“我有别的事，先走了。”

“这外面那么大的雨，大家躲雨都来不及，你怎么反而要往外走呢？”

姜婠婠脸不红心不跳，一本正经地胡说八道：“年轻人正是刻苦耐劳的时候，这点风风雨雨都怕，能成什么事。”

Serena望着姜婠婠，嘴角僵硬：“那冰雹呢？”

“……哈？”

Serena指了指外面：“下冰雹了。”

姜婠婠：“……”

就这样，姜婠婠被冰雹困在了CR，然而结果仍旧是毫无悬念。

裴时显然被姜婠婠气得不轻，后面几个面试快得惊人，结束以后就迫不及待派人出来公布了结果。

结果，Angela进入董事长办公室，姜婠婠以笔试第一的成绩进入面试，在面试里无疾而终。

因为突然的一场冰雹侵袭，A城一时间不仅打不到出租车，连打车APP也跟着瘫痪。

姜婠婠在APP上下单，等了十五分钟没有等到司机接单，却先等来了裴时。见裴时正向自己走来，姜婠婠率先目中无人地走出了大楼。

要她再看这种人一眼，她宁愿去淋雨。

她淋雨的心愿未能达成，一辆劳斯莱斯忽然在她面前停下。她好奇地站在原地，只见后座车窗降下，露出里面一张惊艳世俗的脸。

“婠婠，上车。”苏则自然而然地推开车门，又往旁边让出一个位置。

“……”

姜婠婠愣在原地，觉得此情此景有种难以言喻的微妙。却听见身后裴时越来越近，她想也不想地就跳上了车。

“开车！甩开那个‘蛇精病’！”

车子不可一世地开出去，姜婠婠这才稍微解气。

苏则神色莫测地看了眼窗外，顿了顿，说：“没想到这么巧，在这里遇见你。”

姜婠婠深有同感地点头。是啊，好巧，这样都能遇见。

苏则看着姜婠婠，问：“你心情不太好的样子，是不是去了什么不开心的地方？”

姜婠婠觉得苏先生这个人是真的很厉害，要是他问她发生了什么不开心的事，她还不屑提起，但他问她，去了什么不开心的地方，简直瞬间在她心中产生共鸣。

"CR 那个鬼地方……"

因为共鸣来得措手不及，姜婠婠的嘴巴在脑子打招呼以前就说话了。

苏则眉头微抬："怎么回事？"

姜婠婠犹豫不决起来。

刚刚是气头上的脱口而出，现在要娓娓道来却需要一颗钟爱倾诉的心。

"说来话长，算了……"姜婠婠没有耐心地总结道。

"那就慢慢说，"苏则不轻不重地打断她，好整以暇地换了个倾听的姿势，"刚好我也要回西山看装修进度，我们路上有一个多小时的时间。"

"……"

姜婠婠于是别无选择地将今天下午发生的事长话短说了。

苏则神情难辨地听她说完，半晌，若有所思道："据我所知，CR 的管理还算规范，裴时虽然平常吊儿郎当了一些，但在重要的事情上也是进退有度。恐怕他刚才只是一时冲动，过不了多久，CR 就会将你应得的还给你。"

姜婠婠气呼呼地将头一扭："我才不稀罕！"

苏则看她模样，不禁纵容地笑了笑。

路过花店的时候，苏则忽然开口道："阿未，停车，下去买点东西。"

"是，苏先生。"

阿未迅速将车停好下车。

姜婠婠一脸不解地望着苏则："苏先生，你好像还没有说让他买什么啊。"

苏则高深地笑了笑："他在我身边许多年了，知道该怎么做。"

姜婠婠："……"

可能这就是真正有钱人和暴发户的区别吧。

手机铃声忽然响起，是个陌生的号码，姜婠婠懒懒地接起来。

"姜小姐吗？我是 Serena，您还记得我吗，我是裴总的秘书。"

"记得。"姜婠婠不怒不喜地说。

"是这样的，裴总裁刚回到公司，听说了副总的胡闹非常生气，可以请姜小姐再回来一趟吗，裴总在公司等您。"

姜婠婠慢吞吞地说："那就让他自己好好生生气吧，子不教，父之过，他此刻生点气也算是亡羊补牢了。"

"……"Serena 真的是第一次见识到这么嚣张的人，霎时，向来厉害的舌头都打结。

“没别的事我挂了。”

姜娟娟毫不犹豫地挂了电话，一抬头，就对上苏则深邃的目光，复杂难辨。

她想起自己的嚣张，却并没有觉得不好意思，她做人就是做得这么任性。要她屈从于裴时的淫威？呵呵哒！

这时，阿未回来了，他将车门打开的一刹那，一阵沁人心脾的香味扑来。

姜娟娟的视线越过苏则，只见他的身后，阿未抱着一大束洁白的栀子花站在车外。苏则顺着姜娟娟的视线转过头去，自然而然地接过花，然后在姜娟娟愣愣的目光里，含笑捧到她面前：“送给你。”

姜娟娟一脸茫然：“啊？”

“看你气呼呼的样子，想让你消消气。”苏则不疾不徐地笑着，“这个味道我闻着倒是不错，不知道你喜欢不喜欢。”

姜娟娟目瞪口呆。

苏则抬了抬眉毛：“不喜欢？那我让阿未再去买别的，玫瑰怎么样？”

姜娟娟：“……”

玫瑰太暧昧了，怎么可以！

两害相权取其轻，姜娟娟连忙接过：“这个就好，这个很好的……”

苏则凝着她，眸光流转，她心中顿时有种说不出的微妙感，鬼使神差地将头埋到了花里。

深深吸进一口气，竟芳香盈胸，沁人心脾。

姜娟娟惊喜地抬起头笑道：“真的好香啊！”

苏则含笑道：“喜欢就好，别生气了。”

姜娟娟听话地点头。

刚点完头，凌天的电话就到了。

姜娟娟对凌天还是没有脾气的，好声好气地对凌天的好意表示抱歉，不过当凌天将电话转交给裴时时，她真是气得险些和凌天友尽。

裴时的声音听起来不情不愿，显然这个电话打得也是不得不从。

“姜娟娟，刚才的事是我不对，我向你道歉。”

“好啊，你的道歉我接受。”姜娟娟抿着嘴巴笑，又蹬鼻子上脸地继续说，“你以后也要多读书多听你爸爸的话。”

“……”

姜娓娓见好就收：“没别的事我先挂了。”

“哎，你别挂我电话，”裴时做小伏低地说，“你看，你明天有空吗？我们董事长想亲自面试你，就你一个，很有面子的。”

姜娓娓噘了噘嘴巴，大气地说：“没空。”

“姜娓娓你……”裴时终于忍无可忍，“我都给了你这么大个台阶了，你也见好就收好吧，眼前留一线，日后好相见。再说，这也就是裴复为了教训我，实际上我们CR想要什么人没有，今天人山人海的场面你自己也看到了，我们还真没到非你不可的地步。”

“那最好啊，”姜娓娓不疾不徐地说，“我呢，是打算从今以后对你们CR绕道而行的，我就不留一线了，反正日后我们也不会相见。”她将声音拖得老长，“后——会——无——期！”

姜娓娓挂了电话，毫不意外对上苏则探究的目光，她嘴巴上谦虚地说了句“让你见笑了”，说完就满不在乎地凑去闻花香。

苏则斟酌着说：“其实这件事，既然对方都向你道歉了，你何不就坡下驴呢？毕竟为了这个机会，外面多少人挤得头破血流？而且就算你不接受他们给的机会，往后也不可能真的没有交集，毕竟CR……”

“毕竟CR财大气粗，各行各业都要上赶着抱它大腿，我如果这次坚持将场面弄得难看，往后江湖再见，难过的是我自己对吧？”姜娓娓心不在焉地接上苏则的话。

苏则循循善诱地看着她：“娓娓，我知道你今天受了委屈，可是人在江湖，身不由己。只要在这世间偷生，不管是谁，都要妥协。没有权的向有权的妥协，有权的向更有权的妥协，你看裴时，他面对你的时候不可一世，但最后不也是向你低声下气地妥协了？”

“就连我……”苏则顿了顿，情绪莫名地说，“也不得不向命运妥协。”

姜娓娓鬼使神差地问：“你指的是……绵绵吗？”

苏则霎时震动：“你知道她？”

“我记得她，你说过的，你在找她嘛。”

苏则眼中的惊喜刹那湮灭。

刚才，他几乎以为……

姜娓娓不知道他过山车一样的心境，径自道：“可是苏先生，我不是不会妥协，你忘了吗？我从第一次见到你，就一直在向你妥协啊。”

苏则：“……”想到自己曾经狠心地坑过她，他竟无言以对。

姜婠婠幽幽地说：“苏先生，你知道吗？在大自然里，动物只会向天敌妥协，而若是遇见其他力量相当的，它们即使受伤，也会斗个酣畅淋漓。苏先生，你是很厉害的人，我愿意向你妥协。向天敌妥协是我在遵守自然定律。可裴时甚至CR，他们不过是狐假虎威罢了，若我连他们都要妥协，那做人岂不是要畏首畏尾，还有什么骄傲和人生乐趣可言？”

苏则沉默，半晌，他忽然意味深长地反问：“我是你的天敌？”

“……”姜婠婠讪讪而笑，“打……打个比方而已，您别介意。”

苏则将姜婠婠送到家。

姜婠婠抱着栀子花向他道谢：“谢谢苏先生，苏先生再见！”

苏则静静看着她，只见她亭亭玉立地站在自己面前，一大捧栀子花将她的脸都快挡住，她就像长在丛中的花精，沁人心脾又鲜活恣意。

是不是她呢？

苏则失神地想，如果不是她，为什么她的一举一动、一颦一笑都和绵绵那么相似？他和她在一起，时间也仿佛流转回到了三百年前。可如果是她，基因检测报告又要如何解释？

苏则笑了笑：“进去吧，我看着你走。”

姜婠婠：“……”

她总觉得哪里有点不对劲。

但看着手上的花只是寻常的栀子，洁白得连一点粉红色都不沾染，她又怀疑是自己想太多。

“苏先生，现在怎么办？”

见姜婠婠的身影消失在姜家大门，阿未问苏则。

苏则似笑非笑地反问：“裴时把她的坏脾气和骄傲劲儿全惹了上来，你说怎么办？”

阿未哪会解决这种难题，不好意思地笑道：“苏先生您就别为难我了，我可是第一时间就下车传了圣旨。这事是裴家父子弄出来的，您要为难也该去为难他们啊。”

“这么多年裴复为我做事尽心尽力，裴时虽然不拘小节，也算年轻有为，”

苏则手指轻轻敲了敲，话锋陡然一转，“这次却太不知轻重，挖墙脚竟然挖到我这里来了。”

“啊？他有这个胆？”

“拍卖会、琼华宴……连见过几次、几时见的都记得清清楚楚，以裴时那种阅尽春色的，除了有贼心没有别的解释。”苏则悠悠感慨，“也是我大意了，窈窕淑女，君子好逑，婠婠现在正是最好的年纪，难免会吸引一些狂蜂浪蝶。”

阿未不解：“说不通啊，裴时要有那个贼心，他该去讨好才是，怎么反而把姜小姐气成这个样子？”

苏则不轻不重地点评：“情商太低，弄巧成拙。”

阿未心想，是比不上您，心机深沉，步步为营。

“那现在怎么办？看姜小姐那么有风骨的样子，怕是再没可能，不如您再想想别的办法，把她送到您身边？”

“她不是说，她只会妥协于天敌吗？她的天敌可不只有我。”

阿未一脸茫然地望着苏则。

“你让裴复过几天亲自打电话给姜濉，假装把员工电话和家长电话弄混，请姜濉转告她按时上班。”

阿未刹那间一脸膜拜地望着苏则：“苏先生，高明啊！姜婠婠这辈子除了您，也就怕姜濉了。”

苏则轻叹：“我可不想她怕我，以前，是我不知道。”

“那我现在就通知裴复。”

“不用，给她几天时间，让她消消气。”

这样体贴的苏先生，是阿未从未见过的。阿未心想，自己如果是女人，都要拜倒在他的西装裤下了，怎么姜婠婠却每次无动于衷的样子。

正想着，无动于衷的姜小姐又出来了，手上拎着一只粉红色碎花的餐包。阿未正要惊喜地告诉苏先生，一回头，却见苏先生早已殷勤地按下车窗，目光温柔地凝视着她。

姜婠婠从窗户将粉红色碎花餐包交给苏则，笑眯眯地说：“苏先生，投桃报李，你送我栀子花，我送你桂花糕。”

苏则拿在手中，也能隐约闻到那股淡雅的清香：“桂花糕？”

“嗯嗯，家里的阿姨是苏州人，做的桂花糕很地道，和超市买的完全不一样。这里面一种是紫米的，一种是糯米的，你喜欢哪一种，我下次让阿姨多准备一些。”姜婠婠客气地说。

“糯米。”苏则不客气地当场就给出答案。

“……”

姜婠婠遭遇裴时那么大个黑幕以后，找工作的兴趣荡然无存。她又没有办法再去找灵珠，一时之间整个人彻底失去人生方向，尽兴地过了几天自由自在混吃等死的日子。

对于姜婠婠这种状态，赵小亿作为一个中规中矩的富二代，打心底里认同，更积极地提议新混法，相约一起出国去玩。

“等我问问傅仪，他最近刚好有年假，我们定个时间一起去。”

赵小亿虽然是个娇生惯养的富二代，但对待男朋友却是言听计从，什么都要先问傅仪的意见。

姜婠婠：“……”

基本上问过傅仪，就出不去了。

姜婠婠不知道赵小亿自己意识到没有，傅仪在她的生命里扮演的就是个泼冷水专业户，主要是两个人在这段关系里的地位太不对等，一直以来都是赵小亿单方面付出和穷追不舍，傅仪……姜婠婠向来不太清楚人类的感情，只能简单粗暴地认为傅仪就是被惯坏了。

果不其然，半个小时以后，赵小亿就可怜兮兮地表示这事黄了。

姜婠婠淡定极了：“你喜欢他什么呢？他什么都不顺着你。”

赵小亿振振有词：“爱情又不是顺从。”

姜婠婠根据自己仅有的一点经验，表示：“姜滩就事事顺着林丽雅，只恨不能给她摘天上的月亮下来。”

赵小亿不屑地嗤：“他们之间的关系太畸形了，别拿我和傅仪跟他们比，跌份儿！”

姜婠婠：“……”

她想说，畸形是没错，但从某种程度上而言，赵小亿还不如林丽雅呢……

“那我们去买买买吧。”姜婠婠转而提出一个可行性比较强的建议。

赵小亿为难地说：“你自己去吧，傅仪这么忙，我怎么好整天游手好闲？”

“那你能帮他什么呢？”

赵小亿振振有词：“先尽心再尽力，我先有了做他贤内助的态度，之后总会有具体方案的。”

姜婠婠："……"

想到连赵小亿都有事情做，姜婠婠决定去和李阿姨学做桂花糕。

姜婠婠从小到大十指不沾阳春水，忽然走进厨房，将李阿姨吓了一跳。

"婠婠，你怎么了？"

姜婠婠一本正经地胡说八道："找不到工作，我还是学门手艺好了，以后万一活不下去，我还可以上街卖桂花糕。"

"……"

于是，一个下午的时间，姜婠婠都跟着李阿姨在厨房忙碌。

不得不说，姜婠婠做什么都有些天赋，第一次做吃的也像模像样。

李阿姨赞不绝口："婠婠真是聪明，什么都一学就会，以后谁娶了你可真是好福气。"

"对了……"一说到嫁娶，李阿姨作为中年大妈特有的某条神经立刻就敏感起来，"那天你拿桂花糕出去是送给谁？"

姜婠婠头也没抬地问："哪天？我怎么不记得了？"

"就是下冰雹那天啊。"某条神经一旦敏感起来，能立刻将记忆力和想象力全方位调动。

姜婠婠："……"

冰雹这个天气现象仿佛具有瞬间定位功能，真是让她避无可避。

好在这时别墅里的电话响了，将李阿姨的注意力吸引开。

不久却听李阿姨叫她："婠婠，你爸爸找你。"

姜婠婠心里奇怪，姜滩自和林丽雅"二人世界"出去玩以后半个月从没有理睬过她，忽然打电话来……

来者不善。

姜婠婠是抱着这样的心态接的电话。

"婠婠，刚才 CR 的总裁裴复找你，电话却误打到了我的手机上，他让我转告你，你在面试中表现出色，已经被 CR 录取，让你查看邮箱里的 offer，务必按时报到。"

姜婠婠顿时措手不及地愣住。

"听到没有？"

"他怎么会打电话给你呢？"姜婠婠被一军将住，悲愤地问。

姜滩没有多想："大概把家属电话和员工电话弄混了吧。总之，你能进

CR 是天大的好事。爸爸不是泼你冷水，你从前胡闹，那些乱七八糟的工作对你的职业生涯有害无益。这次万幸，CR 给了你这么高的平台，是许多人求之不得的，你一定要端正态度，好好工作，知道吗？”

“……”

姜婠婠简直没料到裴复竟然这么老奸巨猾，说不动她就去找姜濉，借刀杀人。

姜婠婠不情不愿地说：“爸爸，外行看热闹，CR 未必就像你想的那样好，再说了，三十六行，行行出状元。我觉得我去 CR 也不一定是高攀，屈就也说不定啊。你不在家，都不知道我正和李阿姨学做桂花糕，以我这样的天赋，就算去街边摆摊卖桂花糕，也能年薪百万的。”

姜婠婠出于对 CR 和裴氏父子的极度抗拒，话难免说得夸张。她要好好说话，说不定姜濉还不会为难她，可惜她天生情商低，偏偏去提桂花糕，顿时把姜濉气得不轻：“姜婠婠，我养你这么大，就是为了让你去街边摆摊卖桂花糕的吗？我姜濉也是有头有脸的人物,怎么生了你这么个不上进的女儿，你是想让我在朋友面前颜面尽失吗？”

姜婠婠默默低下头。她一直以为自己既能吸金，又能活得自由自在，就算不让姜濉骄傲，至少也是一个比较可爱的存在，结果姜濉竟然对她说颜面尽失……

简直是会心一击。

姜濉也意识到自己气头上话说重了，轻咳一声，话锋一转：“当然，你是爸爸的女儿，爸爸不是嫌弃你，只是在为你着急你知不知道？这样吧，你要是能好好上班，我就把你的小金库还给你。”

硬过头了，姜濉连忙用软的来补救。

姜婠婠闻言，双目乍亮：“真的？”

“真的。我现在在机场，马上就回来了，你明天上班之前，我就能把你的金库还给你。”

“好，一言为定！”

于是，在又一个天敌的威逼利诱之下，姜婠婠妥协了。

姜濉后半夜到的家，姜婠婠见到他时是在早餐上。

姜濉清闲了半个月，想来公事已经堆积如山，他连倒时差的时间都没有。姜婠婠下楼的时候他已经吃好，正准备去公司，见到她，又从公文包里拿出银行卡还给她。

姜娓娓望着银行卡，弱弱地问：“我的大金库呢？”

“大金库？”

“这张卡只是小金库，我的首饰盒才是大金库，我想要那个……”姜娓娓睁着水汪汪的眼睛，委屈地望着他。

姜瀧尴尬地轻咳一声：“娓娓，我目前还不知道保险箱的密码。”

姜娓娓：“……”

对姜娓娓，姜瀧心中多少有些愧疚，连忙讨好地说：“你今天第一天上班，我让司机送你，我自己开车。”

姜娓娓不开心地抬了抬眼皮，却见姜瀧脸色发青，气色非常不好，想他出去玩一趟都像是公事公办，回来觉都不能睡还要马不停蹄地养家糊口，又不由得心软下来。

她于是也不再计较，轻声说：“你时差还没倒过来呢，别开车了，让司机送你吧，我自己叫出租车。”

姜瀧点点头，安慰地拍了拍她的肩：“我女儿终于懂事了，好好工作，等你更上一层楼的时候，我也好有理由把你的大金库还给你。”

姜娓娓不知道更上一层楼是要上到哪个程度，她仔细揣摩起姜瀧的话来。

CR 既然已经是谁与争锋的地位，那么这个更上一层楼肯定不是指跳槽，而是指职位上的高升。可是她现在已经是董事长特助了，再上……是要她篡位吗？

不不，难道是……董事长夫人？

这样的话……姜娓娓唯金库是图地想，董事长年轻吗？高不高？帅不帅？疼不疼老婆？她的芯儿是一条人鱼，万一当上了董事长夫人却被董事长知道了，会不会把她当妖精烧了？

……

姜娓娓想了一会儿有的没的，老老实实去上班了。

姜娓娓以为裴复是慧眼识珠，所以悬崖勒马回来请她，到了 CR 以后方才发现，人类的复杂程度简直让她无法理解。

明艳动人的 Angela 已经在上班了。

这就是说，那天面试的结果是保留的，却又同时让她来上班，这是为什么？明明当初说好只招一人的。

姜婠婠一脸茫然。

Serena 冠冕堂皇地解释：“董事长因为对我们的招聘流程不了解，所以亲自下达的命令，他想引入竞争机制，你和 Angela 试用期三个月，由他亲自考核，谁的表现好，谁就留下。”

姜婠婠心想，可真是个精明的董事长，常年旅居海外还晓得国内关系户的行情。

然而对此，凌天私下里却给了不同的解释：“董事长应该是知道这件事情了，不然以裴副总的性格，不可能低声下气地和你说话。但所谓竞争机制应该只是个借口，董事长这是在安抚他手底下的高层，不想驳了裴时的面子呢。”

Serena 和凌天一人一个说法，虽然截然不同，却都勾起了姜婠婠对那位神秘董事长的好奇。他到底是一个什么样的人呢？从这件事来看，他应该是一个掌握全局又恩威并施的领导者，有着世事洞明的学问。

姜婠婠没能好奇多久，因为十分钟以后，董事长就到了。

董事长既神秘又低调，据说全公司上下见过他本尊的就只有裴复父子两人，今天也只有裴家父子亲自到楼下迎接。

姜婠婠站在位置上，莫名紧张又期待，然而，当清冷矜贵的董事长在裴复裴时两人一左一右的护送下步出电梯时，她看清来人，霎时间目瞪口呆。

“……”

董事长很年轻，疼不疼老婆姜婠婠不知道，但他又高又帅，是她见过的最好看的男人，不仅好看，还很有味道。

“苏先生，这边请。”

是的，苏先生就是董事长。

……说好的外国人呢？

Angela 走向苏则身边，笑得倾国倾城：“董事长好。”

姜婠婠慢了整整一拍才跟过去，震惊犹存地打招呼：“董事长……好。”

苏则波澜不惊地点了下头，率先进入办公室，裴复、裴时连忙跟上。

等姜婠婠从震惊里回过神来的时候，身边一个人也没有，Angela 手脚麻利地去了茶水间。

姜婠婠神思恍惚地回到自己的位置，一时心态消极不已。想她因为苏先生退出了珠宝界,现在却又在一个全新的领域狭路相逢,还正正投到了他手下。

——真是，冤家路窄。

苏则和两位裴总进了办公室就再没露面，显然董事长多年不现身，一现身，指示就有点多。Angela 殷勤地忙了一个上午，而彼时，姜婠婠已经和赵小亿聊了半天微信。

这样的工作态度，无论怎么看，她和 Angela 里面，有裙带关系的那一个都是她。

不幸的是，有这个想法的还不只姜婠婠一人，Angela 显然与她英雄所见略同：“你认识苏先生？”

姜婠婠：“……”

怎么说呢，这个问题。

“见过两面，不算认识。”

话音刚落，办公室的门打开，裴时从里面出来。

“来个人，跟我下去拿资料。”裴时目光掠过姜婠婠，淡淡地说。

姜婠婠对此再次表现出了关系户该有的姿态。只见她头也不抬地转了转椅子，直接无视掉了裴时。

Angela：“……”

要说姜婠婠没有大靠山敢对裴时这个态度，谁信？

Angela 连忙温柔地笑着打圆场：“我去。”

裴时两人刚走，姜婠婠一抬头，就对上了站在办公室门口的裴复，想来刚才她的嚣张，裴复尽收眼底，也不知他是否后悔千方百计请了她这么一尊佛来供着。

不过，裴复和裴时虽然都不讨喜，两人却又不同，姜婠婠还是礼貌地微微一笑。

裴复走到姜婠婠面前，他面容深刻，目光沉稳：“姜小姐，为免我们之间的误会更深，有件事，我还是需要向你解释一下。琼华宴那个 8.5 分并不是我的本意，我也是奉命行事，还希望你能理解。”

姜婠婠望着一脸正色的裴复，刹那间震惊得无地自容。

原来她因为一个 8.5 分一直对裴复耿耿于怀的那些小情绪，裴复从来都看在眼里。姜还是老的辣，她本来觉得裴复狐假虎威，结果他此刻这样屈尊解释，她立刻觉得他虚怀若谷，顿时对自己的小气感到自惭形秽。

至于那个奉命行事，奉谁的命，答案自是不言而喻。

顶楼莫名就只剩了姜婠婠和苏则两人，苏则有事使唤的时候，顺理成章地叫了她进去。

“找个吃饭的地方。”苏则正在签文件，头也不抬地说。

姜婠婠面无表情地看着他，简单粗暴地说：“你根本就不需要翻译，我不做了。”她说完，扭头就走。

苏则：“……”

这脾气真是大得让人招架不住。

他连忙起身去追，身高腿长，没几步就追上了，长臂一伸，就紧紧握住了她的手。

“你听我解释。这个翻译一开始就是下面的人理解错了，裴复想给我找个第二助理，只是因为我常在国外，大家又没见过我，就自动联想成我是外籍，需要翻译。”

姜婠婠狐疑地看着他：“真的是这样吗？”

“不然你以为是什么？”

姜婠婠想起那个8.5分，心里还是不高兴，哼哼唧唧地说：“给一巴掌，再给一颗甜枣啊，你先给我一个8.5分打压我，又主动给我一个工作哄哄我……哼哼，我才不需要呢，我卖桂花糕也能发财致富。”

姜婠婠心里再次冒出了那不知道从哪里来的自信心，带着桂花糕特有的香气。

“……好了，8.5分的事是我不对，我向你道歉好不好？”

他低头，眼中含笑凝视着她，坦荡地说：“我给你8.5分，不是因为你不够好，而是我别有所图。那天我想单独见你，可是当时你取得了压倒性的胜利，如果我不用一个8.5分拉下你的总成绩，你直接就可以夺冠，我也就没有机会见你。”

姜婠婠抬头，怔怔地看着他：“你为什么要单独见我？”

两个人，这么近，四目相对，苏则陡然失声。

这样的距离，因为一个人的忽然沉默，气氛忽地变了。姜婠婠只是情商低，神经还不算粗到无可救药，她的心跳渐渐急促，只觉就要将之前几次隐隐约约意识到的微妙感觉想通。

这时，苏则却忽然放开她的手，含笑道："饿了吗，我们去吃饭。"

姜婳婳感觉有重要的思路被生生打断，顿时有种功亏一篑的感觉，很是扼腕。

吃饭的地点是姜婳婳定的，她问苏则："可以吃辣吗？"

小姑娘的眼睛里还有些不高兴，语气里带着挑衅。苏则眼中笑意加深，纵容地点了点头。

于是姜婳婳就带着苏则去吃火锅了。

其实有些人，单从他的颜就可以看得出他的喜好。譬如清冷矜贵的苏先生，一看就不像是会吃火锅的那一类人。

果不其然，苏则这一顿饭几乎没有动过筷子，原本还颇有风度地看着姜婳婳吃，到后来火锅的辣气直往他的方向扑，饶是苏先生这样淡定的人也皱了眉头。

"这些东西还是少吃，伤身体。"最后，苏则忍无可忍地提醒姜婳婳。

姜婳婳的确存了点不让他好过的心思，只是她似乎忘了，自己最近的运气也不是很好，损人常常不能利己。

结果就是，她让苏则饿了一顿，却让自己疼了两个月。

那颗正在长的智齿，这么一顿火锅下来，又发炎了。

所谓杀敌三百，自损三千大抵如此吧。

而自那一日以后，苏则再没有露面，白白闲置了姜婳婳和 Angela 两个助理，让姜婳婳忍不住恍然大悟地想，难怪那么多人挤破脑袋要来抢这个位置，果然是个白拿钱不做事的好差事。

所谓大树底下好乘凉，古人诚不欺我！

可惜了姜婳婳口中的那棵大树，这几天过得极其失意痛心。

姜濉一回国，慕院长就手段高明地拿到了他的血液资料，再与姜婳婳的样品比对，DNA 检测报告在最短的时间内就出来了。

"苏先生，姜婳婳和姜濉千真万确是亲生父女。"

这样一个消息，对苏则而言，不啻于当头一盆冷水泼下。

这几天和姜婳婳相处的点点滴滴，无不像是强心剂一样，让他将心中的那个想法一点一点地认定，他几乎都不再在乎她的基因检测结果，就要从心底相信，她就是他的小美人鱼，她就是绵绵。

然而老天就像是永远不满足于对他的戏弄，这个时候，又让一纸报告将他好不容易一点一点积累起来的希望彻底打碎，片甲不留。

慕院长说："我们没有研究过人鱼，确实没有实际案例证明人鱼的基因会与人类有所不同，只是，即便真有那万中之一的概率，再是相同，她也不可能会和姜濉是亲生父女。苏先生，姜濉才五十多岁。"

五十多岁的姜濉怎么可能会是三百多岁的绵绵的父亲？

苏则淡淡地让他离开。

慕院长走后，阿未欲言又止："慕院长也是不愿意看到您再错下去了。姜媗媗那个小姑娘，您对她已经太特别了，再这样继续发展下去……她是也就罢了，如果到头来不是，苏先生，以您的性格，一定会悔恨终身的。"

苏则抬手，任手掌掩住眼睛。他将情绪掩藏，只露出了一星半点精致的皮相，华美而惨白。

苏则迫不及待地搬进西山别墅才短短几天，又忽然无声无息地离开。

他离开了西山别墅，也没有再去CR，这个人几乎像是从A城彻底消失了。

有一天傍晚，姜媗媗莫名地怔怔站在他家紧闭的大门前，陡然发现，这个人对她而言就好像是镜中花水中月。他出现的时候风姿卓然不容忽视，一旦离开，又一点痕迹都不留下，他就仿佛是一场梦，来去无踪。

而姜媗媗那些她自己都还没想清楚的微妙情绪，也跟着风过无痕。

"我也是牙疼，去买下火的药。"
"真巧。你也长智齿吗？苏先生。"

Chapter 07

感应，峰回路转

清闲的日子过得很快，快得出乎意料，当第一场朔风刮过时，姜娓娓才猛然意识到，苏则已经消失两个月了。

苏先生说他要亲自考察，她和Angela试用期三个月，结果他除了第一天现身，接下来竟整整两个月缺席。

这都是什么事啊？

Angela这样问姜娓娓。

姜娓娓恹恹地抬了抬眼皮："我也不知道。"

Angela有感而发："我其实爱死这份工作了，真不想离开。"

"……我也是。"

不做事白拿高薪又有社会地位的工作，简直是天上掉馅饼，姜娓娓也爱得不得了。

Angela沉默下去，像是在纠结要不要爆料，最后终于八卦的心占了上风："可惜再过一个月，我们俩都得离开了。"

"啊？"

"苏先生早就已经回去了，CR是财大气粗，又不是傻，不会一直白养着我们，等试用期一过，我们俩就得各回各家了。"

"……"

"你不知道吗？我还以为你知道。"

姜娓娓懒哒哒地趴在桌子上："……苏先生的行踪这么机密，我怎么会知道。"

可能是因为形势变化，两人再不是竞争关系，Angela对姜婠婠放下警惕，反倒生了点难姐难妹的亲近，见她神思恍惚，还主动关怀："你怎么了？"

姜婠婠有气无力地抬了抬眼皮，指了指嘴巴："牙疼。"

"啊？"

"智齿。"

真是害人终害己，自从两个月前姜婠婠坑苏则吃火锅以后，她的智齿就一直断断续续地发炎。也想过去拔掉，可是她百度了下拔牙，据说下面的智齿要用电磨磨碎再拔，上面的轻松些，但也可能会上铁锤。锤啊锤的，锤松了就拔出来了。姜婠婠于是立刻认㞞，好吧，就让它疼着吧，也不是不能忍受。她觉得，等它完全长出来了，应该就不疼了。

就这样，一等就等了两个月。

姜婠婠心情欠佳，单方面决定提前下班，结果却在一楼大厅与裴时狭路相逢。

"这么早……下班？"裴时似笑非笑地看着姜婠婠。

"……"姜婠婠出于对公司体系的尊重，随口找了个借口给双方台阶下，"身体有点不舒服，请假条明天再补。"说完，还入戏地扶着额头，要从裴时身旁走过。

没想裴时却后退一步拦住她，语气难得温柔："哪里不舒服？要不要我送你去医院？"

姜婠婠是一条恩怨分明的美人鱼，裴时初时待她轻浮，她毫不留情；这两个月里偶尔遇见，裴时神经兮兮，她不假辞色；此时他温柔地表达关心，她就不好再冷脸相对，软和下来："不去医院，长智齿了。"

裴时闻言，露出一个恍然大悟的笑容，一语说中她的心声："去医院要拔的……"

"不过，"裴时话锋一转，"长智齿你扶着额头做什么？"

姜婠婠："……"

裴时对着她笑，笑得心照不宣的样子："回去吧，好好休息。"

姜婠婠点点头，刚走出不远，裴时却又追了上来。

姜婠婠戒备地看着他。

"有件事，想请你帮个忙。"裴时难得表现出这样的谦卑。

"……什么事？"

“下个月是我家太后六十大寿，她那个人喜欢珠宝，这方面我是外行，最多也就能凑凑热闹，你是行家，能帮我选礼物吗？”

姜娟娟：“……”

虽然自两个月前裴时主动道歉，他们之间基本算是相逢一笑泯恩仇了，但本质上也是互相不欣赏的两个人，而且他还有女朋友。

姜娟娟委婉地拒绝：“Angela 也懂的，美丽的女人天生就会选首饰，再说是未来婆婆，怎么看她都最合适。”

“未来婆婆？”裴时露出惊讶的表情，“你怎么会有这种荒唐的想法？”

“她不是你女朋友吗？”

“不是女朋友，是女伴。”裴时正色纠正，“而且她那是只懂买贵的附庸风雅，你才是真的腹有诗书气自华。”

“……”

不好意思啊，她对别人的私事不感兴趣，说好话吹捧也没用。既然委婉不行，那就只能简单粗暴地拒绝了：“不能。”

裴时：“……”

被裴时一搅和，姜娟娟觉得原本只是隐隐疼痛的牙齿忽然疼得难以忍受。回家的时候路过小区门口的药店，忍无可忍地进去选了几盒下火的中成药。

却万万没想到会在这里碰到消失两个月的苏则。

姜娟娟拎着药，正要推门，一抬头，就看到苏则正在外面。

透过通透的玻璃门，两个人猝不及防地四目相对。

姜娟娟率先反应过来，连忙狗腿地改推为拉，殷勤地为苏则开门：“苏先生，你终于回来啦？”

苏则轻轻点了点头算是打招呼。

可惜姜娟娟因为再见苏则而莫名的满腔热血，完全领会不到他的疏离，兀自快乐地问：“这两个月你去哪里了呢？对了，你怎么会在这里，是不是哪里不舒服？”

苏则静静看着她。

他怎么会在这里？他今天回到这里是准备搬家的，既然已经肯定姜娟娟对他而言是个错误的吸引，是一条歧路，那么他就要快刀斩乱麻。

他回来简单拿些东西，准备近期将别墅卖掉。偏偏莫名疼痛了两个月的牙忽然间疼得难以忍耐，这才过来，打算买点下火的中成药。

“你的智齿有反复发炎的症状，等炎症一消失，最好立刻拔掉，否则反复发作，你会疼得没完没了。”

姜媗媗耷拉下眼皮。

真是好受罪啊，要去拔牙。

姜媗媗有些惆怅地问苏则：“苏先生，你说，是因为我特别聪明吗？所以才会长智齿。”

苏则：“……”

这个问题本身已经说明了许多问题。

姜媗媗忽然想起来，问：“苏先生，你哪里不舒服呢？”刚才苏则带她回来检查牙齿，自己好像都忘了买药。

苏则一语带过：“没什么。”

姜媗媗觉得苏则的反应有点奇怪，但她又不懂奇怪在哪里，忍不住就往深处想了想。

想到某一个可能，顿时脸颊就控制不出透出了粉色。

——年轻男人去药店，可不一定是买药啊，也有可能是为了买某种必需品，计生用品。

姜媗媗，你怎么会问这种蠢问题啊！

她懊恼得不行，顿时连看也不敢再看眼前的男人。

苏则看姜媗媗脸上两团粉色就知道她想歪了，心里忍不住感慨当下世风。作为一个古人，他并不想被人这样误会，尤其对象是姜媗媗。

苏则有些头疼地解释：“我也是牙疼，去买下火的药。”

“真巧。”姜媗媗眨了眨眼睛，“你也长智齿吗，苏先生。”

“不，我早已过了长智齿的年纪。”

虽然如此，姜媗媗离开前还是把自己买的药留给了苏先生，表示自己可以再去一趟药店。

哼哼，有钱，就是这么大方又任性。

姜媗媗留下的三味中成药，正好就是苏则打算去买的。

的确，苏则早已过了长智齿的年纪，可是这两个月，他的牙却奇怪地疼了起来。既不是因为智齿，讲究的苏先生也没有蛀牙，并且，他也并没有上火。

姜媗媗吃火锅的时候，他可是一口都没吃，他很注意养生，可是偏偏在那顿火锅之后，讲究又注重养生的苏先生，莫名牙疼起来。他自己也精通医术，慕院长的医院就是他的产业之一，却也找不到疼痛的原因，就这么毫无表征地疼了两个月。

然而就在刚才，他发现自己和长智齿的姜婠婠竟疼在了同一个地方，左上的尽头处。

苏则闭上眼睛，心潮久久不能平静。

姜婠婠的 DNA 检测报告此刻就在他的书桌上，她是人类，不是人鱼；不只是人类，她还是姜灕的亲生女儿。三百年的时间，他的小美人鱼或许可以修成人形，但怎么可能会是姜灕的亲生女儿呢？

可是，如果真的不是她，此刻两人这样的身体感应又要如何解释？

苏则靠在沙发上，抬手，用力按住心脏的位置，底下是那颗他三百年也不能参透的珠子。

那是绵绵的灵珠。当年他们分别前一夜，绵绵给他的嫁妆。

——身体感应，是你给我的提示吗？

小区门口的药店忽然灵了起来，姜婠婠吃了药，智齿第二天就立竿见影地好了。而自那天以后，苏则也回到了西山别墅，偶尔会去 CR。

姜婠婠整个人说不出的神清气爽，对待世界一片心平气和。

凌天就是在姜婠婠这样万事好商量的心态下在微信求她帮忙：“婠婠，救我……”

“怎么了？”姜婠婠笑眯眯地打字。

“裴副总让我去给裴夫人选寿礼……”

姜婠婠回忆起那天裴时和她说的事，没想到被她拒绝以后，裴时就把这烫手山芋丢给了助理凌天。

凌天生无可恋地向姜婠婠诉着苦：“裴夫人六十大寿，副总说夫人喜欢珠宝，但万万不能俗气，不能滥大街，一定要是世间罕见的珠宝，廉价金属、塑料、玻璃材质的敢买直接开除，时尚杂志上吹捧过的不予考虑。不买贵的，只买对的，当然最好还是贵的和对的兼得。最主要是要衬托出裴夫人的身份和气质，需要高贵、典雅、罕见，还要能够传世。”

姜婠婠：“……”

“可是婠婠，第一，我不懂鉴别珠宝，怎么知道是不是世间罕见；第二，他说一定不能买时尚杂志上吹捧过的，我连杂志都没看过……”

姜婠婠隔着屏幕都能感觉到凌天的崩溃，这可比翻译字幕的时候面对她迟到还要崩溃多了。

想到凌天曾经尽心尽力帮过自己，姜婠婠当下义薄云天地答应下来：“我帮你，你定个时间，我们一起去。”

凌天本着择日不如撞日的心态，当机立断地问：“现在怎么样？”

姜婠婠往董事长办公室看了看，揣度着今天苏先生恐怕又不会来了，于是回道：“好，我现在下来，楼下见。”

姜婠婠拎着包就要走人，Angela 看在眼里心想：最近苏先生来得这么勤快，她还敢旷工？要说背后没有靠山，谁信？

是的，苏先生一回来，Angela 立刻就摆正了自己的位置，姜婠婠不再是和她同病相怜的难姐难妹，而是有你没我的竞争对手。

“你去哪里？”Angela 笑着问。

“凌天让我和他一起去办点事。”姜婠婠老实地说。

Angela 非常敏感，姜婠婠一向不对她说谎，怕不小心谎言拆穿，反倒引起不必要的误会，再说这件事本来也没有撒谎的必要。

“凌天？”Angela 沉吟地反问。

“对啊，凌天。”

姜婠婠坦坦荡荡地跑下楼去。

CR 大楼门前停着一辆车，凌天在副驾驶座朝姜婠婠招了招手：“婠婠，这里！”

姜婠婠朝凌天笑了笑，打开后座车门，没有多想地就上去了。

上去以后，才发现后座已经坐了一人。

“辛苦你了。”裴时有礼貌地笑道。

“……”姜婠婠无言以对，“你怎么在这里？”

早知道他在，她就不来了。

姜婠婠要下车，车门却及时落锁，她很不开心地大叫一声：“凌天！”

“婠婠你别生气。”凌天见姜婠婠真的要发脾气了，连忙讨好地说，“裴副总他没有恶意，是真的要求你帮忙，你又对他有偏见，那我才来做这个和事佬。”

裴时及时虔诚地朝姜婠婠鞠下一躬：“姜小姐，您就大人有大量，帮我这一次吧，这件事还真是非你不可。”

姜娓娓这个人心慈手软得可怕，裴时要和她来硬的，她能闹翻天，可是裴时态度这么好，又是鞠躬又是低声下气的，她立刻就狠不下心来。

她动摇地看向凌天。

凌天保证地点头：“是真的，我和副总为了礼物这件事单跑CH就跑了无数次，现在那边已经把备选的方案拿了出来，可我们还是定夺不了，你自己去看一看就知道我没有骗你了。”

姜娓娓这才轻轻点头。

裴时的车载着姜娓娓离开了，所有人都没有注意到不远处停着的另一辆豪车。

“苏先生，裴时带姜小姐去哪里？要不要派人跟着？”

苏则沉默半晌，忽然问：“阿未，裴复的夫人是不是快过生日了？”

“是的，下个月就是裴夫人六十大寿，请柬两个月前就送到了。但这些事您一向是不参加的，所以我就没有上报，想着替您准备个礼物，到时由我送过去。”

“六十大寿，原来裴复的夫人都已经六十岁了。”苏则意味不明地说。

他以为时间很慢，原来时间是不公平，它对其他人可以那么快，慢的只有他一个。

苏则忽然道：“你打电话到顶楼，让两位助理立刻下来，陪我去CH为裴夫人选寿礼。”

苏先生出乎意料的一个命令让阿未愣了愣，想这位何时这么看重裴夫人了，竟然要亲自去选寿礼？还有姜娓娓明明和裴时出去了，他们亲眼看到的，又怎么会在顶楼？

但能跟在苏先生旁边的都是聪明人，转瞬就恍然大悟，立刻照做。

果不其然，刚到CH，就听经理兴冲冲向苏则报告：“苏先生，您十年前拍下的那块玉料，今天就要找到合适的主人了。”

苏则面无表情地看着他。

经理于是不敢再卖关子，中规中矩地说：“CR的裴副总带着姜娓娓来为裴夫人选六十大寿的贺礼，姜娓娓看中了那块料子，现在正在上面和Alisa沟通呢。”

阿未再次折服在了苏先生的英明神武之下。

他看向苏则，却见苏则面无表情，仿佛这件事根本就毫无悬念，倒是Angela闻言，脸上刹那间五光十色。

Angela原本是心花怒放的，有什么比大Boss忽然出现给工作，而竞争对手却不知去向还更加令人振奋的？但此刻她却犹如当场被打了一耳光。

即使裴时只是她一厢情愿的男朋友，但他们到底维持着某种稳定的关系，他的母亲六十大寿，他不带她来，却带别的女人来选礼物，怎么样都是对她最大的羞辱。

还有姜娟娟，明明斩钉截铁地对她说，是和凌天出来办事。

姜娟娟竟然对她说谎。

Angela猛地明白过来：原来，姜娟娟背后的靠山竟然是裴时！

Angela的拳头紧了又紧，脸上的情绪渐渐平复下去，复又笑得明艳动人："苏先生，我们也上去看看吧？"

苏则神情莫测地看了她一眼，轻轻点头。

经理口中的那块玉料是帝王绿玻璃种的翡翠，颜色和种水都达到了顶级，第一次拿出来就连裴时这个外行人也惊艳，可惜，世间的第一眼美人大多不耐看。

裴时对着玉料惋惜："要是没有这些黑点就好了。"

姜娟娟正对着料子比画，闻言头也不抬地说："翡翠要么有种无色，要么有色无种，有种有色的还未必有水，像这样一块种、水、色都到了顶级的翡翠，完美度自然会有所欠缺，黑点是很常见的瑕疵。这就是你们常说的人无完人，其实石头也是这样。"

姜娟娟认真的时候气场格外强大，裴时带着点敬重地问："那要怎么办？这是寿礼，首先应该考虑的就是完美。"

"当然。"

这样罕见的料子也让姜娟娟心潮澎湃，她信心满满地说："虽然说美玉微瑕，瑕不掩瑜，但我一定会让它完美地呈现在世人面前。"

对面一直安静的Alisa已经用铅笔在料子上简单地画了底图，这时提出建议："避开黑点的地方切割，然后群镶，设计上多花工夫，会是传世之作。"

姜娟娟毫不犹豫地否决："不行，这块料子一旦切碎，即使价值依旧，也再不复惊艳。传世的东西可以很多，但这样的料子应当成为传世品中的惊艳之作。”

Alisa 就事论事地说：“先天不足，只能设计。”

姜娓娓笑了笑：“切割、设计、群镶这件事呢就好比是化妆，妆化得好的美人当然会让人喜爱、赞美、欣赏，可是素颜美人才会真正让人觉得惊艳，才能经历岁月的考验。”

“……它已经长成这个样子了，你让它如何素颜？”

姜娓娓拿起另一个颜色的铅笔，简单在上面画出了两只镯子的雏形。

Alisa 惊道：“你竟然想开镯子？诚然对玉石而言，镯子才是最有价值最能传世的，也是首选，但瑕疵却会让这样的价值大打折扣，还不如退而求其次。”

姜娓娓摇了摇头，继续画上几笔。Alisa 定睛眼看，只见姜娓娓画的不是一般的镯子，却是两只麻花手镯。

麻花手镯不是没有先例，很久以前的一位第一夫人就有一对这样的镯子，刚好也是为了将瑕疵剔除。

设想很美好，现实却很残酷。

“这样精细繁复的工艺对玉雕师傅而言是极大的挑战，一不小心，不但满盘皆输，连料子也毁了。”Alisa 毫不隐瞒地说，“我们没有能做的师傅。”

裴时在一旁听着姜娓娓和 Alisa 专业的对话，他作为一个外行人也激动不已，姜娓娓的话是彻底吸引得他热血沸腾，对于姜娓娓的想法，迫不及待地想要去实现。

“好，就按照娓娓说的，你们找最好的师傅来制作这一对镯子，花再多的心血也在所不惜。”

姜娓娓：“……”请你连名带姓地叫我。

Alisa：“……”我刚刚的话你没听到？

“这个时代最好的师傅都在 CH，但 Alisa 说得对，他们都做不到。”

门外忽然传来一道不轻不重的嗓音。

姜娓娓循声看去，只见苏则正带着众人进来，脸上情绪难辨。

猛然想到自己是翘班出来，姜娓娓“呀”低叫一声，连忙起来立正站好：“苏先生，您怎么来了？”

苏则不紧不慢地看了她一眼，径自在沙发坐下，没吱声。

Angela 端庄地替苏先生回道：“苏先生也是来替裴夫人选寿礼的，没想到你先来了，真是殊途同归。”

Angela 说着话，目光幽幽落在裴时身上。

裴时仿佛对 Angela 眼中传达的幽怨彻底绝缘，浑不在意地说：“没想到我家太后面子这么大，竟然劳动苏先生亲自来替她选寿礼，我们全家真是受宠若惊。”

苏则从前不是不晓得裴时的缺点，但对他的定位也是“瑕不掩瑜”，此刻却因为他的油嘴滑舌而心生烦躁。

他淡淡地说：“你能选中这块料子，倒是出乎我意料，但是 Alisa 说得对，目前没有人可以完成这个工作。你还是另选吧，这块料子要等待合适的人和时机。”

然而，眼光这种东西，一旦上来，再要下去可就难了。

裴时虽然一开始也是嫌弃的，但被姜婠婠刚刚那么一说，他心中跃跃欲试正到了高点，要他放弃犹如泼他冷水。

裴时看向姜婠婠，姜婠婠低下头去假装没注意到他看她。

CH 经理连忙提议：“我让人再拿别的过来，裴少您再挑一挑。”

裴时扫兴地拿起车钥匙：“改天吧，今天挑累了。苏先生，我先走了。”

苏则轻轻点了下头。

裴时离开后，Angela 别有深意地问姜婠婠：“凌天呢？”

姜婠婠：“……”她知道，Angela 这下是彻底仇视上自己了。

她老实地解释：“的确是凌天约的我，裴副总是跟着凌天来的，但刚才公司有事，凌天就马不停蹄地先走了。”

Angela 似笑非笑地看了姜婠婠一眼，姜婠婠心中一片无力。

姜婠婠不知道这世上什么事最无奈，但她知道最无奈的事情里面一定有眼下这种情况，明明是千真万确的真相，解释起来却像是不高明的谎言。

姜婠婠莫名地被卷进这种事情里，焦头烂额，可惜她不是长袖善舞之人，想了半天才勉强想到一个可以稍微表现自己和裴时不熟的话题，她问苏则：“咦，裴夫人是裴副总的妈妈吗？怎么副总看起来不到三十，他妈妈竟然已经六十了？”

苏则将姜婠婠的那点儿心思看在眼里：“裴时是裴夫人的小儿子，老来得子。”

噢，难怪裴时像是个被宠坏的浑蛋。

苏则来得突然，经理有点措手不及，从保险柜里挑了十件珠宝，既配得上苏则的身份地位，又不至于太贵重而显唐突。

一时，价值连城的珠宝摆放在黑色丝绒的盘子里，盛到苏则面前，每一件都光彩夺目，璀璨四射，任君挑选的样子。Angela 从未见过这样财大气粗的手笔，被闪得目光涣散，神魂颠倒。

不只是Angela，就连见多识广的姜婠婠也被震住。她虽然跟着裴时先到，但裴时却享受不了这样的殷勤，刚才经理都是藏着掖着一件件上，哪里像现在这样，奇珍异宝全部堆在一起？

只见眼前有钻石、红宝石、蓝宝石、祖母绿、珍珠、翡翠、珊瑚、琥珀……每一件都是稀世罕见的料子，巧夺天工的手艺。一家珠宝店哪怕拥有其中一件也足够做镇店之宝，CH 却能全部囊入保险柜，甚至出于身份的考量，这些拿出来的必定还不是最好的。姜婠婠心中暗暗咂舌，竟不敢想象身旁这位苏先生到底多么富有。

"选一件吧。"苏则随意靠在沙发里，淡淡地说。

姜婠婠和 Angela 连忙认真地挑选起来，最后，Angela 选了一条钻石项链，姜婠婠选了一条南洋金珠项链。

钻石项链的项坠是一颗梨型无色钻石，裸石 29 克拉，硕大惹眼，链身上间隔缀以群镶钻石，使得整条项链既主次分明，又光华夺目，瑰丽贵重，让人移不开眼。

相比钻石项链的璀璨，姜婠婠所选的金珠项链似乎就平淡起来。但是它既然能放在那样一条钻石项链的旁边，本身就说明价值相当。其上每一粒珍珠都是 20mm 精圆的珠子，颗颗表皮光滑，不见瑕疵，大小一致。更难得的是，金色夺目，珠光顶级，姜婠婠都能从珠子上清楚地看到自己的五官，甚至能从倒映的眼睛里看到自己小小的人影。

这是非常难得的，所谓人老珠黄正是现实总结，珍珠越大，光泽只会越弱。像这样大粒的珍珠，却能同时有这样夺目的光泽，就是婠婠在做美人鱼时，也不算多见，更遑论要凑成整条项链。

可惜刚刚才闹了误会，姜婠婠这种时候最怕意见不一致了，她眼珠子一动，就故作姿态地惊叫一声："咦，这条钻石刚才都没有注意看呢，真好，还是这条吧！"

Angela："……"见风使舵的小人！

苏则看了她一眼，不置可否，直接叫来经理："把南洋金珠项链打包。"

姜婠婠："……"

Angela 脸色一白。

姜婠婠虽然生了个女儿身，却偏偏有一颗怜香惜玉的心，深恐自己和大美人的梁子越结越大，连忙故作不经意地解释："对啊，裴夫人六十大寿，这个年纪想来会喜欢稳重吉利的颜色嘛。"

见苏则不轻不重地看向自己，她又连忙心累地拍马屁："还是苏先生心细如尘，考虑周到。"

Angela 脸色这才好了起来。

其实最重要的一个原因姜婠婠不会说，29 克拉的钻石不过能将普通人震慑住，而对于裴夫人那样身价的女人来说，只是寻常而已。但那条金珠项链却不同，天然的完美和罕见是不可替代的。

礼物选好后，苏先生就慷慨地让两位助理下班了。

Angela 和苏则道了声谢，率先离开，离开时余光扫了眼姜婠婠。姜婠婠想到 Angela 敏感多疑，连忙跟上："我和你一起走。"

姜婠婠本也是任性妄为的性格，被误会的时候未必有心情解释，大多时候都是一副"你爱怎么想怎么想，有本事来咬我好了"的懒样。可是她有一个原则——不在感情上亏欠别人。男人对她示好，她不喜欢就一定拒绝得简单粗暴；女人如果误会她，她一样解释得简单粗暴。

姜婠婠追上 Angela，简单粗暴地把自己的手机递给她。

Angela 被她震住。

"你看，我没有骗你，这是个误会。我们是同事，我觉得就算你不问我我也有义务向你解释。"

手机屏幕上正是她和凌天不久前的微信对话，除了凌天叫她出来那一段，还有凌天坑她过来又自行离开后姜婠婠的诘问。

"凌天，你到底安的什么心？！"

"天地良心，婠婠，我是真的跟的案子出了问题，不信我开定位给你，我现在先去公司拿文件，然后立刻去机场，希望还能活着回来见你。"

"……"

Angela 看完，脸上总算云消雨霁。她将手机还给姜婠婠，醒悟到自己刚才的样子实在太难看，连忙笑着做做样子："婠婠，你误会我了，我就算不相信裴时，也会相信你的。”

“……”

啊？她们之间的关系竟已这么深厚了？

姜婠婠也做出一副姐妹情深的样子对着Angela笑，两人总算冰释前嫌。

姜婠婠想到自己还有话对苏则说，和Angela分手后，又回了CH。却没想到Angela多了个心眼儿，回头去看姜婠婠，正好见她走进CH。

苏则还在原处，见姜婠婠回来，毫不惊讶，却在姜婠婠要开口时，先将她打断：“我要回家了，车上说。”

“……”

姜婠婠跟着苏先生上车的画面就像是一根刺，正好插进Angela刚刚才拔除掉另一根刺的地方，不偏不倚，严丝合缝。

“苏先生，关于那块玉料，我其实认识一个老师傅，我想，他也许能做。”车上没有外人，姜婠婠说出刚才没说的话。

苏则情绪莫名地看了她一眼：“刚才怎么不说？”

“裴时的女朋友在那里，不合适。”

“你还知道不合适？”

“……”

姜婠婠手里拽着手机，刚刚给Angela看过的聊天记录还没有退出，解锁就能看到。可是苏先生和Angela不同，对Angela，怎么简单有效怎么来，对苏则，姜婠婠却莫名地不想给他看。

宁愿用苍白无力得像谎言一样的真相来解释：“我是被坑的……”

苏则不置可否地看着她，眼眸深邃，情绪莫辨。

姜婠婠紧紧张张地望着他。

半晌，苏则问：“他坑你，你为什么还要帮他？”

姜婠婠奇道：“你怎么会有这样的想法？我不是帮他，我只是天生喜欢促成惊艳的传世之作诞生而已。”

“……”好吧，他无言以对。

半晌，他悠悠地问：“你似乎很懂珠宝？”

姜婠婠连忙谦虚地表示：“略懂……略懂。”

“年轻的小姑娘，像你这么好眼光的很少见。”

“哪里，苏先生过奖了。”

苏则若有所思地说："我记得你好像不是珠宝专业的。"

"嗯啊。"

"那这些知识，你是跟着谁学的？"

姜婠婠渐渐被夸得翘起了尾巴，这时不经思考，笑眯眯就答道："没有跟谁学啊，我自学成才。"

"哦？自学了多久？"

"三……"

三百多年！姜婠婠嘴快得险些脱口而出，对上苏则沉黑专注的眸子，猛地反应过来，话立刻就在舌尖转了个弯儿："三千两雪花银堆出来的……"

苏则眯了眯眸子："怎么说？"

姜婠婠转着眼珠子，绞尽脑汁地给自己圆话："奢侈品这种东西嘛，只要不算太笨，又愿意花钱，就没有学不会的。买得多了眼光自然就好嘛，所以说是钱堆出来的啊。"

"哦？你买了多少？"

"……"姜婠婠心力交瘁地答道，"我主要是走珍藏路线，东西不算多，但样样拿得出手就是了。"

苏则看着她，眸光蓦地幽深，那个目光，就仿佛猎人忽然看到了找寻已久的猎物，生生将姜婠婠看得满头雾水。

他哑声问："我能看一看你的珍藏吗？"

姜婠婠为难地望着他："……不能。"

苏则眼中莫名的神采急剧黯淡下去，再次激起了姜婠婠一颗怜香惜玉地心，她尴尬地解释："因为上次在拍卖会你毫不留情地揭穿我，害我的恶作剧没法收场，首饰盒就被没收了，现在在我后妈的保险柜里……"

"……"

姜婠婠下车的时候，阿未正好接起一个电话，转身来递给苏则。姜婠婠于是闷闷不乐地自己下车，心不在焉地进了家门才发现，她竟然把苏先生的寿礼拎回家了，又连忙跑出去。却见苏先生的车已经开走，却不是回他自己家，而是径直出了小区。

苏先生怎么过家门而不入？姜婠婠疑惑地想着，也只能别无选择地先将礼物拿回自己家。

“苏先生，你怎么知道我在这里？”
“我问了 Serena，特地过来接你。”

Chapter 08

再试，聘礼手镯

苏则匆匆离开，是因为他忽然接到一个重要的电话。

线索终于找到了，在 B 城。

B 城与 A 城邻近，开车只要两个多小时。车子开得飞快，苏则因为激动，手指抑制不住地轻轻发颤。

当年他们分开，绵绵给了他嫁妆，正是如今在他身体里的灵珠。而他，同样给了绵绵聘礼，也正是这么多年来他一直在寻找的信物线索。

那是他家传的一只羊脂玉手镯。

就在刚才，消息传回来，那只羊脂玉镯终于出现了，就在 B 城的一家典当行。

苏则当晚没有回家，导致姜娟娟第二天起了个大早也没有办法把贵重的礼物物归原主，只能带到公司。

然而她还没有等到苏先生到公司，就先被 Angela 看到了这烫手的山芋在她手上。

怪只怪 CH 太财大气粗，做派又太高调嚣张，连个包装袋都要分等级。像姜娟娟那时买那颗十万块的钻戒，那是 CH 最低端的产品，首饰袋的底色是月牙白色；而林丽雅买那条两百万的项链，只是中端产品，底色是胭脂红色；往上是高端产品，宝石蓝色。而此刻，姜娟娟手中的那条金珠项链，其包装袋底色是墨黑色，CH 的 logo 上更直接大气地镶嵌了一颗 D 色克拉钻，简直具有自动聚焦功能。

彼时，姜婠婠小心翼翼地从包里拿出礼物，正要塞进柜子里，没想袋子上的钻石太闪，Angela一眼看过来，她顿时无言以对。

“婠婠，这个东西怎么会在你这里？”

“……”

同事之间，最糟糕的时候也莫过于此了吧，发现竞争对手竟然和大老板有着自己不知道的交情。

“呵呵，这么贵重的东西，你也敢拿在手上？”

“……”

算了，既然注定她和Angela只能是竞争对手，做不成朋友，她也不再强求了。姜婠婠心累地想。

苏先生迟迟不现身，姜婠婠有些坐立难安，不只是因为烫手的山芋，还有裴时时不时打上来的电话。

昨天姜婠婠的话题被苏先生带偏了，最后也没能坚持聊那个手艺精妙的师傅，自然裴时也无从知晓她认识那么一个人，就一心一意地求她帮忙另挑礼物。

姜婠婠碍于对面就坐着Angela，全程惜字如金，生怕再次卷进去。结果裴时还不懂事地不依不饶，她真是心力交瘁，最后打印了一页资料，冠冕堂皇地对Angela说：“我下去寄个快递。”

Angela矜持地点了点头。

姜婠婠拿着那一页纸，下楼直接冲到了裴时的办公室，一巴掌拍在他桌面上。

“这是那个师傅的姓名、地址和电话，他今年九十多岁了，不差你这点工费，你去求人家的时候客气点，动之以情知道吗？”

裴时一头雾水地拿起那张A4纸，看到上面的内容才反应过来姜婠婠说了什么，顿时两眼放光。

“他……他真的能做？”

姜婠婠点头，没好气地说：“只要你不得罪他，他应该能给你做出来。”

裴时连忙收好A4纸，殷勤地站起身来要给姜婠婠倒水。

姜婠婠高冷地阻止他：“不用了，我要赶紧回去，我也不是帮你，只是单纯出于对作品的期待而已。”

裴时总算将礼物方案圆满订下，自是笑得合不拢嘴，一路狗腿地将姜婠娟恭送出去。

"对了，"姜娟娟停下脚步，无比认真地注视着他，只恨不得将自己的意思直接写在脸上让他看得更清楚，"我跟你不熟，你不要再打电话到我办公室了，我管你有意无意，我不想被小三，懂？"

姜娟娟再次拿出昨天对 Angela 的简单粗暴："要是我误会了，你就当我自作多情好了，我不介意，只要你不要自作多情就好。"

她说完，就简单粗暴地走了。

裴时立在原地，目送着她骄矜的背影，脸上情绪难辨。

苏先生终于一整天都没有现身，姜娟娟过完了清闲的一天，下班时又将山芋原封不动地塞进自己包里。

回家的时候，姜娟娟又特地去了一趟苏家，苏则还是不在。姜娟娟终于忍不住，主动给苏则打了个电话。

电话响了好久都没人接，姜娟娟正准备挂断，却又忽然接通了。

"什么事？"

低沉的嗓音落在耳畔，姜娟娟的心脏莫名快速跳了两下，脱口而出："你在哪里？"说完恨不得咬了自己舌头才好，哪里有助理这样和大老板说话的？

"我在 B 城。"苏则却仿佛浑然未觉这个细节。

姜娟娟连忙解释："是这样的，昨天我把裴夫人的寿礼错拿回家了，想给您送回来。"

苏则那边的环境安静得诡异，使得他的声音有种莫名的肃重感："你直接带到寿宴上去。"

顿了顿，他说："你是我的助理。"

姜娟娟受宠若惊。

苏则接姜娟娟电话的时候，手指慵懒地把玩着一只羊脂玉手镯，那镯子颜色脂白如油膏，光华内敛浑厚，罕见珍贵。

接完电话，男人修长好看的手指却蓦地一松。

"噌"的一声，刹那间，价值不菲的镯子摔到地上，顿时断成数截。

苏则眼中无波无澜，然而他对面的人却没有这样强大的心理素质，典当行的老板当即吓得脸色一白，小心翼翼地赔罪："苏先生，对不起，是，是我走眼了。"

苏则站起身来，一言不发地离开，马不停蹄地赶回A城。路上，他面无表情地命令阿未：“开除，拉入黑名单，凡我产业，永不录用。”

阿未惊呆，虽然他一直晓得，苏则面无表情的时候未必就不是在高兴或动怒，但万万没想到这一次动怒竟动得这么大，要知道，苏先生一直以来都是慷慨又宽容的老板，这只有一个可能——

“他不是一时走眼？”

苏则淡道：“那只镯子是新开出来的，但上面却有包浆，数据更是和我给的处处吻合，显然是有人依葫芦画瓢，故意做了一个赝品给我看。走眼可以原谅，心存异心绝不留他。”

“那……现在该怎么办？”典当行老板事小，最重要那件事……阿未小心翼翼又无可避免地触及苏则的痛处。

苏则缓缓阖上眸子，意味深长地说：“姜婠婠有一个首饰盒。”

被苏先生委以重任的姜婠婠当晚早早就睡了，因为一句“你是我的助理”，她一厢情愿地认为苏先生认可了她，睡着的时候嘴角还笑眯眯的。

深夜，笑眯眯的姜婠婠隐约听到尖叫声和打斗声，意识回笼的一刹那，她翻身而起，奔了出去。

声音从姜滩的房间传来，姜婠婠冲进姜滩房间，顺手打亮房间里的灯。

“啪”的一声后，满室骤然明亮，黑影一晃而过，身手矫捷地从阳台一跃而下。他行动快得如影似幻，姜滩立马跟着追去阳台，却连个影子都没看到。

“马上调监控！”

凌晨三点，姜家别墅灯火通明。

林丽雅咬着牙直哼哼，姜滩脸色沉得可怕，姜婠婠皱眉紧紧地盯着监控录像。

小区的安保措施完善，姜家里外的红外线也没有死角。然而此刻，一家人来来回回盯了三遍监控，里面却连一个闯入者的人影儿都没有。

仿佛刚才发生的一切只是一场梦，大家集体产生了幻觉。

除了林丽雅扭伤了脚，摔下楼梯时又把手擦破了皮。但这并不是那人伤的，是之后一家人下楼，林丽雅吓得腿软，自己摔的。

林丽雅又疼又恨：“别让我找到他！”

姜滩面沉如水。

姜婠婠问："爸爸，到底是怎么回事？"

姜滩凝重道："今晚幸好你阿姨及时发现，否则竟要让这样一个鼠辈在我家为非作歹了。"

林丽雅这一两年常常失眠，今晚也是久久不能入睡，躺在床上一动不动，强逼自己入眠。却越睡越清醒，猛地睁开眼睛，正好看到一个黑影在保险柜前徘徊。

林丽雅尖叫出声，惊醒了姜滩。

姜滩年轻时候练过两手，如今虽然上了年纪，气血和心劲仍在，当下翻身而起，徒手就去抓贼。

此刻想来，姜滩也有些后怕，当时下意识要保护自己的女人，竟忽略了，万一贼人手里有刀，后果真不堪设想。

姜婠婠也想到了这里，心提到了嗓子眼儿，紧张地看着姜滩。

姜滩说："他是空手，是个自以为是的贼，不过……"他顿了顿，这绝不是个好消息，"这个人的身手非常了得，在我手下只守不攻，竟然瞬间就能脱身，还能丝毫痕迹不留。"

姜婠婠松了一口气："人没事就好。"

她话刚落，就听见林丽雅不悦地轻哼："咳……"

好吧……那位有事。

不过不好意思，那个人在姜婠婠这里忽略不计，她只要姜滩没事就好。

姜滩在林丽雅身边坐下，林丽雅委委屈屈地将擦破皮的手递到姜滩面前："疼……"又动了动扭到的脚，"这里也疼，姜滩，送我去医院。"

姜婠婠："……"

她想起自己从前扭到脚，一觉醒来活蹦乱跳，只能感叹自己没有生个公主身子。

姜滩让李阿姨过来给林丽雅擦外伤药："我先上去看看有没有丢什么东西，婠婠，你也去检查下自己的房间。"

话还没说完，只见姜婠婠低叫一声，早已飞奔上楼。

金珠，她的金珠项链啊啊啊！

林丽雅失眠，姜婠婠可睡得沉。更重要的是，林丽雅和姜滩的房间里好歹还有保险柜这最后一道屏障，可她的房间……姜媗媗心宽得不得了，从前首饰盒里那么多宝贝，她都是直接放在梳妆台上，以备随时宠幸，今晚的金珠项链自然也没有得到优待。

如果弄丢了……

天，她真可以签张卖身契，直接把自己卖给苏先生算了！

姜媗媗“叮叮咚咚”上楼，推开房门，一眼就看到了随意放在梳妆台上的袋子。CH 奢华尊贵的标志明晃晃的，logo 上的 D 色克拉钻闪得夺目……易地而处，她想如果自己是贼，这样还不下手简直是天理难容。

姜媗媗是软着腿走过去的……

万幸……珠光璀璨的项链仍旧安然无恙躺在首饰盒里。姜媗媗简直如劫后余生，激动得热泪盈眶。

“什么东西丢了？”姜濉自她身后跟进来。

“没事，没有东西弄丢。”

“那就好。”

姜濉正要出去，林丽雅却也跟了进来。CH 的袋子被姜媗媗扔在脚下，其上的 logo 太夺目，尤其是那颗具有自动聚焦功能的 D 色克拉钻，林丽雅一眼就看到了，脸色立刻变得很难看。

CH 森严的等级之下，墨黑色的袋子是林丽雅从未见过的颜色。不是不曾拥有过，是根本不曾见过。不论是在林丽雅自己的圈子，还是她努力挤了半只脚进去的那个上流圈子。这个颜色对她而言，是传说一样的存在。

然而此刻，这个传说就在姜媗媗脚下。

一瞬间，林丽雅心里那个怒啊，那个恨啊，那个不甘心啊……数不清的负面情绪扑面而来，她觉得自己要被气疯了。

——姜媗媗哪儿来的这么多钱？是不是姜濉背着给她的？姜濉哪儿来这么多钱？

“你手里拿的是什么？”林丽雅忍无可忍地问。

她这么一问，姜媗媗就知道是什么意思了。但是……关你什么事？

姜媗媗没有回答，不疾不徐地捡起地上的袋子。

姜濉的脸微绷，顺着林丽雅问：“你手里拿的什么？”

姜媗媗不开心。她知道姜濉是什么意思，林丽雅是他的女人，她不尊重他的女人就是不尊重他这个父亲。

姜媗媗抿了抿唇，这才不甘不愿地将首饰盒打开给他们看：“董事长送人的礼物，我错拿回来的。”

“你多大了，这种东西都能错拿？明天必须送回去。”姜潍皱眉说她。

姜婠婠心悸犹存地点头，经过今晚，她怎么还有胆留下？

林丽雅阴阳怪气地盯着姜婠婠：“婠婠你运气可真好，这么大个宝贝被你随手扔在桌子上，都没有招来贼，反而我和姜潍房间里的保险柜招了贼。”

姜婠婠面无表情地看着她：“你想说什么？”

“我只是想说，那个贼可真是不懂事，舍近求远。明明都是你婠婠的东西，摆在桌子上的他不拿，却要费力盗保险柜里的。”

姜婠婠冷笑。

林丽雅的意思，是说今晚的贼是她姜婠婠找来，目的是想把扣在保险柜里的首饰取回去吗？

真是……贱人啊！

我的东西，我是给我爸面子才放在你们那里，我要拿随时都能拿回来，还用使这种见不得光的手段？

姜婠婠就要毫不留情地顺势拿回自己东西，姜潍却先了她一步，冷冷地斥林丽雅：“你闭嘴吧，唯恐天下不乱，你是希望今晚那个贼偷了这条项链是不是，好让我明天倾家荡产去赔？我倾家荡产了你又有什么好处？”

林丽雅挑拨不成，没想到竟被姜潍这样斥责，当下一张脸都青了，红着眼睛转身冲出去。

姜潍头疼得不行，对姜婠婠轻叹一声：“早点睡吧，林丽雅就是小家子气，你不要和她一般见识。”

理智上，姜婠婠知道姜潍是姜潍，林丽雅是林丽雅，可情绪上，她也会委屈啊。

姜婠婠没吱声，淡淡转身。

一时间，姜潍也觉得自己里外不是人。

真是糟糕透顶的一夜。即使人毫发未损，东西也一件没丢，但仍旧不妨碍它糟糕透顶。

姜婠婠后来就睡得不怎么安稳了，早晨醒来，她第一件事就是要去把自己的首饰盒拿回来。她不想再管姜潍的破事儿，她为了姜潍处处忍让，可结果却只是让林丽雅愈加得寸进尺。

可惜，出师未捷，姜潍和林丽雅早出门了。

“去哪儿了？”

李阿姨说：“去医院。”

姜媗媗：“……”

就那点儿小破皮，她要半夜闹腾到医院？

林丽雅不仅闹腾到了医院，还闹得无比声势浩大，据说半夜的时候，她娘家人全家老小都赶去了医院陪她。

……林丽雅可真是被姜滩放到了心尖尖儿上。

待遇差这么多，姜媗媗好心酸。

而更心酸的是，苏则今天仍旧没有回来。姜媗媗手里捏着烫手的山芋无处安放，只能迎风垂泪。

“苏先生，我来找你好吗？”

“怎么了？”苏则在电话里柔声问。

“我家招贼了，我不敢放家里，怕丢。”

苏则忍俊不禁：“这样啊，那还真是伤脑筋。”

听到苏则在笑，姜媗媗这下不仅心酸，连鼻子也酸了。

为什么苏则不问一问她有没有事呢？一点都没有关心她吗？可是林丽雅为什么就那么招人疼呢？

人比人什么的，真让姜媗媗伤心得无以复加。

姜媗媗伤心地表示：“算了，我去银行开个保险柜。再见，苏先生。”她闹着小情绪，直接挂了电话。

苏则听着忙音，醒悟过来自己说错了话。但昨晚她一出现自己就撤了，根本不可能伤着她。

不是矫情的姑娘，怎么忽然就矫情上了？这是谁给了她气受？

苏则拨下阿未的号码。

姜媗媗去银行开了个保险柜，把金珠项链放进去，手里捏着钥匙出来，不知道为什么，心里更难过了。

她给姜滩拨了个电话，她要把首饰盒要回来。

姜滩在医院，电话里传来小孩子的玩闹声。

姜滩沉默了片刻，叹道：“媗媗，爸爸也不知道你阿姨那三位密码是什么，你阿姨现在还在医院，等她出院了再还给你，好吗？”

为什么这个时候了，听着姜濉说的话，还像是她不对呢？

姜婠婠咬着唇没说话，她好难过。

姜濉无奈，最后折中地说：“这样吧，我立刻让人把保险柜搬到你隔壁房间。再说，昨晚才出了那样的事，你现在拿出来也不安全。”

姜濉的话不无道理，姜婠婠答应下来。

阿未很快带着消息回去：“苏先生，查到了，林丽雅进了医院。”

苏则奇道：“怎么进了医院？”

“皮外伤，自己赖在医院不走。VIP 病房能为医院创收，医院自然不会赶她。”

苏则嘴角勾起一抹弧度。

原来是在这里受了气。

苏则手指慵懒地敲着桌面，忽然道：“下个月裴夫人的寿宴，你安排人给林丽雅送张请柬过去，让她务必携家人前往。”

阿未一时不懂苏则的意思。

“家人”这两个字玄妙，姜濉是标配，没什么稀奇，难不成林丽雅还会携姜婠婠出席不成？

苏则似笑非笑地说：“既然夜探不成，那就光明正大地看，你就等着看好戏吧。”

林丽雅因为扭到脚，在医院住了半个月，姜濉忙上忙下，伺候得妥妥帖帖。

姜婠婠看在眼里，只觉虐心。更虐的是，林丽雅出院那天还把她的侄儿林冬冬带回了家。

林冬冬今年六岁，性格暴戾，幼儿园里一言不合就上手打人，常常将人打得头破血流。林家除了有林冬冬，据说今年还收养了一个三岁小男孩，然而不到一年的时间，已经被林冬冬打得进了五次医院。其实小孩打架是常事，关键是看大人如何教育，可惜林丽雅每次说起这些事，言语间竟是浓浓的自豪和炫耀，真是让姜婠婠无言以对。

林冬冬对姜婠婠有着很深的敌意，从小就仗着年纪小追打姜婠婠，但姜婠婠也不是他可以打的。几年前，林冬冬拿玩具枪打了姜婠婠的手，姜婠婠从此不许他踏进姜家，为此林丽雅闹了好多回。但姜婠婠毕竟是姜濉的女儿，她比不上林丽雅，还比不上林冬冬吗？

没想到今天竟然带回来了。

彼时，姜婠婠正在房间里看镯子。

裴夫人的寿宴在即，裴时的寿礼已经做好，在公司群里私敲她，殷勤地拍照拍小视频，用裴时自己的话来说："360 度请大恩人品鉴。"

冰种满绿的麻花手镯玲珑剔透，巧夺天工，通体无瑕，绝代光华几乎要飘出屏幕，看得姜婠婠心旷神怡。

陡然听到熊孩子在她门前故意尖叫吵闹，姜婠婠的好心情瞬间消失大半，就说怎么林丽雅矫情了半个月，住半个月的医院她也不嫌委屈了自己，原来目的竟在这里，她这半个月医院可真不是白住的，怎么不多住几天呢？

怎么不多住几天？因为林丽雅收到了请柬，隔天晚上要去裴夫人寿宴啊，那可是妥妥的上流社会，她简直迫不及待。

想到上一次拍卖会被姜婠婠破坏，林丽雅至今恨不得撕了姜婠婠，这次她一定要确保万无一失。她已经对姜濉放话了："你要再敢让你女儿跟我去，我们就离婚。"

裴夫人寿宴当天，姜婠婠提前下班去银行取金珠项链，一路上忍不住失神地想：苏先生又消失半个月了，也不知道今晚会不会现身。

这么想着，走出银行，姜婠婠就见到她想了一路的苏先生。

线条华丽流畅的豪车停在路边，比 CH 的克拉钻惹眼多了，但姜婠婠心里不知道怎么回事，下意识别扭地往旁边走了两步，不想看到他的样子。结果旁边两步是一对情侣，站在路边不动，正好将她拦住。

"快看，快看！"

"停在路边挡道啊。"

"还不许人家等一等女朋友啊？现在温柔又深情的男人已经越来越少了，多多支持鼓励不好吗？"

一旁的姜婠婠："……"

有钱人就是有这么多优待，真是个让人心酸的世界。

后座的车门这时被推开，苏则含笑看向姜婠婠："上车。"

姜婠婠感觉到一旁唰地投来一道羡慕得几乎抓狂的目光，顿时觉得这个世界还真是公平。苏先生让她心酸，她让路人心酸，人生就是这么个动态大平衡。

姜娓娓问：“苏先生，你怎么知道我在这里？”

苏则回：“我问了 Serena，特地过来接你。”

特地过来接你……

特地，接你……

姜娓娓心中霎时有种飘飘然的感觉，一面却傲娇地说：“其实不用麻烦苏先生特地过来的。”

苏则静静看着她，眼底渐渐蓄起笑意：“我不放心。”

姜娓娓心尖儿霎时一颤，睫毛轻轻垂落。

苏则不疾不徐地说：“毕竟是这么贵重的……寿礼。”

姜娓娓顿时瞪大眼睛。

原来，他不放心的不是她，是项链。

呜呜……姜娓娓，你还没有一条项链重要。

生无可恋！

后来，姜娓娓再没有和苏则说过话，苏则也不主动理她，只是眼睛里的笑一直没有退下去。

裴夫人的寿宴办在东边山上那幢园林，正是上次拍卖会所在的地方。不过上一次的拍卖会只占了一个厅，而今晚，裴家却是将整座园林全部包了下来。

姜娓娓在进去以前将身上的大衣脱下，露出里面裸色掐腰的小礼服，踩在水晶高跟鞋上，美人亭亭。

苏则的目光静静落在她身上。

男人看女人的身体，常常并不能点到即止，荷尔蒙的分泌会催生出其他的东西，天性使然。某些情绪苏则并不陌生，他和绵绵也曾共享过最原始的快乐。只是时隔太久，他几乎已经忘了情动的感觉。

三百年，苏则将自己冷冻，从里到外。目光更从来不曾在任何一个女人身上停留这样长的时间。

姜娓娓见苏则目光深深看着自己，总算找到傲娇的时机了。她骄傲地抬了抬下巴，显然还在生气刚才发生的事。

姜娓娓没有察觉，自己现在看他的眼神有多么别扭。当然即使她察觉也不会懂得这样别扭之后的含义。

但苏则不同，他原本就心思深，更是活了三百多年的男人，他看得懂，姜媗媗这样几乎就是给了他回应。显然，他的情动并不是一厢情愿。

然而，这样的悸动时间不对，他至今都只是怀疑，连丝毫能证明这怀疑就是真相的证据都拿不出来。

想到这里，他眼中又渐渐生了冷意。

姜媗媗很敏感，又有些怕这个人，立刻垂下眼皮，不傲娇了。

苏则见她小心翼翼的样子，一时心中更加烦躁。既烦她，更烦自己。烦她这样明媚娇美，轻易就勾引了他，更烦自己到现在还没弄清楚。

行动太慢，情动却太快。

若最后发现不是她，这样的情动应当如何收场？可若真的是她，这样的冷待，他又要如何才能补偿？那应当是他分分秒秒捧在手心、放在心尖儿上的人。

苏则有些无力地闭了闭眼，尽量缓了语气："进去吧。"

姜媗媗还是没有和苏则走在一起。苏则虽然行事低调，甚至在CR，知道他是大老板的人也能用一只手数完，但他低调并不代表他可以被怠慢。裴复亲自携了夫人和两个儿子守候在外，恭迎苏则。姜媗媗远远就注意到了裴夫人手上那一对绝世风华的麻花手镯，惊艳得出乎她的意料。

苏先生是贵宾里的贵人，姜媗媗还算有自知之明，不敢蹭老虎的风光，主动去找Serena和Angela。Serena早已忙得脚不沾地，像风一样。Angela则轻松许多，但看姜媗媗的眼神有些违和。

"Serena说，苏先生亲自去接你？媗媗，苏先生好像很在意你呢，我要和你竞争，是不是太不自量力了？"Angela叹了一声，"我想，明天我还是主动辞职吧。"

姜媗媗大方地告诉Angela："他不是在意我，他是怕我弄丢了今晚送给裴夫人的寿礼……寿礼，天！"

姜媗媗猛地想起寿礼，大惊失色。

项链此刻还好端端地在她包里，她和苏先生两个人脑子是一起坏掉了吗？一路上这么长的时间，竟然谁也没有想起来，寿礼啊！

姜媗媗想到苏先生就这么空手享用裴总裁和裴夫人一路殷勤恭迎，都忍不住替他的失礼脸红。

不过她主要还是担心自己，这样办事不力，明天申请下台那个人就不是Angela，而是她了。

呜呜……姜媗媗手忙脚乱地跑去找苏先生。

苏则是最后才到的，此时会场早已宾客云集，高朋满座，姜媗媗找了一圈不见他和裴家人，连忙抓了侍者问休息室的位置。

姜媗媗转身要去休息室，迎面却被什么东西重重撞了一下，她低头一看，顿时瞪大了双眼。

"林冬冬！"

此刻直挺挺站在她面前，身着小礼服，双手掐腰，神色倨傲斜着她的小孩可不就是林冬冬吗？

林冬冬指着姜媗媗，脆生生地说："姜媗媗，你不要脸，我妈妈已经和爸爸说过了，不带你这个拖油瓶过来，你还偷偷跟过来！"

小男孩的声音很大很亮，会场都是有身份的人，大家本也只是低声交谈，林冬冬这声音一出，效果立刻如一粒石子狠狠砸入平静的湖面。

同样混乱的，还有姜媗媗本人，林冬冬话里的两个关键字让她脑子一片空白。

"你……爸爸妈妈？"姜媗媗白着脸问。

林冬冬从鼻子里哼出一声气儿来："你还不知道吧？姑姑说，我爸爸妈妈既然已经收养了弟弟，那我以后就是你家的小孩。姜姑父是我爸爸，姑姑是我妈妈，他们告诉我，你以后就是我姐姐，可谁要你这个拖油瓶姐姐啊？"

姜媗媗觉得眼前一黑。

爸爸，妈妈……

"林冬冬，闭嘴！"这时，人群外围陡然传来一声呵斥，却是一脸难堪的姜灉。

姜灉找了半天没找到林冬冬，正头疼得不行，回到会场就见中间围着一个圈。他心下有非常不好的预感，还没走近就听到了林冬冬脆生生的声音。

姜灉连忙呵斥住他。

可呵斥有什么用？这个时候，该说的都已经全部说了。

姜媗媗看向姜灉，声音又哑又弱："那我以后该叫你什么？"

"媗媗，你听我解释，小孩子胡闹不懂事。这只是你阿姨的提议，我并没有答应。"

"媗媗，你站在这里做什么？我正在找你。"斜地里忽然传来一声，将一场尴尬对峙打破。

嗓音清雅沉敛、醇厚动听。众人不由得回头，只见一位芝兰玉树的男人正向姜媗媗一步步走来，他气质不凡，一双深邃墨黑的眸子定定凝视着她。他的身后，裴总裁和裴夫人一左一右，亦步亦趋。

男人与生俱来的清贵且不说，单见裴氏夫妻如此小心伺候，在场的人谁没有一颗九曲十八弯的玲珑心？立刻默契地散开去。

苏则走到姜媗媗身边，姜媗媗拿微红的眼睛看着他。

要命，他根本招架不住。

而姜媗媗呢，她此刻满脑子都是她的爸爸不要她了，宁愿要别人家的小孩，带着别人家的小孩去欧洲玩，带着别人家的小孩现身社交场合，让别人家的小孩叫他爸爸，他们一家其乐融融地共享天伦，她却是多余的……姜媗媗难过得发抖，哪里还想得起别的事。

苏则柔声提醒："我为裴夫人准备的贺礼呢？"

姜媗媗如梦初醒，赶紧收拾情绪，拿出 CH 墨黑色镶克拉钻的礼品袋。这瞬间又将所有人的目光全部吸引了回来，比刚才更多更甚。

苏则有心转移她的注意力，没有接过，示意姜媗媗去送。

姜媗媗打起精神，强颜欢笑地想了几句祝福，捧着寿礼送到裴夫人眼前，甜甜地祝寿。

嘴甜的漂亮小姑娘谁都喜欢，更何况她身后还有苏先生，裴夫人眉开眼笑地接过："谢谢你，媗媗。"

裴夫人的助理小姐看裴夫人的脸色行事，立刻抽了最厚的红包出来给姜媗媗。

姜媗媗捏着沉沉的红包，她从来没有收到过这样厚的红包，一时忐忑地看向苏则，后者眼里含笑，对她温和地点了点头。

收下吧。

裴夫人心思婉转，有心配合苏则，她在众人或光明正大或藏着掖着注视的目光里，大方打开礼物。

金珠大气，璀璨夺目的光芒刹那间亮射出，周围立刻响起此起彼伏的抽气声。

林丽雅正在这时回来，刚好赶上这惊艳四座的一幕，脚霎时就生了根。

稀世珍宝面前，女人都会走不动路，不止林丽雅。

和刚才遮遮掩掩围观姜娟娟和林冬冬不同，这一次，所有人全不约而同簇拥在了裴夫人周围，眼中无不是艳羡欣赏。

一名贵妇叹道："又大又亮，璀璨浓郁，更难得毫无瑕疵，我一直在找这样的项链，找了十多年也没找到，前儿 CH 还拿不出来呢，太珍贵了！真是太难得了！也是注定和裴夫人有缘。"

姜娟娟忍不住与有荣焉地想，这就是 CH 保险柜里的啊，经理挑人呢。

裴夫人自己是见惯了好东西的，更遑论此刻手上就戴着一对好东西，也有些惊讶。

"苏先生，这……这太贵重了。"

"娟娟。"苏则柔声叫姜娟娟的名字。

姜娟娟被这声音叫得心都暖乎乎的，连带着刚才因为林冬冬而生起的心寒也褪去不少，她笑着看向苏先生。

"替裴夫人戴上。"苏则含笑道。

"好的，苏先生。"姜娟娟走到裴夫人身边，笑眯眯地赞美，"夫人，您的衣服真好看呢，和这条项链好配。"

苏先生态度都到了这个地步，夫妻两人只能连声道谢。

裴夫人侧过身，配合姜娟娟。裴夫人身材高挑，姜娟娟也就刚刚一米六的身高，踩着高跟鞋还要踮起脚，整个人有些吃力，好在她精通各种珠宝扣子，打开扣上，动作娴熟。

扣好后，姜娟娟自然地松手，正要退开，瞳孔却猛地一缩。

线，线有问题！

串珍珠的线通常很结实，由几股细线缠绕而成，但此刻末端珍珠与右边扣子相缠的线却被磨破了，只剩下一条丝儿那么细的，勉强连着，将断未断。

姜娟娟心头猛地一跳，连忙伸手去抓。但说时迟，那时确实迟，线堪堪在她的指尖断开。

"哗啦啦啦……"

“别气，那只是个玩笑。”
“吻你抱你不是玩笑，道歉那一句才是玩笑。”

Chapter 09

相认，强势出手

大珠小珠落玉盘，价值连城的珍珠噼里啪啦砸落大理石地面，所有人都在这突如其来的意外里呆若木鸡。

姜娟娟脸色惨白，一只手还僵硬地捏着一侧扣子。

她弄断的不只是一条珍珠项链，不只是苏先生价值不菲的寿礼，她是将裴夫人六十岁的寿宴也破坏了。越是上流社会的人，越是有许多的忌讳，六十寿宴，珍珠散了一地。

散了……

多么不吉利的两个字。

裴夫人直直地瞪着脚下的珠子，脸都是青的。

姜滩猛地上前一步，怒斥姜娟娟：“你怎么回事？怎么这么不小心？”然后又说，“裴夫人，非常抱歉，是小女的错，我们一定赔偿，一定赔偿。”

林丽雅生气地去拉姜滩。赔，你赔得起吗？没听人家说找了十多年都没找到？

姜娟娟回过神来，连忙向裴夫人赔罪：“对不起，对不起，裴夫人，我不是故意的，我会赔的……”

谁会是故意的呢？可错已经犯下了。

裴夫人这会儿脑子都是晕的。

一旁的裴时皱眉，暗中扯了扯裴复。裴复反应过来，连忙笑着打哈哈：“没关系没关系，珍珠又不会摔碎，让人捡起来就是了。”

裴夫人听到丈夫的声音，理智回笼，主动握住姜娟娟的手，安慰道：“没事没事，小姑娘，吓着你了吧？没关系的，捡起来送到CH重新串好就是了。”

姜婠婠根本不敢去看苏先生。

人群里，Angela嘴角勾起一抹笑。她往后退了两步，功成身退，却撞到了身后的人，抬眼一看，是Serena。

Serena是职场老手了，这么多年，什么阴的暗的没见过，看Angela的眼神无比透彻，Angela的脸唰地白了。

Serena却什么也没说，又淡淡地别开目光。

场面无比尴尬，所有人只觉一呼一吸之间都是尴尬，于是连呼吸都不敢用力，但还是有人不懂事。

只见林冬冬“噔噔噔”地跑去拾了一粒珍珠，朝着姜婠婠用力砸去：“讨厌的姜婠婠，拖油瓶，爸爸被你害惨了！”

珍珠正正砸到姜婠婠的小腿上，有点疼，并不是很疼，但她这个时候听到“爸爸”两个字，情绪终于崩溃，眼泪夺眶而出。

苏则神色顿冷，凌厉眼风扫向一旁，阿未立刻大步走到林冬冬身后，将人强行抱走。

林冬冬想叫，被阿未毫不留情地捂住嘴巴。

所有人都看到了这一幕，但没有人敢出声，都假装没看到。林丽雅也不敢出声，只能跟着追出去。

姜婠婠强忍着眼泪对裴夫人说：“裴夫人，项链我会赔的。抱歉，我先告辞。”

她朝裴夫人深深鞠下一躬，经过姜濉身边时，含泪冷道：“我自己会赔。姜先生，不要你帮我！”

裴时只见姜婠婠一边快步离开，一边抬手，似乎是在擦眼泪。连忙就要追出去，却只见黑色身影一晃，苏则已经先追了出去。

裴复反应快，一面按住裴时，一面笑道：“请大家入座。”

裴总裁的话都说得这么明白了，谁还敢不给面子？众人立刻就当什么也没发生过，都是个中高手，瞬间，场面就做得天衣无缝。

姜婠婠走得急，心头烦乱，忘了拿大衣。门外朔风一吹，她狠狠抖了一抖，但她怎么也顺不了心中那口气，她再也不想回去了，宁愿这么冷着走到寒风里。

身上骤然一暖，温暖的羊绒大衣披到了肩头。姜婠婠回头，就见苏则在她身后。

姜婠婠眼睛一热，又滚落了一滴泪。

“对不起，苏先生……我明天会主动辞职。”

“和你没关系，”苏则柔声道，“这件事我会查清楚，你无需自责。”

姜婠婠张了张嘴巴，说不出话来，心头又酸又冷又暖。

线出了问题，她以为她就算说出来也不会有人相信她，毕竟珍珠从CH拿出来以后就一直在她手上，连苏先生本人都没碰过，她难辞其咎。

没想到，苏则竟然这样笃定，这样相信她。

雪中送炭的安慰，让姜婠婠的眼泪落得更多了。

苏则情不自禁地将她拥到怀里：“我送你回去。”

姜婠婠点了点头。

是的，她现在要回去，有一件事，她立刻就要做。

——她哪怕砸了保险柜，也要立刻把自己的东西拿回来！然后，然后……她再也不会回去了。

姜婠婠一路紧紧抿着唇，用力忍下眼泪，但忍得了一时的眼泪，忍不住绵长的悲伤，她断断续续地掉眼泪，然后将腰挺得愈加直。

苏则微微阖上眼睛，只作闭目养神，让姜婠婠可以轻松一些，也将自己的后悔心痛掩去。

此刻，姜婠婠眼中有一股决绝，苏则知道她接下来会做什么。

她心软念情，未必真能了断，但气头上，这个意念无比坚定，她那个神秘的首饰盒她一定会拿回来。

——这就是苏则要的结果。

姜婠婠和小美人鱼越来越接近，两人几乎就要重合，可是DNA的检测结果却又将所有的现象彻底否定，苏则陷入困境。

这个时候，他只能寄希望于最后的信物——他的聘礼，苏家家传的镯子。

他要看一看姜婠婠有没有那只镯子，可是偏偏她的首饰盒不在她自己手上，他夜探又遇见失眠的林丽雅，以失败告终，只能让姜婠婠自己拿回自己的东西。

姜家什么情况，苏则拿捏得比姜婠婠还清楚。这几年林丽雅迟迟无所出，她已经三十多岁，迫切需要一个儿子稳固自己的地位，算盘就这样打到了她娘家的侄儿上头，她要把林冬冬过继到姜家。

姜濉那样的人，当然不会同意，抵抗了好几年，可惜架不住林丽雅日日软硬兼施。时间越长，林丽雅越是逼得紧，直到上个月借题发挥，在医院住了半个月苦苦相逼。

姜娓娓还是太天真了，她竟以为林丽雅赖在医院不走只是单纯地矫情呢。是啊，她到底没有经历过感情，又怎么会知道女人的这些筹码和手段呢？

总之，林丽雅出院那一日，林冬冬直接改了口叫姜濉爸爸。

这事姜娓娓不知道，但苏则要让她知道。他给林丽雅发请柬，料定急功近利的林丽雅会带上林冬冬赴宴营造天伦效果，以进一步对姜濉动之以情。而姜娓娓今晚也在这里，那么两边碰上就是毫无悬念的，他就是要让一直蒙在鼓里的姜娓娓认清这个局面，打破她一厢情愿的家庭幻想，然后拿回她自己的东西。

但千算万算，他没有算到项链会断。

人是一种有韧性的生物，意外和痛苦并不会一下就将人压垮。人的崩溃，往往不是因为一种痛苦太强烈，而是因为痛苦太多，使人应接不暇，才将人压垮。

今晚，林冬冬加上项链断裂的效果，绝不仅仅是一加一等于二。

此刻，苏则心中各种郁气堆积，在脏腑之间窜得他痛苦悔恨不堪。他阖着眸子，也能感觉到姜娓娓用力压抑的难过。

他不想这样伤害她。

东山到西山一路两个多小时，到姜家时，姜娓娓已经可以很好地控制自己的情绪。

姜娓娓转头对苏则说："苏先生，您等我一下，我进去拿我的首饰，您看一看值多少钱，全拿来抵偿今晚裴夫人的损失。"

瞧，一切都尽在他掌握，马上他就可以知道答案了。

可是，他的心很疼，一紧一紧地疼着。

他凝着姜娓娓，尽量温柔地说："你不用赔，不是你的错。"

姜娓娓目光坚定地摇头。

苏则比她更坚定："自然有人要为今天的事付出代价，但那个人一定不是你。娓娓，不要自责，我并不怪你，裴总裁和裴夫人也不怪你。"

“项链一直在我手上……”

“一直在你手上？你时时刻刻都盯着吗？”

姜婳婳忍不住顺着他的话去想。苏则却并不想她耗这心思：“这件事我会处理，你进去吧。”

“好吧，苏先生，再见。”姜婳婳低眉顺眼地说。

手碰到车门，车子却又落锁。

“算了，你今晚不要回家了。”苏则出尔反尔地说。

她心里有气，今晚不折腾出点什么来，她不会罢休。他倒是不怕她折腾，只是怕折腾得有多厉害，她就有多受伤。

他现在只想保护她。

“可以像上次一样，我替你在酒店开个房间，明天再从长计议。”

姜婳婳垂下眼皮：“好，但我要先进去拿样东西。”

苏则自然知道是什么，那原本就是他的目的。但是此刻，他却不想看到。

姜婳婳连忙说：“就是不赔我也要带走，放在这里，我不放心。”

苏则无法反驳，只能不厌其烦地叮嘱：“拿了就回来，我在这里等你。”

姜濉应该马上就回来了，姜婳婳这个状态下，这对父女真不适合见面。人在冲动下只会将伤害十倍百倍地放大。

“放心吧，苏先生。”

李阿姨见到姜婳婳忽然回来有些吃惊：“婳婳，怎么这么早就回来了？不是说今晚公司活动要晚一些吗？”

姜婳婳紧紧抿着嘴巴，鞋也不换，高跟鞋踩在大理石地面上哒哒哒的肆意嚣张，径直冲向二楼。

保险柜已经搬到了她隔壁房间。

密码？呵呵哒！

她要直接砸了，砸了！

姜婳婳气势汹汹，整个人就和龙卷风一样，抬起脚就将门踹开。

“砰！”

……

“intruder alert！ intruder alert！”

警报声随之大作，电网当头罩下。

等在外面的苏则心中躁动不安，他用力揉着太阳穴，不祥的预感强烈到仿佛要冲破躯体。半晌，他终于按捺不住，没有耐心地下车，也不管什么合适不合适。

刚走了一步，身体却如豁然之间被强大的电流袭过，他霎时脸色惨白倒在车上，痛苦抽搐，几欲休克。

“苏先生！”阿未被吓坏了，连忙下车来扶他，“苏先生，您怎么了？我送您去医院。”

苏则猛地睁开眼睛，墨黑幽暗的眸子里仿佛燃着两簇熊熊的火焰。他甩开司机，忍着身体里麻痹的痛苦径直走向姜家，脚步虚浮，却果决。

姜婠婠被电网砸到，昏迷不醒地躺在地上。李阿姨正手足无措地叫婠婠，陌生男人忽然大步走来，仿佛从天而降。

“好在电流不强，只是应激反应昏了过去。”豪华病房里，主治医师站在病床前，安慰苏则，“您太太一会儿就会醒来，不要太担心。”

苏则疲惫地闭了闭眼，让阿未送医生出去。

他凝视着姜婠婠，眼睛里全是心疼和眷恋，太深太多，又成了手足无措。

爱和宠，怜惜和保护，怎样才够？怎么都不够。

难怪医生会误会姜婠婠是他的妻子。

“对不起，绵绵……”苏则捧起姜婠婠的手，一遍遍亲吻，末了，又将自己的脸埋到她手心。

“对不起，我将你弄丢，却没有认出你，更险些害了你……”

男人的嗓子又抖又哑，如寒风中的落叶，落地又被碾碎。

明明之前的牙疼来得那么突兀诡异，他却偏偏要怀疑只是巧合，迂腐不堪地在 DNA 检测结果里作茧自缚。这一次，痛彻骨血的电击感终于狠狠给了他当头棒喝。

——婠婠就是绵绵。

再不用怀疑，灵珠让他们心脉相连，所以他能感觉到她身体的疼痛。

姜婠婠醒来时，觉得手心湿热湿热的，她不舒服地动了动。苏则感觉到，立刻抬起头来。他眼睛里的血丝红得可怕，看着她的眼神又紧又深。

姜婠婠被这样的苏则吓得抖了一下：“苏先生，你……你怎么了？”

她的嗓子还软软的、轻轻的，却像是一道甘霖，直直沁到了苏则心底最柔软的那一处。

苏则深深凝着她，似乎在笑，又仿佛要哭，深邃的眸子里完完全全地映着她。

姜娟娟张开嘴巴，正要说什么。

苏则忽然倾身覆上她，就将她微启的唇用力吻住。

三百年了，他们分开三百年了。总算熬过漫长寂寞的生命和遥遥无期的等待，他们终于再一次肌肤相亲。

苏则的唇滚烫，又不可遏制地轻颤。他轻轻阖着眸子，放纵自己沉沦于唇齿间的温香悸动。和记忆完全重叠的触感，一如既往让他难以自持。

他有些怕这又是他的一个梦，一如三百年里的无数次镜花水月，清醒过后只有他与影子相伴，漫长而寂寞的生命没有尽头。他本能地用力抱紧身下温软的身子，双臂环着她不盈一握的腰，将她狠狠按在自己怀中。吻她的动作一时如疾风骤雨，几乎恨不得两人就这样死在一起；一时又如风中落叶，缥缈得轻轻颤抖，只想小心翼翼地将她捧在手心珍藏。

姜娟娟僵直着身体，双眼因为震惊而瞪圆，直直盯着近在眼前的俊颜。她没有苏则那样山重水复翻天覆地的悸动，更没有苏则那几欲崩溃的情动，她现在脑子里唯一的念头是——

苏先生疯了吗？

……

于是，姜娟娟为了阻止苏先生发疯，毫不留情就用力咬了下去。

舌尖的疼痛带着血腥味，苏则浑身一僵，缓缓睁开眼睛来。只见怀里的姑娘两颊嫣红，水眸清亮，又是惊又是恼又是怒地瞪着自己，这样鲜活。

她就这样鲜活地在他怀里，舌头上的疼痛提醒他，这一次的她是真的，再不是他思念至极时生的幻象。

她终于回来了。

苏则的嘴角挂着一滴血，那是被姜娟娟咬出来的。可是他一点都不觉得疼，他只觉前所未有地快活着。他仍旧覆在她身上，不再亲她，却也没有放开她。

在姜娟娟的记忆里，她从来没有遇到过这样的困境，她觉得自己的芯儿或许有这样那样的不好，可是她这么多年经营出来的壳子高冷不可侵犯，从前稍微对她有点想法的男生都被她逼退在安全距离以外，她甚至还可以理直气壮地对裴时说“我对你没兴趣，先和你说清楚，我不介意你当我自作多情，只要你不要自作多情就好”，可见她这么多年做人做得是多么简单粗暴。

像苏则这样和她嘴唇对着嘴唇，鼻尖碰着鼻尖的，她却千真万确是第一次遇上。

姜婠婠想，这下糟了。他突破了她虚张声势的外壳，立刻就能发现她的芯儿不堪一击，简直可以长驱直入，为所欲为。

姜婠婠手足无措地望着他。

苏则见她如此，心中荡漾，轻轻凑上去，一个温柔至极的吻印在她的唇上。

“你终于来了。”

他的气息就拂在姜婠婠脸上，那样亲近，那样亲热。

真是……孰不可忍！姜婠婠一脚踹向身上的男人。

大手却稳稳地抓住了她的脚。

姜婠婠扑了个空，生气地皱眉：“苏先生，你这是什么意思？”

如果苏则比裴时还要浑蛋，那她真是看错他了。姜婠婠很悲愤，挣出自己的腿，就要坐起来。

苏则温柔地将她按回去：“躺下，现在会头晕。”

讲话这样温柔，刚才却那样天经地义耍流氓。姜婠婠“呵呵”一声：“你精分了吗？”

苏则低低地笑：“刚刚是我唐突了。”却又道，“但我是不会道歉的。”

“……”

还能不能愉快地做人了！

但姜婠婠这回学机灵了，女人和男人本就力量悬殊，更何况苏则的力量还格外大，若是想把她怎样，她也就只有乖乖躺平的份儿。

姜婠婠的手猛地往床头的护士铃伸去，正要以迅雷不及掩耳之势按下，却被一只温热的手掌及时握住。

“别气，那只是个玩笑。”

玩笑？！

姜婠婠更生气了。

苏则也意识到自己说错了话，连忙解释：“吻你抱你不是玩笑，道歉那一句才是玩笑。”

吻你？抱你！耍流氓还上瘾了是不是？

姜婳婳这下气得连苏则都拦不住她，她用力按下了护士铃。

苏则揉了揉额头。

他想，今天自己可真蠢，越说越错，越解释越流氓。

可是，他真是蠢得好快乐，三百年都不曾这样快乐过了。

苏则在护士过来以前先离开了。

姜婳婳心想，哼哼，还不算无可救药，总算还有点自觉。

但实际上，苏则不是自觉，他是迫不得已。

因为，姜灉到了。

姜灉一进医院就被阿未拦下，两人互不退步周旋之际，苏则现身了。

苏则示意阿未去顶楼病房外守着，阿未颔首离开。

姜灉看在眼里，心中非常不高兴这种上位者的姿态。

凭什么？那是他的女儿。

姜灉淡淡地说："今晚多谢苏先生了，请问小女现在在哪里？另外，苏先生垫付的一切费用还请告知，我也好及时偿还。"客气地将界限划清，拒人于千里。

苏则浑不在意地笑道："姜总客气了，今晚花费的都是姜婳婳自己的钱。"

从今以后，他的一切都是婳婳的。

苏先生真心实意地认为自己这样说完全不算说谎。

姜灉听在耳中，却跟被人照着心脏狠狠揍了一拳似的。

他匆匆赶回，就看到一片狼藉，他甚至以为这都是姜婳婳做的好事，后来才从李阿姨断断续续的描述里了解始末。

他万万没想到，林丽雅竟然敢背着他在家里安装电网！连他都被蒙在鼓里，她安的是什么心？

姜灉细思恐极。

此刻，想到姜婳婳身心俱伤，还要自力更生地拿钱办手续，而他身为人父，却将她置于这样孤身无助的境地，一时心痛懊恨不已。

苏则适时拿出大老板的姿态，冠冕堂皇地开始表扬姜婳婳："据我今晚所见，姜婳婳实在是一位坚强的好员工，能养出这样刻苦耐劳的好女儿，你们为人父母也应该骄傲，可惜婳婳的母亲此刻不在这里，所以还要请姜总代为转达公司对姜婳婳的认可。"

转达？怎么转达？

姜濉只觉手足冰凉。

他差点害死了姜婠婠，往后还有什么脸去见姜婠婠地下的母亲？

苏则不过寥寥两句话，姜濉却仿佛瞬间被打垮了一般，他一言不发地转身离开，脚步略显蹒跚。

苏则回到病房的时候，姜婠婠正在跳舞。

她其实并不会跳舞，从未有过专业的学习，可是偶尔几个全凭本能的动作却又矛盾地有着大家风范。不过即使这样，因为不成体系，不会编舞，她的舞也就是比一般的胡乱蹦跶稍微规范些而已。

当然她有自知之明，平常是从不在人前献丑的。只是刚才，她回忆起自己被送到医院的原因，当场被吓出一身冷汗。

那可是电啊！水火电无情，能要人命的啊！

姜婠婠后怕不已，当机立断爬起来，“扑通”一声跪在床上，朝着西方就连磕了三个头。

感谢佛祖，感谢菩萨，感谢各路神灵！

磕完头后又一心一意地忐忑了许久，就怕被这么一电会留下什么后遗症，连忙给自己出了几个脑筋急转弯，发现自己都能答出，这才安心不少。

确定脑力没有问题，还要再做一做体能测试。姜婠婠跳到地上接连转几个圈圈，都难不倒她，想想强度又觉得不太够，于是再练了几十个翻身。侧翻，跳翻……怎么折腾怎么来。

很好，头脑机灵，四肢健全，姜婠婠总算松了一口气。

姜婠婠有些累地抚着胸口，抬起头正见到斜倚在门边的苏则。

苏先生显然已经欣赏了很久。

其实姜婠婠现在这个样子是没有什么美感可言的。她身上还穿着参加宴会的裸色小礼服，上半身却套了件宽大的病服。可是她舞动时，病服甩动，裙摆张扬，紧紧勾勒着她曼妙婀娜的身体，他根本移不开眼睛。

从前一些记忆就这么跟着鲜活起来。

小美人鱼的舞其实还是他请人教的。

一次，他从宫中赴宴晚归，回到官邸时，绵绵正在他房中等他。可惜他回去得晚，小美人鱼一天只能有三十分钟化成双腿，已经变回了鱼尾，只能可怜巴巴地缩在他为防万一特制的大木桶里。

他一回去，就对上一双幽怨的眼睛，湛蓝湛蓝的，比他见过最珍贵的蓝宝石还要美丽，只是湿漉漉的，里面全是欲说还休的控诉。

苏则一颗心刹那间就软汪汪的，连忙过去抱着她吻她的眼睛，不停地道歉："对不起，对不起，我回来晚了……绵绵，别生气。"

本来两个人一天能相处的时间就只有三十分钟，他还迟到。

小美人鱼哼哼唧唧地将他推开，清亮的眸子盯着他瞧了一会儿，嫌弃地扭开头："有酒气，你是去喝花酒了吗？"

"……花酒，谁教你的？"苏则眼皮跳了一下。

他连忙解释是皇上设宴，又问她等了多久，下一次也罚他等这么久，不，双倍。

小美人鱼眼珠子转了转，不肯让他转移话题，执着地问："宫宴上的女子都很美对不对？"

苏则提高警惕，满脸诚恳地表示："都没有你美，我生平阅人无数，只有你最美、最好。"

绵绵一向是一条自恋的美人鱼，听苏则这样赞美她，嘴角的弧度压都压不下去，双眼格外晶亮。

但是她同时也是一条执着的美人鱼。

"她们会陪你做什么呢？"她不依不饶地问。

"……"苏将军有些头疼。

"会陪你喝酒吗？"

"不，我不需要她们陪我喝酒。"

"那做什么？"

"……"

苏则招架不住了，死皮赖脸地凑上去抱住她亲吻："她们什么都不能做，能陪我做这回事的只有你。绵绵，只有你，知道不知道？"

绵绵在苏则怀里软成了一汪水。

"那……那你为什么会耽搁这样久？"

"……"

苏则被她缠得没有办法，不得不如实描述了下宫宴。当然，他品行端直，不近女色，不过是朝堂应酬，并没有什么心虚。

但绵绵还是立刻抓住了重点：“她们跳的是什么舞？好看吗？”

她一天只有三十分钟可以变出双腿，人类的舞蹈她哪里会呢？苏则肯定不能伤她自尊，淡然表示：“不好看。”

绵绵闻言，嘴巴一抿，顿时就生气了。鱼尾用力一扫，木桶里的水就这样溅了苏则一身。

“我要回去，苏则你把我抱回水里去！你这个骗子！”

骗子……

最后，骗人的苏将军连连道歉，好声好气地哄，好不容易才将她留下。

“绵绵，舞蹈只是锦上添花罢了。就像园子里的花，有则添彩，没有我也不觉得有什么不妥。不过是能入眼，要说有多好看，我并不觉得。”他双目深邃诚恳，说得入情入理，绵绵勉勉强强接受。

可是她还是有些不开心，想想其他女子可以跳漂亮的舞给苏则看，她却不可以，她只会溅他一身水，她有点自卑了。

苏则将绵绵留在自己房中，绵绵在装满水的特制大木桶里睡了一觉。第二天一早，苏则就让她做了那件只有她才能陪他做的事。

天光将亮未亮的时候，绵绵迷迷糊糊就感觉到男人温热的唇游移在她的耳边：“绵绵，天亮了，可以变出腿了。”

可以变腿了……

苏则如果用这样喑哑动情的嗓子和她说这句话，那基本就是某种暗示。

绵绵还没睡醒，她昨晚自卑得有点久，很晚才睡，这时迷迷糊糊就听了他的话，水里的鱼尾缓缓变成两条白皙美丽的腿。

苏则一把将她抱了出来，放在床上。

……

时间怎么都不够，真是虐人。

苏则将再次变回了美人鱼的绵绵抱在怀里，心想，一定有什么办法，可以让他们长相厮守，像平凡的夫妻一样。

将来……每每想到将来，便是连苏则这样的男人也无能为力。命运太会开他玩笑，他好不容易爱上一个女子，她却和他不是一个种族。

白蛇至少还能幻化成人，为许仙生下孩子。他的绵绵一天却只有两刻钟的时间能和他在一起，即使这样，他也不能拥有她的每一天。

将军府后院的湖连着外面的河流，河流直通大海。苏则早将后院所有的下人全部撤走，另派了重兵守在院子外面，就算是天子要硬闯，没有小半个时辰也攻不进来。苏则抱着绵绵走到湖边，将她小心放到湖水里。

纵使不舍，也不能一直让她待在淡水里。

绵绵鱼尾在水里，身子在水上，她用力抱着苏则的脖子，蹭他的脸颊。

呜呜，她也舍不得……

苏则的一颗心柔软得无以复加，怜爱地回吻她："下一次我哪里都不去，我等你。"

绵绵歪着脑袋想了想，笑眯眯地问他："下一次，我多待几天好不好？"

好，当然好，他简直欣喜若狂！

苏则用深吻表达了自己的激动。

绵绵乖乖让他亲，等他恋恋不舍地退开后，她睁着水汪汪的眼睛对他说："那你请师傅到府里，教我跳舞好不好？"

苏则："……"

他想让她明白，她是不可取代的，而宫中的舞娘只是闲时欣赏，就像园子里的花，开来可观，凋零也不觉可惜。

绵绵奇道："为什么我不能既不可取代，又同时像花园里的花呢？我也可以让你赏心悦目啊。"

"……"无言以对。

可是，待细细想去，他又愉悦不已。这是绵绵爱他的心意，天真美好的小美人鱼，恐怕连她自己都未意识到，她有多么爱他。

后来，苏则重金请了京中最负盛名的舞娘回府，亲自教她舞蹈。

姜娟娟的动作还保持着当年舞娘的教导，细微到一个回眸，一个神态。

她的学习能力非常强，但大约因为种族不同，她只能学习，不能生变。譬如苏则当年教她弹琴，她学了十足十，可是她弹来只是另一个苏则，并不能形成自己独特的风格。同样的，舞娘教她舞蹈，她跟着跳出来只成了另一个舞娘。

苏则乐见他爱的女人和他一模一样，却不愿意她和其他女子一模一样。所以，当年的舞娘只教了她几天基本功。

绵绵不依不饶了好久，可是一个心里有爱，一个有心要哄，这事最后也就不了了之了。

所以，现在的姜婠婠也只是稍微比普通人蹦跶得好一些而已。

这些记忆让人沉沦又心痛，姜婠婠都已经没有了，独自拥有这些回忆的苏则，将记忆里的绵绵和眼前的婠婠重叠，笑得眼眸里水光动荡。

姜婠婠觉得今天的苏先生真是好奇怪，一直看着她，一直用那样快乐又痛苦的眼神看她。

所以她还活得好好的，到底是让他快乐呢，还是痛苦呢？

姜婠婠咬唇想了想，想到一个可能，大方地问出来："苏先生，今晚是你救的我吗？"

苏则点头。

"那你……也被电到了是吗？"

"……"

要命，从前对她太坏，现在对她好点都要被以为是电坏了脑袋吗？

林丽雅刚一回到家，就被姜濰用力拽上车，暴戾之气几乎喷薄而出。林丽雅几次想发脾气，都被这样的一张脸震慑住，想到某种可能，更是心虚得不敢出声。

车子一路疾驰至医院，将林丽雅心中的猜想证实。

姜婠婠果然闯进去了。

林丽雅被姜濰粗鲁地拉下车，她一向被宠坏，乍一面对这样的对待，心中不高兴到极点，一怒之下，细长的高跟鞋发狠地往姜濰的膝盖踹去，踹了个正着。

膝盖是个脆弱敏感的地方，姜濰疼得险些摔倒，脸都白了，又青又白。

林丽雅趁机用力甩开他："姜濰，你别发疯了！"

姜濰眼睛里布满了红血丝，痛心道："疯的人不是我，是你！你在家里装那个东西想要做什么？我以为你只是嚣张跋扈，没想到你竟然心狠手辣地想杀婠婠！"

林丽雅冷笑着狡辩："我要真想杀了她，她现在还能在医院吗？你少给我乱扣罪名！我们家才被闯入，我安个电网是防贼的，结果出了家贼，怪我咯？姜濰你少不明是非，颠倒黑白。"

姜濰只觉自己完全不能和这么个不讲道理的女人正常沟通，他深深吸进

林丽雅冷笑一声："娟娟，你差不多够了啊。你想要什么就直说，难道还要让你爸跪下来求你？"

反咬一口不忘挑拨离间……姜娟娟嘴角翘了翘，不疾不徐地拿起床头的茶杯，忽地用力砸出去。

"砰！"

杯子险险擦着林丽雅的脑袋，重重砸上墙壁。刹那间四分五裂，碎成一地。

林丽雅抱着脑袋，尖叫不已。

"手滑。"姜娟娟面无表情地说。

林丽雅气得发抖，指着姜濉尖声叫道："姜濉，你就让她这样对我吗？"

姜濉被姜娟娟忽然的举动震惊，他万万没想到事情会演变成这样。从前他觉得一切都在他掌握之中，此刻他才恍然发现，那是因为姜娟娟从前一直愿意配合他，委屈自己地配合他。但此刻，姜娟娟不愿意配合了。

姜濉心力交瘁，痛心极了。

"姜濉，你想清楚，你要我还是要你女儿，如果你要你的女儿，那你就和你女儿过下半辈子吧，我们离婚！"

姜娟娟的主治医生来得巧，林丽雅的"离婚"两个字刚刚落下，回音还没来得及散去，虚掩的门就被象征性地敲了两下。

"查房。"

主治医生走了进来，脸上的笑容暖如春风，仿佛浑然不觉病房里的剑拔弩张之势，无视其他人，专心致志地看着姜娟娟："你的检查报告出来了，指标正常，一切健康。但作为医生，我不得不说你，以后家里没事别再弄这些乱七八糟的东西，这次万幸是你，年轻人身体好，没什么毛病，虚惊一场。这要是换个五十多岁的，有高血压心脏不好，那可就回天乏术了。"

主治医生话落，病房里仿佛"啪"的一声，有那么一根弦刹那间绷紧到了极致，而后惨然断掉。

主治医生却像是神经粗到完全感觉不到的样子，话说完留下报告，就自顾自出去了，云淡风轻地将震撼留给病房里面的三个人。

——昨晚幸好是年轻的姜娟娟，若误闯进去的不是姜娟娟，而是同样不知情的姜濉……五十多岁，有高血压，心脏不好。

那是，什么样的结果？

姜娟娟想到这里，手心里全是冷汗。她虽然生气姜濉偏心，可她一点都不想姜濉有事，她想要姜濉健康平安，长命百岁。

姜濉领会到了主治医生话里的意思，猛地看向林丽雅，竟像恨不得用眼神将林丽雅的心剖出来，看看她的心究竟是红的还是黑的。他是怎样对她的？怎样将她捧在手心，放在心尖儿上的？为了她，他是怎样委屈自己女儿的？为了她，他将她的整个娘家全部好生养着伺候着。

她呢，又是如何对他的？

林丽雅跟姜濉的时候只有十八岁，彼时姜濉已经三十八岁，两人之间相差了整整二十岁。而今林丽雅三十多岁，姜濉已经五十多岁，她风华正茂，他已垂垂老去。当年，许多长辈就曾劝阻他，林丽雅未必就是图了他这个人。那时他想，就是图财也没有关系，谁让他就是有钱呢？

然而此刻他终于后悔，他不想用恶意去揣测他人，更何况那还是他放在心尖儿疼爱了十五年的妻子，可此刻，他的脑子里确实只剩下两个词蹿得无比癫狂：谋财，害命。

为何他不计代价的付出换不回她的一丝真心，却只换来了谋财害命？

林丽雅在姜濉的逼视下，脸白得跟纸片儿似的，浑身颤抖不已：“不，不，姜濉，我从来没有想过害你……”

姜濉闭了闭眼，抬手阻止她。他深吸一口气，仿佛用尽了一生的力气，终于平静地说：“好，那就离吧。”

姜濉没有回应林丽雅的最后一句话，他直接回答了她的上一句话。

林丽雅说：“离婚。”

姜濉回答她：“好，那就离吧。”

"苏，苏先生……那天你……亲我，是认真……的吗？"
"你没有自作多情，相反，我很高兴你能感觉得到我对你的感情。婠婠，我喜欢你，比你以为的更多，或许还要超出你的想象。你呢，你喜欢我吗？"

Chapter 10
情迷，不知所措

姜婠婠没有跟姜瀰回家，姜瀰从自己钱包里抽出一张卡交到她手上："不要住员工宿舍，自己去酒店开个房间，等你想回家了，爸爸再来接你。"

姜婠婠垂着眼睛，用力把卡往姜瀰手上推回。她不要他的钱。

姜瀰抖着嗓子叫了一声："婠婠，不要这样。"

姜婠婠眼圈一热，姜瀰这一声"婠婠"竟把她藏在心里的许多委屈和无奈全牵扯了出来。

她终于收下了姜瀰的卡，只是转身扔进包里，并没有用的打算。

不久，苏则办好了出院手续回来。

两人走出医院时，天光已亮，街上的人和车已经不算少。

苏则打开车门，让姜婠婠上去，她却迟疑地站在车前。

"怎么了？"苏则柔声问。

姜婠婠尴尬地看着他，想到那个完全正常的检查结果，她自己都不好意思说"请假"两个字，所以她机智地另找了个理由："苏先生，我今天搬家。"

苏则挑眉："搬去哪里？"

据他所知，赵小亿和家里人住在一起，姜婠婠不可能住到赵家去。姜婠婠心眼儿又实在，以前更没有暗中买下房产，她一时要买要租都来不及，所以她说搬家，十之有九就是搬到酒店去。

真要命，如果他现在有名分就好了，他就可以名正言顺地带她回家。苏则头疼地想。

姜婠婠却以为苏则这样问是不答应，谁让她各项指标完全正常，没有生个公主身子呢？姜婳婳不禁伤感地折中道：“那……半天呢，可以吗？”

苏则：“……”

她竟然以为他是不答应，苏则气得想笑。

姜婳婳见苏则不说话，悲伤地再退一步：“两个小时呢？我总要换身衣服的。”

她要是还这个样子出现在公司，别人会怎么想她？

姜婳婳觉得自己真的不能再退了，如果还是不答应，她就辞职。

苏则：“……”

他简直被她气得说不出话来。他心里在想着要怎么疼她爱她才能既妥帖周到又能让她接受，她却以为他是不答应她的请假。

“公司有员工宿舍，条件还不错，我先带你去看一看。”

员工宿舍哪里是还不错？简直不要太好。市中心的豪宅，在寸土寸金的地段，是 CR 一掷千金的高端项目，至少三百平方米，一梯两户，出门就是 Shopping mall，配套设施高端。

姜婳婳记得上次朋友圈还有师姐说想买这里，有同学回的什么呢？

——买别墅吧，省钱。

姜婳婳简直是受宠若惊。

阿未送了钥匙过来，姜婳婳跟着苏则进门，里面奢侈的装潢再次闪花了她的眼睛。

“不喜欢这里？”苏则见姜婳婳笑得太不自然，温声问。

不是不喜欢，是不要太喜欢，喜欢到受之有愧。

结果苏则当她是默认，又提议：“那去对面看看？”

“……”

还……还有对门可以给她挑？这员工福利真是好得……何似在人间？

“不用了，苏先生。”想了想，委婉地问，“这里真的是员工宿舍吗？”

“不像？”

姜婳婳老实地点点头。

“那你以为员工宿舍是什么样的？”

员工宿舍是什么样呢？

不到二十平方米的小房间，拿白色的墙漆涂一遍，放六张床，上下铺。条件好点的可能是四张床，如果再好一点，两张床姜婳婳就觉得自己已经是赚到了。

姜婠婠如实地告诉了苏则自己的想法。

苏则低低笑了出来，漂亮的男人笑起来，眼睛格外深邃迷人："婠婠，你知道自己现在是什么样的身份吗？"

有多么重要。

姜婠婠心里一跳，不禁想起医院里他吻她的画面，一时手足无措起来。

虽然知道苏则是董事长以前，她也曾做过青云直上成为董事长夫人的白日梦，但那时她是无知者无畏，如果知道董事长就是苏先生，她哪里敢不知天高地厚地亵渎？

苏则将她的反应看在眼里，心中默默为自己叹了一口气。

果然，就听姜婠婠中规中矩地告诉他："我是你的助理。"

苏则波澜不惊地笑了笑："是啊，你是我的助理，那你觉得你住那样的宿舍，合适吗？"

是有点不合适。

可是……"这个地方似乎也不是那么合适。"

苏则面不改色："这里是 CR 高层员工宿舍，Serena 就住这里，裴复的助理都可以住在这里，你认为我的助理没有资格？"

"……"姜婠婠彻底折服在了苏先生的霸气之下。

苏则又放了姜婠婠一天假，让她安顿好自己，他却去了公司。

姜婠婠心虚不已，心想她和苏先生这是什么缘分，她天天在公司守着的时候没见他现身，她每次不在，他却必定要去。身为助理，姜婠婠自己都觉得不好意思，假如她是老板……

话说回来，假如她是老板，她到底要这样的助理干吗？

难为老板还要一本正经地为她解围："今天需要你避嫌，所以放假就是你的工作。"

姜婠婠信以为真，立刻毫无心理障碍地出门左拐去了 Shopping mall。

苏则到公司的时候，Angela 刚刚坐下，见到迷人的大老板，整个人神清气爽。

"跟我进来。"苏则淡道，脚步不停。

"是，苏先生。"想到姜婠婠昨晚寿宴闯下大祸，Angela 掩不住眉间眼底得意飞扬之色。

进门只见男人清冷地立在落地窗前，背影高不可攀，Angela 一时看得有些失神。

所以，当冷情的嗓音陡然落下，她浑身一僵，措手不及。

苏先生说："去人事部，办一下离职手续。"

Angela 眼中又惊又惶："苏先生，为什么？"

苏则转过身来，面无表情："你自己知道为什么。"

苏则的目光太透彻，和昨晚的 Serena 竟有些相似，Angela 背脊一寒。但怎么可能？他们再如何老练也是凡人，又不是神仙。

她扯了扯唇："是因为姜婠婠吗？苏先生喜欢姜婠婠对不对？"

"这个你没有资格知道，你只需要知道，监控录像已经发到你邮箱。"

Angela 刹那间脸白如纸。

软着腿回到座位，打开邮箱，果然有一封十五分钟前到的新邮件，Angela 颤着手指点开。

那是半个多月前的监控，录像里，一开始 Angela 和姜婠婠相安无事，忽然姜婠婠起身打印了一页资料，说了声下去寄快递就离开了。姜婠婠离开后，Angela 鬼鬼祟祟地来到姜婠婠的位置，打开姜婠婠的柜子，就将手伸向了裴夫人的寿礼。那样贵重的东西，她不敢直接拿走，就偷偷地用剪刀将绳子剪到将断未断……

嫉妒作为一种情绪的时候，暗搓搓地藏在心里，丑陋之处未必能被察觉。可是当它作为一种行动还被记录下来的时候，丑陋得都能飘出屏幕，这个时候，非强大的心理简直无法直视。

Angela 看到一半，崩溃地关了电脑。

整个人失魂落魄地接受了自己一败涂地的事实，飘飘忽忽地想着绝处逢生的办法，然而最后却心痛地发现，没有。

裴时自从帮她得到了这个职位以后就再也没有联系过她，他们之间的关系，并没有外人以为的那么光鲜，连分手都不用，只要裴时抽身，就是了断。

工位上有一面小镜子，Angela 看着镜子里的自己，悲伤地流下眼泪。

为什么……不是说美丽是无价的吗？为什么她的美丽不是？

简单地收拾好东西，认命离开，电梯里却遇见 Serena，后者对她落到此时下场似乎毫不惊讶。

Angela 忍不住质问 Serena："S 姐，是你告诉苏先生的吗？你为什么要这么做？是我哪里得罪你了吗？”

Serena 静静地看着 Angela，忽地笑了：“你到现在都还不明白吗？你难道就从来没有想过，为什么苏先生的中文那样流利，却偏偏要招一个翻译助理？如果你想过这个问题，你就会明白，姜媗媗的事，根本不必我去告诉苏先生。Angela，职场之路都要自己一步一步地往上爬，修炼道行。你是走了裴时这条捷径,所以你以为姜媗媗也和你一样是走的捷径吗？不,我告诉你，她不是走了捷径，她是开了外挂，这个位置本来就是给她准备的。”

Angela 终于在 Serena 直白的话语里明白，原来，能上 CR 顶层的只会有两种人，一种是 Serena 这样修炼成精的，一种是姜媗媗那样开了外挂的。而她，一样都没有占，白白做了一回跳梁小丑。

姜媗媗用一天的时间给自己“买”了一个新家。

进购物中心之初，她并没有概念要买什么，于是她就特别有条理地顺着购物中心转了一圈，目之所及，只要她觉得可能用得上的，或是从前家里有的，她都要，买买买！

姜媗媗的消费观有些问题，她一向是有多少花多少，看到什么买什么的性格。譬如她并不会做饭，但是她买了电饭煲、平底锅、锅碗瓢盆、筷子刀叉……烤箱有活动，买烤箱送蒸锅，她想反正送货上门，又把烤箱也买了。

这样细致扫荡一圈下来，傍晚的时候，姜媗媗满载而归。

家里用的她全让人送，自己就只拎了衣服鞋子，然而即使这样，回到家时胳膊也疼痛不堪。她把袖子撸起来，两条藕节一样的胳膊上几道勒痕刺眼，皮肤底下还有淤血。

姜媗媗忽然就后悔起来——她早上不还在想买房的事吗？

要买房的人，真的可以花钱这样肆无忌惮吗？

姜媗媗呜咽一声，懊恼地趴在沙发上，把脸埋到沙发里。怪只怪她一旦开买，就根本收不了手啊浑蛋！

剁手族的痛苦，真是无法言说。

姜媗媗被这种痛苦折磨得奄奄一息，直到门铃响起，才回光返照一般地蹦了起来。

唔，快递到了。

门前，原本宽阔上档次的楼道也经不住一堆大小箱子的摧残，此刻被挤得连落脚的地方也没有。两名商场工作人员狼狈地在一堆箱子后面，前面却芝兰玉树地立着一个不应该出现在这里的人物。

的确是个人物，苏先生可不是个人物吗？

刚刚按门铃的正是苏则，姜婠婠拿快递的心情太急切，没看人就开门，猝不及防四目相对。她愣住了一秒，下一秒，只恨不得再把门关上。

……好想否认这些都是她买的啊，姜婠婠心虚地想。

苏则泰然自若地解释：“我在小区外面碰到的，他们没有权限进不来，你电话又不通，我就让他们直接送上来了。”

不通？

姜婠婠推测道：“可能是手机被什么东西碰到，弄成静音了。”

谁叫她买的东西实在太多……

“快进来吧。”

姜婠婠让开道，让工作人员把东西一件件往里搬。房子是大不错，然而眨眼的工夫，客厅地板就堆满了。这过程里，苏则站在一旁，姜婠婠默默别开头去。

好败家。

忽然间被人发现了这么大一个缺点，姜婠婠一时难以接受。她讪讪地解释：“东西看起来多，其实很便宜的。”

苏则含笑看着她：“我知道。”

的确很便宜，这些家居用品看着大件，其实加起来可能还没有姜婠婠一件衣服贵，苏则的目光掠过沙发脚下那堆装着衣服鞋子的袋子。

这个细微的动作被姜婠婠敏感地发现，顿时只想掩面。

……苏先生还真是个识货的男人啊！

作为一个小助理，花钱这样简单粗暴，虽然花的是自己的钱，但感觉上，她觉得现在的情况就跟让债主看到自己很有钱没什么两样。

姜婠婠代入角色很快：“那些衣服正打算退一半回去的。”

“为什么？”

因为她要存钱买房啊。

姜婠婠刚刚算了算自己的存款余额，虽然退回去也买不起房，可是勤俭节约的态度总是要有。不然一直这样有多少花多少，以后可怎么办？姜婠婠总算认识到了自己消费观上的错误。

姜婠婠于是说：“我想养成勤俭节约的美好品德。”

态度够端正了吧？

是挺端正的，姜婠婠把苏先生逗笑了。

姜婠婠好受伤。

东西简单整理好的时候，窗外已经夜幕降临。

姜婠婠说："苏先生，今天真是谢谢您。天都黑了，您还是赶紧回家吧，我改天再请您吃饭。"

"不用改天，就今天吧。"

姜婠婠尴尬地表示："我是没有什么问题的，我主要是怕您回家太晚。"

苏则看着她，眼中是姜婠婠看不懂的笑意。姜婠婠在这个笑容之下，油然而生一种不祥的预感。

果然，下一秒，就听苏则不疾不徐地说："不远，我现在就住你对面。"

住你对面。

你对面。

对面。

面……

姜婠婠："……"

苏则问姜婠婠："喜欢吃什么？"

姜婠婠生无可恋地答："没有特别喜欢吃的。"

其实姜婠婠就是个小吃货，喜欢吃的东西真是不要太多，遇见她心情好的时候，她可以一样样给你说出来，坚持十五分钟不带暂停和重样。此刻嘛，此刻有点生无可恋的感觉，想来那些东西也是食之无味了。

不过姜婠婠最后还是强打起精神原地复活，她和苏则出去，请客的诚意还是很深，一面拿出手机查了查附近有什么好吃的，一面凑到他身边问他喜欢不喜欢。

苏则俯身在她耳边温声说："你别操心，跟着我就好。"

他似乎不经意就靠她太近，温热撩人的气息拂在她耳根，一下就把她的脸颊弄得热热的，她立刻手忙脚乱地离他远一些。

苏则把姜婠婠带到了超市。

"你今天搬家，第一天还是在家做饭比较好，刚好你买了不少厨房电器。"

"……"

姜婠婠真是痛恨自己乱花钱的坏习惯……

"……我不会做饭。"

"没关系，我来做。"

"……"

姜婠婠走在苏则身边，纵然她没有过和男人逛超市的经历，也渐渐觉察出奇怪。

年轻的男女不疾不徐走在超市里，男人每拿一样东西都会问一问她的意见，超市有点吵，苏先生又显然不是那种会在公共场所扯着嗓子大声说话的人，所以不得不靠她很近，低头凑到她耳边说话。

"鸡蛋你有喜欢的品牌吗？"

"鸡蛋还有品牌吗？"金鸡，银鸡，铜鸡？

"当然，尤其是有机鸡蛋，不仅有饲养地和方法的区别，或许还会影响之后的有机检验程序。"

"……我不太懂。"

"那我决定？"

"好吧，听你的。"

……

种种画面太美，姜婠婠自己都不忍直视，也不知道最后是怎么走出超市的。

回去后果然是苏先生主厨，姜婠婠有心想去厨房帮忙，苏则正在切胡萝卜，淡定地指挥她帮忙系围裙。

姜婠婠："……"

她双臂绕过苏则精壮的腰，为他系围裙，他身上的气息不重，淡淡的清雅的味道很好闻，可是她喘不过气来。

她再也不想帮忙，自己去洗了车厘子吃，苏先生又在厨房喊她："婠婠，我有点渴，车厘子拿进来给我吃一颗。"

姜婠婠又不傻，今晚被调戏了这样久，她要再没警觉就可以直接洗干净等着被吃了。于是她换了个姿势，假装没听到，想了想又觉得还是不保险，连忙一口气把盘子里的车厘子全吃了。

再也不担心苏先生会让她喂的姜婠婠松了一口气，格外有底气地对苏先生说："哦，我已经吃完了。"

厨房里的苏先生："……"

苏则做了一桌子的菜，全是姜婠婠爱吃的，色香味俱全，比起碧海潮生也丝毫不逊色。可是姜婠婠心里惦记着事，有点心不在焉。她一向是个简单粗暴的性格，从不装糊涂，此刻既然明白过来，心里就惦记着要和他说明白。

可是要怎么说呢？

苏先生，你是不是喜欢我？你还是别喜欢我了，我不喜欢你。

不行不行，做人不能这么自我感觉良好。

然而姜婠婠似乎忘记了，当时她对裴时是如何的手起刀落眼睛也不眨一下，哪里有此刻的扭扭捏捏？

扭扭捏捏的姜婠婠到吃完饭都没开口。

苏则是怎样步步为营进退有度的男人，今晚这样的程度已经足够，他对姜婠婠说："你昨晚一夜没睡，现在去洗澡，今晚早点休息，我帮你收拾好厨房就回去。"

姜婠婠又是松了一口气，又是紧张，听话地去洗澡。

等她磨磨蹭蹭洗完澡出来，苏则已经将厨房整理好，正坐在沙发上等她。

姜婠婠疑惑地望着他。

苏则含笑道："等你送一送我。"

姜婠婠："……"

她快刀斩乱麻的性格再次被这一句若有似无的撩拨激活，她送苏则到门口，提起一口气，就要脱口而出。

没想到苏则却忽然转身，先一步打断她："你的衣服不要退，这个月底会发年终奖，你可以拿到这个数。"

苏则纵容地对姜婠婠比了个数字。

姜婠婠霎时瞪圆双眼，深深吸进一口气。

"我……我也有吗？"她还要过几天才过试用期啊……

"当然。"

姜婠婠立刻风骨尽失地想，那……那还是等年终奖发完再说吧。万一苏先生接受不了，她不得不辞职，就差几天错过年终奖不是很可惜吗？

姜婠婠开始心无旁骛为了年终奖而奋斗，奋斗之余在网上看了看房子，丧心病狂的房价又瞬间把她的斗志悉数磨灭。

因为从前的姜婠婠不知道，房均价它就只是个虚拟数字。

她按照自己的标准筛选一番，目瞪口呆地发现自己现在住的“员工宿舍”竟然是最好的选择，她于是顺手查了查这里的房价。然后，她瞪着手机，用力深呼吸了好久才让自己冷静下来。

——她领二十年年终奖可能刚刚够这里的首付。

她好想游回大海算了。

赵小亿这时微信问姜婠婠在做什么。

姜婠婠顺手拿手机截屏给赵小亿发了过去。

赵小亿：你要买房？

姜婠婠：是想，做梦那个想。

赵小亿：姜灕不是给了你一张卡吗？去查查余额。

姜婠婠：我不用他的钱。

赵小亿：又没让你花，你查一查还能少了他的余额？

姜婠婠拿着卡慢吞吞地到楼下，不久，身心俱疲地回来。

——查完余额的姜婠婠觉得人生更加艰难了。姜灕卡里的余额足够全款买下她现在住的豪宅。

——人不怕没钱，就怕没钱的时候手里还捏着这样大一个诱惑。

赵小亿：查到了？

姜婠婠：嗯。

赵小亿一早就猜到了，她淡定地指点姜婠婠：刷吧。

姜婠婠：……

赵小亿：姜灕给你卡不就是这个打算？你就当是提前预支自己的嫁妆。

姜婠婠一直觉得自己是一条特别有风骨的美人鱼。想当年姜灕断她零花钱，想逼她服软。她不仅没有服软，还打了漂亮的一仗，让姜灕看到，她姜婠婠最不缺的就是财运，哼哼。

然而这次和从前的小打小闹不一样……可即使不一样，她也不想折损了自己的风骨。

姜婠婠不想再继续这样一个让她想要游回大海的话题，岔开地问：你最近在干吗？

赵小亿：和你一样。

姜婠婠：买房？

赵小亿：让我买就好了，我在看。傅仪打算买婚房。

姜婠婠：啊！求婚了？！

赵小亿：还没有，不过我看等他买了婚房就会向我求婚。

姜婠婠忍不住身有同感地兴奋起来，立刻就回了电话过去，开心地对好友表达祝福："恭喜恭喜！终于守得云开了！"

赵小亿眉飞色舞地笑："嘿嘿，同喜同喜！"

"不过婠婠，为了我的幸福，你得帮我。"

"嗯嗯，你说！"

"傅仪才投资了新项目，手里已经没有多少钱，他那个人自尊心太强，怎么都不肯花我的钱，又矛盾地想要买好房子，不至于让我娘家瞧不起。可他的要求那么苛刻，怎么可能选得上合适的呢？再这么耗下去，他得何年何月才能向我求婚啊……我想着你不就在 CR 地产吗？你帮我打探打探消息，看哪个楼盘性价比高，然后你帮我要个好的折扣，或者我暗中先付一部分。"

"这有什么问题！"姜婠婠无视自己其实就是个挂牌闲人的事实，一口气爽快答应下来，"你等着，我很快帮你打听到。"

但实际上，姜婠婠确实是个一无所知的闲人，只能去找真正有实权的人。当然这种小事自然是不敢去麻烦苏先生的，姜婠婠于是鬼鬼祟祟地注意 Serena，注意了一整天。

Serena 是总裁特助，苏先生没有回来之前，她在 CR 是一人之下万人之上的地位。姜婠婠想要找一个靠谱又相对比较能平等对话的人，排除掉苏先生和裴总裁，就是 Serena 了。

但姜婠婠也不敢在工作时间去打扰 Serena，就寻思着等她下班，装作不期而遇。可惜姜婠婠万万没有想到，她这么随便一等，就等到了凌晨。

"S 姐，好巧。"

午夜的大楼空空荡荡，姜婠婠从昏昏欲睡里勉强打起精神的声音也显得掷地有声。

Serena 回头看到是她，脸上顿时露出惊讶："你怎么也这么晚下班？"

姜婠婠不好意思地笑："研究公司制度，一不小心就这么晚了。"

没办法，她实在是没有什么工作可以忙到这么晚，只能自觉地研究公司制度了。

Serena 眸底却跟明镜似的，笑道："那你都研究了哪些制度啊？"

“……”

难得想找一找裙带关系，没想到竟然这样艰难。

领悟到绕着弯儿说话实在不合适自己，姜婠婠于是找回一贯的简单粗暴，直接将赵小亿的事和 Serena 说了。

Serena 听完忍俊不禁，挽过她的手：“走吧，边走边说。”

公司离“员工宿舍”开车只要十分钟，十分钟的时间，Serena 一面开车，一面头头是道地将 CR 底下各个项目深入浅出地全部介绍了一遍。

好在姜婠婠虽然是个外行人，但领悟能力还算不错，下车的时候已经能够自行下结论：“S 姐，你觉得‘满庭芳’怎么样？”

Serena 眼中含笑：“‘满庭芳’这个楼盘的确是最好的选择。不管是地段、配套设施还是市场定位……至于价格，你放心，我会交代下去的。”

姜婠婠没有想到自己还没开口，Serena 就这样爽快地给她面子，一时受宠若惊。只觉 CR 真是个好地方，不管是领导还是同事，无不如春天般温暖，尤其是 Angela 离职以后。

哦，对了，关于 Angela 为什么忽然离职，姜婠婠也问过苏先生，苏先生表示：“回老家结婚。”

正想着，就在家门口看到了苏先生。

姜婠婠：“……”

她最近都有些怕见到他，虽然……没见到他的时候，又总会不经意地想起他。

苏则见她看到自己下意识就停下脚步，心中为自己轻叹，语气却尽量温柔：“你找 Serena 什么事？”

姜婠婠惊呆：“你怎么知道？”

“我看到你和 Serena 一起回来的。”

“……”

见她杵着不动，苏则主动走到她身边，柔声问：“有什么事是不能和我说的？非要这么晚等 Serena？”

姜婠婠明明心中有话要说，却为了年终奖而装糊涂，这严重违背了她的天性，导致现在一面对苏则就心虚不已。

心虚的姜婠婠于是自以为不着痕迹地打了个哈欠，糊弄地说：“苏先生，我好累啊，你可以明天自己去问 Serena 吗？”

苏先生：“……”

姜媗媗滑溜地逃跑了，苏则头疼地揉了揉太阳穴。

他是不是逼得太紧了？

姜媗媗回到家，立刻就将好消息和赵小亿分享，赵小亿么么哒个不停，一面表示明天一早就和傅仪去看房子，两人互道晚安。

同一时间，苏则也从 Serena 那里了解了情况。

“我记得，满庭芳并没有在售的房源。”

Serena 笑着说道：“这有什么关系，既然是媗媗的朋友，我们可以立刻放出来。”

苏则淡淡地说：“你先不要轻举妄动。”

第二天一早，姜媗媗出门上班的时候正好遇见从对面出来的苏则，心情真是一言难尽。

她果然天生不合适做这种利用别人感情的事，一时心中千回百转地考虑着，要不这种亏心事今天就到此结束吧？

不就是个年终奖吗……还是不要昧着良心挣奖金了。

姜媗媗提起一口气，挺直腰板就大步走过去，一改昨晚畏首畏尾的样子，大义凛然地准备暴露本来面目。

“苏先生，我……”

“媗媗，不要插手朋友的感情事，尤其是这件事。”

她还没来得及说完，苏则先将她打断。

姜媗媗愣住：“啊？”

她自己反应了一会儿，明白过来，苏先生这果然是去问了 Serena。想想就不开心起来，嘟囔道：“不就是一套婚房嘛……Serena 都说没问题的。”

“Serena 是给你面子，但她不用对你朋友的幸福负责。”苏则耐心地解释，“媗媗，好事多磨，欲速则不达。你朋友找你帮忙是揠苗助长，你还要和她一起犯糊涂吗？你想过没有，如果她男朋友知道了是她暗中插手，甚至动用你的关系帮忙，他会怎样？”

姜媗媗似懂非懂地眨了眨眼睛，仔细地想了一会儿，不确定地反问：“感动？然后立刻求婚？”

苏则：“……”

是他的错，他不该和感情一张白纸的小美人鱼讨论这种复杂的事。

“你将我的话转达，让她自己决定吧。”

姜婠婠一头雾水，难道她回答错了？如果她是傅仪，知道赵小亿这么费尽心思为了两人的感情努力，一定会感激涕零的好吗。

这样想着，姜婠婠就归咎为苏先生这个人心思太深，不过还是听话地转告赵小亿。

彼时，赵小亿正在去找傅仪的路上，忐忑地说：“他应该会不高兴。”

姜婠婠：“……”

人类的心思真是好复杂。

“不过，我们不要让他知道就好了啊。”赵小亿又立刻乐观起来，“CR这种财大气粗的主儿可不是我们那暴发户的爹有面子勾搭得上的，他想不到的啦。”

姜婠婠觉得赵小亿的话也有道理，立刻点头：“好吧，那我听你的。”

姜婠婠是在车上和赵小亿打的电话，彼时苏则就坐在她旁边。她挂了电话，小心翼翼地向他转述。

苏先生听完：“……”

他一向是愿意纵着婠婠的，即使看得出不妥，他也不想扫她的兴。再者，他让她不要插手别人的感情，婠婠其实并没有插手，她完全是在按照赵小亿的意思做，反而是他，如果坚持，倒真成了插手。塞翁失马焉知非福？塞翁得马焉知非祸？

“好，我会让 Serena 安排下去。”

这天，赵小亿和傅仪顺利看上了房子，姜婠婠却因为苏则的纵容苦恼得心力交瘁。

苏先生阻拦的时候，她不高兴，觉得他心思深；他不阻拦，她又心虚，总觉得自己利用了苏先生的感情。

这天苏则一直在公司，姜婠婠一个人坐在外面，时不时望一望他的办公室，就这样心力交瘁地过了一整天。

下班的时候，实诚的姜婠婠终于郑重其事地站到了苏则面前。

“苏先生，我接下来说的话可能会让你觉得我自作多情，但我宁愿你觉得我自作多情，我也受不了这种良心的折磨了……”

苏则静静地看着她，双眸幽黑深邃，情绪难辨。

他知道她要说什么，但她用“良心的折磨”来描述他对她的感情，真是让他无法不心痛。

姜媗媗呢，她明明鼓足了勇气才进来的，结果好不容易说完开场白，一对上苏则的眼睛，顿时心尖儿发软，接下来要说的……就一个字也说不出来了。

她着急地回忆自己之前是怎么对待裴时的。

哦，对……

——我对你没兴趣，先和你说清楚，我不介意你当我自作多情，只要你不要自作多情就好。

可是同样的话，她对裴时说是理直气壮一气呵成，毫无心理障碍，而对苏则，嗓音却卡在喉咙，怎么都出不来。

她脑子一片空白地问："苏，苏先生……那天你……亲我，是认真……的吗？"

苏则轻叹一声，从书桌后站起身来，将在自己面前立正姿势站得笔直的姜媗媗牵着往沙发走去。姜媗媗浑身僵直地跟着他，他一个指令她一个动作，最后两人坐在一起，四目相对。

苏则定定地凝视着她："媗媗，除了一开始我们之间的小误会，我对你做过的每一件事都是发自内心地想要那样对你。"

姜媗媗的睫毛轻轻一颤，扑闪扑闪了两下，终于静静垂落。

苏则温柔而坚定地握住她的手："你没有自作多情，相反，我很高兴你能感觉得到我对你的感情。媗媗，我喜欢你，比你以为的更多，或许还要超出你的想象。你呢，你喜欢我吗？"

姜媗媗从前一向是先下手为强，以快打慢，此刻稍一犹豫就被苏则这样一番表白，顿时因为没有经验而措手不及。

她看着他，眼睛里全是手足无措："你……怎么……"

苏则猛然意识到，自己错了。

当局者迷，旁观者清。他总结赵小亿的行为是揠苗助长，他大义凛然地对姜媗媗说好事多磨，欲速则不达。可是看看自己，不也正犯着同样的错误吗？因为自己认出了她，就迫不及待地只顾着自己的感情，一步步紧逼。

——这样只会适得其反。

恍然醒悟到自己的错误，苏则当机立断地中止她的思路："媗媗，不要回答我。今天，我只是想明白地告诉你我对你的感情，而你对我的回应，我不需要。至少今天不需要。"

骗谁？

他怎么会不需要？他等她等了三百多年啊！漫长寂寞的生命里，他唯一的意义就是等她。

他多么希望她立刻就能回应她，可是纵使疯狂，他的理智仍旧还在。他知道假如他今天一意强求，不仅得不到她的回应，反而会将她吓跑。

他想得没错，姜婠婠真的被他吓住了。一听他后面说不需要她回应，她立刻就站起来，快得生怕他反悔似的，迫不及待地说："那苏先生，我先走了。"

苏则哭笑不得："……好。"

姜婠婠简直是逃也似的往外跑，回到位置不够，更直接收拾东西下班了。

她不知道自己为什么会被吓住，她甚至连家都不想回，因为想到苏先生就住在对面，下了大楼，一时不知道该去哪里。

"叮"的一声，手机这时进来一条短信。

"我今晚连夜出国，可能需要一个月的时间，你自己一个人住，晚上记得关好门窗。"

姜婠婠目瞪口呆地瞪着这条短信，心情刹那间山重水复。

既惊喜，又失落，还有点气愤。

惊喜于苏先生这趟国出得真是时候，让她不必尴尬地面对他。又隐隐不开心，他才说了喜欢她，就要离开一个月，他都不担心这样会显得他没有诚意吗？还有啊，"你自己一个人住，晚上记得关好门窗"是什么意思？她本来就是一个人住好吗！为什么被他这么一说，就好像他不出国她就不是一个人住似的？

真是……浑蛋啊！

姜婠婠站在CR大楼前，一个人瞪着手机，一会儿失神，一会儿跺脚，一会儿抓狂，表情精彩更迭，浑然忘我。

“今晚，我在这里等你，既盼着你来，又盼你不要来。”
“可真是个狠心的小姑娘，我等了你整整一个月，你就一点没有想我？”

Chapter 11

相亲，谋回名分

姜媗媗再次见到姜滩的时候，姜滩正在和林丽雅办理离婚。

对于自己这段婚姻，姜滩有些心灰意冷地交代：“你阿姨年纪轻轻就跟了我，女人最好的光阴她都给了我，所以家里的房子、车子和存款，我全都给她，除了公司，我什么都不要。我已经搬出别墅，现在住在公司，你的东西我让李阿姨收的，首饰盒是我亲自取出来的，你自己收好。”

姜媗媗默不吭声地点头。姜滩和林丽雅之间的感情，她比较有自知之明地知道，自己全无置喙的余地。

姜滩今天亲自驱车将姜媗媗的东西送过来，此刻正在她的“员工宿舍”，他四处看了看，心中颇为满意：“这个地方倒是不错，买下来吧，以后就是你的房产，就算以后换工作了，也不必再辛苦搬家。”

买下来吧……说得真是好轻松。姜媗媗再次被那里丧心病狂的房价伤害到了，垂着眼皮，默默怀念大海的美好。

姜滩见姜媗媗这个不积极的样子，忍不住恨铁不成钢地提醒她：“那张卡就是给你买房用的，现在又有合适的房子，你还在等什么？等我和林丽雅一离婚，你连这张卡都不能用了。”

姜媗媗抿了抿唇，抬起眼皮，慢吞吞地说：“等你们真离了再说吧。”

父女两人，整体上，不欢而散。

姜滩气姜媗媗最后那一句话，而姜媗媗觉得她只是在如实描述一个事实。

姜滩对林丽雅多迷恋啊，捧在手心里疼了那么多年，到谈离婚了还生怕委屈了她分毫，看这样子怎么可能离得了？姜娟娟真是不要太了解姜滩，然而另一方面，她更气自己这样了解。

姜娟娟再次见到赵小亿的时候，赵小亿已经和傅仪分手。距离她和傅仪手牵着手看婚房，才过去短短三天。

赵小亿眼底有浓浓的黑眼圈，整个人憔悴不堪，让昂贵的化妆品也无能为力，但她眉飞色舞地对姜娟娟说："分手是我提的，我受够他了，终于把他甩了。"

姜娟娟什么也没说，默默上前去抱了抱她。

赵小亿在她怀里"哇"的一声大哭了出来。

赵小亿哭得很用力，像是要将十年的感情借着这一哭做个彻底了断。

等她哭完，姜娟娟早已双眼通红，鼻子泛酸。

"为什么呢？"她不理解地问。

赵小亿多么爱傅仪啊，怎么舍得呢？

赵小亿无声地流下一行眼泪："太苦了。"她苦涩地说，"我的世界里全是他，可他的世界里却只分了方寸之地给我。我用我的全部去爱他一个，但在他爱的东西里，我却只能排在最后。金钱、地位、事业，还有他的父母……我都义无反顾地妥协了，可是到最后，却连他可笑的自尊心都不愿意让一让我。我在他的生命里，永远都排在最后。娟娟，我受不了这样的委屈，我再也受不了了。"

姜娟娟不知道要怎么劝她，只能眼睛红红地看着她。

赵小亿也怜惜地看着她："娟娟，我其实一直好心疼你。你这样好的姑娘，应该被人排在第一位疼着爱着，可你却一直默默接受了自己不公平的位置。从小到大，你一直被姜滩排在后面，只有林丽雅的情绪被满足了，你才会被考虑到，你不委屈吗？从前我以为你都能忍受，我为什么不能忍受呢？可现在我才明白，何必要一直在意那个不看重你的人呢？总会有人愿意将你放在心尖儿上，不是吗？"

后来，姜娟娟都不知道她和赵小亿究竟是谁开导谁了。

不过确定的是，赵小亿离开时神清气爽，而姜娟娟难过得无以复加。

赵小亿说："娟娟，找个疼你的男人吧，只有当你尝过了被人放在心尖尖儿上的滋味，你才会明白女孩该怎样恣意地活着。我也想试一试，我们一起努力好吗？"

姜媗媗确实不知道赵小亿口中的恣意该有多么快乐，因为她从来就不曾被人放在最重要的位置。

从前做美人鱼的时候，她没有父母，谁会疼爱她呢？后来她和那个男人相爱过，她想，即使虚假，她应该也得到过宠爱吧，可惜虚假这回事就是镜中花水中月，而她更连镜中花水中月也忘了。再后来就是漫长无尽的寻寻觅觅，大约也只有痛苦。

做人以后，姜瀌的保护和父爱让她受宠若惊，虽然一直被排在林丽雅后面，可是她觉得从没有到有，已经很幸运，她不贪心的。但此刻被赵小亿这么一说，她忽然就觉得自己好可怜。

——她从来就没有被人放在心尖儿过。

真是个悲伤的醒悟。

姜媗媗悲伤得快哭出来了。

赵小亿说要找个能将她放在心尖儿上的男人，果然说到做到。周五晚上就毫不迟疑地杀到了姜媗媗家，要她陪着一起去相亲。

彼时姜媗媗正在等外卖。明天周末不用上班，下班前裴时到顶楼来约她，她说自己已经约了人，转身就淡定地打了外卖电话。

听到门铃，姜媗媗以为是吃的到了，兴高采烈地去开门，结果门外站着打扮光鲜的赵小亿。

“妞，陪我去相亲。”

“……”

赵小亿相亲，姜媗媗去干吗呢？

答案是，挡傅仪。

姜媗媗简直无法理解人类是怎么想的，尤其是恋爱中的人类。

赵小亿从前和傅仪在一起的时候，傅仪总把她排在后面，毫不介意委屈她。两人分手以后，傅仪却像是脑袋被门夹了一样，忽然就知道了赵小亿的重要。什么都不上心了，什么都阻止不了他的痴情，整天就全心全意惦记着赵小亿。赵小亿相亲，他还能神通广大地跟过去。

于是就造就了此刻的局面，赵小亿在隔壁桌对着一位科技新贵笑得像一朵儿花似的，姜媗媗坐在这桌好尴尬地对着傅仪。

傅仪的眼珠子就像是黏在了赵小亿身上，一点收敛都没有，实在太嚣张，她坐他对面都觉得好丢脸。

偏偏赵小亿就是能镇定自若，谈笑风生。

姜娟娟隐约听到英俊的科技新贵对赵小亿说：“隔壁那桌认识？”

是啊，一直这么看着，简直是毫无悬念好吗？

然而赵小亿就是可以很淡定地胡说八道：“不认识啊。那男的显然是和他女朋友吵架了，故意盯着我看，在气他女朋友呢。”

姜娟娟：“……”

瞧，她就是这样帮忙挡傅仪的。

后来，傅仪终于被气走，赵小亿这个亲也勉强算相得顺利。

可是姜娟娟好心酸，因为和科技新贵分开以后，赵小亿眼角红红的，两人还另外找了个地方吃饭。

姜娟娟忍不住扯了扯赵小亿的袖子：“一点机会都不给他了吗？”

赵小亿抿着唇，没说话，过了一会儿反问：“你呢？一点机会都不给你的苏先生吗？”

姜娟娟好生气，可又实在不忍心对这么伤心的赵小亿生气。

赵小亿说：“既然不喜欢苏先生，那就和我一起相亲吧。”

姜娟娟痛苦地哼哼：“我要一直帮你挡傅仪吗？那我宁愿让你从了傅仪。”

赵小亿幽幽地说：“不是。不对比，你不会知道你有多喜欢你心里的那个人。”

从此，姜娟娟开始了和赵小亿一起相亲的日子。

也是一则以喜，一则以忧。

喜的是，姜娟娟总算放下了心理障碍。她从前一直下意识地将自己当成人鱼，认为自己和人类之间有着种族隔离，就算是强行在一起也不会有好结果，三百年前就是个教训，所以面对裴时、苏则，她下意识地反应都是排斥和拒绝。然而在赵小亿的压迫下，她也终于愿意尝试着将自己当作人类，去做这个年纪人类姑娘会做的事。

忧的是，真的被赵小亿说中了。

赵小亿的话就像是诅咒一样，让姜娟娟总是下意识地拿相亲的男人去和苏则比较。

没有比较就没有伤害，姜娟娟觉得，这样的比较对她以及她的相亲对象而言都是毁灭性的伤害。

并且第二次相亲时，姜娟娟还遇见了裴时，裴时看她的眼神，真别提有多么幽怨，姜娟娟真是无法言说的尴尬。结果当晚回家姜娟娟就收到裴时的短信：“今晚那个医生，你喜欢吗？”

哪个医生？

姜娟娟想了半天，恍然大悟，原来今晚她相亲对象是个医生啊。

裴时没有得到她的答复，一会儿又发了一条信息过来:“反正你也在相亲，不如给我个机会，让我试试？”

姜娟娟本想一口拒绝，可是转念一想，裴时说得对，她已经在相亲了，就再没有从前超然的立场了，于是只能含糊地回一句虚拟化的话：“下次吧。”

裴时死死瞪着这三个字。

这种事也能下次？

好吧，下次就下次。

裴时去找赵小亿，主动出击。

要不怎么说是闺蜜呢，赵小亿也对他笑眯眯地说了三个字：“下次吧。”

裴时冷脸。

赵小亿可不敢像姜娟娟那样得罪裴时，小心翼翼地解释：“今晚已经和人约好了，好难订的地方。要是娟娟还是不喜欢，下次就给裴少安排？”

裴时这才答应。

赵小亿好心酸，她不过想让姜娟娟散散心，开开眼，结果却生生把自己作成了媒婆，一个两个都来找她安排相亲！

她要不要写个花名册啊？！

但是这时的姜娟娟对相亲已然没有什么兴趣了，不就是让她愈加想念某人吗？

Serena 找她逛街，姜娟娟完全将相亲的事抛在脑后，立刻答应。

结果两人刚刚走到停车场，Serena 就接到一个电话，神色霎时变得微妙。回来对姜娟娟说：“亲爱的娟娟，不好意思，我男朋友现在有空了，你就一个人去转一圈吧。”

姜娟娟：“……”

所以，她只是 Serena 男朋友不在时的备胎吗？

别人做备胎好歹还是做男人的备胎，她已经沦落成做女人的备胎了吗？

会心一击！

Serena 风风火火地离开，把车子开出去又忽然退了回来："婠婠，快过年了，你也赶紧找个男人过年吧。"

姜婠婠："……"

生无可恋!

Serena 刚走，姜婠婠就接到了赵小亿的电话："婠婠，人家已经等你两个小时了，你怎么还不出现？"

……忘了。

所以，当姜婠婠按照地址找到地方时已经迟到了快三个小时。

只是站在门口，却迟疑起来。眼前这栋闹中取静的欧式洋房，高不可攀的样子，分明就是私家住宅。

姜婠婠正要向赵小亿确认，院门忽然从里面打开，她目瞪口呆地望着从里面出来的人。

"阿未，你怎么会在这里？"

阿未退开一步，为她让路："姜小姐，苏先生在里面等您。"

"……"

姜婠婠不知道自己究竟怀揣着一种怎样的心情，才能将短短一段路，走了整整十分钟。并且走了十分钟她都还没有退缩，最终抬手推开了那一扇门。

然后刹那间，仿佛时光流转，她终于回到了三百年前。幽幽的蓝光倾泻而出，鲜活的鲸鱼在她周遭自在游弋，五光十色的海底生物那样真实地映在她眼底，价值连城的珊瑚树悠悠荡漾……

她恍恍惚惚地眨了眨眼睛，仿佛自己再次有了鱼尾，又回到了那个五彩斑斓的世界。

……

"你终于来了。"

直到低沉的嗓音似喟叹般传来，姜婠婠才回过神。她循声看去，芝兰玉树的男人在幽淡的光线里静静矗立，看到她，如释重负地一笑。

"苏……苏先生。"

嗓音莫名的弱，一如她此刻不知如何是好的一颗心。

海底的夜晚旖旎而醉人。

姜婠婠心里有点乱，又有点无措，脑子大体上一片空白，她的手紧了松，松了又捏紧。两颊嫣红，粉嫩得仿佛要滴出水来。

苏则静静凝着她，他一直都知道，他的小美人鱼很美，从前很美，现在也美，她从来就让他心动。只是今晚，她美得让他不开心了。

想想她来是做什么的，苏则承认，自己心头的滋味有些糟糕，即使此刻坐在她对面的是自己。

苏则从前不知道，自己吃起自己的醋来也可以这样不能自拔。

“可真是个狠心的小姑娘，我等了你整整一个月，你就一点没有想我？”

等了她一个月……

姜婠婠立刻满脸疑惑地望着他：“你不是出国了吗？”

对于她的搞不清重点，苏则哭笑不得：“我没有出国。”

“……”

“这一个月，我哪儿都没去，一直在西山别墅。”

“……你在那里做什么？”

“等你。”苏则定定看着她，目光幽深，“等你慢慢想明白，你对我的感情。”

姜婠婠脸颊发烫，飞快垂下头去，盯向一桌子的海鲜。

还没开动，已经有了过敏症状怎么办？

苏则忽地一笑：“可惜我没有等到你，你似乎一点不想我。但你不想我，我却想你想得煎熬，也想过去公司远远看一看你，但最后还是作罢，因为我怕再把你吓着。”

姜婠婠轻轻抬眸，一双眼睛湿漉漉地望着他。

他的语气这样平淡，可是话里含着那样多的在乎、怜惜和心疼。姜婠婠只觉心湖一圈又一圈的，微微荡开。

“那你今晚就不怕吓到我了吗？”

“今晚再不来，我就该抱憾终身了。婠婠，那些人真的更让你喜欢吗？”

姜婠婠心慌地想，苏先生一定是误会了，立刻认真地向他解释：“没有‘那些人’，就只有两个，加你，三个。”

只有两个，怎么能叫那些呢？听起来真是好让人误会啊。

姜婠婠不想苏则误会她。

终究是活了三百年的男人，细微之处，他就能懂得她的心思。他含笑凝着她，朝她伸出手：“婠婠，过来。”

姜婠婠：“……”

两人原本在餐桌两端，相视而坐，很方便谈话，他忽然这样，姜娟娟招架不住。也不知道是不是抱着好奇的心理，就鬼使神差地走了过去。

苏则握住她的手轻轻一用力，就将她拉到了他腿上。

姜娟娟条件反射要蹦起来，他却更快一步地将她的腰肢紧紧环在自己怀中，他的气息吹拂在她耳畔，两人刹那间肌肤相亲。

苏则温柔却有力地抱着她，后怕地叹："娟娟，这一个月里，我一直在想，如果你真的不爱我了，我该怎么办？"

若是三百年的苦等和寻找，最后的结局却是她再也不爱他……苏则从来没有想过这一点，所以当他意识到时，他整个人如坠地狱。

如果她真的不爱他了，他会怎样呢?

苏则想，他会把灵珠还给她，然后就在她眼前灰飞烟灭。

然而下一秒，他又打消了这念头。

——他不能这样折磨她，也舍不得这样折磨她。

若真的是那样的结局，他会让阿未把灵珠还给她，然后自己找个无人的地方，静静死去。

姜娟娟被他按在怀里，胸口紧贴在他的胸膛。她惊讶地发现，自己的心跳竟以和他一模一样的节律跳动着。两颗心脏在密不可分的距离里一唱一和，像是天生的一对。

姜娟娟被这奇妙的节奏蛊惑，刹那间柔软下来，乖乖地趴在他怀里。

苏则说："今晚，我在这里等你，既盼着你来，又盼你不要来。"

姜娟娟一脸茫然地问："为什么盼着我不要来？如果我不来，你不是要白等一个晚上了……你，你会等我一个晚上吧？"

何止是一个晚上？他已经等了她三百年。

苏则侧过头，温柔地吻上她的眉眼："是的，我会等你，比你能想象的还要久。"

姜娟娟害羞地垂下眼皮。

苏则含笑凝着她："娟娟，今晚，我要你的回应。"

姜娟娟低着头，心跳急促得不行。可是她的心跳这样混乱，他也仍旧和她一样的节律，他们之间心脉相连，仿佛就是要让她这样清楚地感受他的真心。

姜娟娟又惊又喜。

古人说，愿得一心人。原来，一心人就是指这样能够和她一起心跳的人。

姜娟娟飞快地凑到他的脸颊亲了一口。

下一秒，男人侧过头，就用力攫住了她的唇。

姜娟娟瞪大眼睛，惊讶于他这样知情知趣。

苏则眸中含笑，温柔地问：“喜不喜欢？”

姜娟娟想了想，老实地点点头。

苏则轻声笑起来，夜色如酒，比酒更加醉人的是她。

但还是要循序渐进。

虽然名分已经有了，烛光晚餐后，苏则仍自觉地送她回家。

离开的时候，姜娟娟犹自又惊又喜地兴奋不已：“苏先生，你怎么会把家里弄成那个样子呢？你很喜欢大海对不对？好巧，我也喜欢大海，很喜欢很喜欢！”

苏则只是宠爱地搂着她，没有说话。

他并没有那么喜欢大海，他是人，再喜欢能有多喜欢？只是他喜欢的小美人鱼，她很喜欢，所以他爱屋及乌。

她不记得了，很久很久以前，她曾委委屈屈地对他说：“苏将军，我真是好想把你带回家啊。”

然而那个时候，他没有办法和她回家。所以这么多年，苏则费尽心思，把她的“家”搬到陆地，只是为了重逢之日，满足她所有的心愿。

他爱的姑娘，他愿意用生命去满足她，不论是现在，还是三百年前……

三百年前，苏将军刚过弱冠之年，已威名赫赫，西征北伐，战无不胜。封侯拜相，荣极一时。

权势的力量无穷大，他私下里养了三千精兵，个个出类拔萃，却常年远离帝都，即使战时也不动用他们。

——他们一生只用完成苏将军秘密交代的唯一一个任务。

只是那个任务太虚无缥缈，即使最精锐的部下也是徒然。苏将军就这样徒劳了三年，直到一日书房中，三年未归的部下第一次回京，带回来一幅泛黄陈旧的画卷。

当夜，苏则在后花园的湖边等绵绵，按捺不住一颗激动不已的心脏。他迫不及待地想告诉她，他们真的可以长相厮守。

然而头顶的满月东升西落，绵绵始终没有出现。

第二夜，第三夜……他仍旧没有等到她。

苏则终于慌了手脚。

她到底是一只野生动物，大海里弱肉强食，若是她遇了凶险……

他只恨不得跳下水，游去找她。

第二日下朝以后，苏将军求见天子，主动请缨巡海。

然而当日的天子是有个主见的天子，他觉得东海那点小动乱如果也要苏将军亲自去，也是大天朝的笑话。君臣二人一时僵持，竟到了傍晚，苏将军也没能领到圣旨。

自然，他也就不能知道，这个时候，绵绵正在他家后院的湖里等他。

将军府后花园有一池湖水，清澈见底，岸边有玉石精雕围砌，保护得极尽周到。

这是苏则特意为绵绵准备的，只是此刻，在里面慢悠悠游荡的绵绵却有些恹恹。

——她刚刚从小伙伴的婚礼回来，有情鱼终成眷属，海底盛大的婚宴持续了三天三夜。

本身是大喜事，但是绵绵看着身边的小伙伴们纷纷找到伴侣，长相厮守，她却总要和苏将军分开，难免触景生情。

午后的太阳暖洋洋的，她游了几圈没精神了，懒哒哒地趴在玉石湖岸睡了过去。

这一睡不知睡了多久，猛然被说话的声音惊醒——

“林小姐，将军有令，任何人不得入内，还请不要为难我们。”

“我可是要进宫的，你们敢来碰我试试看？”

绵绵猛地一震，惊醒过来。

有人来了！

听着杂乱的脚步声迅速靠近，绵绵手忙脚乱地游向湖底。

然而俗话说，水至清则无鱼，不是没有道理的。在这样一池比井水还清透的湖水里，绵绵真是藏无可藏，最后，只能别无选择地用鱼尾掩藏自己的身子。

一名黄衣女子凛凛追至湖边，眯眸看了湖水半晌，忽然回头对侍卫说：“好大的鱼，快捞起来！”

“林小姐，这里是将军的禁地，您擅闯已是大罪，还是趁将军回来之前赶紧离开吧。”

女子冷哼一声，目光四处逡巡，最后落在树底一颗大石上。她眼色决绝，拎起裙子就上前去抱了回来。

绵绵听岸边没有声音了，正要偷偷抬眼看一看，没想一抬头就见巨石当头落下，霎时呆若木鸡。

眼见巨石就要掼入水中，千钧一发之际，不知从哪里忽然出现一道玄色身影，足尖踏过水面，单手将石头堪堪接住。他眼底掠过凌厉杀气，反手一送，巨石正正擦着黄衣女子鬓角的头发，重重落在她脚边。

“砰！”

女子被吓得脸色惨白。

那人衣袍翻飞，翩然落地，清风朗月之姿，眼底却冷厉至极：“滚出去！”

女子当场被斥，只觉像是大庭广众之下被人狠狠扇了一耳光，一时浑身发抖：“表哥……”

苏则目光落至跪了一地的侍卫，杀伐果决：“再有擅入者，不论是谁，不必等我处置，一律格杀勿论！”

女子霎时软倒在地。

犯错的侍卫立刻一人一边架着她大步退出。

众人退下之后，苏则眼中杀意未褪，又交代近身侍卫立刻另派重兵过来，而对于今日过失的守卫，一个不放过。

直到院中只剩他一人，苏则这才赶紧到湖边，俯身温柔地唤她：“绵绵，快出来让我看看。”

水下，绵绵蜷缩成一团，一点动静都没有。

苏则又温柔地唤了她两声，她还是一动不动。她既不想离开，又不想上去，一时矛盾又难过，忍不住委屈地哭了出来。

虽然哭得很克制，苏则还是听到了隐隐约约的抽泣，心霎时跟被人掐着一样。

“扑通”一声，他义无反顾跳入湖中。

绵绵正在难过，陡然看到忽然出现在水里的苏则，又惊又惧。这湖连着外面的活水，表面平静，底下却很是湍急，苏则是人，到这么深的地方来，一不小心就会被水流卷走的。

绵绵赶紧去抱住他，要带着他游上岸去。

苏则顺势将她紧紧搂在怀里，用力吻上了她。

……

"扑通！"

破出水面时，两人都已经快要窒息。

绵绵一张脸通红，苏则脸色有些发白，浑身湿透，眼睛里却全是笑意。

绵绵瞪了他一眼。

太不要脸了，那样用力地亲她，任她怎么挣扎都不放开她，差点害死她了。

要是传出去她作为一只海洋生物，却在水里窒息死了，该多丢人啊！

绵绵捂住脸。

苏则低沉地笑了一声，又游过来将她抱在怀里，柔声说道："对不起，我保证，以后再也不会发生这样的事。"

绵绵乖乖地依偎在他怀里："那是谁？为什么你的家里会有女子？"

苏则耐心地和她解释："丽娘，苏夫人娘家的姑娘，进京待选，暂住几日。不是什么重要的人，就没有和你说。"

苏夫人是苏将军父亲的续弦，两老都已经过世。苏夫人在世时颇得人心，苏则这才答应照拂。毕竟苏将军如今权势滔天，能从将军府进宫是无限荣光。

将军府的事绵绵都知道，两人在一起时，苏则都会一一说给她听，他是真的将她当成了妻子相待。

而现在妻子无故三天不见，苏将军当然要秋后算账。

"为什么失约？还一连三天音信全无？"

待她变出双腿，苏则将她带到书房，幽怨地望着她。

绵绵在婚宴的时候，眼睁睁看着其他小伙伴结百年之约，自己却形单影只，心中伤感不已，的确有暂时不见他的别扭心思。可是此刻再见他，和他在一起，她又觉得什么别扭都刹那间烟消云散了。

此生能够遇见深爱的人，其实已经好幸运。

她眼珠子转了转，信手拈来一个小谎："小伙伴请吃酒，我一不小心就醉了……醒来立刻就来找你了啊。"

"什么酒吃得这么开心？下次也请我吃？"苏将军剑眉微挑，一副威胁她不许糊弄的样子。

绵绵只能别无选择地老实回话："……喜酒。"

苏则心中刹那间翻天覆地的心疼和内疚，他将她揽入怀中，温柔地亲了亲她："对不起，绵绵，是我的错……"

他不敢想象她独自面对婚礼时的悲伤，她的小伙伴们都嫁娶生子，她却要跨越种族，和他这样一个人类相恋，聚少离多。甚至连参加喜宴，她都没有办法带他一同去，只能孤零零地羡慕着别人可以长相厮守。

绵绵没有他那么细致的心思，一头雾水地看着他：“怎么是你的错？”

苏则怜惜地笑了笑：“怪我，不该勾引你。”

“……”

他亲了亲她的额头，轻叹：“怪我，动作太慢。”

“……啊？”

苏则将那一卷陈旧的画轴放到她手中。

绵绵徐徐展开，只见陈旧的宣纸上，是一家三口的画像。夫妻容貌皆是上佳，衣饰尊贵繁复奢华，女子手中抱着襁褓婴孩，依偎在丈夫怀中，亲密幸福的神态。

绵绵不解地看向苏则，苏则示意她继续展开。她狐疑地一展到底，眼中霎时露出震惊。

“她竟然和我一样……”

绵绵直直盯着画中女子的下半身，是她再熟悉不过的形态。不是双腿，而是一条鱼尾。

苏则抽出她手中的画放到一旁，双手揽过她的腰，让她面向自己：“在西北玉门关外有许多小国，其中有一个国家名叫鱼儿国。这幅画就是从鱼儿国皇宫的密室里找到的，画上的男子已经确定了身份，正是第十三代鱼儿国王第五子。史书记载，五皇子文才武略，原本最有望继承王位，只可惜于弱冠之年病逝。但我看这画上容貌在而立之年前后，所以我想他并不是病逝，应该是出走了，谎称病逝，这也是皇家惯用的手法。”

“他们既然可以在一起，我也一定能够找到让你永远留在我身边的方法，”他欣喜若狂地凝着她，“绵绵，我会尽快找到五皇子的后人。”

绵绵也很兴奋，然而兴奋的她还是很快抓住了重点：“那现在是第几代鱼儿国国王呢？”

苏则默了默：“三十三代。”

绵绵：“……”

从十三代到三十三代，其间经历了二十代国王。乐观的话，一代国王在位三十年，总共也有六百年的时间跨度。不乐观的话，一代国王五十年，那就是……一千年。

一千年……

三千世界，碎为微尘，唯一的一点线索还在一千年以前……

绵绵没有苏将军莫名其妙的乐观，忍不住抬起手指压了压他嘴角的弧度：“苏将军，你可以不要高兴得这么草率吗？”

且不说后人还没找到，就算真的找到了，已经过去这么长时间，又能问出什么呢？绵绵真是好想问苏将军——你很了解你千年前的祖宗吗？

苏则顺势亲了亲她，笑道：“绵绵，相信我。这么重要的线索都已经找到，我不信还有什么再能阻拦我爱你。”

虽然在这件事上，她确实不怎么相信过分乐观的苏将军，但是苏将军那最后三个字却让她心里一阵酥麻，于是风骨尽失的美人鱼立刻神魂颠倒地点头：“嗯嗯，我相信你……”

两个人不知道怎么亲到一起，等滚到床上时，绵绵才回过神来，害羞地推开某人：“不行，来不及了，你会难受的。”

绵绵将头埋到他怀里。

苏将军已经难受了，火气很大，惹得绵绵在他怀里“咯咯”笑个不停，幸灾乐祸。

苏则睨了她一眼，她却一点自觉也没有，他忍不住咬了她的脖子一口。

“啊，疼……”绵绵呜呜叫了一声，瞪着他。

苏将军就是个“蛇精病”，这个时候又温柔地去吻刚刚被他咬的齿印：“不疼了。”

“……”

绵绵忽然想到了某种可能：“你不是因为这个事才那么着急想让我变成人吧？”

苏则怔了怔。

绵绵立刻就生气了：“苏则，你这个浑蛋！”

贪图美色的浑蛋！

她扭头就走，苏则紧紧捉住她的手，她跑不掉，懊恼得跺脚。

苏则凝视着她，目光温柔而坚定：“绵绵，嫁给我，好不好？”

“什……什么？”

求婚来得猝不及防，绵绵刹那间呆若木鸡，她目瞪口呆地望着他，良久，茫然地问：“你说的……和我理解的是一个意思吗？”

嫁给我……的意思，万一人类和人鱼不一样呢？

——这是绵绵在这种情况下唯一找回来的一点思维。

苏则笑了，他的眼睛带着光芒，如星子坠入。他俯身在绵绵耳边，低低地说："三年前，我们第一次在一起那个晚上，我就决定要娶你。"

绵绵的脸霎时红得好彻底。

好吧她确定了，真的是一个意思。

苏则将她抱在怀里，温柔地看着她："只是你要生活在海里，不能一直待在我身边，所以我才想要先找到解决的方法。但你所担忧是对的，三年时间我也只是找到了一幅画，下一个线索还不知要等多久。绵绵，我们不等了，好不好？"

他说着，不知就从哪里拿出一只镯子，在她呆呆的目光里，疼惜地为她戴上。

绵绵回神之时，手腕上已经荡着一只白玉镯子，脂膏一般，既白且细，柔腻温敛。

苏则与她十指相扣，将她的手放到自己唇边亲吻，含笑道："刚好合适，原来命中注定你就是我苏家的媳妇。"

绵绵声音弱弱的："什么媳妇啊？"

苏则说："这是我家传的镯子，我娘嫁入苏家时，我的祖母交给我娘。我娘过世以前又交给我，让我给我以后的妻子。"

绵绵似懂非懂的样子，低头静静地看着自己的手腕。

苏则看她傻傻的，似乎还不怎么懂得这样的含义，又在她耳边说："这是我的聘礼，你收了我的聘礼，就是答应嫁给我了。"

绵绵的睫毛颤了颤，垂下眼睛，半晌，害羞地点了点头。

……

当年，苏将军给了绵绵聘礼，却终究没有娶到她。

这么多年，苏则独自在漫长寂寞的生命里煎熬，也曾无数次回想起那只将她定下的镯子。

还在吗？

会不会已经砸了？她这么多年一定恨着他，小美人鱼呆萌呆萌的，可是脾气并不怎么好。

不不，一定还在。毕竟他还清楚地记得，她当年接受他的定情信物时是怎样的愉悦和珍视。

“不要你送了，我靠自己的实力。”
“抽奖就是你的实力？”

Chapter 12

大奖，枝节横生

姜婠婠好不容易为赵小亿打听到婚房，结果不仅婚房无疾而终，赵小亿和傅仪更是分了手。她心中多多少少自责，从此对“满庭芳”绝口不提。但她着实低估了赵小亿心宽的程度，一天，赵小亿打电话给她，人正在“满庭芳”售楼处。

姜婠婠无言以对：“那个地方……”真的不会触景伤情吗？

赵小亿语气里有着真诚的纠结：“这个地方……其实我也不是很喜欢，但售楼小姐打电话给我，第二套半价，我一时没把持住，就过来了。”

第二套半价……

姜婠婠说：“你等我，我马上就到！”

“……”

女人就是这样，不论买的是什么，只要听到“半价”两个字总是很容易冲动。

姜婠婠风风火火就到了售楼处，她臭不要脸地和赵小亿商量：“你看，你是标标准准的富二代，我呢，我却无家可归，要不半价的就给我？”

赵小亿瞄了瞄她的钱包，意思很明显：姜濉给你的卡呢？

姜婠婠立刻很有风骨地捂紧：“我才不要花他的钱！”

赵小亿悠悠地看着她：“第二套半价给你，我倒是没有什么问题，主要是你……”

姜婠婠一脸茫然：“是我……什么？”

是你……半价也买不起。

满庭芳是CR的重点项目，倾力打造的高端住宅区，所谓瘦死的骆驼比马大……到姜娟娟搞清楚半价具体是多少的时候，整个人感觉到了避无可避的会心一击。

赵小亿对姜娟娟奇怪的风骨很不理解："娟娟，你到底在坚持什么呢？那是你爸爸啊，你爸爸明明有给你钱买房，你都无家可归了，为什么还不愿意花？"

因为……那个爸爸有更爱的人啊，而那个更爱的人还是她的后妈。简单粗暴一点来说就是——你爱我的敌人，那我不要花你的钱……

赵小亿说："何苦和自己过不去。"

是啊，何苦和自己过不去？

姜娟娟和自己过不去了几天，于某一天一大清早，抱着自己的首饰盒站在苏先生家门口。

首饰盒里的东西全是姜娟娟多年私藏，都不用卖完，就能买到第二套半价了。

——她这是来找男朋友卖珠宝呢。

苏先生既财大气粗又慧眼如炬，再没有比他更合适的买家了。虽然这个人心机深爱坑人，但自己现在都是他的女朋友了，他还舍得坑她吗？

男朋友开门的时候裸着上半身，头发湿哒哒的，一滴水珠顺着精壮的上半身滚落。姜娟娟的眼睛自己有意识似的，情不自禁地跟着落到苏先生结实的八块腹肌上。

女朋友这么捧场，苏先生愉悦不已，含笑将她拉入怀，关门的时候自然地亲了亲她的唇。

"这么早？昨晚是不是梦见我了？"

是的，苏先生就是这么会以己推人。

姜娟娟靠在他没有穿衣服的怀里，脸不自在发热，噘着嘴推了推他："去穿衣服啦，大清早的洗澡，真是坏习惯。"

姜娟娟喜欢晚上睡觉前把自己洗得香喷喷的。第二天一早？第二天她上班都来不及，哪里还有时间洗澡？

手指碰到的皮肤却是冰凉，姜娟娟惊讶地眨了眨眼睛："冷水澡？"

苏则不置可否地点点头。

姜婠婠："……"

有钱人不是有坏毛病，简直是有神经病啊！大冬天的早上洗冷水澡，醉了醉了。

姜婠婠忍不住戳了戳苏先生的胸口，触手的肌肉紧绷结实硬硬的，像是藏着无尽的力量，手感这样好，她忍不住又多戳了几下，一直戳到了八块腹肌上头。

手指却忽然被握住，姜婠婠抬起眼皮，只见苏则无比认真地看着她，嗓音有点低沉有点哑："我刚洗完冷水澡，别让我再洗一遍。"

姜婠婠："……"

浑蛋啊！她的手指很干净的！

苏则进去卧室换衣服，姜婠婠把首饰盒小心放到茶几上，自己坐在沙发上等他。不知怎的就又想起他刚才那一句，刚洗完冷水澡，别让他再洗一遍。

本来下意识理解为他嫌弃她手指脏，这会儿寻思其中的意味，她忽然明白过来，脸颊顿时变烫，忍不住双手捂住脸，天，一大早就被调戏，她竟然还过了这么久才反应过来。

这样坏的男朋友，真的不会坑她吗？

姜婠婠动摇了，眼巴巴地看向自己的首饰盒。

要不……还是再观察看看吧，不是有个词语叫"宰熟"吗？

姜婠婠赶紧抱起自己的首饰盒，正准备跑路，苏则就出来了。苏则见她怀里抱着东西，看到自己还一脸惊讶的样子，忍俊不禁。

"你手里拿的什么？"

"……你，要看看我的私藏吗？"

苏则笑容敛尽，双目定在那只紫檀首饰盒上，垂在身侧的手微微握紧。

这就是他费尽心机想要一探究竟的首饰盒，机关算尽也没能如愿，却怎么都没想到会在这样一个平静柔和的清晨，由她亲手送到自己面前，笑眯眯地问他要不要看。

"好。"

终究，他们的缘分冥冥之中注定。

苏则随意靠在沙发上，怀中揽着姜婠婠。

姜婠婠将紫檀木的首饰盒小心打开，露出里面四层的格局。最上一层是一些小首饰，项链、耳环和戒指，钻石、红宝石、蓝宝石、祖母绿各有一些，几条冰种满绿的翡翠蛋面镶嵌钻石项链和手链，另外还有几对黄金镯子，随意堆在一起。

姜媗媗偷偷看了眼苏则的眼色，只见他眼中含笑，波澜不惊。

好吧，这一层的确不好意思在财大气粗的苏先生面前献丑。

她又打开第二层。

这一层有一条牛血红珊瑚塔链，一条鸡油黄老蜜蜡塔链，一条南洋珍珠项链，另有一条 CH 限量款钻石项链，每一样都是稀罕珍贵的品相，瑰丽夺目的色泽。

姜媗媗又看了看男朋友，苏先生含笑点评：“不错。”

不错……是什么?

姜媗媗有点不开心了，这一层在二线省会城市买套大房子已经绰绰有余了好吗?

太像宰熟的节奏了……

姜媗媗噘着嘴巴打开第三层。

第三层是一对满绿冰种的翡翠手镯，还有上一次拍卖会上戴过的名家绝版祖母绿套链。这一层得来基本全凭幸运宠幸，现在看来价值不可估量，但当年她都是以极低的价格买进。

苏则挑了挑眉。

姜媗媗偏头，傲娇地看着他。

小美人鱼在要表扬呢，苏先生大方地亲了亲她的嘴巴，不吝赞美：“我的媗媗真厉害。”

我的媗媗……

她什么时候变成他的了？姜媗媗傲娇地想，可是嘴角就是莫名翘了起来，她赶紧抿着唇，去收首饰盒。

男人的手覆在她手背：“底下那一层呢？”

“底下不卖。”姜媗媗头也不抬地说。

“卖？”

“……我是说，卖相上，没有上面这些好看。”

苏则静静看着她。

“……好吧，给你看。”

那是一只镯子，一只他最熟悉不过的镯子，他找了三百年的镯子。

虽然心里早有准备，但当脂白温润的光泽映入眼底，苏则的眼睛还是有些刺刺作痛。他闭上眼，不让自己看镯子周围那些鲜活得让他心痛不已的记忆。

他倏地用力将她抱进怀中，颤抖地亲吻她的眉眼。

“婠婠……”

苏则的反应太激烈，惊了姜婠婠。她不适应地推了推亲她的男人，可是苏则现在正是情难自抑的时候，她小小的抗拒根本召唤不回他的理智，他一路从她的眉眼亲到脸颊，到嘴唇。

“呜呜……”姜婠婠不知道苏则忽然而来的激动是从哪里来的，瞪着眼睛，不解地推他。

可惜她力气没有他大，不久，力气大的苏先生就把她压在了身下，她被他困在柔软的沙发和男人坚实有力的身体之间。

亲吻太激烈和急切，两个人在沙发上滚了两圈，滚到了地板上。

“哎呀……”

虽然是摔在肉垫子上，可娇气的姜婠婠还是被震得有点疼，她生气地坐起来，瞪着苏则：“臭流氓！”

被骂的苏先生躺在地上对着她笑，拿手盖住湿润的眼睛，笑得别无所求。

姜婠婠抱着首饰盒回家，苏则顺手拿了钥匙。

她震惊了：“我回家，你拿钥匙做什么？”

苏则神色自若：“我送你。”

姜婠婠：“……”

她就住对门啊，还要怎么送？这一送就送到她家里去了，苏先生肯定没安好心。

姜婠婠不答应，但苏则现在正是满心的轻怜密爱，只想分分秒秒和她在一起，他揽过她的腰，柔声说：“听话，让我送。”

“……”

姜婠婠抱着首饰盒不动。

“怎么了？”

她水汪汪的眼睛直直地看着苏则：“你刚才为什么忽然那么亲我？”

苏则眼中笑意加深，发自肺腑地说：“因为忽然很想疼爱你。”

她抿了抿唇，又问：“那你送我回家，是想把刚才没做完的事继续吗？”

“……”

小美人鱼永远这么简单粗暴，苏则被她问住了。

他当然想要继续，做梦都想。自从知道她就是绵绵，他已经梦过许多次了。

但如果告诉她，会把她吓跑吧。

苏先生于是道貌岸然地说："除非你愿意，否则我不做。"

姜婠婠这才满意，抿着唇笑起来。

苏则看得心里荡漾，又忍不住亲了亲她。

姜婠婠睁着黑白分明的眼睛，脆生生地对他说："那不用你送了，我不愿意。"

"……"

苏先生整个人都不好了。

姜婠婠算是为房子的事操上了心。

执念这个东西还挺可怕的，从前那么多年姜婠婠都没想过要买房，自从离开姜家，这个愿望就格外强烈，强烈到打算卖首饰。

可惜给首饰找的那个买主太爱耍流氓，姜婠婠不大想和如狼似虎的苏先生做交易，可又心心念念想买第二套半价房，一时心力交瘁。

不过首饰既然已经拿了出来，那就不要辜负了，姜婠婠最近首饰一天换一件，几乎闪瞎了 Serena 一双久经沙场的眼睛。

一日，Serena 约姜婠婠一起买首饰："人外有人，我今儿要请人外人帮我选尾牙宴上的首饰。"

姜婠婠茫然："什么尾牙宴？"

"这周五晚上就是尾牙宴啊，"Serena 瞧了姜婠婠一眼，打趣地说，"你这么年轻漂亮，眼光好，职位高，到时 CR 上下的男人站成一排给你挑。"

姜婠婠想到那画面，情不自禁捂着嘴偷笑，可惜画面忽转，苏先生那张冷脸陡然切入……她连忙摆了摆手，谦虚地表示："哪有那么夸张，再说，我也不一定能去呢。"

她要陪苏先生吃晚饭啊，可是苏先生那么低调，一定不会去尾牙宴。

Serena 却异常兴奋，拉着她的手，几乎双眼放光地告诉她："一定要去！今年的尾牙宴有超级大奖，要抽奖的。"

"什么超级大奖啊？"姜婠婠听到"大奖"两个字立刻激动起来，萌哒哒地问。

Serena 神秘兮兮地看了看周围："这可是惊喜，我先告诉你，你不要说出去。”

“嗯嗯！”

“大奖是……豪宅。”

豪宅……

“哪里哪里，哪里的豪宅？”姜娓娓压着嗓子，格外激动地问。

女人就是会这样，不过是个小概率事件，这才刚刚有点风声呢，就和自己已经中了头奖一样，姜娓娓连说话的声音都雀跃起来：“满庭芳吗？”

大约是买不起的缘故，姜娓娓最近越看满庭芳越是觉得可爱，要知道，一开始她想买还只是因为有第二套半价呢。

Serena 笑着摇头：“满庭芳怎么能叫豪宅呢？”她指了指公司对面那栋大楼，意味深长地说，“那里。”

姜娓娓惊讶得张大了嘴巴。

员……员工宿舍！

啊啊啊！

还没抽奖，姜娓娓已经沸腾了。

姜娓娓回去就和男朋友请假：“周五晚上，准不准？”

苏则脸上是不大认同的神情：“姑娘家晚上不要在外面晃，不准。”

“……”

他们昨晚才在他的海底别墅玩到半夜才回家好吗？

为什么半夜还要回来？因为姜娓娓的原则很坚定啊，她不要非法同居。

苏先生典型的双重标准：“和我在一起多晚都没有关系。”

才怪。姜娓娓现在觉得和苏先生在一起才是最危险的，她越来越把持不住自己了。

姜娓娓想了想，嘿嘿一笑：“那你就和我一起去吧。”

“去哪里？”

“公司的尾牙宴。”

想到尾牙宴，不，是想到尾牙宴的超级大奖，姜娓娓整个人就变得萌萌哒，都快要围着苏先生转圈圈了。

感谢大老板财大气粗，感谢大老板经营有方，感谢大老板体恤员工！

苏则见她这模样，挑了挑眉毛。他不疾不徐地坐到沙发里，将她拉到自己腿上：“尾牙宴不好玩，别去了，在家陪我？”

在家，陪他？

姜媗媗的脑子里浮现出某些危险的画面，立刻缩了缩脖子。

苏则失笑：“好吧，给我个理由就让你去。”

理由真是太简单了，姜媗媗立刻把 Serena 传出的绝密消息告诉苏则。大奖太诱人，她说话的时候两眼 BlingBling 的，不停地放着光。

苏则说：“终极大奖？”

姜媗媗奇道：“你不是大老板吗？你不知道？”

“这些小事一向都是裴总裁自己处理。”

这些……小事？

豪宅说送就送，还说这是小事。

姜媗媗心酸地感慨：“说好的没有两极分化，大家共同富裕呢？”

苏则摸了摸她的脑袋：“把你的名字填到我的户口本里，从此我的就是你的，这就叫共同富裕。”

“……”

姜媗媗噘着嘴巴，拿脑袋轻轻撞了撞他：“苏先生，你又快进了。”

他们才在一起一个月，就说这种话，会吓到她的好吗。

“不要你送了，我靠自己的实力。”

姜媗媗从他腿上跳下来，下巴抬得高高的，无比凛然。

“抽奖就是你的实力？”苏先生的反问无比意味深长。

“……”

话虽然如此，姜媗媗还是有点自知之明。她从前觉得自己财运还算不错，但也说不准，运气这种东西总是很淘气，爱调戏她。譬如最近，她就觉得自己运气一般，不知道关键时刻会不会被宠幸。

姜媗媗不是守株待兔的性格，立刻去找 Serena 打听尾牙宴的人数。

“总公司上上下下的员工，还有分公司的高层，及其家属。”

姜媗媗在心里算了算人数，又迅速换算成概率，立刻失望地认识到自己的确没什么实力了。

姜媗媗转而打听抽奖方式：“是传统抽奖呢，还是电脑抽奖？”

“传统抽奖是什么？”

“就是一个纸盒子里放好多好多的小条子，裴总裁从里面抽一张出来。”

私心里，姜媗媗希望是这种。因为她可以利用职务之便，偷偷在纸盒子里多放几张自己的号，增加一下中奖概率。

嘻嘻。

不过 Serena 正气凛然地表示："电脑抽奖，屏幕同步显示，以确保整个抽奖过程的公正透明。"

"……"

完了，竞争这么激烈，公正透明的抽奖多半抽不到她了。

苏则细心地发现，小美人鱼今天心情有些低落。

"婠婠，怎么不开心了？"

姜婠婠把自己打听到的消息告诉他，多多少少有点知难而退，连感慨也颇有深度起来："抽奖这回事真是太虚无缥缈了。"

"……"

苏则其实非常不理解姜婠婠对抽奖的执着，不过他还是亲昵地蹭了蹭她的脸，动作无比温存怜爱，聊以安慰。

姜婠婠被他顺毛顺得心里甜滋滋，总算觉得好受了不少。

赌场失意，好歹情场还算是得意。

想到自己竟然打算为了一个虚无缥缈的抽奖抛弃苏先生，又立刻看不起自己。

"周五晚上我们吃烛光晚餐好不好？"姜婠婠水汪汪地望着男朋友，又乖又萌。

"不去抽奖了？"苏先生心里一片荡漾地问。

"……我最讨厌抽奖了。"

其实她讨厌的是概率这么低还不能作弊的抽奖。

周五那天，姜婠婠按时下班，寻常打扮，手中拎着两个大纸袋，那是她前几天心情激动得一塌糊涂时准备好的礼服和高跟鞋。

下班时间，人有点多，电梯中途停下几次，上来了几个跃跃欲试要去参加晚宴的女同事，她们身上的礼服已经换好，妆容精致，风姿绰约。

哼哼，抽奖就是赌博，我才不要为了赌博冷落苏先生呢——姜婠婠站在角落里，大义凛然地想。

几个女同事兀自叽叽喳喳地讨论，难掩兴奋之情。

"听说今晚又有抽奖，好激动好激动啊……"

"我也好激动，去年 Julie 抽了个三等奖，都是一斤金条呢……"

“一……一斤？”

……

后面的话，姜婠婠就没怎么听清了，她忘我地沉浸在了一斤金条里。

什……什么时候，金条已经不论克，改论斤送了？还……还分一等奖、二等奖、三等奖？

出电梯的时候，姜婠婠让自己静了静。

一个奖可能没有希望，但是三个奖呢，她总可以参与一下吧？

是的，姜婠婠就是这么一条贪心又乐观的美人鱼。

苏则的电话这时进来，男人的声音低低沉沉的，带着宠爱和纵容：“想吃什么？我来接你。”

姜婠婠原地纠结了三秒钟，最终把持不住，弱弱地问：“苏先生，你知道今晚有三个奖吗？”

“……”苏先生有点头疼。

所以说，在姜婠婠心中，他比一个奖重要，但并没有三个奖重要？

是的，姜婠婠就是这个意思。

“苏先生，我帮你叫外卖吧。”

姜婠婠一面说，一面已经雀跃地往洗手间跑去，她要换衣服，换换换，抽奖去！

因为三个奖品就被无情抛弃的苏先生：“……”

洗手间从来都是各种秘辛集散点，从前姜婠婠在顶楼，高处不胜寒，自是没有办法和群众打成一片。所以今晚，初次和群众打成一片的姜婠婠在听到以下对话时，感受到了迎面而来的会心一击。

“有点期待今晚的大奖，不不，我不贪心，不用大奖，小奖也是够的。”

“呵呵！”

“你呵呵我做什么？”

“呵你好天真，你不造抽奖这回事都是有内幕的吗？”

“不会吧，CR 大老板这么财大气粗，还会为了这点汗毛搞暗箱操作？”

“大老板当然不会，但电脑可是人操纵的，亲爱的，你技术部有熟人吗？”

“……”

“就为了今晚这个奖，技术部张总应酬收礼一个月胖了二十斤。不知道今晚是哪个人成为最后赢家呢。”

……

姜娟娟从洗手间出来的时候，整个人有种幻灭的感觉。

原来，不止她一个人想要作弊啊，不同的是，她的手段还停留在三百年前，而人类已经进化，晓得贿赂技术人员了。

好黑暗啊，她忽然有点想念苏先生。

她不该为了一个有黑幕的抽奖抛弃他的……嘤嘤。

正想着，他的短信就进来了，像个老头一样不放心地叮嘱：“别喝酒，结束的时候给我打电话，我来接你。”

姜娟娟立刻卖乖：“现在就来，好不好？”

苏则无奈极了：“娟娟……你知道我不喜欢人多的地方。”

事实，他不是不喜欢，他是不得不避开。他的身体里有秘密，三百多年容貌不变，万一不小心被人拍下照片，总归是个麻烦。

“好吧，让我一个人去好了。”

飘出屏幕的委屈，让苏则哭笑不得。

一个人去宴会的姜娟娟，被虐惨了。

只见全场成双成对，花式秀恩爱，连 Serena 那样的女强人，今晚都一改画风，小鸟依人地藏在男人的臂弯里。画面太美，姜娟娟简直不忍直视。

Serena 同情地凑到她耳边“指点”：“不要被假象骗了，这里好多男人其实都是单身，女朋友租来的借来的骗来的都有，你还是有机会慢慢挑。”

姜娟娟：“……”

可惜她一转身就看到一对来找她秀恩爱的。

凌天一身深蓝色西服，揽着女朋友，排开众人，径直往姜娟娟走来。

是的，重点是排开众人。

只见他人逢喜事精神爽的样子站在姜娟娟的面前：“娟娟，你知道她是谁吗？”

姜娟娟：“……”

秀恩爱秀得这么粗暴，真的大丈夫吗？

“她是棉花啊！”

姜娟娟惊呆：“……棉花？”

“对啊！美人鱼娟娟，我是就要上天的棉花啊。”凌天臂弯里的女人激动的声音都带着劲儿，格外兴奋地看着姜婠婠。

基友相见，分外激动。

说起来，他们三个人在同一个字幕组合作了五年，五年呢，就是三次元的朋友也未必有这样长久的情谊，竟在二次元这样联系在了一起，然后又在三次元，以这样的方式相逢，更没想到凌天竟然和棉花在一起了。

三个人雀跃不已地凑在一起聊天。

天南海北聊完之后，姜婠婠忽然想起一个问题："对了，今天是周五，我们都在这儿，那字幕怎么办？"

凌天和棉花相视一眼，也是一副刚刚才想起来的样子，凌天淡定地表示："没事，还有女王呢，她刚失恋，有的是时间。"

姜婠婠："……"

可怜的女王。

凌天和棉花不久就单独恩爱去了，姜婠婠再次落了单，然而片刻却又炙手可热起来，美丽可爱的姑娘，总是不乏男士献殷勤。可惜姜婠婠不敢出墙，悄悄躲到角落里去，无聊地给苏先生发短信："在做什么啊？"

苏先生回："吃外卖。"

姜婠婠看着手机屏幕，冷冷冰冰的三个字里，她感觉到了男朋友深深的怨念。

哎，好吧，都是她自己找的虐。

苏先生问："你呢？"

姜婠婠回："等抽奖啊。"

……果然简单粗暴，目的明确。

抬眼看向屏幕，姜婠婠就在他的视线里，一个人躲在角落和他发短信。他颇有兴致地等着姜婠婠的短信，可是等了足足五分钟还是没有收到，苏则忍不住好奇地拉大屏幕，想看看姜婠婠正在做什么。

这一看，苏先生有种被囧到的感觉。

只见姜婠婠正在微信群里眼疾手快地抢红包，手气还不错。

苏则："……"

真是一条专一的美人鱼，贪财都贪得这么一心一意，等抽奖的过程里也不肯闲着。

其实姜婠婠纯粹是出于一种找补偿的心态，她已经知道自己不会中奖，还不许她闲着抢点小钱?

忽然感觉到身边一道视线凉凉的，姜媗媗下意识退了一步，侧头看去，顿时惊讶。

“Angela……你怎么会在这里?”

眼前活色生香的大美人，可不就是传说中回家嫁人的 Angela 吗?

Angela 似笑非笑地瞟了眼姜媗媗的手机：“一个人抢红包?”

“……”为什么要偷看她手机?

“苏先生对你不好?”

“……”为什么又要扯到苏先生?

“那裴时呢? 苏先生不管你，裴时不会也不管你吧?”

姜媗媗目瞪口呆。

“等等，你是不是误会了什么?”姜媗媗警惕性很高地看着 Angela，即使是前女友，这种原则性的事情也万万容不得误会。

“呵……”Angela 扯了扯唇，“我误会什么了? 媗媗，你是不是太紧张了点，还是你做过什么，所以做贼心虚?”

做贼心虚……

姜媗媗看着 Angela，忽然弯唇一笑：“欲加之罪何患无辞，你随意。”说完就要越过她离开。

Angela 冰冷的手指紧紧捏住她的手腕，姜媗媗蹙眉回头，正对上她怨恨的目光。

“姜媗媗，亏我那么相信你，你竟然骗我! 你勾搭裴时，撬我墙脚，你和裴时暗度陈仓，竟然还拿凌天做幌子，道貌岸然地拿微信聊天记录给我看。姜媗媗，你拿我当傻子一样的耍，我不会放过你的!”Angela 撂下狠话，用力甩开她的手，大步离开，所过之处带起一阵香风。

到底发生了……什么?

姜媗媗望着 Angela 的背影，思索良久，猛然想到一个可能。是不是因为那对麻花镯子最终做了出来，让 Angela 以为她和裴时暗通款曲?

她要冤死了啦!

姜媗媗主动去找 Angela 解释，却再没见到她。姜媗媗心力交瘁地找了一个晚上，最后总算远远看到她，却见她身边还有一个男人。那人五官端正，皮肤白净，鼻梁上架着一副无框眼镜，看起来斯斯文文的样子，只是身材矮小，又不协调地配了一只啤酒肚。Angela 神态亲密地依偎在他怀中，男人含笑在她耳边说着什么，说得激动的地方，直接下嘴亲耳垂。

姜媗媗：“……”

这样的亲密很惹人注意，姜媗媗身旁立刻传来八卦。

“看到了吗？技术部的张总，这一个月光收礼吃饭，人就胖了二十斤。”

“可不是嘛，大老板财大气粗，白白便宜了技术部那帮人。也不知道今晚的神秘大奖要被哪个人拿去。”

“说不定肥水不流外人田，就是小张带的那小婊子呢？”

“他倒是敢，总裁是摆着好看的？”

……

姜媗媗抿进一口香槟，只觉这画风太美，她已经醉了。

正要上前，身后却在这时传来酒杯轻敲的声音。裴复手持酒杯，站在讲台，含笑注视全场。

“Ladies and gentlemen，now let's welcome the supreme moment tonight……”

抽奖的终极时刻到了。

所有人纷纷簇拥过去，姜媗媗回想起自己今晚的主要任务，立刻将 Angela 忘在九霄云外，转身就往裴时走去。

裴时首先宣布了今晚的三个奖项，分别是——三等奖：二十万现金；二等奖：兰博基尼跑车一辆；一等奖：位于黄金地段高级住宅一套。

随着奖项公布，全场瞬间沸腾。一时，尖叫声、欢呼声，震耳欲聋。

姜媗媗捂着耳朵走到 Serena 身边，细心地发现 Serena 的口红补过了，并且用一种“没错，虐的就是你”的眼神看着她，她只觉 Serena 方圆一米画风都格外清奇，还是默默走到了棉花身边去。

棉花一边站着凌天，另一只手紧紧抓着姜媗媗，雀跃得都快跳起来了：“媗媗，你说会不会抽到我们仨啊？”

姜媗媗：“……”

她想说，今天你给张总送礼了吗？

然而她万万没想到，棉花真的会一语成谶。

一反以前从后往前的顺序，裴复今晚一上台就开门见山，先声夺人地抽取终极大奖。他点下抽奖键的刹那，全场瞬间进入屏息，屏幕上的数字万众瞩目地跳动起来。

直到大屏幕上的跳动停止，最终定格在 236 号。

236……

姜媢媢直直地盯着屏幕上的数字，恍恍惚惚地眨了眨眼睛。她还未反应过来，右手就忽地被谁用力抓过去。跟着，耳边传来一声绵长的尖叫，直刺耳膜而来。

“啊！ 236 号是你！是你啊！媢媢，是你！是你中大奖了！媢媢！”绵绵双手抓住姜媢媢的手，满脸通红，语无伦次地尖叫。

“这里，这里！ 236 号在这里！”

欢呼声在全场爆发，姜媢媢如梦初醒。

所以，她真的抽到了终极大奖了？

终极大奖……真的这么容易就被她抽到？

她在万众瞩目中浑浑噩噩地上台确认，却察觉到一道格外不同的视线一直跟着自己，下意识看去，正正对上台下的 Angela。

Angela 似笑非笑地注视着姜媢媢，遥遥朝她举了举手中香槟。

姜媢媢心中忽然生起不好的预感。

事实证明，姜媢媢的预感真是准得让人无言以对。

二等奖、三等奖很快就抽了出来，随着二等奖的公布，欢呼声骤减，连裴时脸上也一闪而过微妙神情，但许诺的三个抽奖怎么样都不能食言，裴时随即镇定自若地抽取三等奖。然而这一次，当大奖落定，全场欢乐的气氛荡然无存，瞬间的寂静之后，更如炸弹一般爆发出讽刺的嘘声。

二等奖，棉花。

三等奖，凌天。

就是说，今晚三个大奖，分别落在了姜媢媢、棉花和凌天三人身上。

他们三人是朋友，他们三个站在一起，然后从上千人中抽取的三个大奖，就不偏不倚地落在了这三个人头上。

要说没有猫腻，谁信？

反正姜媢媢自己不信。

棉花和凌天是硬着头皮上台领奖的，姜媢媢连奖都没有领，直接不知去向了。

拽着 Angela 的手腕到外面，姜婠婠冷声质问：“是你做的，对不对？”

Angela 似笑非笑地撩了撩头发：“你可真看得起我，我要是有这本事，早让自己中大奖了，从此一辈子吃喝不愁，还能便宜了你？”

姜婠婠一时无言以对。

是啊，Angela 虽然和技术部张总有暧昧关系，但她说得没错，要真能肆意操纵结果，天价豪宅还能自己不要白白便宜了别人？

但是直觉又告诉她，这件事绝对和眼前的女人脱不了干系。

“你怎么不回去问问你的男人？”Angela 扯了扯唇。

姜婠婠不解，Angela 嗤笑一声：“怎么，不知道我指的是裴时还是苏先生？那就两个都问吧，要是还有更多，一并问问？”

男人，两个，更多……

姜婠婠终于被激怒，她怒极而笑：“Angela，是不是因为在你眼里裴时算个高门，你就以为人人谁都想去高攀？呵呵，你只知道燕翅鲍是好东西，一定不知道好东西也是分等级的吧？我告诉你好了，裴时那个等级的，你爱得不得了，我还真看不上！你就少自作多情了！”

姜婠婠的一席话，准确无误地踩中了 Angela 心中痛点，Angela 脸上青一阵白一阵，嘴唇气得打颤：“姜婠婠……你在骄傲什么？是，你是比我有钱，但你也不过是个暴发户的女儿，你还有个年轻的小后妈，你凭什么这么看不起我？”

“凭……先撩人者贱！”

姜婠婠冷笑一声，转身径直离开，高跟鞋不可一世地踩进寒风里。

Angela 恨恨瞪着姜婠婠的背影，身侧的拳头死死捏紧。

一转身，却见身后不远处，裴时不知站了多久，笔挺的风衣在更深露重里沾染了一身寒气。

Angela 下意识脸色一白，转念想到他们早已默认了断，又挺了挺腰肢，昂首挺胸地从他身旁走过。

“不用进去了。”

裴时的嗓音悠悠飘来。

Angela 停下脚步，眼中不由自主地生起期待。

“你是进去找小张吧？你以为他色迷心窍，胆大包天地让 CR 的年终宴会沦为笑柄，他还能全身而退？”

裴时笑了笑，笑得 Angela 浑身发冷。

姜婠婠气呼呼地走在大街上，一辆劳斯莱斯忽地无声无息在她身旁停下。

她抬了抬眼皮，从降下的后座车窗里，对上一双讨厌的眼睛。

“苏先生……是你做的吧？”

苏则轻叹一声，开门下车，将她半搂半抱在怀中，强势又呵护地带她回到车上：“外面冷，先进来。”

车厢内温暖安定，姜婠婠却六神无主。她静静看着苏则：“你为什么要这么做呢？”

苏则无奈地说：“婠婠，你觉得我有这么蠢吗？将你置于风口浪尖，让你尴尬？”

“我指的不是全部。”姜婠婠轻而笃定地说，“Angela说得对，如果她真的能够全部操纵，她早就让大奖落到她自己的口袋里了，何苦便宜了我？所以我猜，大奖是你早已经定好的，连技术部的人都不能染指，于是Angela就鱼死网破地索性让其他两个奖项全落到我身边的朋友身上，以此发泄不满。对不对？”

“……对。”

苏则轻叹一声，将她抱在怀里低声安慰：“可是婠婠，你不是一直很想要大奖吗？我只是想让你开心。如果是因为后面的事，你放心，我会解决的。”

姜婠婠不开心。

她性格的确不是多么正义凛然，她也会坏坏地想要作弊，也会因为别人能作弊自己不能而纠结，可是她却从来没有想过要苏则替她作弊。因为苏则替她作弊的意义让她害怕。

她好难过。

苏则没领会到姜婠婠复杂的心思，见她没说话，还乖乖垂着眼皮依偎在自己怀中，心里一阵荡漾就俯身去亲她。

这可把姜婠婠惹了，她用力咬了他一口：“停车！”

她跳下车，苏则立刻追去。

这几天寒流过境，晚上格外寒冷。姜婠婠晚礼服外面只有一件大衣，虽然整个人气呼呼的火气不小，还是被冷得下意识裹紧了外套。苏则连忙脱下自己的外套，拿上前去裹着她。

姜婠婠怎么都不要，摇着头推他，可惜她再横也没有苏则横，推着推着竟然就这么穿进去了，这让她气得跺脚。

好在很快就到家了，姜娟娟把外套扔回给苏则，自己进门，把想跟着进去的男人关在了门外。

苏先生吃了闭门羹，头疼地揉着太阳穴。

姜娟娟独自趴在沙发上生气，气着气着就自己哭了出来。

她今晚一直在想一个人，林丽雅。而此刻，她觉得自己和林丽雅是一路货色。

——一样是靠色相从男人那里获得金钱。

姜娟娟顿时难过得无以复加。

赵小亿正好不知什么事打电话给她，她接起电话，哽哽咽咽地说："我要分手……"说完分手，她直接"哇"的一声大哭了出来。

赵小亿："……"

姜娟娟哭得浑然忘我，不觉门被人从外面打开。苏则拿着钥匙站在门口，见姜娟娟外套没脱，趴在沙发上抽泣得双肩直颤，心也绞紧，无奈地走到她身边。

姜娟娟哭得太投入，完全没有察觉他的靠近，以至于被抱起来的时候惊吓得不轻，眼泪霎时就跑回去了。发现是苏则，更是气不打一处来，用力踹了他一脚。

男人岿然不动。

姜娟娟气得叫道："放开啦！"

苏则含笑看着她："放开你就掉下去了，摔坏了怎么办？"

姜娟娟："……"

她自己坐好，擦了擦眼泪，睨着他手上的钥匙，轻哼："有钥匙了不起啊，想开门就开门。"

苏则把钥匙放在她手心："这是你抽到的大奖，裴复送来的。"

真是哪壶不开提哪壶！

姜娟娟从沙发上跳起来，从上往下地看着苏则，从神态上表达自己的凛然不可侵犯："你少看不起人了，我不要！"说完噔噔噔地跑回卧室去了，没一会儿就换了衣服出来，手上还拿着包。

苏则连忙上前去拦住她："去哪儿？"

"找房子。"

苏则心尖儿一颤，连忙将她抱住，生怕一不留心就让她跑了似的，小心翼翼地问：“真要为了这点小事和我分手？”

姜婠婠惊呆。

他……他怎么知道？

……赵小亿，你这个叛徒！叛徒！

其实分手这话本来就是个气话，姜婠婠和赵小亿抱怨，未必就真能狠心和苏则说，毕竟她刚和赵小亿说完那两个字，自己就先伤心得大哭了起来。

当然她的眼泪很复杂，有生气苏则，有讨厌苏则，有舍不得苏则，还有，生气自己。

生气自己……明明在一起没有多久，怎么就舍不得他了呢？怎么就这么舍不得了呢？

苏则搂着她坐下，温柔地说：“我做错了事，你告诉我，我改，好不好？但一定不要和我说那两个字，婠婠，我和你在一起是想这辈子永远和你在一起。你也永远不会知道，那两个字带给我的痛苦。”

姜婠婠张了张嘴巴。

苏则亲昵地碰了碰她的脑袋：“很惊讶吗？难道你和我在一起，不是想和我结婚？”

姜婠婠诚实地摇了摇头。

“不结婚，那你想做什么？得到我的人就始乱终弃？”

“……”

姜婠婠老实地说：“我没有你想得那么远。”

“好，那就不想这么远。”苏则怜惜地亲了亲她的眉眼，“告诉我，为什么哭得这么难过？”

姜婠婠一面很惊讶苏先生竟然到现在还不知道他错在了哪里，一面又忍不住自我怀疑，难道真的是她小题大做了吗？毕竟看苏则困扰得那么天经地义，好像根本是她脑回路有问题一样。

姜婠婠反思了下自己，她到底生气什么呢？

她生气是因为她觉得苏则轻视她，他们才在一起一个月，这么短的时间，再爱能有多爱？苏则就送她房子。她知道，有钱的男人都爱拿钱砸女人，不管喜欢不喜欢，先砸了再说，就像姜滩当年对林丽雅。看热闹无所谓，但当她觉得苏则也这么对她的时候，她就受不了了。

——她那么喜欢他，他对她却这样轻浮。

姜媗媗和苏则说着说着就难过得哭了起来，悲痛程度丝毫不亚于发现深爱的人不爱自己。

这让苏则既惊又喜。

他心里清楚，他们才刚刚在一起，媗媗其实并没有那么喜欢他。毕竟她和他不同，她没有那三百年的记忆，对他许多时候情不自禁的回应，也只是出于她耿直的心性，以一种“我是他的女朋友，别的女朋友能做的事，我一定不能少了他”的心态来待他。

可是今晚，她的悲伤让苏则意识到——她爱他。

如果不爱，不会在乎；如果不在乎，不会难过至此。

或许他并不是这一刻才领悟到，隐隐约约地，他早已有这样的感觉，可是自己感觉和由她亲口说出，那样的效果截然不同。

苏则欣喜若狂。

他强捺着心头激动：“对不起，媗媗，是我错了，是我的疏忽，是我比较自私，没有考虑到女朋友的感受。我立刻通知裴复，取消过户安排，好不好？”

姜媗媗轻轻点头。

苏则亲了亲她的额头，柔声问：“那，原谅我好不好？”

姜媗媗看着他半晌，眨了眨眼睛，掉下两颗眼泪，又轻轻点了下头。

好吧，她一向是一条大气的美人鱼。

"苏先生，如果有一天我们要分手，你会舍不得我吗？"
"婠婠，我们不分开，我们永远在一起。我向你保证。"
"你怎么保证？"
"去民政局保证？"

Chapter 13

相爱，渐入佳境

尾牙宴后，公司上下除了值班岗位就全部放假了。姜婠婠一面心虚地松了一口气，一面奢望着普天同庆的春节能将那晚的闹剧淡化。

说起普天同庆的春节，姜婠婠才想起来，身为女朋友她竟然还不知道苏则家在哪里，连忙关怀地问他在哪里过年。

苏则简单和她说了家里的情况，他出生在A城，父母都不在了，苏家现在就只有他一个人。至于过年，在哪里过年都一样，只有她在身边才会不同。

最后那一句有她在身边，苏先生说得淡然，恋爱里的美人鱼偏生听出了可怜又撒娇的调调。

姜婠婠从前都是在家过年，今年西山别墅成了林丽雅的，她肯定不能回那里了，但姜濉却是不能不管的。

姜婠婠于是大方地对苏则说："那你就和我们一起过年吧。"

我们……姜婠婠自然是指她和姜濉，听得苏先生心里那个不舒服啊。

敢情在小美人鱼心里，他还是个外人？

其实姜婠婠自己也不知道今年在哪里过年，不知道姜濉有没有拿私房钱买新房子呢？如果没有新房子，难道要在她的"员工宿舍"？带着老父亲在员工宿舍过年，想想也是有种寄人篱下的凄凉。

姜婠婠于是给姜濉打电话，姜濉非常体贴地解决了姜婠婠的困扰。

"婠婠，今年我们还是在别墅过年。"

"啊？！"

他们父女不是已经被赶出来了吗？

姜濉说："你阿姨不愿意离婚，她写了保证书，保证以后会改性。我现在也有些犹豫不决，爸爸已经这么大的年纪了，不想再离婚再折腾。你阿姨毕竟跟了我这么多年，知冷知热。先过年吧，过完年再说这些，你阿姨已经亲自把你的房间整理好，爸爸明天来接你。"

姜婠婠："……"

果然如她所料，姜濉和林丽雅没那么容易分手。可是这复合，来得也有些快啊。

姜濉，你的血性呢？

苏则摆好了饭菜来叫姜婠婠。姜婠婠转过身去，看着一身家居服的男朋友仍旧难掩清贵之气，只觉这个男人真是一天比一天更让她迷恋，她朝他傲娇地张开手臂，苏则一怔，随即宠爱地把她抱在怀里，眷恋地亲了亲她。

"好了，别撒娇了，来吃饭，我做了你爱吃的松鼠桂鱼。"

姜婠婠没动，拉着他的袖子扯了扯。

"怎么了？"

姜婠婠眼巴巴地望着他："苏先生，如果有一天我们要分手，你会舍不得我吗？"

姜婠婠虽然不大看得上林丽雅，可也不得不承认，林丽雅走运又命好。姜濉至今对她恋恋不舍，离婚闹了这么久半点进展都没有，不得不说，这个女人是真的抓住了姜濉的心。

那么她呢？如果有一天她和苏则要分手了，他也会这么舍不得她吗？

苏则轻叹："婠婠，我们不分开，我们永远在一起。我向你保证。"

姜婠婠眼珠子转了转，问："你怎么保证？"

苏则眼中含笑："去民政局保证？"

姜婠婠："……"

有种挖了坑把自己埋了的感觉怎么办？

姜婠婠脸热热地走开："吃饭啦。"

苏则却忽然将她拉回来，抱在怀里，下巴亲昵地摩挲着她的头发："婠婠，你准备好的时候告诉我，什么时候都可以。"

姜婠婠："……"

她讨厌心急的苏先生啦！真是又让人心动，又让人没有安全感。

不过，虽然不能和苏先生去民政局，但一起过年还是可以的。

姜媗媗说："苏先生，你可以安排我今年值班吗？"

苏先生："……"

没有哪个男朋友愿意自己女朋友过年值班的好吗？

尾牙宴后，Serena 马不停蹄飞去国外，刚刚和她秀完恩爱的男朋友都险些和她分手。

苏先生地位不够稳固，态度暂时不敢那么强硬，但还是委婉地表达了自己的不愿意："值班表已经排好了，没有人愿意和你换。"

……简直是鬼扯，过年排到值班的小伙伴们都巴不得换好嘛。

可是一本正经鬼扯的苏先生真是好可爱，姜媗媗笑倒在男人怀里，双眸湛湛地望着他。

苏则不是不心动，手指缠着姜媗媗的长发，指尖细腻柔滑，心头却一片难耐煎熬。然而，苏先生表面多淡定啊，一本正经地说："真的已经排好了，不行，换个要求。"

姜媗媗又是一阵咯咯轻笑，在他怀里动来动去，抬起双臂钩着他的脖子，笑眯眯地在他耳边说："笨啊！我是你的助理，过年值班，我就可以一直在老板身边啊，你不想和我一起过年吗？"

姜媗媗柔柔软软甜甜腻腻的气息拂在耳畔，苏则只觉得浑身的血液都热了，脑子里一片空白，只剩下明晃晃的三个字不停撩拨着他：小妖精。

真是，小妖精啊。

姜媗媗偏着脑袋问他："怎么样啊，苏先生，现在还能不能安排啊？"

"能，都听你的，全听你的……"

苏先生的嗓子越来越低，后面的话含糊消失在了两个人亲吻的唇齿之间。

姜灉来接姜媗媗的时候，姜媗媗给了他一张公司值班表，指着大年初一那天对姜灉说："看，我的名字。"

姜灉："……"

过年还要值班，不止男朋友不能接受，爸爸也不能接受。姜灉皱眉："换一下吧。"

姜灉觉得这个值班表很有问题，看姜媗媗那个傲娇的样子，多半是她自己弄出来的事。

姜媗媗慢吞吞地说："没有人愿意和我换啊。"

姜灉考虑现实，无言以对。

好吧，不回去就不回去吧，姜灑提前给姜婠婠发了红包，又对她说：“我让李阿姨过来给你做饭，我一路过来看到好多餐厅都歇业了。”

“不用，春节期间公司提供工作餐。”

“……”

姜婠婠一副满不在乎的调调，姜灑作为父亲心里有些酸，他无奈地叹了一声：“婠婠，爸爸已经五十多岁了，这是个进退两难的年龄。如果离婚再找一个，姜家的家业在那里，心思未必就能比林丽雅好到哪儿去，林丽雅她好歹跟了我这么多年，多少也是有感情的吧。爸爸的处境也不容易，如果可以，我也希望命运善待我，有一个从始至终圆满完整的家庭。”

姜婠婠心中酸酸的。

是啊，谁不希望得命运善待呢？

她心中默默叹息一声，终是软软地说：“爸爸，新年快乐。”

姜灑一笑：“女儿，新年快乐。”

除夕当天，苏则带着姜婠婠回市中心的别墅。

姜婠婠原本非常不乐意，哼哼唧唧地说：“我不要非法同居。”

但是苏先生说：“工作餐只有在那里才提供。”

姜婠婠：“……”

好吧，你赢了。

阿未也放假了，苏则亲自开的车，经过小区物业时，姜婠婠不经意扫了眼公告栏。

“等等。”

苏则把车靠边停下，顺着姜婠婠的视线看过去，待看清上面写了什么，只觉头隐隐作痛。

是物业水电费催缴的通知，年关将近，还有人欠缴，虽然只有一个人，物业公司还是不嫌麻烦地贴出了通知。

名字都在上面呢，费雯丽。

这样霸气的名字，看一眼就足够让人终身铭记了。

姜婠婠侧头看着苏则：“费雯丽不就是 Serena 的中文名吗？”

是的，如此霸气的名字，也只有 Serena 这样的妖精才 hold 得住。

苏先生镇定自若：“是吗？我没印象。”

哦，没印象啊。姜婠婠笑眯眯地问：“苏先生，这里不是员工宿舍吗？

说好的水电物业费公司承担呢，为什么 Serena 还要自己缴费？”

姜媗媗住进来就什么心都没操过，她就只管自己吃好睡好，不对，连吃也是苏先生亲自伺候的。

苏先生：“……”

姜媗媗拨 Serena 的电话，果然不通，难怪物业公司联系不上她都贴通知了。Serena 也是不容易，过年出差海外不说，一个分身乏术忽略物业费还要被贴通知。

姜媗媗于是下车去替 Serena 缴了费，公告栏这才顺眼许多。

缴完费的姜媗媗悠悠看了一眼苏则，没有上车，转身往回走。苏则挫败地解开安全带，追姜媗媗去。

苏则等了会儿电梯，上楼时，姜媗媗已经又出门了。

苏先生心里别提那个忐忑啊，都是她那复杂的家庭惹的祸，从前的绵绵就没有这些奇怪的坚持。弄得他献个殷勤就和做贼似的，无比心虚。

苏则小心翼翼地问：“去哪儿？”

姜媗媗奇道：“不是去你家吗？我只是回来拿忘记的东西。”

再平淡不过的一句话，竟让苏则有受宠若惊的感觉。他连忙接过她手里的包，温柔地搂着她进电梯。

真是吓坏他了。

亲亲，压压惊。

两个人的年夜饭，虽然不怎么热闹，可是姜媗媗心里甜啊，长这么大就没这么甜过。幽幽的大海的光线里，深陷情爱的美人鱼娇嫩得都能掐出水来，格外秀色可餐。于是年夜饭还没吃完，姜媗媗已经坐到了苏先生腿上去。待吃完的时候，两个人已经倒在了壁炉前的地毯上。

外面的烟火一声声炸开，万家欢腾的热闹偶尔也照亮这一半海水，一半火焰的空间。

姜媗媗的心跳和烟火一样，一阵阵地炸着，她紧张地抓着男人的手，一会儿捏紧一会儿又松开。

女朋友都要做这个事吗？

来之前，姜媗媗特地上网查了查，她想，如果是，那她也不会少了苏先生。可是网上的答案也是模棱两可，基本上就是自己拿捏。

怎么拿捏？姜媗媗不知道，又找不到标准答案，要哭了。

然而事实上，今晚的她脑子里一团糨糊，身子和一汪水一样柔软，迷迷糊糊的，已经完全想不到这些，只能跟着苏则的节奏沉沦。

最后有理智的那个人反而是他，在最不可遏制的刹那戛然而止，温柔地为她拉好了衣服。

姜婠婠浑身发烫，简直不敢看他。苏则一双眼睛倒是黏在她脸上，黏得很紧，又是怜惜又是好笑："别紧张，我不做。"

姜婠婠咬着水光潋滟的唇，害羞地缩到他怀里。

苏则握住姜婠婠的手，递到唇边亲吻："你还没有准备好，我会等你。"

姜婠婠抽出自己的手捂住眼睛。

浑蛋啊，可以不用说得这么明白吗？

好在手机响得很是时候，化解了姜婠婠的尴尬，她连忙爬起来，快得就跟逃一样。可惜他的衬衫还在地上，她一不小心被绊了一跤，苏则连忙伸手去抱她，却被她直接扑在身下。

趴在苏则身上的姜婠婠欲哭无泪地闭上眼睛，尴尬死她算了。

苏先生笑得格外愉悦，身心舒畅，拍了拍她的腰，扶着她起来。

姜灕的电话，祝她新年快乐，又问她晚上吃了些什么。

姜婠婠脸颊滚烫滚烫的，脑子一团混乱，迷迷糊糊地就把晚上吃的全念了出来，这让姜灕很惊讶："工作餐这么丰盛？"

姜婠婠悄悄看了眼正往外面搬烟花的苏则。

当然好啊，苏先生亲手做的工作餐嘛。

姜灕把电话递给了林丽雅，姜婠婠默默在心里翻了个白眼。难得林丽雅今晚的态度格外好、格外和蔼，先是道了新年快乐，再是无比真诚地和姜婠婠道歉，让她有空就回家，最后还啰啰唆唆嘱咐她女孩子一个人在外面要小心。

姜婠婠："……"

在姜婠婠十多年的记忆里林丽雅都没这么热情过，看来姜灕这次要离婚，真是把她吓坏了。

姜婠婠出去院子里的时候，苏则已经准备好烟花，遥遥对着她笑："怕吗？"

从前的绵绵很害怕激烈的声音，不知道现在有没有好一点。

姜婠婠笑眯眯地捂着耳朵摇头："你点吧！"

苏则哭笑不得地遵命，回来就把她抱在怀里，替她捂着耳朵："怎么还是这么柔弱，要我怎么疼才好？"

姜娟娟眉眼弯弯地看了他一眼，忽然就推开了他的手，傲娇地说："骗你的！我才不怕呢，不过就是装一装。"

被骗的苏先生："……"

姜娟娟抱着他的脖子，主动踮起脚去亲他，小妖精一样地撩拨他："让你疼一疼你不开心吗？"

开心，开心得都快把持不住自己了。

火树银花在幕色中一团团绽放，绚丽夺目的光彩下，苏则抱着她深情亲吻，含糊地感叹："什么时候才可以准备好？"

……

虽然不能以身相许，但新年礼物还是有的。

姜娟娟从自己带来的包里，变戏法一样地拿出紫檀木的首饰盒，将苏则惊得目瞪口呆："你是什么时候放进去的？"

姜娟娟得意地抬了抬下巴："回去拿东西的时候啊，送给你。"

苏则眼里的笑意缓缓流失，他看着姜娟娟，咬着字反问："送给我？"

送？是和他交换吧，她知道了所谓员工宿舍其实就是他的房子，果然没这么容易揭过去。她不搬出去，她想自己把房子买下来。

姜娟娟可真是一条会扫兴的美人鱼啊。

苏先生再好的脾气都不想理她了。

可是姜娟娟就是一定要他理，跑到他身边，像条小尾巴一样跟上跟下，苏则拿她没有办法，直接脱衣服进了浴室。

姜娟娟："……"

精明的男人真是太讨厌了，这样她还怎么跟进去？

其实苏则挺期待她跟进去的，虽然不想理她，但如果她真的跟进去，他可以立刻理她。可惜……看来她是真的还没有准备好，苏则一面失望，一面又有些心疼。

结果洗完澡出来的苏则就看到姜娟娟趴在他床上，自得其乐地玩着珠宝，她从首饰盒里一件件拿出来，整整齐齐地摆在一起。他一出来，她就笑眯眯地抬头望着他。

苏先生可没有她那么好的心情，他再也不想心疼她了！

姜娟娟见他沉着脸，立刻体贴地解释："我都把它们洗干净了，我也洗干净了，不会弄脏你的床单。”

苏则：“……”

好想把她扔到鱼缸里怎么办？可是洗干净的美人鱼又让他舍不得扔出去。

姜婠婠执拗的时候是真的执拗，她爬到床边，拉着他的手，可怜巴巴地望着他：“你为什么不要我的礼物呢？”

“那不是礼物。”

“什么才是礼物？”

苏先生动了动眉毛，就看着她，没再说话。

姜婠婠的脸一点一点地透出红色。她低下头去：“那这些先做订金，好不好？”

苏则轻叹一声，抱着她躺在自己腿上，手指一下下抚着她的长发，柔声问：“我送你房子就这么不能让你接受？”

姜婠婠刚转了转眼珠子，就对上苏先生严厉的视线。好吧，她老实地点点头。

苏则被她气得头疼。

姜婠婠连忙拉着他的手，讨好地说：“可是我心里是很想接受的啊，我一点都不想拒绝你，就是我的风骨比较难缠……所以我想到了这个折中的好办法，你送我礼物，我也送你礼物，这样我就可以愉快地接受了。”

苏则：“……”

他该夸她机智吗？

苏则认真看着她的眼睛：“婠婠，我会和你结婚，我的一切都是你的。你可以从现在起，就试着习惯拥有我吗？”

姜婠婠眨了眨眼睛，这样的苏先生，说不让她心动是骗人的。不过她还是强词夺理地反问：“那你不是更应该收下吗？”

“为什么？”

“订金啊，”姜婠婠坐起来，一本正经地和他算账，“你看，如果最后我们结婚了，你的就是我的，等于首饰盒我也拿了回来；但如果我们分手了，我的首饰盒就拿不回来了。就是为了我的首饰，我也会更加愿意和你在一起的。”

苏则：“……”

算了算了，随她高兴吧。

倒是忽然想起一件事，苏则拿起那只羊脂玉镯，问姜娓娓："这是从哪里来的？"

姜娓娓："……"

她要如实告诉他，是她前男友的吗？

当年她的芯儿跑到小女孩的身体里以后，她的人鱼身子就没气了，姜娓娓让自己的鱼身沉入大海前，将她身上唯一的一只镯子取了下来。

那个时候她的记忆就已经很模糊了，但姜娓娓知道，能让她三百年贴身戴着不愿取下的东西，一定和那个男人有关。

姜娓娓一直把镯子放在自己身边，却再没有戴过。

而就在姜娓娓思考的时候，苏先生已经一声不吭地将镯子套在了她的手腕上。

姜娓娓："……"

再次让她戴上这只镯子，仿佛一段暂别的情缘终于再续，苏则有些失控地吻她："真美，不许再取下来了。"

姜娓娓："……"

她推着他的胸膛，眨着眼睛无辜地问他："苏先生，你最喜欢什么颜色？"

是……绿色吗？

虽然姜娓娓不敢自问自答，但苏则基本上已经从她眼睛里读懂了一切，他头疼地告诉她："首饰盒我收下，这只镯子是我送给你的。"

姜娓娓："……"

什么都不记得的美人鱼觉得，苏先生真是好会慷他人之慨啊。

可是，蠢萌蠢萌的苏先生真是好让她喜欢啊。姜娓娓拉着苏则躺在床上，自己滚到他怀里，趴在他结实的胸膛。她真的好喜欢他的心跳，那样让她不可自拔地喜欢着。

"准备好了？"男人亲着她，哑声问。

姜娓娓笑眯眯地摇头。

苏先生心好痛，不，浑身都好痛。

痛并快乐着，这个新年是三百年来苏则过得最愉悦的一个，热恋里的男女就这么在别墅里一直甜蜜到了初七。

甜到……姜婠婠好几次都差点被当成甜点吃了。

初七要上班了，苏先生“慷慨”地表示：“这几天值班累坏你了，可以再多给一周假期。”

姜婠婠：“……”

不要，太危险了，她要上班！

然而新年上班的第一天，姜婠婠就在一片喜庆的氛围里被推到了网友们口诛笔伐的风口浪尖。

“苏先生，我真的好喜欢你的心跳声。”
“那婠婠是更喜欢我，还是更喜欢我的心跳？”

Chapter 14

谣言，继母暗害

这件事的起因来源于 BBS 上的一个热帖——“扒一扒美人鱼婠婠背后的男人”。

美人鱼字幕组在字幕圈内声名很高，美人鱼婠婠作为字幕组的元老，五年来兢兢业业无偿做着小翻译，也吸引了一定数量的粉丝，于是这个帖子刚刚发出就在网上引起了关注。

发帖人显然经过了长时间的数据收集，首先爆出姜婠婠在琼华宴上参赛的照片，彼时她气质华美，弹琴炫技，展示珠宝，又迅速吸引了一定的点击量，关注度一时更高。

之后，楼主再放出棉花、凌天的照片，并爆料两人同为美人鱼字幕组成员，网名分别为：就要上天的棉花和高阳，他们和美人鱼婠婠相交五年，关系密切。

而这个时候，楼主笔锋一转，开始讨论起美人鱼婠婠的运气。年轻貌美又才华横溢的美人鱼婠婠，你们以为仅仅是这样吗？错了，美人鱼婠婠还有你们想象不到的好运气！

美人鱼婠婠曾混迹珠宝圈，默默无闻多年，忽然一日摇身一变黑马，于“琼华宴”大放异彩，几乎摘得桂冠，运气好得令人叹为观止。然而最后结果却令人大跌眼镜，美人鱼婠婠不仅与琼华奖失之交臂，更直接退出珠宝界。楼主爆料，原因是她劣迹斑斑，侵权、仿冒种种黑历史数不胜数，于琼华奖公布之前被组委会揭穿，从此驱逐出珠宝界。

如果是个凡夫俗子，人生低谷不过如此了，可是美人鱼婠婠运气岂是尔等凡夫俗子可比的？被踢出珠宝圈以后，她不仅没有跌入低谷，反而平步青云，摇身一变成为CR的董事长特助，走上了人生的又一个高峰。

但美人鱼婠婠的好运气还远远不止于此，美人鱼婠婠的好运气在CR谜一样的年终抽奖到达人生巅峰。

……

如果说前面都只是楼主的片面之词，美人鱼婠婠因为前面几年积下的善因，还有大片粉丝维护，那么战火彻底点燃就是从CR的年终抽奖开始的。

美人鱼婠婠带着棉花、凌天，三人于上千人中齐齐抽到三个大奖……这样天方夜谭的故事情节之下，再是真爱的粉丝也终于无言以对。

于是一个争论帖自此彻底发展成为骂帖。

姜婠婠的“小学同桌”和“中学后排”及时现身，争先恐后爆料姜婠婠的作风有问题，曾经勾搭过有妇之夫破坏人家家庭，并且断言这次必定也是勾搭上了CR高层。而后，帖子立刻开始人肉，几乎把姜婠婠祖宗八代扒了出来，在扒到姜婠婠学生时代的光辉记录以后，愤怒的网友立刻见风是雨地开始鞭挞我国教育制度，甚至要求闹到教育部去，复查姜婠婠的高考成绩。

——他们不信姜婠婠可以考上A大，认定是她勾搭了哪个大学领导。

……

姜婠婠翻了两页帖子，气得浑身发抖。

奇耻大辱，简直是奇耻大辱！不管是做鱼还是做人，她都从未受过这样大的污蔑。

她眼前一黑一黑的，抓起手机就给赵小亿打电话：“帮我找律师，最贵的那种，我要告死他们！”

话还没说完，手机就被一只大手抢过。

姜婠婠怒极瞪向来人，苏则轻叹一声，温柔地将她揽进怀中：“我来。”

柔软而坚定的两个字，像山岳一般，让姜婠婠在怒极的刹那间找到安稳的依靠，而后，鼻子不争气地一酸，竟然落下两颗懦弱的眼泪。

“苏先生……”姜婠婠抱着他的腰，将脸埋在他结实的怀中。

苏则轻轻拍了拍她的背，眼眸幽黑肃杀。

苏则抱着姜婠婠安抚了一会儿，姜婠婠心里想着重要的事，不久平复下来，拉起他的手：“走吧，我们去见律师。”

苏则制止她，若有所思地说：“应该已经办妥了。”他说着，打开电脑。

姜婠婠想着那些铺天盖地的恶意，不敢去看，将头扭到一边。

苏则笑了笑："过来看，剧情反转了，180 度。"

的确是反转了，不偏不倚的 180 度。

就在美人鱼婠婠热帖的上面，一个名叫"江湖侠客"的 ID 发了新帖并在短短时间内，以高点击和评论压倒性地战胜了上一个热帖：偶遇警察叔叔抓人，凑上一看——隔壁楼主，那对因造谣诽谤以及商业犯罪被抓的情侣是不是你和你男票?

帖子里没有之前煽动性的文字，只有两张图片，简单粗暴。一张警察叔叔抓人的图片，另一张是相对清晰的逮捕令，罪名是诽谤罪和商业犯罪，CR 起诉，人民法院受理，证据确凿，当地派出所依法批捕。

有图有真相，"啪啪啪"打脸声响成一片，姜婠婠的"真爱粉"见机纷纷挤上前线，势如破竹地将之前辱骂姜婠婠的 ID 杀了个片甲不留。

此消彼长，大家当机立断地又去人肉那对"隔壁楼主"。

隔壁楼主不出姜婠婠所料，正是 Angela 和技术部小张。

姜婠婠的"真爱粉"们以彼之道还诸彼身，也将 Angela 和技术部小张扒了个底朝天。但比起 Angela 他们虚无缥缈的文字性指责，这边全部有图有真相，铁证如山，包括技术部小张行贿受贿、泄露商业机密、人为操纵抽奖程序和 Angela 多次钱色交易。

起初讨伐的中流砥柱全是美人鱼婠婠的"真爱粉"，但风向逆转，网络又最不缺墙头草，不久，上一楼楼主的粉也纷纷转黑，成为了新帖的中坚力量，形势反转得让人目不暇接。

这时，江湖侠客趁热打铁再次现身，贴出 CR 内部前几天对技术部小张的处分，以及小张签字按了红手印的检讨书。

检讨书里明确说明了 Angela 陷害美人鱼婠婠的前因后果，因 Angela 和美人鱼婠婠在工作中是竞争关系，竞争失败之下心生妒恨，这才利用技术部男朋友的关系，故意设局陷害美人鱼婠婠，明着给好处，实际目的是要让美人鱼婠婠声名狼藉。

而 CR 公关部随后也公开声明，这样的设局拙劣至极，被姜婠婠识破，当场就放弃了大奖，这一点，当时在场的所有人都可以做证，姜婠婠根本就没有上台领奖。而另外两名获奖人，凌天和棉花随后意识到大阴谋，也已归还大奖。最后，CR 强势表态：公司年终福利被人恶意操纵和利用，一定会将相关人员及其法律责任追究到底!

剧情发展到这里，圆满落幕。

姜婠婠一直紧绷的身体这才松懈下来，软软地靠在身后的怀抱。却见苏则手指轻点鼠标，干净利落地将之前抹黑她的帖子删除。

姜婠婠不解地回头看他：“这样删掉会不会再被人借题发挥啊？”

苏则亲了亲她，温柔地说：“不会，这一次是我疏忽，以后再没有人能在网上伤害你。斩草不除根，我心里不舒服。”

“可是……”剧情好不容易反转，删帖真的没问题吗？

真的没有问题。

姜婠婠只见苏先生斩草除根地删了原帖以后，又用最初那个楼主的 ID 发了一个道歉帖。

——向美人鱼婠婠的公开道歉。

而这个道歉帖竟然还不是文字，而是……视频。

Angela 和小张两个人在派出所录的道歉视频。

姜婠婠：“……”

苏则说：“嗯，暂时解决了。”

网上这破事儿，苏则雷霆手段处理得雷厉风行，姜婠婠不懂，怎么还只是暂时解决呢？

苏则不想让她不开心，可又怕她毫无防备，于是提醒她：“你因为仿制项链与琼华奖失之交臂，这件事我们这边知道内幕的总共只有四人，连裴时都不知道，你想过没有，Angela 是怎么知道的？”

姜婠婠忍不住去思索苏先生口中那四个人：她、苏则、裴复、CH 经理。

“难道……你的人里出现了叛徒？”姜婠婠小心翼翼地问出心中假设。

是裴复还是 CH 经理？

苏则哭笑不得：“我的人里不会出现叛徒。”

“那……”是谁？

“我们这边知道的的确只有四人，可婠婠，当时是谁送这条项链到组委会的，你忘记了吗？”

姜婠婠顿时醍醐灌顶：“林丽雅！”

“可是林丽雅怎么会勾搭上 Angela？”姜婠婠还是想不通。

苏则若有所思地眯了眯眸。

因为白天心理上的冲击和动荡，原本坚决不要非法同居的姜婠婠，终于可怜兮兮地跟着苏先生回家了。

晚上，她缩在苏则怀中，咬着手指，将耳朵贴在他心脏的地方，感叹：“苏先生，我真的好喜欢你的心跳声。”

苏先生原本在亲吻她，闻言，眼底的动情刹那黯淡下去。

姜婠婠浑然未觉地闭着眼睛，聆听耳边的跳动：“我本来很难过的，可是听着你的心跳，我又平静了下来。仿佛我自己没有一颗强大的心脏，你的心跳就是我的支撑。”

姜婠婠没有多想，主动抓住他的手，放在自己心脏的位置：“感觉到了吗？我们的心跳在以相同的频率跳动，只要我贴着你，我的心就会跟着你跳，好神奇。你说，这是不是就是一心人？”

姜婠婠在他怀里仰着头，黑暗里，一双宝石一样的眼珠子璀璨明亮，一心一意地注视着他。

苏则凝视着她，一时没说话。

过了一会儿，他忽然问：“那婠婠是更喜欢我，还是更喜欢我的心跳？”

姜婠婠：“……”

苏先生，你说话可以不要这么酸吗？

自己和自己吃醋，也是上瘾了是不是？

苏则的手抚摸着她的心脏：“婠婠，就是我们心脏跳动的频率不一样，我也是你的一心人，我们白首不相离，知道吗？”

姜婠婠没吭声，脸颊渐渐变烫。

苏先生，你的手不要乱摸啊啊啊！

“知，知道了。”姜婠婠赶紧含糊地点头答应，又自以为不着痕迹地去握住他的手，将他的手拿开，希望他没有注意到。

惹得男人在她耳边轻笑一声。

姜婠婠觉得这个笑真是说不出的意味悠长，垂着眼皮害羞地说：“睡吧。”

“嗯。”苏则不置可否地应了一声，过了半晌，忽然亲了亲她，低低沉沉地问，“还有多久才能准备好？”

啊啊啊，不要问得这么直白啊！

姜婠婠好崩溃，无言以对，只能装睡。

黑暗里，苏则垂眸凝视着她，只见怀中的小姑娘垂着脑袋，僵直着身子一动不动。

刚刚踏出门，却听见身后传来一道沉闷的声音。姜媗媗的心脏霎时一紧，回过头去，只见姜滩昏倒在了沙发上。

“爸爸！”

姜媗媗尖叫一声，跌跌撞撞跑向姜滩，又一不小心带倒了玄关处的花瓶。

一片混乱。

姜滩被送到了医院，姜媗媗跟着跑上跑下，却只觉自己如行尸走肉一般。

好在姜滩没什么事，只是老毛病了，被姜媗媗这么一气，急火攻心。医生说了姜媗媗两句，她没说话，一直红着眼睛。

姜媗媗坐在病床边等姜滩醒来，她看着姜滩两鬓的白发，只觉眼眶一阵阵的热。小的时候不觉得，如今才发现岁月果然不饶人，每每看到姜滩的白发越来越多，她总有种心痛的感觉。

因为她经历过岁月，曾经眼睁睁看着身边的小伙伴老去、离开，所以对待别人，也更容易宽容。她知道，时间才是最让人无能为力的，他们也就只有今生的缘分。一直以来，她就是抱着这样的心态在对待这个父亲，在那样一个家庭里尴尬地生活了十多年。

今天却怎么就这样冲动呢？姜媗媗自责地想，其实明明可以好好说话的，她和苏则是正式交往的男女朋友，房子是她自己拿了首饰换的，那都是有价无市的珍藏品，交换并没有让他吃亏，她并没有利用这份感情。

——和苏则的感情，她比谁都想要认真对待。

终究……还是对这个父亲的期待太高吗，所以才忍受不了他的误解？委屈地哭泣和发脾气。

林丽雅不久就到了，彼时姜滩还没有醒过来，她如今不敢说姜媗媗，只能扑倒在床边流眼泪，用这样的行为无声谴责姜媗媗。

姜媗媗淡淡看着她：“是你告诉他的？”

林丽雅委屈地看着姜媗媗：“媗媗，你不能这样冤枉我。我明知道你爸不能生气，我干吗还要拿这种事去气他？在你心里，我就真这么恶毒吗？”

姜媗媗还要再说什么，苏则这时到了，大步走到她身边，握住她的手，也阻止了她接下来要说的话。

好巧不巧，姜滩这个时候醒了。他睁开眼睛，失望痛心地看向姜媗媗：“不是你阿姨告诉我的，就算是，又如何？你自己不反省，反而去怪别人，姜媗媗，你从前不是这样的，你怎么变成了这个样子！”

姜媗媗只比他更痛心。

可是痛心的姜媗媗仍旧不舍得再伤害他，于是她什么也没有说，安静地离开。

苏则没有立刻追去，他立在病床前，静静地看着姜家这对夫妻，尤其是林丽雅。之前几次匆匆一见，他还未察觉，毕竟时间已经过去三百年，他总不可能将谁都记得和小美人鱼一样清楚。但方才林丽雅反诘的样子，让他似曾相识。

——恨之入骨的似曾相识。

姜滙看苏则极其不顺眼，没好气地说：“苏先生，要是没什么事，我要休息了。”

苏则似笑非笑：“可以和姜总聊聊吗？放心，我不会占用太多的时间。”

林丽雅连忙挡在病床前，不悦地说：“苏先生请回吧，姜滙他刚刚才醒过来，再受不了刺激。”

经过上次的危机，林丽雅现在不只人变机灵了，连口才也变好了：“姜滙于苏先生而言只是个路人，但他却是我的丈夫，是我至亲之人，我不要他有事，还希望苏先生能体谅体谅我们。”

林丽雅的话说得很妙，看似是对着苏则说的，其实指桑骂槐，她说的人是姜媗媗。言下之意，姜媗媗把姜滙气昏了，姜媗媗根本不在乎姜滙的死活，但没关系，她林丽雅在乎。

——看吧，你女儿是个不孝的女儿，只差没把你气死。夫妻，才是一辈子的夫妻。

这个弦外之音，苏则听明白了，他看向姜滙，果然见姜滙脸色铁青，看来姜滙也听明白了。人的心本来就偏，他又日久天长地听着这些话，他这颗心，此时怕已偏得无可救药。

多说无益，那就拭目以待吧。

苏则似笑非笑：“希望下次再见，两位还是这么笃定。”

"美人鱼是世界上最可爱、最美丽的生物了。"
"嗯，我知道。"

Chapter 15

相许，谈婚论嫁

苏则在病房里耽搁了这一会儿，出去时，姜婠婠已经不见人影。

姜婠婠离开医院后，随手拦了一辆出租车。

"海洋馆。"

司机将车开上了高架，不久看了眼后视镜，对姜婠婠说："姑娘，后面有辆车一直跟着我们。"

姜婠婠头也没回，平静地说："我知道。"

刚出了那件事，苏则是不会让她一个人跑出去的。

司机见姜婠婠这么平静，笑着说："车还挺不错的，男朋友？"

姜婠婠笑不出来，言简意赅地说："不是。"

不是男朋友本人。

不过话说回来，男朋友竟然不亲自追她，也是让她失望。

扣十分。

男朋友追来的时候，姜婠婠正在负一楼，挤在人群里看美人鱼表演。

苏则走到她身边，自然地握住她的手，她看了他一眼，又将自己的手抽了回来。

还剩七十分的苏先生没有资格牵她的手。

好吧，不牵手就不牵手，苏则伸臂将她揽到自己怀中。

姜婠婠："……"

她看回鱼缸，只见里面两条美人鱼，一条粉，一条蓝，甩着大鱼尾，在水中游弋，时而高冲，时而低潜。

所谓思乡，大概就是这样吧。在受了无法言说的委屈之后，人总是格外怀念那个给了自己最初安稳的地方。

可惜她回不去了，只能来到这么一个有几分相似的地方，聊胜于无地对着假鱼尾舔舐伤口。

……

十分钟惊艳的表演很快就结束了，人群缓缓散开，姜婠婠还站在鱼缸前，望着那一池人造海水，恋恋不舍。

身边的男人笑着打趣她："就这么喜欢美人鱼？"

姜婠婠看了他一眼，骄傲地说："美人鱼是世界上最可爱、最美丽的生物了。"

苏则含笑亲亲她的脸颊："嗯，我知道。"

不过这个答案显然也不能让姜婠婠满意。

"你知道什么啊？那是假的，你该不会真的认为那两条假的美人鱼可爱又美丽吧？"真是没有眼光的男朋友啊，最可爱、最美丽那个人明明就在你身边好吗？

苏则："……"

要和不开心的姜婠婠交流真是好难。

忽地，他心头一动，神情莫测地看着她："婠婠，你说……她们前世会不会刚好就是美人鱼？"

姜婠婠侧头，呆呆地望着他。

苏先生不会这么……蠢萌吧？

苏先生理直气壮："不然为什么能坚持这么长时间闭气？"

姜婠婠顿时被蠢萌的苏先生逗得笑了出来。

"就算前世真是美人鱼，那也是前世的事了，身子和记忆都换了，你不要有这种占前世便宜的心理啦。"姜婠婠笑眯眯的，一时心无城府地脱口而出，"不过你这样说，有一种可能性还比较大。"

"是什么？"苏则深深看着她，眼眸幽黑深邃。

"美人鱼的灵魂跑到了人类的身体里咯，虽然身体是人，可芯儿是美人鱼啊，本能还在，水底功夫就会比较厉害啊。"

姜婠婠趴在鱼缸外面，自顾自单纯地望着海水，完全没有注意到身旁男人震动的神色。

苏则一直想不通绵绵究竟是怎么变成了媗媗，变成了人。这段时间里，他不断查阅古籍也找不到答案。此刻终于如醍醐灌顶，原来，答案竟是这样——是绵绵的灵魂到了媗媗的身体里。

两人迟迟没有出去，工作人员进来催促。

离开就离开吧，姜媗媗决定去看看海豚，可是苏先生不答应，半拉半抱着她到了地下停车场。

“苏则，你怎么这样啊，我花了钱买票的……”

“我赔……”男人低低哄了她一声，就让她上车，他自己迅速从另一边上去。

姜媗媗还噘着嘴，在那里磨磨蹭蹭地拉安全带，哪知身边的男人一上车，就握住了她的手，扯开她的安全带，随即深吻落下，有力的身体跟着覆了过来。

“苏……唔……”

姜媗媗只来得及说一个字，剩下的话就被他结结实实堵了回去，同时，身后的座椅被缓缓推倒。

苏则忽然而来的热情让姜媗媗有些招架不住，一面又有点埋怨起这车来。豪车就是这么讨厌，座椅放下去太宽敞，简直是给做某个坏事提供了绝佳的环境。

……好在苏先生是传统又古板的苏先生。

姜媗媗在神魂颠倒里抱着这样的侥幸，没想下一刻却听苏先生在她耳边说：“不等了，今天必须准备好。”

姜媗媗：“……”

准备好……在，在这里？

不，不要啊！不要这么快！

苏则双臂支撑在她身体两侧，幽暗深邃的眸子凝着她的眼睛。

“媗媗，我等了你好久好久，别让我再等了。”真的好久了，三百年的时间，漫长的等待让他的嗓音也染着寂寞的煎熬。

但是姜媗媗觉得，再久也不能在这个时候啊，她是一条传统的美人鱼。

她弱弱地伸出一根手指头，和苏则商量：“再等一个月，好不好？”

苏则挑了挑眉毛，轻斥驳回：“狮子大开口。”

姜媗媗：“……”

这种事也是可以讨价还价的吗？

还真是可以，只见苏则也朝她比了一根手指头。

姜娟娟心想，苏先生果然是个丧心病狂的商人。

“一天……我觉得有点匆忙。”

“不是一天，是一个小时。”

姜娟娟目瞪口呆。

……

一个小时，刚好从海洋馆开车回到市中心别墅。

车子在车库停好，苏则转头瞧了眼身边脸颊粉透的小美人鱼，不疾不徐地解开自己的安全带，又倾身过去解她的。

姜娟娟手心发烫，苏则的暗示那么明显，以至于一路上她脑子里都是接下来会发生的事。没开始已经有画面，姜娟娟自己把自己折腾得整个人都不好了。

他偏偏还靠那么近，解安全带就解安全带啊！姜娟娟尿尿地往后面缩了缩，可惜她缩得太慢，苏先生一个似不经意朝她靠了靠，他的脸颊就送到了她的唇上。

姜娟娟：“……”

“怕吗？”苏则含笑凝着她，满心温柔怜惜。

姜娟娟咬着唇，点点头，又摇了摇头，又点点头，最后垂死挣扎地问：“明……明天好不好？”

还晓得讨价还价？

他一本正经地说：“明日复明日，明日何其多。”

姜娟娟恹恹垂下脑袋。

苏则又慢悠悠地说：“明天也不是不可以……”

姜娟娟闻言，双目霎时发光，眼巴巴地望着他。

“但今天总要找点事情做，不能白白浪费。”

姜娟娟脖子一缩，忽然有种不好的预感。

“今天我们可以先去民政局把证领了。”

“……”

这个，狡诈的男人！

姜娟娟非常不耻苏先生快进的行为，她抻长脖子，无比大义凛然：“今天就今天！”

……

可惜，姜娟娟的大义凛然没能坚持多长时间，躺在苏则身下，还是忐忑得不知如何是好。

别墅的窗帘紧紧拉拢，光线从鱼缸里流出。幽幽的蓝光带着水泽的梦幻，随着鱼缸里海鱼的游动，又被打乱成影影绰绰。

“苏先生……”姜娟娟紧紧地抱着男人的腰。

“都这个时候了，还叫苏先生？”男人失笑。

“那叫什么……”

“叫老公。”

姜娟娟叫不出口，强词夺理地说：“我的‘苏先生’和别人的‘苏先生’不一样……”

“好，不一样……”滚烫的唇落下，封住了她的嘴巴。

姜娟娟好不容易得以喘息，睁着湿漉漉的眼睛望着四周的鱼缸：“我们这样……会不会被看到？”

苏则哭笑不得。

“娟娟，在害怕是不是？”

“……”

“别怕……”男人与她十指交缠，在她耳边低沉又坚定地说，“这里是你的家，在家里成为我的女孩，不好吗？”

姜娟娟心中的不安渐渐平息。她不知道是因为此刻两人身体和身体贴着，毫无障碍的肌肤相亲里，他的心跳再次蛊惑了她；还是因为这和大海几乎一模一样的房间，让她仿佛回到了自己的家。

在家里把自己交给自己喜爱的男人，无关时间，这一刻，姜娟娟有找到归宿的感动。

她轻轻点头。

男人一笑，俯身在她耳边说：“今天以后，我们再也不分开了，好不好？”

姜娟娟又轻轻点了点头。

……

过程美妙得将她淹没。

姜娟娟迷迷怔怔地睁开眼睛，望着湛蓝的穹顶。幽凉的房间，滚烫的情愫，动荡的光影，让她几乎分不清今夕是何夕。

身体在这一刻崩溃，和身体同时崩溃的仿佛还有别的什么，一刹那从心底深处迸发。

她不知道那喷薄而出的是否就是爱，像是被封印多年，就为了这一刻的绽放，让她想起除夕那一晚的烟花。

沉寂百年，只为花开一刻，璀璨绚烂。

初尝情滋味，加之某人有意引导诱惑，姜媗媗有些食髓知味，大方地在别墅住了下来，一连几天没有再回公寓。

两个人一时不知今夕是何年，唯一一次出去，还是苏先生需要亲自去买某样东西，姜媗媗起初不知道是哪种东西，直到到了超市货架前，她无语凝噎地别开脸去。

“是用得有点快。”苏则一面拿，一面若有所思地总结。

“……”

如果是这种东西，可以不用一起出来的。她并不想站在这里和他讨论这种问题。

苏则一脸认真地说：“看别人秀恩爱秀了那么多年，难得自己可以高调一次，也想尝一尝秀恩爱的滋味。”

“……”

觉得他说得也有点道理怎么办？

心里虽然认同，但行为上，在高调地牵着他的手一起去结账和默默走开之间，姜媗媗还是选择了后者。

“我去外面等你。”

……

是用得有点快，可是苏则完全没有多买的打算。不能快进，但正常的发展是可以有的。

从前跨越了种族，孩子这回事他不敢奢望，如今上天垂怜，给了他们这天大的恩赐，当然要感恩惜福，紧紧抓住才对，怎么可以错失机会呢？

苏则上车的时候，姜媗媗迅速瞥了眼他手上的东西，脸上几乎露出失望的表情。

……怎么这么少？不是用得很快吗？

可就是打死苏则，姜媗媗也不好直接说出这种话来，只能忍了又忍，假装不在意。

苏则似笑非笑看着她有话不能说的样子，一面发动车子，一面“好心”地主动解释：“只剩最后一盒了。”

姜婠婠抿了抿唇，还是哼哼唧唧泄露了自己对这件事的在意："刚刚明明很多。"

"其他牌子不喜欢。你喜欢吗？"

"……"

这种问题要她怎么回答啊？浑蛋！

姜濉的电话是几天后到的。

虽然姜婠婠被某人转移注意力转移得很彻底，但每每想到姜濉，还是如鲠在喉，不上不下地难受着。人的生命里是不是就是会有这样几个人，他们天生注定对你无比重要，可是你与他们却就是少了某种缘。

近不得，离不得，更怨不得，伤不得。

姜婠婠软软地问："爸爸，好点了吗？"

虽然医生说没有大碍，姜濉当天就出院了，但姜婠婠只要一想到姜濉被他气昏过去的画面，一颗心就如在火上煎熬。

姜濉冷哼一声："你这么多天去哪儿了？"

姜婠婠以为姜濉是在不高兴她后来一直没出现："我怕再把你气得更严重，所以自动消失几天。"

"我是问你，这么多天为什么不回你的公寓，你在哪儿？跟谁在一起？"

"……"

姜婠婠瞥了眼一旁的苏则，忽然无比心虚，没有底气。

为什么不回家，因为和苏先生同居了啊。

姜婠婠无言以对。

沉默就等于默认，姜濉现在阻止也来不及了，只能妥协地说："定个时间，双方家长正式见个面吧。"

姜婠婠觉得，发展得太快了……

本来她和苏则进展已经够快了，姜濉现在这还摆明了要逼着见家长。姜婠婠没吃过猪肉也见过猪跑，见完家长可就是谈婚论嫁了。

如此发展下去，是要闪婚的节奏吗？

姜婠婠打算委婉地拖一拖，苏则却在这个时候坐到她身边，握住她的手，朝她摇头。

姜婠婠自己也是不敢再气姜濉，于是出口的话生生变成了一个"好"字。

"你知道他在说什么？"挂了电话，姜婠婠狐疑地问苏则。

苏则笑得心满意足的样子：“是不是该见家长了？”

姜媗媗：“……”

得到默认的苏则愉快地去安排见家长了。

姜媗媗：“……”

觉得苏先生和姜滩其实才是一条心怎么办？现在分手还来得及吗？

分手是胡思乱想，有件事却是一定要做的。

这天，姜媗媗打了一封辞职信，郑重地交给苏则。

姜媗媗这个样子真是让苏则莫名吓出了一身冷汗，两个人已经是这样亲密的关系，还有什么话是不能床上说的？“不是分手吧？”这个念头一度闪过心头，将他吓得眼前一黑。

好在只是辞职信……苏先生看清的一刹那有种松了一口气的感觉。过了好几秒才反应过来，辞职好像也并不是不严重。

“为什么要辞职？”

“因为我获得了许多人羡慕的薪水和社会地位，但我在这个位置上却从没有做过什么，我很惭愧。”

Angela 的事后，姜媗媗反思自己，她真的问心无愧吗？答案是否定的，她多多少少也心虚，纵使没有不堪，但她的确是因为苏则的纵容，才无所事事地占据了 CR 顶层一隅。

然而苏则并不这样想。噢，我辛辛苦苦奋斗了三百多年，现在想将未婚妻放在身边时时刻刻能看到的地方都不行吗？

是的，还没有见家长，苏先生已经一厢情愿地给自己升了一级，从男朋友升到了未婚夫。

未婚夫幽幽地问：“媗媗，就这样在我身边，不好吗？”

他想了想，提出折中的方法：“如果你不喜欢，我可以不给你发工资。”

姜媗媗无言以对了半晌，一本正经地说：“不，你没有懂我的意思。重点是，工资还是要发的，只是我不想再在办公室里无所事事了，每天去上班，真是好累。”

苏先生：“……”

姜媗媗，你赢了。

这样的辞职理由，真是让身为未婚夫的大老板完全没有办法拒绝。如果敢拒绝这样的理由，刚刚升上去没几天的地位也是岌岌可危。

姜媗媗于是顺利辞职。

姜媗媗辞职后就搬回了她的市中心豪宅，不管过程如何，反正结果是她买下来的。

苏先生现在无比坦荡："这里的确不是员工宿舍，我当初是为了接近你，和你日久生情，才这样说。"

姜媗媗："……"

一点都不久啊，姜媗媗懊恼于自己太快就被他攻陷了。不过苏先生最近真是诚实得惹人疼，她还是亲了亲他。

……

一盒果然很快就用完了，用完那个晚上，苏则打开柜子，发现里面空空的一个也没有，脸色很是痛苦。

姜媗媗也很煎熬，并且很生气，她就知道买少了啊。瞧，自作自受吧！可是两败俱伤啊。苏先生手段太高明，姜媗媗如今渐入佳境了。

"没事，我出去买。"苏先生大方地表示。

不，不要啊……

姜媗媗红着脸抱住他，将脸埋在他怀里，声如蚊蚋地表示："一……一次没关系吧？"

姜媗媗本来还有点担心苏则死脑筋扔下她，于是耍了点小心机，将他抱得格外紧，不过事实证明是她想太多了，她这么一说，苏先生一点挣扎都没有，完全没和她客气。

不止没有客气，简直是如鱼得水，姜媗媗总算有点明白这个事为什么要叫鱼水之欢了。

事后，姜媗媗很懊恼，她怎么一点自制力都没有呢？一时冲动的后果就是后怕。

姜媗媗想出去买药，苏则拦住她："不好。"

可是姜媗媗有点担心："万一……"

苏则笑着亲了亲她，温柔地说："那就是天赐的缘分了。"

天赐的缘分……姜媗媗很喜欢这个说法，心里软绵绵的。

"再说，"苏则继续动之以情，"我就要见家长了，见完家长就是谈婚论嫁，我们是名正言顺的。"

姜媗媗："……"

讨厌，太快了会让她害羞的啊！

两个人如胶似漆，正月眨眼就过完了，然而未婚夫心心念念的见家长还是没有见成。

约了两次时间，姜灖那边总有突发状况，这让姜婠婠不太开心。不过听姜灖语气诚恳，好像也不是故意的，好吧，姜婠婠于是帮着姜灖安抚苏则。

不过苏先生好像根本不用她安抚，倒是反过来安抚她。

姜婠婠不开心，起初是因为怀疑姜灖故意的，后来证实不是，她就更不开心了，这是……她和苏则没有缘分的意思吗？

瞧，两次要见家长，两次都见不到。

对此，苏则温柔地抱着姜婠婠安抚："那不是我们的缘分，我们的缘分在这里。"大手温温热热地落在她的小腹上。

"……"

流氓啊！不要这么快……

她还要找工作呢……

姜婠婠辞职以后就有意无疑地关注着各种职位信息，一面思考自己究竟想做什么工作。

以她现在和苏先生的关系，自然不用再信守当初交换的诺言远离珠宝圈了，可是当可以回去的时候，她却又却步。

她从前辗转珠宝圈只是为了寻找灵珠，离开珠宝圈也是被迫放弃灵珠。但现在却不一样了，她已经和苏则在一起，她放弃灵珠放弃得心甘情愿。这一次，她想像一个真正的人类姑娘一样，有一个纯人类的人生规划。

可是这个规划……要从哪里开始？

姜婠婠作为一个非纯人类，一头雾水。

这样漫无目的看职位，姜婠婠一不小心就看到了姜灖那里去。本来姜灖公司那么大的规模，招几个人实在没什么稀奇，但姜婠婠看到市场部总监这个职位，还是下意识地眨了眨眼睛，心中震惊地点进去看。

姜婠婠看完退出来的时候，轻叹了一口气。

姜灖的公司出问题了。

姜灖原来的市场部总监是沈文石，他在姜灖身边三十年，是姜灖的开国元老。这么多年来，市场部一直在沈文石手里，如果说姜灖是一只老虎，那么沈文石就是姜老虎背上的一双翅膀，使得姜灖多年无往不利。

但是现在，这双翅膀显然是自己飞走了，难怪姜滩那边会接二连三突发状况。

可正是这一点让姜婠婠不解，因姜滩和沈文石除了是上下级关系，他们还是莫逆之交。这么多年来，林丽雅忌讳沈文石势力太大，枕边风没少离间过姜沈两人，却从未动摇沈文石丝毫，由此可见沈文石对于姜滩的重要性。

而这样的沈文石，竟然离开了姜滩。

姜婠婠想了想，在搜索引擎里输入沈文石三个字。沈文石在圈内极负盛名，这么多年无数大佬想要挖他，如果沈文石真离开了姜滩，一定会有不小的动静。

动静的确是不小，但一点秘辛也没有。网上那些人知道的姜婠婠全知道，剩下的就是在猜测沈文石为什么离开，以及沈文石的下家是谁。

连下家都没挖出来……真是没用。当时那些挖她八卦的人都去了哪里？哪里？

姜婠婠没有直接问姜滩，也没有联系沈文石，否则弄得她好像很关心姜家生意似的,又要招惹些无谓的猜疑,岂不是自讨没趣？却还是忍不住去留意。

转眼半个月过去，眼见着姜滩给的薪酬与日俱增，但古人总结得好，千金易得，良将难求。

古人还说过，曾经沧海难为水。有那么厉害的沈文石做对比，现在面试的人怎么能入眼呢？姜婠婠真是好同情姜滩。

不过后来发生的事让姜婠婠认识到，她的同情开始得太早。

雪上加霜的事很快就发生了。

姜滩接连发布多个高管职位的招聘信息，让姜婠婠隔着屏幕都感受到了一股穷途末路的衰凉混乱。

姜滩那样的公司，就算高管集体出走，也不至于公开发布招聘信息自乱阵脚，这根本就是别无选择的节奏。

姜婠婠斟酌再三，打电话给姜滩，约时间见家长。

姜滩的嗓音里透着深深的疲惫：“婠婠，再等等好吗？爸爸最近实在抽不开身。”

姜婠婠就没再说什么了，转而问赵小亿。

赵家和姜家关系密切，如果姜家的生意出了状况，赵鸿运一定会是第一个知道的。

赵小亿如实告诉姜娓娓："有点糟，具体我也不清楚，但我觉得吧，再糟也糟不到哪里去。"

姜娓娓点点头，是，最多也就是破产。

赵小亿说："要我说，姜滩这个年纪，这个身体状况，本来也到了退休的年纪。偏要拿命去挣钱，还不是给了林丽雅，白便宜了那只狐狸精，做不下去正好。"

姜娓娓："……"

她偶尔心理阴暗的时候，也曾这么想过。可是这个念头还是迅速被打消，因为除了赚钱，那还是姜滩一生的事业。

钱可以没有，事业不可废。

这是姜娓娓的想法，苏则听后，又惊又笑地看着她。

姜娓娓瞬间有种受到伤害的感觉，难道她就不可以有点追求人生的想法吗？她觉得她最近对待人生的态度已经很积极了，为了他，她连灵珠都放弃了。

姜娓娓不开心，于是晚上苏先生想要装糊涂的时候姜娓娓就坚决不答应了，推着他哼哼唧唧地嚷："不要，出去买！"

现在去买？要命！

"乖，听话，我明天就去买。"现在出去可是两败俱伤啊。

但是姜娓娓的作劲儿上来了，她觉得自己的付出苏先生看不到，虽然她的确也不想让他看到，但是女孩子嘛，有时候生气就是没什么道理的。

那，两败俱伤就两败俱伤咯。

苏则简直拿姜娓娓没有办法，又爱又恨地看着她。姜娓娓抬着下巴，哼哼唧唧的傲娇模样，真是让他想先吃了再说，什么都不管了。

不过，苏先生总是要比美人鱼厉害的，他想了想，俯在她耳边低低说了一句。

姜娓娓顿时睁大眼睛看着他："为什么？"

苏先生也傲娇了："是要我告诉你，还是要我出去买，你自己选。"

姜娓娓："……"

浑蛋啊！怎么可以坏成这个样子？

姜娓娓眼珠子转了转："你这么坏，如果你骗我怎么办？"

苏则若有所思地笑："你指的是哪种坏？"

姜娓娓反应过来，脸颊瞬间滚烫。

臭！流！氓！

姜婠婠还是从了，毕竟苏先生就是坏也从来坏得光明磊落，的确没有骗过她。可惜她忽略了，苏先生这个人除了坏，还小气。

……

后来，姜婠婠软软地趴在床上，幽幽怨怨地看着男人神清气爽地从浴室出来，她觉得苏先生绝对是在故意报复她。

可惜她很尿啊，她怕说出来会再被报复一次，于是只能委委屈屈地噘着嘴，滚了一圈回被子里去睡了。

神清气爽的苏先生躺在她旁边要去抱她的时候，姜婠婠还条件反射地缩了缩。

姜婠婠委屈又不敢说出来的模样真是充分愉悦了苏先生，他抱着她亲昵地问："这么累？那是要现在听还是明天再听？"

虽然问个话问成这样也是浑蛋，但姜婠婠还是来了精神。

刚才姜婠婠会屈服，就是因为苏则太会拿捏人了，他对她说，他知道沈文石和姜灉的恩怨。

好吧，姜婠婠勉勉强强搭理他："你说吧。"

苏则温柔地揉着她的腰，缓缓道："姜灉暗中把沈文石的业务交到了林丽雅的弟弟手上，但沈文石的人脉关系太硬，立刻就得到了风声。"

姜婠婠心里一时感慨万千。虽然这一天她早就预料到了，但没想到来得这么快，姜灉糊涂得这么快。

也是，沈文石再是左膀右臂，他到底还是个男人，他怎么抵挡得了林丽雅给姜灉吹的枕边风呢。话说回来，要真正避免这一天的到来，除非沈文石是个女人，并且和姜灉还要有不可描述的关系。

但到底还是太快了些。姜婠婠预计的这一天至少是林丽雅生出儿子以后，并且是在林丽雅的儿子长大以后。届时姜灉为了自己的儿子而挤走功高震主的沈文石，这也就比较能理解了。可现在呢？姜灉竟然为了林丽雅的弟弟，一个八竿子以外的妻弟逼走沈文石……

姜灉这是在发疯吗？

"你说，是不是上次我把姜灉给气疯了？再说，沈文石也不是这么小气的人，他和姜灉这么多年的交情，就这么一次，就一点机会都不给他了吗？"

"这只是表面上的。"

苏则若有所思地看着她。

姜媗媗摇着他的手臂，眼巴巴望着他："那真正原因是什么？你说啊。"

真正的原因和姜媗媗这具身体的亲生母亲有关。

沈文石当年就对姜母就有些说不清道不明的暧昧情愫，这个姜滩也知道，只是沈文石克制了自己的感情，中间就一直有层窗户纸挡着，大家谁也不捅破。但不知道怎么回事，不久前，林丽雅却忽然知道了这件事。

林丽雅鼠目寸光，她一直看不明白沈文石的重要性，整天无所事事，不坑姜媗媗的时候基本都在坑沈文石，只因为沈文石不将她放在眼里。林丽雅很有危机意识，假如将来姜滩老了不中用了，公司有沈文石坐镇，那将是她最大的障碍。

而这个时候，沈文石和姜母的旧情捅破，及时雨一样地给了她借题发挥的机会，她当机立断跑到姜滩的公司哭诉。

"原来你们所有人都是一条心，只有我被蒙在鼓里，我才是那个外人。我现在才知道，沈文石竟是你为姜媗媗安排的后盾，难怪这么多年你放任他无限膨胀的权力，原来你是在为你女儿铺路，这个公司终究是要给姜媗媗的，我算什么呢？我将来的孩子算什么呢？我还不如死了算了，婚也不用离了，我现在就从这里跳下去！"

……

女人一哭二闹三上吊起来很可怕，尤其是在公司这种地方，真要让林丽雅跳下去，大家都完了。

姜滩自是说了许多话安抚林丽雅，老婆面前，其中难免有许多指责和轻视兄弟的内容，他又答应先把沈文石手中的一部分权力交到林弟手上。

如果那只是夫妻两人的秘密谈话，还不是什么糟糕的事。毕竟以姜滩的手段，要暗中转移沈文石的权力，至少短时间内沈文石不会发现，沈、姜两人也不会这么快翻脸。

可惜，当天姜滩办公室的内线电话竟然鬼使神差地一直和沈文石接通着。于是毫无悬念地，姜滩和林丽雅的对话就被沈文石听了个一清二楚。

沈文石是个聪明人，比愤怒更多的是感慨，他知道姜滩已经糊涂了，再待下去他的结局就是狡兔死走狗烹而已。

沈文石离开了，却并没有做绝，他给姜滩留了一线，走得无声无息。然而不知怎么回事，这件事泄露了出去，几名重要高管得到风声，大家难免兔死狐悲，这样一件事推着一件事，公司终于落到如今的局面。

姜婠婠听完，已然不知该如何表达自己心中的滋味，只得默默感叹：难怪古人说娶妻娶贤呢。

姜濉这次真是要被林丽雅害惨了。

姜婠婠问苏则："那沈文石现在在哪里？"

苏则若有所思："今晚够了，再多你受不了，明天早上告诉你。"

姜婠婠："……"

她不知道她有什么受不了的，虽然她认识到了事业的重要，但作为一条人鱼，她到底也不是多看重人类的事业。更何况姜濉是因为林丽雅才送掉了自己的事业，那她也只能感慨一句有因有果了。

而第二天一早，当姜婠婠以某种方式被苏先生叫醒时，她总算明白过来昨晚那个臭流氓是什么意思了。

呜呜，不要……

却再一次被他拿捏住："从前我都疼着你纵着你，你也心疼我一回好不好？一会儿告诉你商业机密。"

那……好吧，看在商业机密的份上。她才不是心疼他，姜婠婠觉得这个臭流氓一点都不需要心疼。

……

商业机密就是，沈文石去了 CH。

见微知著，姜婠婠立刻警惕地看向苏则："这一整件事，是不是都和你有关？"

"你在说笑吗？我可还没有见家长。"

姜婠婠想想也有道理，还没见家长，就先把姜濉的公司弄垮，他倒是敢？不过……

"你为什么要让沈文石去CH呢？你还没有见家长啊。"姜婠婠忧心匆匆。

苏则拍拍她的手："放心。一来，沈文石还没有正式上任，这件事如今还算商业机密，只要你不说出去，没有人会知道。二来，你爸爸只知道我是 CR 的董事长，他并不知道 CH 也是我的产业。"

姜婠婠无言以对，果然狡兔三窟的人，脑筋也比一般人灵活。但是——"你为什么就一定要沈文石呢？"

姜婠婠觉得苏先生这个队站得很有后患。

苏则温柔地亲了亲她，神秘地说："不用多久，你就会知道。"

姜婠婠不知道她会知道什么，但的确没有过多久，姜濉公司的情况就糟糕透了。

还真是被她猜中，高管集体出走，公司一片混乱，群龙无首，几个大项目被迫叫停，前期投入的资金白白打水漂。

而当姜濉终于有空现身时，姜婠婠心里也清楚——姜濉离破产不远了。

短短几个月，姜濉的白头发又多了许多，姜婠婠看得好心酸，连忙过去扶他。

好在姜濉人老了，眼神却清亮了许多，难得没有带着林丽雅出现，真是不容易。姜濉这么多年一直致力于粉饰太平，带苏先生见家长这样的大事，如果放在过去,就是姜婠婠和林丽雅各自不愿意得要打起来,姜濉也一定要“和和气气地全家团聚”。

姜婠婠原本以为姜濉今天的状态会很糟糕，结果却是完全相反。姜濉的状态非常好，充分表现出了一个岳父的宽容和睿智，竟还有了那么点两袖清风的调调。但最终还是表现出了急切，要结束的时候，开口问起两人什么时候结婚。

姜婠婠：“……”

不要弄得像是她恨嫁好吗!

苏则对答自若：“我们打算先领证再办婚礼，什么时候都没有问题，就等着见过伯父，问问伯父的意思。”

姜婠婠在一旁听得目瞪口呆，也请苏先生不要一口一个“我们”说得像是她事先也参与了那个“打算”好吗?

姜婠婠觉得这节奏哪里是快进，根本就是拖着进度条直接到底了。

关键是，姜濉竟然觉得没问题!

没问题!

……这么着急真的没问题吗?

姜婠婠一开始觉得姜濉今天的状态很好，现在觉得姜濉可能真的被气糊涂了。她找了个借口让苏则先出去，直白地对姜濉表达了对他这种态度的不高兴。

姜濉终于露出颓态，他轻叹一声，坦白地对姜婠婠说：“婠婠，爸爸要破产了。”

姜婠婠咬着唇，姜濉不知道她早就得到风声了。

姜濉看着姜婠婠："今天的局面都是爸爸一手造成，和任何人没有关系，有因有果，爸爸可以坦然接受。可是婠婠，这对你不公平，你还没有来得及嫁人。你不要以为门当户对是旧思想，我告诉你，门当户对的观念现在依然根深蒂固，这就是现实。如果这次见面是在几个月前，那我完全赞同你们慢慢交往看，可现在等不了了，你们既然已经在一起，就必须趁着现在情况还没有到最糟，先把一切定下来。"

简而言之，先瞒着苏先生，生米煮成熟饭再说。

姜婠婠心中五味杂陈。

姜濉的想法是现实，但不可否认，作为一个家长，他的想法并没有错。从前的姜家和苏则只是不能比，但如果姜家真的破产，那她和苏则就会彻底变成两个世界的人。

可是站在自己的角度，姜婠婠却无法不介怀。

如果她真的因为破产和苏则变成两个世界的人，那这个人，还值得她这样爱吗？如果要用这样的手段争取，那她宁愿不要。

如姜婠婠所料，见完家长，姜濉没有反对意见，苏则立刻开始紧锣密鼓地筹备结婚。

"喜欢什么样的日子？"

"……"

姜婠婠张了张嘴巴，发现自己说不出话来。

她低头玩了会儿自己的指头，虽然苏则什么都知道，但姜濉的话回荡在耳边，她忍不住再提醒他："苏先生，你知道姜濉快破产了吗？"

苏则侧头看了她一会儿，看得姜婠婠心惊胆战，她弱弱地提醒他："看，看前面。"

还开着车呢，不要这个时候秀恩爱啊……

苏则回过头去，轻叹一声："婠婠，我爱你，和别的一切都没有关系。如果你不喜欢姜濉破产，那我也可以不让他破产，我们还是现在这个样子。"

姜婠婠心中有些甜蜜，可是转念一想，又不对。还是没有考验到苏先生的真心啊，也许一切只是因为苏先生实在太富有了，已然超越了姜濉所说的现实。

路过超市，苏则径直开走了，车速半点没慢下来。姜婠婠噘着嘴，不高兴地看着他。

苏则淡定极了，仿佛完全感觉不到姜婠婠幽怨的目光，这让姜婠婠不得不出声提醒他："你说了今天要买的。"

苏则泰然自若地说："我今天忘了带钱包，你去买？"

姜婠婠："……"

浑蛋啊……为什么要她去买？用的那个人又不是她。

"你可以拿我的钱包去买。"

"我不花女朋友的钱。"

"……"

苏先生，你赢了。

耍赖耍成这个样子，苏先生也是不容易，姜婠婠都有些心疼他了。

这个人是真的很喜欢小孩吗？就这么急着想要？

可是她都没有准备好生小孩啊，她从前倒是梦见过自己生了一条小美人鱼，小人儿身子鱼尾巴，萌萌哒可爱极了。

可现在，小美人鱼忽然要变成小婴儿，姜婠婠没有心理准备啊。

姜婠婠决定找苏先生谈一谈，先看他态度吧，他软她就硬，他硬她就软好了。是的，姜婠婠有时候就是这么欺软怕硬。

苏则回来后就进了书房，姜婠婠在书房门口徘徊了一会儿，心里纠结要如何开口。毕竟还没有结婚，就直接讨论什么时候要小孩这种问题，姜婠婠还是有那么点矜持的。

书房很安静，姜婠婠正要敲门，却忽然听到苏则的声音。他说话一向沉稳，又惜字如金，导致姜婠婠趴在门边上好久就只听清了三个关键词——Angela、林丽雅、沈文石。

姜婠婠忍不住皱眉，这三个人怎么会联系在一起的？

"娟娟，有没有怪我出现得太晚？"
"你能出现我就已经很开心了。在你出现以前，我都以为我要孤独终老的……"

Chapter 16

护妻，隆重求婚

姜濉的败局一日比一日明显，姜娟娟原以为自己可以很淡定，姜濉要是没钱了，她给他养老就是，不必大富大贵，平稳安宁就好。可是当眼看着那样大一个公司一日日没落下去，她心里真是难受得无以复加。

姜娟娟也想过求苏则帮忙，她是这样想的，苏则如果和她结婚，那就是姜濉的半子，儿子帮助老子不是应该的吗？

儿子帮助老子是应该的，可为什么那个"半子"一点自觉都没有？那个老子也沉得住气，完全没有开口的意思。

他们都这么不主动，难道是要等她先开口吗？

姜娟娟还知道，姜濉甚至暗中去找过沈文石。

姜濉那样骄傲的人，就算他知道自己错了，他也会一往无前，一条路走到底，绝不可能再向分道扬镳的人低头。他竟主动去找沈文石，可以想是真是到了绝境。

可惜沈文石并没有给姜濉同情。

最先坐不住的人竟然是林丽雅，林丽雅约姜娟娟见面。

老实说，林丽雅这个样子，姜娟娟都有些动容了。想想自己还没能为姜濉求苏先生，林丽雅却已经能够先放下身段来求她了。

姜娟娟有点惭愧，苏则却再三叮嘱她："不论她怎么哭，都不要心软。"

她顿时觉得苏先生好冷血，扭头就走。

苏则连忙拉住她，在她耳边又细细叮嘱了一遍，冷血的样子让姜娟娟生气地踩了他一脚。

苏则还在她身后啰唆："记得我说的话。"

姜婠婠："……"

气愤归气愤，当林丽雅真的在姜婠婠面前大哭时，姜婠婠还是紧紧地记着苏则的话。

"婠婠，你帮帮你爸爸。你爸爸的公司就快要破产了，从前都是我对不起你，你爸爸可从来没有薄待过你啊，你真就这么狠心吗？"

姜婠婠捏着手心，冷静地说："我可以帮他的，我帮他把沈文石找回来，你答不答应？"

林丽雅一时尴尬，十指捏着腿上的雾霾蓝色包包："现在找沈文石也没有用了，我们现在需要的是钱，只有大量的资金才能挽救局面，沈文石没有这么多的钱。"

哦，原来是为了钱。

姜婠婠面无表情地说："沈文石没有这么多钱，我更加没有。"

林丽雅迫切地望着她："你的男朋友不是很有钱吗？"

姜婠婠静静看着她。

林丽雅小心翼翼地说："之前那个帖子不是说你的男朋友是 CR 的董事长吗？CR 的董事长，他拔一根毫毛就够我们活几辈子了，婠婠，那可是你的亲生爸爸，他落得今天这步田地，你就真的能狠心坐视不管？"

姜婠婠弯了弯唇："你果然知道那个帖子，那时候还装得跟一朵白莲似的。"

林丽雅目光闪烁。

姜婠婠冷冷地说："他落得今天这步田地全是被你害的。你闯的祸，留下的烂摊子，却要我为你收拾，你当我是自动提款机吗？不要说我没有钱，就是有，也不给你。"

林丽雅眼见再无转圜余地，豁然翻脸，站起身来指着姜婠婠骂："姜婠婠，你这个白眼狼，姜滩真是白养了你这么多年！狼心狗肺六亲不认的东西！今天算我白来了！"她骂完，拎起包就走。

姜婠婠不疾不徐站起身来："等等。"

姜婠婠语气平静，林丽雅以为有转机，停下脚步。

姜婠婠缓缓走到她身边，目光不疾不徐落在她手中一直紧紧捏着的雾霾蓝色新款包，倏地用力夺过。

"你做什么？！"

姜婠婠不客气地打开，从里面拿出一支录音笔，红色的灯正亮着，还在录音。

林丽雅脸色一变，劈手去夺，却被忽然出现的高大男人及时拦住。她边挣扎边骂："姜婠婠，你好狠！你知不知道你这个样子，你爸爸会有多心痛？白疼了你这么多年！"

姜婠婠捏着手里的录音笔，慢悠悠地说："就是为了不让他心痛，所以这个东西不能让你带回去。"她将录音笔放到自己包里，笑眯眯地看了林丽雅一眼，走了。

林丽雅险些被气晕过去。

虽然虐了林丽雅，但姜婠婠多多少少还是有种杀敌三百自伤五百的感觉。

"不是三百，是三千。"苏则纠正她的错误。

姜婠婠轻飘飘地看了他一眼。

苏则又摇头："不，也不是三千，是釜底抽薪，一劳永逸。婠婠，你就等着看吧。"

姜婠婠："……"

看什么？就你有文化，就你念过书，就你会成语？

她也念过书啊，她还知道有一个成语叫爱屋及乌。

女人一旦在乎起来就容易想太多。姜婠婠虽然也会心狠地想姜灕这是自作自受，但她心狠是她的事，苏先生这么心狠就不可以。不管姜灕和她关系如何，姜灕毕竟是她的爸爸，苏先生作为未来的"半子"，却直到现在还没有一点表示，这样的心态真的没有问题吗？

说好的爱屋及乌呢？

易地而处，假如是苏则的爸爸遇到了困难，她就不会像他这样冷眼旁观。

这个念头让姜婠婠陡然生起一阵危机感："糟糕！"

苏则紧张地看着她："怎么了？"

姜婠婠悲伤地领悟了："我觉得，我爱你比你爱我要多，多好多……"

因为她懂得爱屋及乌。

苏则："……"

他看不下去了，虽然他内心也希望真如她所说的那样。但昨晚才因为梦见生了小人鱼而笑醒的某人没有资格说这种话。

和谁生的美人鱼？反正不是他，他是人，她和他没有办法生美人鱼。

苏先生受到了十万点伤害。

姜婠婠意识到自己可能伤害了苏先生，是在第二天。

——第二天，林丽雅和姜濉离婚了。

简直是，雷厉风行，叹为观止！

姜婠婠这个时候终于反应过来昨天是怎么回事了。

显然，昨天林丽雅并不是真心为了姜濉来求她，她是来试她的。

如果姜婠婠还能帮助姜濉东山再起，那么姜濉那座大山就还是林丽雅可以依靠的，林丽雅也就不介意和姜濉“共患难”一回，渡过难关。

可惜冷血的姜婠婠让林丽雅意识到，姜濉这座大山已经垮了，最后一点东山再起的希望也湮灭了，那她也就没必要再在他身上耗着了。趁着山垮掉以前离婚，还能分点财产抽身而退，晚了大家就只能一起垮。

所以，林丽雅迫不及待地离婚，实在是一天都不能再拖了，多一刻就多一分风险。

而以姜婠婠对林丽雅的了解，林丽雅昨天录音，多半是想在离婚以前再拿最后一根稻草打击打击姜濉，让他万念俱灰地认识到自己众叛亲离的境地。姜濉一旦对这个世界彻底绝望了，离婚财产也不和她争了也说不定。

不过即使最后没有录音，姜濉也没有让林丽雅失望。能分走的，基本全让她分走了。

姜婠婠回西山别墅去看姜濉，姜濉一个人在空荡荡的别墅里，仿佛瞬间老了十岁。

姜婠婠从前一直希望林丽雅这个讨厌的后妈离开姜濉，可此刻看着两鬓霜白的姜濉一个人孤零零地坐在别墅里，她又心酸难过。

这个时候，姜婠婠总算明白姜濉那一句，他也希望上天可以厚待他。

从前他到底是不想和林丽雅离婚呢，还是不敢和林丽雅离婚呢？姜婠婠不知道。如今看来，林丽雅的离开，将姜濉弃入了“晚景凄凉”四个字里。

他其实，是不是早就料到了这样的结果？

他对林丽雅也曾有过期待吧，或者说，等待，等待她的真心。

可终究，林丽雅还是辜负了他。

姜婠婠忙着伤感，她不知道，就在自己回西山别墅的时候，苏则也同时去见了一个人。

林丽雅从银行出来的时候，一辆宾利停在她面前，她狐疑地看去，后座车窗缓缓降下。

她震惊地对上一双透彻得让人心生恐惧的眼睛。

“是你？”

苏则坐在车上，云淡风轻地笑：“林女士，上次医院见面，我说，希望再见时，你还能笃定。所以我今天特地来问你，姜濉，还是你最在乎的人吗？”

被人当面打脸，林丽雅脸上青白交替，她咬牙切齿地反问：“为难一个女人，苏先生，你就这点本事？”

苏则似笑非笑：“我要为难谁，从不分对方是男是女。”

“……”

林丽雅以为成功男人都要面子，万万没想到苏则是个例外，弄得自己作为女人最后的优势也荡然无存，只得灰头土脸地快步离开。

远远望着林丽雅狼狈的身影，苏则凉薄道：“大难临头各自飞。你最不该的是，勾结 Angela 陷害她……”

回去的时候，姜婠婠正在收拾东西，打算回别墅陪着姜濉渡过难关。

苏则以为她是在生气，连忙向她解释：“我之前置之不理是不想被人钻了空子，现在林丽雅既然已经离开，我立刻就让姜濉的公司渡过难关。”

姜婠婠有个好处，总是可以很大方地认识自己的错误。此时既已明白之前误会了她，自然立刻扑到他怀里，甜甜蜜蜜地反省：“好吧，还是你爱我多一些。”

苏则简直哭笑不得。

这句话真算不上什么好话。

反过来不就是，她爱他并不怎么多吗？

不管怎么样，苏先生都被虐到了。

更虐的是，认识到错误的姜婠婠还是要离开他几天。

“就几天，姜濉现在很孤单，我要是不在他身边，他会觉得众叛亲离的。”

苏则认为，就该众叛亲离。

既然姜濉在林丽雅和姜婠婠之间早已选了林丽雅，这就好比赌场买大小，买大开小，那好，愿赌服输吧。

结果姜婠婠这个傻瓜，还傻乎乎地同情他，这和赢家大方地把钱还给输家有什么区别？天底下哪里有这么好的事？

简直是不遵守游戏规则。

冷血的人往往都格外尊重游戏规则，苏先生显然就属于这种人。

“可他是我爸爸啊。”姜婠婠眨着眼睛，无辜地提醒他，“你小时候和你爸爸玩游戏，他也会让着你吧，那我让他一次又有什么关系？”

苏先生：“……”

真是让他又爱又恨啊。

恨她心太软，可是因为太爱了，连缺点也跟着可爱起来，爱得更加不可自拔。

于是有件事一定要先讲清楚：“离开我几天？”

姜婠婠装糊涂：“就是几天啊，看情况吧。”

苏则不说话了，就静静看着她。

“我真的不知道嘛……”

她不知道没关系，他知道就好。接过她手里的东西，苏则牵着她出门，淡定地说：“超过五天我就用我的办法把你接回来。”

姜婠婠有些好奇地问：“什么办法？”

苏则不轻不重看了她一眼，拿她的敷衍还给她：“看情况吧。”

“……”

“你知道我的手段就好。”

“……”

面对这样简单粗暴的威胁，姜婠婠瞬间就㞞了。

她的确知道，苏先生这个人不好惹。

其实姜婠婠回去对姜滩也并没有什么实质性的帮助，她不懂做生意，公司的事她帮不上忙，而处境艰难之下，姜滩一天至少有二十个小时在公司，如此，父女两人有时一天甚至见不上一面。姜婠婠唯一的作用也就是让姜滩精神上还有个支撑，让他知道，至少他还有女儿，不至于垮掉。

只要精神没有垮掉，就还有翻盘的机会。

翻盘的机会很快就到了，姜婠婠回去的第二天，姜滩就拉到了大笔资金，并且在这关键时刻还招到了市场部总监，是圈内有名的女强人唐瑄，声名和手段丝毫不逊于沈文石。

五天的时间，姜滩绝处逢生，柳暗花明。

自然，姜婠婠的期限也到了。

最后一个晚上，男人发短信提醒她："明天一早我来接你。"

姜婠婠在沙发里滚了一圈："为什么你每天无所事事呢？一日之计在于晨。"

可不是嘛，早晨的时候大家都那么忙，上班，上学，赶地铁，赶飞机……只有苏先生早晨会有空来接她。

"你在我身边的时候，我早晨也很忙，的确是一日之计在于晨。"苏先生意有所指地答。

姜婠婠盯着这句话看了一会儿，待反应过来，只觉手机都滚烫。

臭！流！氓！

发短信都不忘耍流氓！

姜濉难得十二点以前回家，听姜婠婠说明天要回去，他一时没反应过来："回哪儿去？"

回苏先生那里去啊……姜婠婠心里这么想，还是矜持又委婉地换了个表达方式："回市中心的公寓。"

"你回那里去做什么？你现在又不上班，回家住吧。"

"……"

姜濉真是问了个好问题，如果不说苏先生这个理由，那的确是个问题，她回去做什么？

但如果她不说点什么的话，明天苏先生出现就一定会说点什么，并且不受她控制。姜婠婠只能随口撒个小谎："我最近都在找工作，刚接到的通知，明天要去面试。要是入职了还是住在市中心方便。"

"哪家公司？"

姜婠婠本来就在认真找工作，这个一点都难不住她："不是公司，是研究院，他们要编写学术资料，需要英语背景的研究员。"

这么高大上……

姜濉立刻同意了，并且积极地表示："我明天早上刚好没什么事，我送你去。"

"……我都这么大了，还要你送我去面试吗？爸爸，你公司招人，会要我这种的吗？"

姜濉竟无言以对。

姜婠婠蒙混过关。

然而谎话最好别说太多，因为世事难料，说不准哪个谎话就会忽然成真。

第二天，苏则一早接了姜娟娟回去，两人刚进门，她电话就响了。

——研究院的面试通知真的来了。

姜娟娟刹那间有种惊恐的感觉。

“姜小姐吗？这里是 A 市社会科学研究院，我们收到您的简历，现正式邀请您参加今天的面试。”

“这……这么快？”

“是的，因为之前考虑到您的学历并不符合我们的招聘要求，所以没有提前通知。但今天参加面试的其中一人临时不能来，领导决定破格给您一个机会。”

不符合，破格……语气真是好高冷啊。

姜娟娟傲娇道：“我是 A 大的。”

“不，A 大没有问题。姜小姐，是你的问题，您只是本科学历，我们要求至少硕士以上，博士优先，并且您的专业也不符合要求。”

“……”

心好痛，被鄙视得好彻底。

要知道，姜小姐天生带优越感，导致现在连投简历都挑三拣四，别人海投她海选，几个月选来选去，只投出这么一份简历。

可惜，这个她千挑万选好不容易看上的单位却在不到一分钟的时间里就把她里里外外鄙视了一遍。

人生可真是公平。姜娟娟心痛地想。

对方大约也意识到了自己的高冷，话锋一转：“不过姜小姐您曾经是 CR 董事长特助，领导特别看重您这个工作经历。”

“……几点？”

“十点半。”

“好，我准时到。”

挂了电话，却见一旁的苏先生心情不大畅快的样子。

“你是故意折腾我的，对不对？”

姜娟娟眨巴眨巴眼睛：“什么？”

“说好的小别胜新婚呢？”

“……”

臭流氓！谁和你说好的……

苏则送姜娟娟去面试，顺便表示了自己对她此举的不解。

姜娟娟悠悠道：“我也想要有自己的事业啊。”

好吧，事业可以有。

可惜事业迈出去的第一步并不怎么成功。

姜娟娟被刷掉了。

当天面试有二十人，据说要留下四人，然而事实上只录取了一人，姜娟娟默默无闻地混在十九人里被刷掉了。

简直不敢相信。

高大上的研究院虽然高冷，但态度还是很认真负责的，没有让人遥遥无期地等消息，主动打电话请她及时另谋高就。

姜娟娟整个人都不好了：“可你们不是还没招够吗？”

对方的回答简直不能更虐：“我们宁缺毋滥。”

宁……宁缺毋滥？

姜娟娟从来没有想过，有一天“宁缺毋滥”这个词竟会用到她身上。从前都只有她对别人说这个词的好吗？果然世间之事，风水轮流转，人生就是这么公平！

姜娟娟头有点晕，苏则不理解她如此强烈的反应。特地去看了下职位待遇和工作内容，然后更加不理解了。

按理说，他和姜娟娟算是同龄人，应当没有代沟才对啊。

苏则只能安慰她：“是他们的问题，不是你的问题，回头我们找更好的。”

姜娟娟恹恹地说：“你不懂。”

严格意义来说，这才是姜娟娟受到的第一个挫折。

什么叫挫折呢？

在自己引以为傲的事情上遭遇失败，这才叫挫折。

像她有个后妈，不，应该说，从前有个后妈，总是坑她，这种事能叫挫折吗？姜娟娟认为，这种不叫挫折。因为那是早已安排好的，一直存在的设定。换句话说就是，她都已经习惯，见怪不怪了。

可是被淘汰这种事，姜娟娟不习惯，非常不习惯！

从前，姜娟娟一直觉得自己是一条游戏人间的美人鱼，人类的事，就没有她做不到的，只有她想不想做这个说法。

如此骄傲的一条美人鱼，这下却被给了一个脆生生的教训。

宁、缺、勿、滥！

姜媗媗头不那么晕的时候，又不死心地打电话回去问自己到底哪里不好。

对方的回答是："姜小姐，您的综合条件的确很好，不，很优秀。但恕我直言，您是各方面都算得上精通，但某一个领域的学术深度还远远不够。"

不够，还远远……

姜媗媗弱弱地问："你是从哪里看到我学术深度不够的？"

"您发表过论文吗？"

"……发表过啊。"

"是语言、文学或者古籍研究方面的吗？"

"……不是。"

"那您看过多少相关的专著研究呢？"

"……"

"这次的招聘主要是为了编纂学术资料，那么相关领域的泰斗们，他们的著作至少读过吧？"

"……"

好吧，姜媗媗这下心服口服了。

姜媗媗有个好处，在认识到自己的缺点以后不会恼羞成怒地掩盖，她会心平气和地接受。不过认识缺点是一回事，应对缺点，这一次姜媗媗就有点消极了。

好长一段时间，姜媗媗都不找工作了，前一段时间蓬勃发展着的事业心迅速黯淡下去。

她闷闷不乐，苏则心疼得不知道怎么才好，千方百计地哄。

姜媗媗萌萌哒扑到他怀里，软软地问："我全职和你在一起，你不开心吗？"

"当然开心，"苏则亲了亲她，柔声问，"可是媗媗，你的事业怎么办？"

姜媗媗傲娇地抬了抬下巴："我才不要事业呢，我最讨厌事业了。"

苏则哭笑不得："那我给媗媗一个选项，媗媗接受好不好？"

"选项？"

是的，一个选项。

事业这种东西，就算富可敌国的苏则也给不了她，但他可以给她其中一个选项。

这天，市中心最热闹的广场旁，一家高端珠宝旗舰店盛重开业，弄得广场周围几个街区几乎万人空巷。

这等空前盛况，姜婠婠长这么大从未亲眼见识。导致她站在新开张的珠宝店三楼落地窗前，俯瞰着广场上的人山人海，呆若木鸡。

"……这是美国总统选举？"

不是美国总统选举，这就是选项。

姜婠婠的视线落在熠熠夺目的logo上，和CH一掷千金的姿态一脉相承，真金真钻打造的logo在乌泱泱的人群里，姿态高冷。

JS。

姜婠婠，苏则？

姜婠婠转过头，看着身旁的男人，眨了眨眼睛。

苏则替她拂去头发上不知何时沾上的一颗细小浮毛，含笑问："喜欢吗？"

姜婠婠此刻心情一言难尽，她暂时不知道自己算喜欢还是不喜欢，但她很确定楼下广场上忽然沸腾起来的人山人海是满心欢喜的。

——偶像来了。

踩着夺目的红色地毯，JS的代言们在粉丝们的欢呼声中纷纷亮相。

人声鼎沸。

姜婠婠定睛一看，再次露出目瞪口呆的神情。

底下的国民男神国民女神，全是眼下娱乐圈中最为炙手可热的人物，怕是一部电影都难将他们凑到一起来，而某人却如此财大气粗之势，同时请动这四人站台……姜婠婠此刻只觉唯有一句话方能表达她心中震撼——

"人民币玩家。"她看向苏则，心情极其复杂。

说好的共同富裕呢……

人民币玩家谦虚地笑笑，将她搂在怀中，两人并肩俯视下面的盛况："好戏还在后面。"

还有好戏？

姜婠婠正狐疑，耳边的人声鼎沸又忽然推高了一个浪头，她转头看去，只见是主持人现身了。因为代言在前期宣传已经公开，主持人却没有，所以策划将主持人设定为神秘人物最后出场。而眼下这位压轴人物也的确是不负众望地将现场原已不受控制的气氛再一次推向高潮。综艺圈中当之无愧的一哥，外形或许不如男神女神，走到哪里自带柔光效果，但凭借着智商情商和人格魅力，也在瞬息万变的娱乐圈长盛不衰，屹立不倒，老少咸宜。

就连不追星的姜婠婠看到是他，也格外激动。

“啊啊！是他，他……”

姜婠婠原本还保持着高冷，此刻终于再把持不住，分分钟化身迷妹，惊喜地抱着苏则的手。

她真的是被用心的苏先生惊喜到了。

苏则温柔地摩挲着她的手，含笑道：“赵小亿告诉我，你大学毕业那年的梦想是开珠宝店。”

“嗯嗯！”姜婠婠连声音都是雀跃的，“是啊！”

可惜高端珠宝店启动资金太大，普通的对寻找灵珠又没什么帮助……

苏则凝着她，眼睛里忽然有些她看不懂的情绪，和这普天同庆的氛围显得有些格格不入。

“婠婠，有没有怪我出现得太晚？”

姜婠婠摇头。

“真的？”

“真的，”姜婠婠认真地点头，“你能出现我就已经很开心了。在你出现以前，我都以为我要孤独终老的……”

孤独终老……是啊，在找到她以前，他也以为自己要孤独终老，不，他或许都没有那个福分老去。

“所以……”姜婠婠咽了咽口水，小心翼翼地说，“你其实，不用这样的。”

她虽然偶尔贪心，但心底深处，她并不想他这样对她。

“我不会管理这么大的企业，”她想了想，提出一个最惨烈的假设，“你送给我，说不定就要给我挥霍掉了。”

苏则忍俊不禁：“你以为，我会让你这么辛苦，亲自经营？”

“……”

苏则偏头，示意她往下面看，底下此刻正在剪彩环节，一行人姿态贵重地并列站在中央舞台，男神女神簇拥着中间一位西装革履的英俊老男人。

“看到那是谁了吗？”

姜婠婠仔细看去，渐渐瞪大眼睛：“沈文石！”

她不敢置信地看向苏则：“怎么会是沈文石？他都不懂珠宝的啊……”

苏则揽过她的肩，郑重道：“JS 是我送给你的，我既舍不得你辛苦经营，又不能用我的人代你主持。沈文石是你母亲的朋友，你的长辈，他会全心全意为了你争取最大的利益。他不必懂珠宝，只要对你忠心耿耿就足够了。”

他不必懂珠宝，只要对你忠心耿耿就足够了……

姜婳婳眼睛忽地有些热：“你是不是一早就安排好了？”

从沈文石从姜濉的公司出走，从沈文石投身 CH 那一刻……

苏则含笑默认。

“为什么要对我这么好？”

姜婳婳怕自己承受不起。

她一向是一条骄傲的美人鱼，很少有谦虚的时候，但是此刻，她发自肺腑地怕自己承受不住他对她的好。

这样好，连她自己都不能理解。

苏则没有说什么，只是纵容地笑：“婳婳，知道今天是什么日子吗？”

姜婳婳眼中露出茫然，顺着他的话想了想，刹那清明起来。

对了，今天……

“今天是你的生日。”苏则温柔地摸了摸她的脑袋。

姜婳婳咬了咬唇，她自己都不大在意的生日。

她以前的生命太长，生日这种节日在她心里的地位早已被淡化。刚做人的时候，姜濉会为她庆祝，不过后来林丽雅不喜欢，这几年姜濉也就不再提起。姜婳婳不知道他是真的忘记了还是只是假装不记得，反正这个节日自此彻底不再有任何意义。

此刻苏则这样郑重，姜婳婳反倒心酸：“我不习惯这样隆重的生日礼物……”

苏则奇道：“谁说是礼物？”

姜婳婳：“……”

“这是补偿，”苏则深深凝着她的眼睛，“因为从今以后的几十年里，有两个重要的日子就都要一起过了，你会少收到几十份的礼物。所以，JS 是我提前给你的，往后几十年的补偿。”

姜婳婳一头雾水地望着他。

却只见他笑了笑，而后从口袋里拿出一只黑色丝绒的小盒子。

姜婳婳是个姑娘，有着姑娘天生的直觉。察觉到他动作的一刹那，她的心跳猛然急促，目光不受控制地黏在他的手指，只见他不疾不徐将盒子推开，露出里面光彩夺目的钻戒。

“婠婠，嫁给我。”

他单膝跪在她面前，温柔从眼眸溢出。

广场上的人声鼎沸一浪一浪涌入，隔着透明的落地窗，一面是极致的欢喜，一面是现世的安稳。

一窗之隔，欢喜和安稳，就这样矛盾又和谐地被他捧到她的面前。

她同时拥有。

姜婠婠的眼前渐渐模糊。

她从前一直有些惊讶苏则对她的了解，而这刹那间，惊讶全变成震撼。

她的生日被遗忘，他就以最隆重的姿态，给她人山人海的庆祝，给她盛世的欢闹。以后，年年岁岁，伴随着 JS 这个品牌，只会有越来越多的人记得，与她共同欢喜。

而他亲手为她经营了最热闹的场面，却不深入，只是牵着她的手独立于人群之外。因为，她孤零零地漂泊了三百多年，见识过无数的热闹，她喜欢，却并不需要，所以忘记了她也觉得没关系，她真正需要的是现世的安稳。

所以，他送给她外在的欢喜，又同时送给她内心的安稳。

每一个环节，都费尽心思，用心到极致。

他从未说过什么，她一直懵懵懂懂。直到这一刻，他的珍视，她终于悉数懂得。

眼泪，夺眶而出。她将他拉起来，紧紧扑到他怀中。

“好，好，我嫁给你……”

之后，姜娟娟又一发不可收拾地根据主题设计了好几个情节，成功将自己酥得不能自已。

可惜姜娟娟一厢情愿，却忽略了一个最为关键的现实因素。

当她拿着两条不太拿得出手的鱼尾到男主角面前向他讲述自己的设想时，男主角毫不留情地给予了拒绝。

“为什么要穿这个？”

“……”

姜娟娟怕什么？怕的就是苏则会反悔。这可是一板一眼有些老古董的苏先生啊，要让他裸着上半身扮成人鱼，姜娟娟非常没有把握。

她将鱼尾放到一旁，抱着他的脖子，绞尽脑汁地撒娇：“苏先生，我这么爱你，你也爱我一次好不好？”

苏先生闻言，眉毛立刻挑得老高：“你的意思是，我还不够爱你？”

姜娟娟一听，心里跳了一跳，连忙风骨尽失地去蹭他的脖子，像小奶猫似的软绵绵地卖乖：“不是不是，只是想你再爱我一次啊……再爱我一次嘛，好不好啊？”

苏先生：“……”

要不要这么磨人？

两只手指拈起一条丑得让人无言以对的鱼尾，苏则嫌弃道：“这么丑……”

姜娟娟气得两颊就要鼓起来，却又听他随即不疾不徐地说：“我要穿漂亮的。”

愣了愣，反应过来他这是答应了，姜娟娟立刻心花怒放，抱着他的脸用力亲了两口：“啊啊，苏先生，你对我真好！”

苏则看着她，傲娇地问：“我对你这么好，你就是这样报答我的？”

他指了指自己的唇。

姜娟娟害羞地亲了上去，随即被反客为主……

当天，苏则就派人带着姜娟娟的设计图纸回去。隔天，数名设计师连夜亲手剪裁赶制的二十条华丽大鱼尾就送了过来。

之后，苏则和姜娟娟的婚纱照足足拍了一个星期。是的，在场地、团队、装备全部专有，所有人员全天候 stand by，连天气也完美配合的情况下，婚纱照仍拍了整整七天。

因为姜娟娟设计的情节实在太多，已经不是婚纱照，而是婚纱剧了。

白雪公主和她的王子，灰姑娘和她的王子，睡美人和她的王子……整部童话几乎都被她演完。

而苏则呢，他起初是纵着她，但后来实在不能忍受每天裸着上身给人拍了，虽然姜婠婠也有点吃醋，一开始就精简了拍摄人员，但再是精简也有外人在场，连姜婠婠亲他，他都觉得她没有诚意。

姜婠婠只能见好就收。

可惜姜婠婠还是收得有点慢，苏则这样每天被海风吹着，海水泡着，心情不愉悦加之受了点凉，第八天上头就有点感冒，浑身发烫。

姜婠婠这时脑子终于清醒了，别提多心疼，连忙伺候苏先生吃感冒药，小心翼翼地端茶送水，嘘寒问暖，贴身伺候不在话下。

其实苏则的感冒也不严重，可是就好像一下子激活了姜婠婠心疼人的那根神经。姜婠婠原本是有点没心没肺的性格，她可以很坦然地面对错误，但基本不要想她有自责这种情绪。但这一次姜婠婠却自责得不得了，她觉得都是她害了苏则生病，行止间愈加地体贴小心起来，连苏则睡觉她也要躺在旁边看着他，自责到伤心处，竟然哭得不能自已。

苏则醒来就看到姜婠婠在心虚地擦眼泪，心里刹那间那个柔软温情啊，又忍不住好笑："你折腾我的时候怎么不心疼了？"

姜婠婠鼻子霎时一酸，委委屈屈地道歉："对不起，我不是故意的，我只是忘记了你不是天生的人鱼。"

人怎么能像鱼一样整天水里泡着，海风吹着呢？苏则能够坚持到拍摄完，对她真的是纵容得没有底线了。

苏则轻叹一声，将她抱在自己怀里，温柔地问："就这么喜欢人鱼？"

姜婠婠点点头，想了想又摇摇头："我喜欢你扮成人鱼，但我更喜欢的是你这个人。"

姜婠婠心疼又甜蜜地躺在他怀中，小声地说："老公，你才是最重要的，我以后再也不让你扮人鱼了。"

老公这两个字，此时此刻，自然而然，水到渠成。

这让苏则始料未及，受宠若惊。他垂眸看着她，震惊又喜悦："婠婠，你刚刚叫我什么？再叫一声好不好？"

作为一条大气又大方的美人鱼，姜婠婠特别听话地趴在他耳边，毫不扭捏地告诉他："老公，我刚刚才发现我好爱你……"

姜婠婠的示爱立刻就得到了回应，她只是用说的，激动又情动的男人直接用行动证明了。

用钱砸出来的精英团队办事效率就是不一样，第二天就把所有的片子处理好了。

苏则出了一晚上的汗，身体已经好得差不多，可是姜娟娟无比殷勤，一定要他卧床休养，自己跑去拿。

片子很多，厚厚铺满了地毯。姜娟娟一张张细细地看，怎么看都不腻，她的男人真好看，是有史以来最俊美的雄性人鱼。当然啦，她也很好看。

相比于姜娟娟的爱不释手，苏则的态度就有点淡淡。

姜娟娟一张张地摆在他面前，手舞足蹈地问他的意见："你觉得哪张好看？我们把它放大，这么大。"

"都好看。"

姜娟娟如果控诉他敷衍人，那么苏先生的回答就会是："嗯，看来看去还是真人更好看。"

然后亲亲她。

姜娟娟："……"

不过姜娟娟在乎起人来的时候真的是贴心极了，连智商都跟着提升了一个层次。她略一思索，立刻把所有的蓝天碧海美人鱼全抛在一边，笑眯眯地扑到他怀里，萌萌地问："苏先生，我们再拍一组传统的婚纱照好不好啊？"

苏先生抬了抬眉毛。

姜娟娟懂事地说："这些都是主题婚纱照，以后拿出来看看就好，我们的婚礼还是要有传统的婚纱照的。"

才怪，姜娟娟才不认为这些不传统呢，对她而言，还有比人鱼婚纱照更传统的吗？不过她想，苏先生这么古板的人，他一定是想要传统的婚纱照。

姜娟娟一心想让他开心，体贴得不得了："老公，你想要中式的还是西式的啊？"

那一声老公叫得可真甜，百炼钢都能被化成绕指柔，更何况是本来就将她疼到骨子里的苏先生。亲了亲她的嘴巴，他含笑说："你想要什么都可以，中式西式都拍。"

姜娟娟笑眯眯地点头，心想，其实是苏先生自己都想拍吧。

她可真是一条善解人意的美人鱼啊。

但是按照之前的安排，摄影团队今天下午会乘专机离开。怎么来的怎么离开，不在岛上多待一刻，不带走这里任何的东西。因为苏则不喜欢被人打扰，更不喜欢这里的东西流露出去，连照片也不行。

既然临时有了新计划，姜娟娟当然要去传“圣旨”。

阿未告诉她摄影团队在海边，这一个星期看着她和苏先生在海里玩得那么开心，羡慕坏了，临走前想玩一玩。阿未说他会安排，但姜娟娟有几个细节要亲自和摄影师服装师说，于是自己去海边找人。

一共六个人，姜娟娟到海边的时候只看到五人，服装师王姐不在。姜娟娟于是先和其他人说了情况，可是说完下来，还是没见到人。

姜娟娟问：“王姐呢？”

其他人指了指海面，笑说：“海里游着呢，王姐喜欢游泳，这几天你和苏先生可眼馋坏了她。”

姜娟娟往海里看去，隔得太远，已经要仔细看才能看清人，海面上只剩下个点点。

姜娟娟忍不住皱眉：“快让她回来吧，远了危险。”

毕竟是人类，这里又是天然岛屿，万一出事怎么办？连那么强大的苏先生都被泡感冒了。

摄影师说：“苏太太，放心吧，王姐老油条了，知道分寸的。”

这一声“苏太太”真是叫得姜娟娟无比受用，抿着唇就偷偷乐了起来，不过乐完还是坚持让人把王姐叫回来。

直到看着王姐慢慢往回游，姜娟娟这才放下心来。正转身回去，却忽然听身后有人紧张地叫：“好像有点不对劲！”

……

不是有点不对劲，是非常不对劲！

海面上的人影奋力挣扎，却不受控制地一点点往下沉。以姜娟娟多年在海里游的经验，很容易判断，这是遇上海洋漩涡了。

旁边的人吓得手忙脚乱，有几人脱了鞋跳下海去救，姜娟娟心里暗骂一声，一把将最后一人拉了回来，喊道：“你快回去找苏先生！”话落，踢掉鞋子，“扑通”一声跳到海里。

姜娟娟游泳快得叹为观止，眨眼将所有人远远甩在身后，独自一人游到了漩涡附近。

“快！快把手给我！”

王姐已经彻底坚持不下去，正在被慢慢吞没，姜媎媎不敢去漩涡中心，只能在边缘勉力朝王姐伸出手。

王姐费力把手伸向姜媎媎，却抵挡不住身体越来越下。

姜媎媎好着急，一面自己也怕漩涡，一面后面的人又游得实在太慢，她更不能眼睁睁看着人在自己眼前没了。话说回来，假如她真能眼看着有人在她眼皮底下死去，那她也就不会变成今天的姜媎媎了。她咬着牙，冒险一点点靠近，终于一把抓住了王姐，她正侥幸，手上拉扯的力道猛然将她覆没。

一阵急流涌过，姜媎媎被卷了进去。

“啊！”

苏则正在房间里看刚出的片子。

其实他也很喜欢，并不像姜媎媎以为的那样敷衍。他并没有敷衍她，真的是，每一张她都很美，美得让他心动。

蓦地，心脏的地方却毫无预警袭来一阵绞痛。

刹那间，脑子里仿佛有一根弦“噌”地崩断，他猛然意识到什么，眨眼飞奔出去。

路上，他遇见回来送信的化妆师，从惧怕的化妆师断断续续的描述里，苏则猜到一半，另一半，身体里的绞痛也告诉了他。他只觉得天旋地转，用力拽过化妆师的衣领，又重重将人扔开。

他疾步朝海边奔去，冷汗从额头落下，手心早已湿冷不堪，绞痛和心痛混在一起，分不清哪个更多。

远远就看到了大海，他迫不及待地更快，然而猝不及防的，身体里的绞痛却在这一刻戛然而止。

在目之所及的距离里，疼痛戛然而止……意识到这代表了什么的男人，世界溃然崩塌。

心痛，不弱于在触手可及的距离里，他再一次失去她。

明明，半个小时以前她还躺在他怀里，那么乖地叫他老公……

苏则到海边的时候，浑然未觉自己有多可怕，他双目赤红，脸色惨白，嘴角残酷肃杀，俨然一副要大开杀戒的样子。岸边的五人回头看到他，被救上岸的王姐吓得“扑通”一声直接坐到了水里。

“苏……苏先生……”

有人最先反应过来，慌乱地指向海面道：“苏先生，苏太太在那里，您看，她没事，她没事……”

一句话，从死到生。

苏则循着指引看去，果然见海上有一道娇美的身形正不疾不徐地游着。他脑子里早已不剩什么理智，只是本能地跳下水，往她而去。

“婠婠……”

水里的姜婠婠远远就看到了苏则，见他红着双目往自己奋力游来，脸上的表情因为痛苦急切而可怕起来，她无动于衷，既不回应他，也不靠近他，兀自慢悠悠地游完一圈又一圈。

在苏则赶来之前，她已经这样游了不短的时间。

这可将岸上那些人吓坏了，以为她是被漩涡一卷，卷成了神经病。

姜婠婠不是被卷成了神经病，她是从来没有这么清醒过。

苏则游到她身边，不由分说就激烈地将她抱在怀中，他的身体颤抖得厉害，嗓子也是哑的，又抖又哑，一遍遍地叫她的名字：“婠婠，婠婠，你吓死我了……”

姜婠婠只觉脖子里有温热的东西落到皮肤上，心里有点震动，又仿佛很平静。

她觉得自己刚刚已经震动过了，震动过头了，现在嘛，心如止水。

“婠婠……以后不要再这么吓我了。”

苏则的手臂用力搂着她的腰，仿佛一个放松她就会被水冲走。

姜婠婠安静地看着他，眨了眨眼睛。

三百多年了，已经过去三百多年，这个男人竟然还和当年一模一样，一样的眉眼五官，一样的神态语气，一样的年轻迷人，一样的……会诱惑她，一点都没有变。

他有她的灵珠，她那颗和其他美人鱼不一样的灵珠，她从前一直不知道具体有什么奇妙，现在看来，原来是让人长生不老。

怪不得……当年他费尽心机要得到。

“冷不冷？怎么一直泡在水里不上来？”

“婠婠，以后不要这样了，再也不要这样了……”

苏则紧紧抱着她，语无伦次，激动的时候又无法克制地亲她。

他的唇比在水里游了大半天的她还要冷，落在她的皮肤上，她颤了颤。

苏则察觉到，连忙又将她往怀中搂得更紧，想要给她微不足道的暖和：“来，我们先上去。”

远处，阿未正开着船过来。有那么一刹那，姜婠婠想过，就趁着船开来以前把这男人按到水里去，淹死他，一不做二不休。

因为一旦阿未的船开到，要报仇就再没有机会了。

可是，她找了他三百年，漫长而没有希望的三百年，她找他找到了死，就仅仅是为了报仇吗？

姜婠婠忽然泪如雨下。

姜婠婠从来没有这么哭过。不管她是绵绵还是婠婠，哭的时候，眼泪都是像珠子一样一颗一颗地往下落，连哭都是萌萌哒。可是此刻的姜婠婠，眼泪成了线，像雨一样，纷纷而落，苏则从来不曾见她哭得这么伤心。

他当她是害怕，手足无措，绵绵密密地亲她，温柔至极地安慰：“没事了，婠婠……婠婠别哭，我再也不会让你陷入危险，我保证，好不好？”

姜婠婠还是在哭。没有哭出声来，只是咬着唇，抽泣着落眼泪。

无声的哭泣才是最伤心的，她哭得苏则都没有办法了。

……

上岸后，苏则立刻让阿未将所有闲杂人等送走，全部送走！

六人心怀愧疚，也不敢说什么，还湿淋淋的，就被匆匆送上了飞机。

姜婠婠好不容易收住眼泪，开口第一句话却是叫住他们：“等我一下，我和你们一起走。”

所有人惊呆。

苏则大惊失色，连忙揽过她，尽量稳着声线：“婠婠，我们不走，我们先回去换衣服，你要着凉了。”

姜婠婠红着眼睛看了他一会儿，而后，她笑了笑，笑得一片凄然。苏则看在眼里，刹那间心跳如鼓，又重又快又乱，惴惴不安。

“你过来，我有话问你。”她走到一旁。

这样的姜婠婠让苏则刹那间六神无主，只能亦步亦趋地跟着她，柔声哄道：“婠婠，你要和我说什么？先回去，我们有话慢慢说好不好？”

姜婠婠停下脚步，平静地看着他，想了想，斟酌着语气开口：“我本想一走了之，从此老死不相往来。可我一向是喜欢把话说清楚的，所以，在我离开以前，我还是想问你一个问题。”

老死不相往来……

苏则心脏猛然漏跳，不安的感觉死死缠着他，几乎让他窒息。他双眸微眯，眼中立刻露出强势，不由分说地，他用力握住她的手就牵着她往回走：“我们回去再说。”

姜媗媗也没有挣扎，就跟着他走，一边走，一边悠悠地问：“你是怎么认出我的？”

苏则的手猛地一僵。

他停下脚步，仿佛早已有某种预感又仍旧不敢相信地看向她：“媗媗……你，你在说什么？”

姜媗媗抽出自己的手，似笑非笑地说：“我的模样变了，名字也变了，又过去了这么多年，为什么你还是能认出我？这段孽缘，到底怎样才能了结？”

刹那间，苏则面如土色。

姜媗媗见他如此，更是怀着莫名的心情，一字一字地叫他：“苏将军。”

苏则浑身重重一震，眼前霎时一黑，耳边轰鸣不止，仿佛头顶轰隆隆不停的乌云终于酝酿成了一道惊雷，当头劈下。

他一直避免这一天、这一刻，没有想到，这一刻却以最让他措手不及的方式给了他当头一击。

心里有太多的话想要告诉她，却太长、太乱。就像纷乱的线，纷纷往外挣扎，结果却全绕在了一起，理不清剪不断，没有一条半截还是分明的。他越慌越乱，越乱越惧，转眼就成了一团死结。

姜媗媗其实并没有真的想让他回答，因为她已经不相信他了。

她的目光徐徐落在他的左心处，青葱一样的手指伸过去戳了戳：“我的灵珠就在这里，对不对？”

苏则握住她的手，用力握紧：“媗媗，你听我解释……”

姜媗媗仿佛没有听见，眼神茫然，自顾自地说下去：“这么久以来，我一直很喜欢你的心跳，我原来不知道为什么，现在我总算明白了。”

姜媗媗直直看进他的眼睛里：“因为我的灵珠就在这里，那是我的东西，你骗了我。”

“我没有骗你，媗媗，我没有骗你……”苏则痛苦地凝着她，“媗媗，我们回去，我一点一点向你解释，好不好？”

“不好。”姜媗媗摇头，“因为，你的解释我再没有办法相信。如果你真的有苦衷，那么我们在一起这么久，你有无数的机会可以告诉我真相，向我解释，为什么你从来没有对我说起过去的事？如果你也有委屈，为什么不说？你不就是侥幸地想让我永远不记得从前的事吗？我傻乎乎的，你就可以蒙混过去，当作那些事不曾发生过，对不对？”

“不……”

“苏将军，你骗了我这么久，如果不是我自己想起来，你会永远骗下去，骗我一辈子吧。”

姜媗媗最后一句，如千斤直撞苏则心口。他再无言以对，只能痛苦又乞求地看着她。

姜媗媗缓缓抽出自己的手，在他的目光中，将左手的钻戒决绝拔下。

“还给你，我们此生不再相见。”她用力把戒指塞回他手里。

苏则浑身僵直，双手冰冷如铁，脸上不见一丝血色。

姜媗媗决然转身。

海浪一阵阵拍打在柔软细白的沙滩上，天高云淡，姜媗媗一步一步远去，恩断义绝。

苏则垂在身侧的拳头收紧。

姜媗媗知道他追来，没有回头，也没有停下脚步，她以为他要说什么。没有等来声音，后脖子上忽然一疼。

姜媗媗脑子发晕，身子软倒下去。

苏则将她抱进怀里，一面亲着她，一面在她耳边嘶哑地说：“对不起，我不能让你走。”

姜媗媗头昏脑涨，却没有昏过去，眼睛睁得大大的，静静看着他。

苏则眼中露出震惊：“……为什么？”

姜媗媗眨了眨眼，平静地为他解惑：“如果是你晕头转向地活了三百年，你也不会这么轻易地昏过去。”

苏则不解地看着她。

姜媗媗笑了笑：“知道为什么我找了你三百年却没有办法找到你吗？因为我去你家找你的时候，落到了陷阱里。他们要砍掉我的尾巴，我拼命地逃，幸好我的朋友及时来救我，我才没有被砍掉尾巴，可是我的鱼鳍全部被砍掉了。后来的三百年里，我都没有鱼鳍，我没有办法平衡自己的身体，只能整天颠来倒去晕晕乎乎地活着。大海那么大，那样的我却连方位都搞不清楚。三百年的时间，与其说我是在找你，不如说我是在等死，我在无边无涯的大海里晕头转向地游荡着等死，我孤苦无依，漂泊流浪，却又还是怀着那么一点点妄想，奢望临死前我还能再见你一面，问问清楚，你为什么要这么对我？”

终于记起了那痛不欲生的三百年，姜婠婠显得格外平静，只是眼睛有点干涩。

脸上却湿了一片，那落在她脸上的一滴一滴滚烫的泪水，是苏则的眼泪。

当年，苏则回到将军府时，将军府已经被夷为平地，后院的清池也被填平。他想过她受的苦，想想也是心痛难当，却万万没有料到，她所受的折磨更远远超出了他的想象。她没有了灵珠，没有了鱼鳍，还险些没了鱼尾，她就孤零零的一人，那么绝望地在大海里流浪了三百年。

他以为自己找她这三百年已是尝尽了相思痛苦，却不知，和她所受的痛苦比起来，他的痛苦竟微不足道。

男人的眼泪滚烫，一滴一滴落在她的皮肤上。他紧紧抱着她，恨不得将她深入骨髓：“对不起，对不起……我不知道，我真的不知道……是我的错，是我害了你……”

他颤抖着说对不起，却已经没有脸再求她的原谅。他要怎么做才能弥补她？拿命也不补偿不了她了。

他，连求她原谅的资格都没有。

苏则逼自己放开她。即使不舍，即使痛不欲生，他还是硬逼着自己，将她一点点放开。

“头还晕不晕？”

可以逼着自己放开她，却终究做不到不眷恋、不疼惜，眼见着她晃了晃，又忍不住想要伸手去搂她入怀。

姜婠婠只是轻轻看了他一眼。

苏则死死握紧拳头。

“如果你不想再看到我，我会让人送你离开，你以后也不会再看到我。但是现在，先回去，把湿衣服换下来。”

远处，飞机起飞，轰鸣的声音粗暴地传来。

其他人已经离开，姜婠婠现在想追也追不上了。湿衣服黏在身上确实难受，头也还有点晕，她往回走。

他们的房间里，婚纱照还大片大片在地毯上，入眼尽是。照片里蓝天碧海，万籁俱静，天地间只有那样恩爱的一双人，那样缠绵地抱在一起，享受现世安稳，他们看对方的眼神缱绻温柔、爱意入骨。

就在片刻以前，他们还是这世界上最幸福最恩爱的一对恋人。

姜娟娟刚刚踏进房门，就被这画面刺得眼睛疼，几乎快要流出血来。

她畏缩，脚步下意识停了停，旋即，她又挺直腰板，视若无睹地走了进去。鞋子湿哒哒的，她毫不留情地踩上去，狠心地印下一连串的污泥。

苏则远远在她身后，此情此景，让他早已无力再靠近她一步。

姜娟娟把所有的东西仔细清点，决绝地不带走一件不属于她的，也不留下一件属于她的，除了灵珠。

地上的照片她也全收了起来，虽然踩脏了，但还是谨慎地装到袋子里，包括那张存着这些照片的卡，她也一起放了进去。

左手拿着自己的东西，右手提着一堆不要的照片，姜娟娟头也不回地离开。

苏则在外面等她，主动接过她的行李箱。

"我送你。"

姜娟娟站着没动。

苏则苦笑："我们之间，也只有最后这点时间了。"

姜娟娟意味不明地笑了笑："是吗，真可惜。"

苏则下意识地目露期待。

姜娟娟从他身旁走过，带起一阵凉薄的风："我多一秒钟都不想看到你。"

苏则脸色灰败如死。

姜娟娟去了海边。

刚刚从漩涡里出来，连自然界如此强大的力量她都斗过了，姜娟娟觉得自己浑身充满了力量。朝着茫茫大海振臂一挥，装着照片和记忆卡的袋子被她扔出老远。

姜娟娟耍了点小心机，在扔出去以前她先把袋子弄破了裂缝，所以袋子抛到最高点的时候在空中陡然崩溃。霎时间，铺天盖地的照片随风飘散，如漫天雪片，纷纷撒落，有些落入海水，刹那间淹没；有些被海风一吹，打着旋儿飞往远处，却也终要沉入大海。

此情此景，真有种狼狈的壮观。

就像她和苏则之间那如昙花一现的爱情，不管是三百年前，还是三百年后，都是转瞬即逝，最终什么也不会留下。不管曾经爱情的滋味多么美妙，最后也只能以狼狈收尾。

……

姜婠婠亲眼看到最后一张照片沉入海水，仿佛看到她和苏则之间最后的牵连，被她彻底斩断，一点都不剩，这才心满意足地转身。

男人一直不近不远地立在她身后，只是此刻，那从来挺拔有力的身躯，略显佝偻。

姜婠婠从他身边走过，没有丝毫的迟疑停留。今日擦肩而过，彼此无牵也无挂。

苏则没有转身追去，他立在原地，任她愈行愈远。

他面朝大海，对着呼呼吹过的海风，终于开口："婠婠，我知道你不会再信我，但我仍旧要让你知道，我爱你，我从来不曾负你，不曾骗你，更从来不曾变心。我对你的情，三百多年来不曾减少丝毫，只有一日比一日更加深爱。当年我出征西北，几经辗转终于找到鱼几国五皇子的后人，可惜灵珠的消息走漏，我被身边人下毒暗害，在赴约五皇子后人的路上遭遇伏击。那一日，我寡不敌众，死在了大漠。为了不使灵珠落入奸人手中，临死前，我吞下了灵珠。当我再次醒来时，已经是十年之后。时过境迁，我回到将军府，发现将军府早已被夷为平地，后院的湖也被填平。我马不停蹄地去我们曾经去过的每一个地方寻你，却再也找不到你。我知道你在等我，所以这么多年来，我从未有一天停止过找你。"

"婠婠，我不要你原谅我，但是我要你不再难过，要你不再活在痛苦之中。因为，我从未有负我们的感情，让你痛苦的不该是我对你的感情，而是我。如果我活着让你痛苦，我可以把命交给你。"

身后久久没有回声，天地之间只有呼呼风啸。苏则转身，只见姜婠婠背对着他越行越远，没有迟疑，没有留恋，一步一步踏过的是情缘了断。

飞机冲破云霄，苏则抬起头，目光紧紧追随那一团冰冷的铝制品，直到它化作小小一点隐入云层，再也不让他看到。

他仰面重重倒下，沉重的身躯陷入漫漫白沙。

"苏将军，我等你回来。"
"绵绵，等我回来，不论结局如何，我们都成亲。"

Chapter 18 前世，惨烈生离

姜婠婠刚下飞机，正是心碎得生无可恋的时候，就再被虐了一遍。

赵小亿在微信上找她："我和傅仪领证了。"

附了张结婚证前牵手照。

又问："什么时候到你和苏先生啊？"

姜婠婠："……"

心好痛。

虽然受了会心一击，但作为好姐妹，姜婠婠还是第一时间回了电话，表示祝福。

不过因为刚刚分手，状态实在不佳，姜婠婠祝福到后来都快哭了。趁着还没哭出来，赶紧要挂电话。偏偏幸福的女人话太多，赵小亿还和她闲聊了起来："以前傅仪那样欺负我，我也不想这么便宜他的。可是过年的时候，我们全家去瑞士，他也没皮没脸地跟了过来，死缠烂打，我一个把持不住……就沦陷了。"

感情还在才会容许他死缠烂打，如果真的不在，早就报警了。姜婠婠心酸地想，真是痴情的女人啊。

痴情的赵小亿还在有感而发："其实想想，人这一辈子，能够遇见相爱的人已经很不容易了，更何况人生短暂，如白驹过隙，我们自在一起那一刻起，幸福就已经开始了倒计时，何苦把幸福的时光浪费在相互折磨上呢？"

赵小亿难得的文艺来得猝不及防，让姜婠婠无声落下眼泪。

A 城今天的天气很好，蓝天白云，春暖花开，姜婠婠一个人站在路边，

泪流满面。

赵小亿迟迟没得到她的回应，心头一跳："婠婠……你怎么了？"

姜婠婠擦了擦眼泪，淡淡地说："我要卖房子，你可以帮我找一个好买家吗？"

赵小亿惊呆，愣了半天，恍恍惚惚反应过来："你和苏先生分手了？"

"不是分手。"

赵小亿松了一口气。

姜婠婠说："是不共戴天。"

赵小亿："……"

说卖就卖，姜婠婠挂了电话就马不停蹄地回去收拾东西。

收拾了半天，其实也只有那么几身衣服而已。这里的东西，那个男人用过的，她都不要了。

这些倒没有什么纠结，让她纠结的还是手腕上的那只羊脂玉镯子。

岛上清算的时候，她给算漏了。说起来这只镯子也是曲折，被她戴了三百年又收藏了十五年，她下意识就当成了自己的，竟一时没想起来这是他给的聘礼。

现在倒是想起来了，但，现在还回去吗？

现在还回去吧，趁着他还没回来。否则现在不还，难道还要等他回来面对面地还吗？想到要再见他一面，她都要崩溃。

姜婠婠立刻拿了对门的备用钥匙过去。

苏则倒在床上，抬手盖着眼睛，有些狼狈地用力呼吸床上的气息，那里面有姜婠婠的味道。他们在这张床上恩爱缠绵，往事一幕幕在眼前，挥之不去。

他活了三百多年，从来没有像现在一样狼狈。即使是当年他死在大漠，他也是铁骨铮铮的大将军，从不曾像此刻，痛不欲生地沉沦。

门锁开启的声音让他浑身一震，双目如鹰隼一般猛然睁开。

于是，姜婠婠一进门，就这样猝不及防地和疾步而出的苏则打了个照面。四目相对，她措手不及，浑身僵硬。

苏则欣喜若狂："婠婠，你肯见我了？"他眼睛里的血丝格外红，瞳仁却又格外明亮，直勾勾看着她。

姜婠婠："……"

没有哪个姑娘打脸这么快的好吗？几个小时以前她才和他说了此生不再相见，怎么可能会这么快就来见他？

姜娓娓抿了抿唇，故作淡定地说：“你在啊，我没想到你这么快就回来了，正好，这个还给你。”

她说着，将镯子塞到他手中。

苏则如坠冰窖。

“娓娓，我们之间，真的要这样吗？”他问她，嗓子仿佛被灼伤。

姜娓娓端着无比凛然的姿态：“我分手没有拖泥带水的习惯。”说得像是她分过手似的……

苏则闭了闭眼，半晌，他终于点头：“好，不拖泥带水。你等我一下，你的东西也带走吧。”

姜娓娓瞪眼。

她什么东西要带走？说得像是她故意留下似的。

苏则很快去而复返，手上多了一只紫檀木首饰盒。

姜娓娓愣了愣。

“这个东西对我已经没有意义，你带走吧。”

“……”

姜娓娓没有理苏则，默不作声地转身就走。

……苏将军还能更虚伪吗？

当初她正气凛凛地拿自己的首饰换了对门的房子，成年人的交易又不是小孩子的家家酒，换了就是换了。分手，分了就分了，自己的东西自己处置。现在房子她要卖了，首饰却还要拿回来，还能让她占更大的便宜吗？

苏则的确是想让她占便宜。

她的小金库全在这个盒子里，现在他们分手了，她要怎么办才好？她会不会受苦？

他快步追上：“拿着。”

姜娓娓生气了，用力推开他：“苏则，我不要你可怜我！别以为你现在这样就是关心我，我需要你关心的时候你在哪里？我需要你雪中送炭的时候你不来，我想在要忘记你了，请你不要拖我后腿好吗？这三百年没有你我都活得好好的，更何况是现在，我一点都不需要你！”

苏则一时哑口无言，脸色惨白。

良久，他忽然无力地笑了：“那就好，那就好……这样，我也好忘了你，我也想忘记你了……”

姜婠婠背脊一僵。

苏则眼神复杂地看着她，似是痛苦却又释然，似是眷恋却又决绝：“其实我也觉得够了，我爱你爱了三百多年，痛苦多过快乐，思念多过陪伴，离别多过温存。你说得对，我们之间是时候结束，各自向前看了。”

姜婠婠真的没想到苏则会忽然说出这样的话来，霎时眼眶一热，眼前就有些模糊。

女孩子就是这样，她可以发脾气，绝情的话她可以说，怎么绝情都可以，但有些话，男人却绝对不能顺着她说。

她说忘记他就可以，他说忘记她就是浑蛋。

是的，她此刻觉得，她上辈子真是瞎了眼，怎么就爱上了这么个浑蛋？

苏则说道：“你的东西都带走吧，我怕一直放在身边，我会忘不了你。还是说，我不能忘记你，就是你所希望的？”

姜婠婠：“……”

呵呵，她希望他忘不了她？

苏先生，你敢不敢更自恋一点？

姜婠婠被他气得头晕，用力接过首饰盒：“好啊，换回来就换回来。等你有空的时候联系我律师吧，把对门的房子过回你名下去。”她瞪着他，“我们后会无期吧！”

说完，姜婠婠就抱着她的首饰盒气呼呼走了。

遇见浑蛋，真是想潇洒都潇洒不起来啊！

苏则僵立在她身后，寂静地看着她拉着行李箱决绝离开。他双眸沉黑，内里一点光亮也没有，仿佛千年的古井，彻底干枯了喜怒哀乐。

姜婠婠暂时回到西山别墅，姜瀰见她拉着箱子回家，心里一阵焦虑，转念一想，又立刻一阵侥幸。

还好，只有一个箱子，说明她和苏先生只是吵架。

姜瀰想劝劝姜婠婠，可惜姜婠婠认定姜瀰自己的爱情观就有问题，根本不想听他说话，姜瀰也没有办法。倒是对于姜瀰和新任市场部总监唐瑄之间的恋情，姜婠婠欲言又止好几次。

以她对苏则的了解，唐瑄多半是苏先生的人。

想到有人手眼通天，连丈母娘的人选都要亲点，姜婠婠的心情真是一言难尽。

不过不久事实证明，好在姜娟娟没有一时冲动耿直地全盘托出。

这天，赵小亿约姜娟娟吃饭，地址在姜滩的公司附近。姜娟娟赴约路上，忽然见到前面一个女人的背影有些眼熟，一时恍恍惚惚想不起是三百年前还是三百年后的眼熟，鬼使神差就跟在了她身后。

走了不远，前方的女人似乎察觉，忽然回头。两人猝不及防打了个照面，姜娟娟顿时惊恐，脚步不稳之下跌倒在地。

那人见状，也是脸色一变，连忙殷勤地蹲下身扶她："娟娟，你怎么样？摔到哪里没有？"

姜娟娟脸色惨白，直直盯着近在眼前的林丽雅。

不，不是林丽雅，是丽娘。是那个，一片片斩去她鱼鳍的……丽娘！

饭店门口有人摔倒，立刻吸引来不少目光，包括正在里面等人的姜滩。

姜滩发现是姜娟娟，匆匆出来，见林丽雅在旁边，恼怒不已。

林丽雅连忙委屈地解释："是她自己不小心摔倒的。"

这个时候赵小亿也赶了出来，看到姜滩竟然又和林丽雅在一起，只能感叹孽缘。待转眼看到姜娟娟脚上那双12cm的高跟鞋时，只觉彻底无言以对。

姜娟娟穿成这个样子出来逛街，她是在自暴自弃吗？

摔倒真是活该啊……赵小亿非常不厚道地想。

爸爸和前妻约会，被女儿撞见，这画风也是微醺。姜滩尴尬，语无伦次地解释，姜娟娟失神地想，还好，还好没有告诉他真相。

比起让林丽雅再次乘虚而入，姜娟娟宁愿让苏则的人立于不败之地。

这样想着，姜娟娟大方地将地方让给了姜滩和林丽雅，自己和赵小亿另外换了地方。

赵小亿不解，在她旁边愤愤不平又喋喋不休，大意是他们已经离婚了，为什么还要让着她。

姜娟娟心中震惊之下，神思早已游到了别处。

过去那么多年，她怎么就一直没有发现，林丽雅长得那么像丽娘呢？

哦，过去那么多年，她都不记得从前的事了。

当年，苏则带兵巡视东海，绵绵心花怒放地在大海等他。

那样的心情，大约就像是人间的女子，等待着心上人来自己家里下聘一样吧。迫不及待，小鹿乱撞。虽然她没有父母，但大海是她的家，大海可以见证她和苏将军的爱情。

她还特地带了她的小伙伴妙妙，她们躲在浅水里，遥遥看着她的男人。银色的铠甲威风凛凛，在阳光下熠熠夺目，他是那样的顶天立地，光芒万丈。她的意中人，是一个英雄。

这个英雄，他就要做大海的女婿了。绵绵骄傲地对妙妙说，并且大方地表示妙妙可以带着更多的小伙伴来看她的英雄，不过只可远观，不可妄想。

对此，妙妙忧心忡忡地表示："还是不要让她们看了，不然你的情敌太多，你又没有优点，没有什么竞争力，我怕你一败涂地。"

绵绵："……"

她怎么会一败涂地呢？骄傲的美人鱼自信心一向爆棚。

然后她就看到苏将军身边出现了一个唇红齿白的姑娘，她站在他的身后一点，并未与他并肩，可是她默默看着苏将军的眼神，像水一样温柔。

绵绵认得她，她就是那一日在后院搬石头砸她的丽娘。苏将军说，是苏夫人娘家的姑娘，算起来也是他的远房表妹，进京待选。

可是待选的姑娘，可以这样不清不白地跟着男人出海吗？

人类的礼教制度把绵绵弄糊涂了。

于是，被弄糊涂的绵绵闹起脾气来，当晚拒绝现身。

苏将军在清霜寒夜里等了她整整一晚。

绵绵呢，她其实一直在附近，只是生气他把其他姑娘带在身边，所以躲了起来。到晨曦隐隐从海上升起来的时候，她又心疼了。

傻傻等她的苏将军，傻得让人心疼。

绵绵慢悠悠游到他身边。

苏则终于等到她，又好气又好笑："终于肯出来见我了？"

"你知道我在？"

"嗯，我知道你在，一直陪着我。"

"那你知道我为什么不出来吗？"

苏将军不仅聪明，态度还很端正："一定是我做错了事，惹你生气了。"

"……"

真是让人气不起来的男人啊。

好吧，绵绵原谅他了。

她正要变出双腿来，却听到远处传来女子温软甜美的声音："表哥，表哥……”

表哥？这么亲热的表哥？她都没有叫过好吗！

绵绵顿时就生气了，苏将军脸色也很难看，不仅难看，还很委屈。他连忙抓住绵绵的手，可惜绵绵生气比他想的要严重，迎面一阵水浪扑来，淋了他一身的水，苏将军再看眼前，哪还有什么绵绵？

早气跑了。

绵绵生气地游回海里，这回是真的生气了。

她可还记得几天前在苏将军家的池子里，那个姑娘搬石头砸她，将她吓得半死。苏将军却对她的敌人这么温柔，出门还带在身边，这是将她置于何地啊！

表哥表妹很了不起吗？

不要了不要了！这样的男人不要了啦！

绵绵本来没哭，游着游着，越想越伤心，终于自己把自己给气哭了。

苏将军就是在这个时候追来的。

绵绵沉在水里，感觉到身后目光灼灼。一回头，就见到她心里的那个男人，那个大英雄，正奋力向她游来。

他在水里当然不像她一样游刃有余，有些吃力，可是他的目光专注笃定，不容撼动。

绵绵没有再跑，他终于追上了她。

绵绵不记得自己游离岸边到底有多远了，她只知道，她生气地游啊游，已经游了很久。而苏将军抱住她的时候，脸色苍白，从来坚硬有力的身体克制不住地发颤。

绵绵心里有什么刹那间崩溃，连忙抱住他破出水面。

男人一接触空气，用力呼吸。

绵绵心疼地为他顺气，眼睛又酸又热："做什么这么傻？不要命了吗？"

苏则温柔地抱着她，解释道："绵绵，我离京后，丽娘在将军府遭到暗杀，她身边所有的亲信全都死了，只剩她一个逃命出来，无路可走之下，才来找我寻求保护，所以你才会看到她在船上。方才我也已经安排人护送她回去，所以，不要再误会我了，好不好？"

绵绵眨了眨眼睛，眼泪霎时哗啦啦落下来。

她抱住苏则的脖子，哽咽地说："对不起，是我任性了，我不该乱发脾气的。”

苏则笑道：“做我的姑娘可以乱发脾气。不过我们绵绵是聪明的姑娘，下次一定会先听我解释，对不对？”

绵绵破涕为笑，保证地点头：“嗯！”

苏则又亲昵地亲她的嘴巴：“真乖。那现在，带我回家。”

绵绵惊呆，一时以为自己听错：“你说什么？”

“你不是说很想带夫君回家吗？现在我已经来了，你可以带我回家。”

绵绵受到了惊吓，用力摇头：“你受不了的。”

她的家在海底，人类去不了那么深的地方。

“可是……”他的额头温柔地蹭着她的，“作为你的男人，我想给你一切。别的姑娘可以带着夫君回家，你也可以。”

绵绵被感动哭了。

苏将军真的是她的大英雄。

虽然最后她的大英雄也没能到她的家，大英雄终究是人，受不了海水的压力。但是真的够了，足够了。

他们之间的爱情跨越了种族，有着太多太多的障碍，可是绵绵知道，苏将军一直在努力，他甚至愿意为此豁出生命，这就已经足够，即使最终，他们仍旧不能跨越种族障碍，她也无悔无憾。

……

彼时，沉浸在幸福里的两个人都没有注意到海滩上，躲在石头后面震惊又惊恐的丽娘。

她浑身发抖，双目死死瞪着海面上那一对交颈鸳鸯。

他疯了吗？竟然和一只妖在海里亲热！

苏则巡海一月，日日和绵绵如胶似漆，两人愈加难舍难分。其后，苏则回京，绵绵出入将军府自是更加频繁，虽然后院常年有重兵把守，但是女人一旦心细起来，洞察力几近恐怖。

无数个夜晚，后院传出的男女欢闹声；练武场上，苏将军的脖子上若有似无的吻痕；隔三岔五，苏将军莫名地神清气爽……

种种细节，让丽娘既不敢相信，又不得不相信，那个光芒万丈的将军，他的确是和一只妖有了不伦的情爱。

丽娘是在第二年春天入宫的，她不想入宫，可是她没有办法掌握自己的命运，而唯一可以改变她命运的那个男人，却对她弃如敝屣。

——那个男人宁愿要一只妖，也不看她一眼。

不过丽娘最后也没有留在宫中，数月后便嫁出了宫去。她嫁的是苏将军的对头，名声有点糟糕的信南王，丽娘从此成了丽妃。

苏则是在又一年春天出征西北的，这其间，皇上多次提起他的婚事，从公主到郡主，全被他挡了回去。然而君命难违，总会有抵挡不住的那一天。

绵绵也逐渐明白人类的游戏规则。她不想苏则娶别人，可是苏则也不能娶她。她一天就只有那么短的时间可以变成人，将军夫人怎么可以整日失踪？

绵绵别无选择地将全部希望寄托于那大漠美人鱼的后人身上，那个原本她不怎么抱希望的鱼儿国，那时却成了她的救命稻草。

苏则出征前夕，她将自己的灵珠交到他手中："这是我们人鱼与生俱来的灵珠，我的这颗和别人的有些不一样，既神秘又奇妙，连我也不大懂它。我不能和你一起去大漠，你就带着我的灵珠一起去吧，如果有秘密，应该也在这颗珠子里。"

有些话，欲言又止。最后，千言万语只化作一句："苏将军，我等你回来。"

苏则接过她的灵珠，也接过了她未出口的情意，他含笑，在她耳边轻声问她："这个是……嫁妆吗？"

绵绵含羞带怯嗔了他一眼，还是轻轻点头。

他给了她聘礼，她此刻给他嫁妆，这样，算礼成吗？

他忽地揽她在怀中，有些凶狠的亲吻绵绵密密落下。

"绵绵，等我回来，不论结局如何，我们都成亲。"

"好……"

烛影动荡，她紧紧抱着他精壮的身体，在他的怀里气喘吁吁。

……

苏将军一生从无食言，可是那一次，对他一生最爱的女人，最看重的承诺，他却食言了。

他从此再也没有出现。

他刚刚离开，绵绵就开始想念，她总是隔三岔五地去将军府的后院等他，一直等到春去秋来，他都没有再出现。

因为思念，绵绵日渐憔悴下去，她以前从不知道相思可以这么熬人，如今方才恍然大悟地明白过来，原来，这就是爱。

她爱苏将军。

可是她要怎么告诉他呢？他音信全无。

深秋过后就是寒冬，绵绵的小伙伴们纷纷准备南迁，妙妙催了她好几次，可是绵绵怎么舍得离开？

“你留下来也没有用，你不能在淡水里待太久，虽然都是水，但淡水会让你变得虚弱。更别说冬天一旦来临，到时候你又冷又虚弱，你会死掉的！”妙妙这样劝她。

可是绵绵不听，仍旧整日整日地流连在将军府后院的湖里，不愿意离开。

那一日，绵绵已经在湖里连续待了三天，她虚弱不堪，正要离开，一张大网忽然从天而降。

……

她被困在渔网里，周围全是士兵，他们杀气凛凛，手中的弓箭齐齐对准她。

士兵之后，有人缓缓走上前，姜媢媢定睛一看，是一身宫装华贵的丽娘，她的身边跟着一个肥胖丑陋的中年男人。

绵绵认得，那是丽娘的夫君信南王。

丽娘脸上有着比弓箭更甚的狰狞，她站在离绵绵最近的距离里，死死瞪着水中的她，脸上有着嗜血的扭曲。

绵绵不懂，她为什么要那样看自己。然而也来不及让她懂得，丽娘已经一声令下：“放箭！”

绵绵惊恐地瞪大眼睛，眼睁睁看着漫天箭雨射向自己。

“啊——”

尖刺入血肉，扎出满身令人痛不欲生的血窟窿，眨眼间将一池清水变成血水。

绵绵血肉模糊地在血水中垂死挣扎。

苏将军当年一掷千金用上好的玉石打造这样清澈的人工湖时，可曾想到，有朝一日，这个池子会盛满他心爱女人的鲜血，映出她临死之前求生不得求死不能的模样？

丽娘心中恨恨地想着，诡异地笑起来。她拔高嗓音，忽地朝虚空里喊道：“表哥，灵珠既已得手，丽娘这就为你除去这妖孽，斩草除根！”

灵珠，妖孽……

水中，痛苦挣扎的绵绵蓦地停下，她呆呆地睁大眼睛，里面无疑是痛苦的，然而比痛苦更多的是绝望。

丽娘寥寥一句话中藏着的是一个冗长的故事，充斥着情仇阴谋，而这个故事，此刻分毫不差地传达到了绵绵那里，刹那间，她万念俱灰。

原来，这是一个骗局。

原来，她的爱情是假的，她的英雄是假的，他只是为灵珠而来。

然后得手，然后将她杀死。

可是，她这么爱他啊……他都已经得到灵珠了，那么这个骗局，为什么不索性骗她到死呢？她都要死了啊，为什么不再多骗一会儿呢？

她绝望地想着，眼角终于滚出一粒粒的珠子。人鱼的眼泪是珍珠，她落下的珍珠却不再雪白，而是掺杂着殷红的血色。

她不再逃跑，更送死一般地浮出水面，通红的双眸紧紧扫视着人群，她一个一个地看过去，仔仔细细地寻找。

她要找到那个男人。

她要死了，但临死前，她还是想再见一见他。

但她当然见不到他，因为苏则根本就不在那里。她却因此自投罗网，又一个大网下来，她被拖上了岸。

她没有挣扎，听天由命地陷在渔网中，还在奄奄一息地寻找。

“你在找他吗？”丽娘察觉到她的意图，眼中更加狰狞，恨意翻滚，狠狠一脚踹上绵绵的心口，“他怎么会来见你？你也不看看自己是什么东西！”

绵绵直直对视着她的眼睛：“他不是要杀我吗？让他自己出来动手。”

“杀你？没那么容易！你听说过凌迟吗？”

丽娘转身，从士兵手中精心挑选出一把最为粗钝的刀，缓缓地举到绵绵眼前。

……

绵绵曾以为，哀莫大于心死，然而那一日，她方才明白，心死固然最好，但心死却并不容易。人生最痛苦的是，心将死未死，身体却已被摧毁得残破不堪。

那一日，丽娘就用那一把最为粗钝的刀，亲手斩下了她身上所有的鱼鳍。没有鱼鳍不会死，但鱼鳍是身体的一部分，失去鱼鳍犹如凌迟剜肉。丽娘就一片又一片地斩下，让她痛不欲生又无能为力地亲眼看着自己的身体被残忍地摧毁。

后来，丽娘杀红了眼，将鱼鳍全部砍下之后，将刀又贴上了绵绵的鱼尾：

“你的鱼尾可真难看，我帮你砍下来吧。”

绵绵惊恐地看着那把血糊糊的刀，却早已挣扎不动，她奄奄一息，终于无能为力地闭上眼。

她想，她不怕死，只是此生没能最后再见他一面，问个清楚，她不甘心。

手起刀将落，千钧一发之际，惊涛骇浪却骤然生起，从湖里翻涌而上，磅礴地冲击向岸上的人群。

忽然的混乱和攻击，将丽娘等人打得措手不及，连连后退。混乱之中，渔网的绳子被什么东西抽走，岸上的绵绵被拉回到了湖里。

……

当水浪平息时，绵绵已经被救走。

是妙妙和康康救了她。

绵绵离开太久，妙妙担心她太痴情把自己活生生等死在淡水里，这才和男朋友康康一起去找她，没想竟在最后关头将她救下。

然而绵绵命留了下来，却不再完整。

她没有了灵珠，她还没有了鱼鳍。没有了灵珠不会怎样，没有了鱼鳍，身体却再也不能保持平衡。她后来的三百年里，只要没有人牵着她，她就颠来倒去。

晕头转向之下，她的记忆力也开始衰退，一日不如一日。好在有得有失，记忆模糊之下，当日丽娘砍去她鱼鳍时的折磨也就不再那么恐怖鲜明。

可惜那些淡去的记忆里却没有包括苏则。

绵绵还是要去找他。

妙妙觉得绵绵真是疯了，她已经对人类毫无好感，是不会帮助绵绵的。而那时的绵绵没有妙妙的帮忙，却根本连方向都找不到。

最后，妙妙还是妥协了。可惜当她终于带着绵绵去找苏则时，却发现，将军府后院的湖已经被黄土填平。

真是……狼心狗肺的禽兽啊！

绵绵只能每日去东海岸边找苏则，她在那里等了他整整十年，然而苏则却再没有去到那里。

绵绵终于心冷，不再等他。

她和妙妙、康康一起开始了安稳的生活，这样一起生活了几十年，直到妙妙和康康死去。美人鱼受孕不易，妙妙和康康一生没有孩子，他们死后，绵绵又成了一个人。她因生来身体里有那样一颗灵珠，即使后来失去，也仍旧活得比普通的人鱼长久，却也注定比普通的人鱼孤单。她用孤单的余生在大海里游荡，颠来倒去，晕头转向。

虽然颠来倒去，但绵绵仍旧是一条萌哒哒的美人鱼，一路吸引来不少的雄性人鱼。只是曾经沧海难为水，除却巫山不是云，绵绵终究还是忘不了苏则。

她原本以为，假如幸运，她能心死，可是那时她方才明白，她这一生不会再有这样的幸运了。

她认命。

第二日，她离开了那一处海底和熟悉的小伙伴，独自去找苏则了。

她和灵珠有感应，她知道，苏则还没有死。只要他一日不死，那她就找他一日。

不过三百年，对于一条晕头转向的美人鱼来说，真的完全不够用。她这一生，去到过许多地方，见到过许多人，可惜没有一个是他。终于有一天，她的生命也走到了尽头。

然后那一天，她遇见了溺水的小女孩，姜婟婟。

记忆真是个玄妙的东西，其实在绵绵暮年的时候，很多事情就已经记不大清了。

不过，话说回来，不论换作是谁，颠来倒去三百年，想清醒也清醒不了。

可是那一天，当姜婟婟落到海洋漩涡里，水流压迫着她的身体和脑袋，她却一下子全想了起来，一件接着一件，历历在目。仿佛一切的失去并不是真的失去，只是被暂时封存，等到适当的时机来临，命运就会分毫不差地还给她。

然后，她记起了丽娘的样子，那和林丽雅像极的容貌，将她吓得摔倒。

姜婟婟不知道世间有没有轮回，也许有呢，她前世的大仇人今生还是她的死对头，真是天意弄人；也许没有呢？林丽雅和丽娘的相似只是巧合而已，明星不还撞脸吗？

可是不管有没有，姜婟婟都不会再容忍她。

这一次，宁可错杀，不能放过。

“婟婟，你在想什么？怎么脸色这么难看？”

姜婠婠回过神来，才发现车子已经在新的地点停下，她随口答应赵小亿：“想怎么对付林丽雅？”

这可真是对了赵小亿的胃口，于是其后的半个小时里，赵小亿滔滔不绝地和姜婠婠讲起了她的看法。

“其实我想很久了，一直想告诉你，但看你从前那副不作为的样子，不知道的还以为你就是特地来人间修炼的呢，我也就不好意思阻碍你修行了。”

赵小亿的想法和姜婠婠是不谋而合的。

林丽雅不就年轻漂亮吗？那就找更年轻更漂亮的。赵小亿负责找人，姜婠婠了解姜濉喜好，就负责培训。

赵小亿提出建议：“先一对一吧，等积累好了项目经验和成功案例再扩大规模，做成培训班，批量培训，最终做成一项产业。我相信，这个产业目前一定大有市场，大有可为。名字我都想好了，就叫‘新太’，New Pacific，怎么样，和国际接轨吧？到时我们在纽约、华盛顿、伦敦、巴黎、柏林等几十个国际大都市建分校，你就是新太的全球首席执行官兼首席培训师。”

说到动情处，她情不自禁地鼓起掌来。

姜婠婠：“……”

新太你个头啊！

赵小亿犹自双眼放光地看着她，激动不已：“婠婠，你知道吗？我们就要发财了。”

“……我拜托你先好好学英语啦，不要整天做白日梦。对了，你找我出来什么事？”

赵小亿犹自沉浸在发财没梦里，漫不经心地答：“不是我找你，是买家找你，今天签合同，人一会儿就到。”

姜婠婠愣住：“什么合同？”

心里有非常不妙的预感怎么办？

赵小亿奇道：“不是你让我给你的房子找买家吗？找到了。我跟你说，这女人有钱到哭！我漫天要价，她价都不还，一口答应，当场转了百分之二十的定金给我。”

姜婠婠：“……”

不是不妙，简直是太糟糕了。

房子已经说好要还给苏则的，虽然还没有正式过户，但这种事情怎么能反悔呢？

也不知道是赵小亿效率太高，还是姜婠婠这两天智商直线下滑，竟然忘记了这件事。但天地明鉴，姜婠婠怎么想得到现在的有钱人这么多？从姜婠婠和赵小亿说起卖房，到现在不超过七十二小时，赵小亿不仅找到了买家，还连定金都收了。

这效率……真是一言难尽。

姜婠婠问赵小亿收了多少，赵小亿得意扬扬地朝她比了个数字。

姜婠婠只觉眼前一黑。

漫天要价，真是漫天要价！这才百分之二十，已经够买一栋西山别墅了。话说回来，赵小亿到底是在哪里找到这种钱多人傻的？怎么她做人这么多年就从来没有遇见过呢？

姜婠婠颤巍巍地问："……违约金是多少？"

"违约，违什么约？"

身后忽然传来一道粗哑中带着三分惊讶三分霸道三分威胁还有一分居高临下的声音，格外立体。

姜婠婠只觉后背有股压迫力鲜活得让人无法忽视。

"郭姐您来了，您好，快快，快请坐！"

对面，赵小亿犹如刹那间自动切换谄媚模式一般，殷勤地起身迎接。

姜婠婠擦了擦额头上的冷汗。

赵三小姐这么多年也是阅富贵无数了，能让她谄媚成这个样子的人……姜婠婠不敢想象反悔的下场。

很惨。

郭姐本就身形高大，今天眼线画得又有点过，整个人看起来就平添了一股霸气。当姜婠婠小心翼翼地表示房子产权出了点问题，可能不能交易时，郭姐整个人霎时变得极其可怖。

"大家都是出来混的，你敬我一分，我自然就敬你三分。你们收钱利落，今天却这样对我，是几个意思？"

姜婠婠被郭姐的气势吓得有点㞞，弱弱地表示："我，我不是……"不是出来混的，呜呜……

赵小亿连忙打断她："请听我解释……"

"我不听解释，两位记性好像不是很好，那最好回去再翻翻合同，看看我定金给了多少，你的违约金和赔偿金又是多少，掂量掂量自己赔得起赔不起吧。”

郭姐整个人是杀气凛凛的，姜媗媗和赵小亿最后双双缩在沙发角落里。

霸气的郭姐离开后，姜媗媗弱弱地看向赵小亿，惊悸犹存地问：“你，你刚刚说那个新太，就是New Pacific，我们现在开始，你看还来得及吗？”

赵小亿真诚地认为：“我觉得做人可以有梦想，但这种不切实际的梦想，还是算了吧。你把房子卖给她比较实际，反正你和苏先生已经分手了，房子卖了就卖了，你还舍不得吗？”

“就是因为已经分手了……”

姜媗媗把首饰的事告诉赵小亿，赵小亿听完一脸绝望。

“为今之计，只有你再把房子要回来了。趁着苏先生现在对你还有感情，你开口求他，他一定会给。”赵小亿紧紧握住姜媗媗的手，动之以情，“媗媗，我求你了，我和傅仪才刚刚结婚，还没来得及度蜜月，我不想这么快就倾家荡产啊。”

“……”可是她也不想再和苏先生扯上关系啊。

“倾家荡产还好，最怕的还是惹祸上身，死无葬身之地啊媗媗……”

“……”

当时说好的后会无期，真的要这么快就打脸吗？

作为一条骄傲的美人鱼，姜媗媗在很多地方都有她固执的骄傲。譬如当时姜濉给她钱买房，她硬是分文未动。姜媗媗知道姜濉那是在补偿，她则是以这样的态度表明亏欠就亏欠，有风骨的姜媗媗不要补偿。

现在对苏则也一样，虽然明白房子于他而言只是九牛一毛，但姜媗媗就是不想再和他有任何牵扯。

可惜现实的问题是，如果她不妥协，她和赵小亿就得倾家荡产，可能，还会被追杀……赵小亿信誓旦旦地说，郭姐有点无法言说的背景。

纠结了两天，姜媗媗最后找了个律师，让律师联系苏则，约时间过户。

如果这是两天前，姜媗媗绝对十二分的真心，他的东西还回去，她才不要！但此时此刻，姜媗媗此举只是为了探探虚实。

她多么希望苏则做出一副生无可恋的样子，就算没有生无可恋，至少也情圣一下，将这套房子彻底遗忘在她名下。

可惜事与愿违，苏先生不仅不情圣，还一如既往的雷厉风行，作为一名出色的商人，他当即就把电话转给了他的律师，效率之高，让坐在一旁的姜媗媗彻底傻眼。

“……”

她只是探探虚实，不是想搬起石头砸自己的脚啊！

最后，姜媗媗的律师在姜媗媗的眼色下，假装信号不好，狼狈不堪地挂了电话。

苏则没有生无可恋，但此刻姜媗媗有点生无可恋的感觉了。

考虑到曾经亲口说过譬如“此生不要再见”和“后会无期”这种话，她实在没脸主动去找苏则，所以她思虑再三，写了封邮件给他。

主要就是解释事件的始末，并郑重表示卖房子的钱她分文不拿。

然而这封邮件最后也没有发出去，被姜媗媗删除了。因为她觉得行文用词太过谄媚，就差没在最后加一句：求苏先生给条生路。

她真受不了这样的自己……

就让郭姐来追杀她好了啦！

姜媗媗不怕，但另一个人可是惶惶不可终日。

赵小亿抱着姜媗媗的大腿，欲哭无泪：“媗媗，你一定要把房子要回来，因为还有一件事，我没有告诉你。”

姜媗媗快昏过去了：“……”

她这是上辈子做了什么孽，这辈子摊上这么个闺蜜。

赵小亿可怜巴巴地说：“其实当时郭姐要交定金，傅仪是不同意的，因为，你也知道，房子又不是我们的，我们根本没权收定金嘛。可是我贪心啊，我和你在一起玩了这么多年，近墨者黑，我就是忍不住贪心嘛，想想那么大一只肥羊，人傻钱多，万一被别的狼叼跑了怎么办？煮熟的鸭子也会飞，更何况是肥羊呢对不对？所以我才会背着傅仪，偷偷收了定金。”

姜媗媗已经明白赵小亿的中心思想了。

但赵小亿还是要再点明一下：“因为我没有听话，酿成大祸，傅仪会不要我的……媗媗，如果傅仪不要我，我就不活了。我也不怪你，你记得以后每年清明给我烧点纸就好。”

姜媗媗：“……”

如此伟大的闺蜜，这是要舍身成仁吗？姜媗媗压力好大。

压力如此大的姜媗媗，整天捏着手机，从白天捏到了晚上，手机都发烫了，电话还是没打出去。

——这次打脸真是不要太难看啊，姜娼娼自己都无法直视自己了。

就在姜娼娼无法直视自己的时候，电话响了。
是一个她怎么也没有想到的人——
沈文石。

"你刚才不是说，就算我要，你也不给吗？"
"给，你要什么我都给，就算要天上的星星，我也给。"

Chapter 19

情归，守得云开

沈文石请她主持董事会。

姜娓娓摸不着头脑："什么董事会？"

沈文石："JS 的董事会，作为董事长，开业以来的第一个董事会，娓娓你务必要出席。"

姜娓娓："……"

"董事长"三个字把她惊呆了。

第二天，姜娓娓起得很早。起床洗澡洗头，又花了两个小时挑衣服化妆。出门的时候，连姜滩都忍不住多看了她两眼。

姜滩问："你去见谁？"

姜滩很聪明，这段时间都不敢在姜娓娓面前提苏则，怕激起她的逆反心理，越提她越别扭。所以即使他心中猜到了，他也不说出来。

姜娓娓噘着嘴巴看姜滩，慢悠悠地说："爸爸，你可真是一只老狐狸啊。"

是的，她就是去见苏则。

什么 JS 的董事会，她长得很像董事长吗？

只是没有想到苏先生为她找的"忠臣"，第一次发挥作用竟是在这种情况，真是造化弄人，让人始料未及。

但不管怎么说，和频频自己打脸的姜娓娓比起来，苏先生真是一诺千金，说了不见她就果真不打扰她，也只有在这里借题发挥耍耍小心机了。

怕她不去，还让沈文石亲自给她电话。沈文石是她的长辈，这个面子姜婠婠还是要给的。

不过苏先生真是杞人忧天，这么大一个台阶递过来，姜婠婠高兴得都快痛哭流涕了，怎么可能不接受？

她把自己打扮得娇美动人，假装什么都不知道地赴约。

会议十点半开始，姜婠婠十点半准时现身，彼时，所有人都已经到齐，会议室里鸦雀无声，气氛庄严肃穆堪比上朝。

苏则坐在主席位的旁边，自她进来，目光就肆无忌惮地落在她的脸上。

他的目光那样灼切，真是让人想忽视都难。四目相对，姜婠婠捏了捏手心，暗暗吸进一口气，用力平复自己快要不受控制的心跳，镇定自若走向主席位。

苏则今天出席的身份是 JS 第二大股东，第一大股东是姜婠婠。

但姜婠婠对自己的定位非常清楚，她今天是来见苏则的，所以坐在主席位上，对于沈文石的汇报和规划，她就淡定地装深沉，不发表看法。其实她也发表不出什么看法来，一来她不懂管理这回事；二来，苏则就坐在她旁边，离她实在太近，她呼吸间全是他的气息，扰得她脑子晕晕乎乎的，一片空白。

苏则也没有发表看法，他就只负责点头，连摇头都不用。沈文石或其他股东的提议，不管其他人如何表决，只要苏先生不表态，那就代表不通过，所有人无不对他俯首称臣。

会议持续了半个小时，不长，但姜婠婠觉得自己做了半个小时的傀儡，油然而生一种屈辱感。

散会后，偌大的会议室只剩下她和苏则两人。

姜婠婠淡淡地将面前的材料推开："你可以不用叫我来的，反正我也不懂。"

苏则深情地看着她："不叫你来，我怎么见你？"

在姜婠婠原本的计划里，只要苏则稍微给个台阶，不，台阶都不用，只要稍微有个弧度，她立刻就可以顺势滑下去。毕竟赵小亿早晨才拿死威胁过她，实在由不得她任性而为了。

可是此刻果真见了面，姜婠婠却什么计划都忘得一干二净，又傲娇起来："你不是要忘了我吗？你总见我怎么忘呢？"

苏则见她这不依不饶的模样，终于低低笑了出来。自他们分手以后，他的第一个笑容。

“三百年都忘不了，现在怎么还能忘？”

“……那还真是对不起你啊。”

苏则摇头：“不是忘不了，是舍不得。这么多年来，我不是没有过决意忘记你的念头，可是最后都反悔了，全败在一个舍不得上，所以三百年这么漫长而孤独的生命，我竟也一如平常走过了。”

他凝视着她：“你呢？你曾经想过忘记我吗？”

其实，人与人之间，最能打动人的不是情话，而是最能让人产生共鸣的话语。苏则的这个话题，不轻不重就在姜婠婠心中激起了千层浪。

三百年的时间，她曾经那么痛苦地活着，她曾下定决心忘记他吗？当然啊。无数个日落时分，她心力交瘁地徒劳而归，多少次下定决心：从明天起，忘记他。

可是真当第二天的太阳升起来时，她又反悔了。她恋恋不舍地想，再让她努力一天吧，说不定今天就找到了。

就这样一次次反悔，一次次舍不得，一不小心，她就找了他三百年。

姜婠婠的眼睛不觉有了湿意。

苏则等不到她的回答，兀自道：“婠婠，我最近一直在想，假如时间可以倒流，生命可以重来，那么我不会再遇见你，我会避开你远远的。”

“是吗？”姜婠婠扯了扯唇，不客气地说，“没有我，你就死了。”

“是啊，没有你，我的故事早已终结。”苏则轻叹，却释然。他不是不曾意识到这一点，他只是，可以坦然接受。

他看着她，眼里水光浮动：“可是，如果那个时候我可以预知未来，可以预见多年后你因我而受的痛苦和折磨，那么当年我不会让你救我，我会在你遇见我以前就让自己死去。只要你我从无交集，那么你还是大海里自由自在快快乐乐的美人鱼，你不知道我是谁，我也不会给你带来灾难。你会遇见你喜欢的雄性人鱼，和他在一起，他会比我更懂得保护你、爱护你，他也能够随心所欲地陪伴你身边，你可以和他长相厮守，过完快乐安稳的一生。”

他的假设幸福动人，姜婠婠心中却一片凄凉。她的眼睛酸热，失神地看着眼前的男人：“那你呢？你要怎么办？”

苏则摇头：“我不重要，你救了我，我却害了你，我应当死去。”

姜婠婠嗓子轻颤：“你不是已经死过一回了吗？在大漠……”

苏则眼底蓦地蕴起笑意。

原来当天在岛上，她人离开得决然，心却没有，她终究还是愿意听他的解释。

他笑得眼底一片水光，抬手掩住眼睛："是啊，你救我两次，我要怎么报答你才够……"

事情的发展完全超出了姜媗媗的控制，她怀着目的而来，昨晚临睡前几乎给自己写了篇演讲稿，又预测了可能的二十个对话，准备得可以说是滴水不漏。但她万万没有料到的是，自己见到苏则会控制不住自己的情绪，整个人整颗心全都被他带着走，被他的言语被他的眼神被他的情绪弄得神魂颠倒，以至于这些准备全部没有用上不说，最后更连自己来干吗的都忘得一干二净。

就是在苏则那一句怎样报答出来的时候，姜媗媗猛然察觉到这里是一个很关键的地方，她需要说点什么，一点她为之准备得心力交瘁的什么。

可是究竟是什么……她想不起来了。

她着急得不得了，绞尽脑汁地去想，虽然最后万幸想起来了，但那个水到渠成脱口而出的时机却已经错过。

姜媗媗扼腕得不能自已。

苏则就看着她扼腕，不疾不徐地说："媗媗，我们之间，就算不再是爱人，也仍旧还是朋友吧。就算是普通男女，分手以后也还可以做朋友，更遑论我们这么多年的感情，你真的要和我老死不相往来吗？"

"……"

想起身负着重大使命的姜媗媗别无选择地摇头。

"那，中午可以和我一起吃饭吗？"

姜媗媗觉得苏则这个人真是一如既往的得寸进尺。

人类分手以后能不能做朋友她不知道，但分手以后还约会这种事，姜媗媗觉得基本不可能，不要当她白痴好吗？

可要命的是，她有任务。

"……好吧。"

人类的习惯，有求于人不都在饭桌上说吗？

饭桌上不止他们两人。

显然苏先生也知道，男女朋友分手后共进午餐这种事还是比较微妙的，所以体贴地找了第三个人陪着。

而这第三人却费尽心力，正是当日 JS 开业典礼上的主持人，姜媗媗的男神。

男神能够红近二十年，家喻户晓，而不是如现在的偶像小鲜肉们昙花一现，不是没有道理的。男神为人幽默、智慧，外形也许可以让人红极一时，人格魅力却可以真正长盛不衰，姜娟娟的男神正是个长盛不衰有人格魅力的男神。

和真人共餐，姜娟娟受宠若惊，整个人脑子都是晕乎乎的，以至于饭桌上她再次忘记了今天来的目的，从头到尾就只顾着赞美男神并表达自己的崇拜之情。而男神的回应也很对得起姜娟娟的受宠若惊，他和蔼随意，对姜娟娟仿佛对相交几十年的老友，真诚、亲近，从不缺话题。

可惜快乐的时间总是过得很快，男神晚上有直播节目，吃完饭就要去机场。离开前看了看全程被晾在一边但眼睛里一片温柔的苏则，对姜娟娟说:“和苏先生结婚的时候一定要通知我。”

姜娟娟看了眼没有任何存在感的苏先生：“……”

后来，姜娟娟问苏则：“你花了多少钱请他来？”

不要告诉她，男神是慈善家，每年就是会抽一个粉丝共进午餐，今年刚好抽到她。

苏则诚实地说：“一百万，美金。”

姜娟娟默默吸了一口气。

虽然她知道，以男神今时今日的身价，要请动他不容易，但她真没想到可以不容易到这个地步。赵小亿请一个当红女星吃饭才花了十万美金呢。

苏先生怎么这么有钱……

自然，对这么有钱的苏先生而言，姜娟娟一直耿耿于怀的那件事就根本不是个事儿。

财大气粗的苏先生连考虑都没有，直接应下：“也不用出售你的那套，我会处理。”

“不，不是我的，现在是你的了……”姜娟娟连忙狗腿地提醒他。

苏则看了她一眼，意味不明。最后还是另拨了一套房子出来交易，将姜娟娟的那套留下来。

姜娟娟对此表示不解：“留下来做什么？反正我也不回去了，卖了就卖了吧。”

苏先生：“……”

好吧，她一定是觉得他还没有被虐够。

事情圆满解决，赵小亿不用再被郭姐追杀，姜媗媗也松了一口气。

只是有点后患。

苏则，他是不是误会了什么？

她只是说可以做朋友，没说要做男女朋友啊。

所以每天找她吃饭，每晚睡前道晚安是怎么回事？局势的发展好像有点不太对劲。

姜媗媗很着急。

苏则还是没想明白吗？她姜媗媗决定关机几天，让他自己好好想想明白。

但显然人一旦想不明白了，基本不会迷途知返，只会越错越离谱。姜媗媗关机的第二天，苏先生就搬回了西山别墅，再次和她做起了亲近的邻居。

姜媗媗："……"

她有种时间倒流的感觉，仿佛回到了去年，他费尽心思要得到她的心。又或许还要更久，三百多年前的苏将军就是这样追求她的，每天在海边等她，等得她心都软了。

还一厢情愿地给她起了个名字，绵绵。

可是自那以后，绵绵真的成了她的名字。甚至时至今日，她都不记得自己在遇见他以前叫什么名字，过着怎样的生活。

她只记得他们在一起以后的日子，她的生活，点点滴滴和他有关。

姜媗媗顿时觉得很恐慌，因为她忽然意识到，苏则不仅在战场上是个将军，在他们的感情里，他也一直战无不胜，总有办法让她一次又一次沦陷。

但这一次她不想再沦陷了。

她有时候会想，世上男人这么多，她为什么就一定非要一个苏则不可呢？

如果放弃苏则，外面将是一个更广阔更自在的世界迎接她。

晚上，姜媗媗在湖边散步时再一次毫无悬念地遇见了苏则，两人沉默无言地并肩走了一会儿。她斟酌着开口，耐心又细致地向他表达了这个想法。只是说得要更委婉一些，她机智地将主语换成了苏先生。

"如果往前看，苏先生，你的未来将是一个更广阔的世界。"

不知道苏则听明白了没有，他沉默着看了姜媗媗一会儿，湖水仿佛映进了他的眼睛里，他的双眸深邃又泛着点点星光。

“娟娟从前买过珠宝，对不对？”

“当然啊。”姜娟娟觉得苏先生真是明知故问。

“那你应该明白，世间珠宝琳琅满目，可是极品却就只有那么一两件，那不仅需要眼光，还需要缘分，或许是几世修来的缘分才能在今生遇见，当然或许最终缘分仍旧不够，可能还是会与她擦肩而过。但只要曾经遇见过她，曾经心动，即使最终得不到，也不可能再去看其他的珠宝……因为，曾经沧海，她再也不可替代，我也无法将就了。”

姜娟娟愣了好一会儿才明白过来他话中的意思，然后她张了张嘴巴，却发现自己说不出话来。

和苏先生说人生道理，她不是对手。

姜娟娟灰溜溜地回去了。

情场失意，那就发展事业吧。

但是这一次，比起之前盲目地和招聘方互相嫌弃，姜娟娟开始反思。严格来说，研究院那一次落选她就一直在反思，因为对方对她的反馈，无疑是很中肯的。

她自小优秀，有着很好的教育背景，还有五花八门的特长傍身，看起来像是才华横溢。可是她的性子像云一样，一会儿飘到这里，一会儿飘到那里，一会儿从学术界飘到珠宝界，一会儿又从珠宝界飘到翻译界，甚至还一度打算从翻译界飘到艺术界。

看起来华丽惊艳，其实根基都不够深。假如生在武侠世界里，她无疑是那种精通各家功夫的人物，或许会被追捧一时获得不小的声名，江湖相见，被人拱手作揖恭恭敬敬叫一声“姜大侠”，但一旦遇见真正的高手，她就会败得惨不忍睹。

术业有专攻，姜娟娟打算重新回到学校修炼精进。

对此，赵小亿和姜滩纷纷表示了毫无原则的信任。

赵小亿说：“当年你本来就已经获得了保研名额和常春藤 offer，现在回归，是学神的强势回归，探囊取物啦！”

姜滩说：“我早就告诉过你，女孩子还是应该多读书，你念书又这么有天赋，半途放弃真是可惜。现在好了……”

现在好了……又打脸了！

谁说探囊取物的，谁说她念书有天赋的？姜婠婠看了几天书，成功地把自己看吐了。

是真的吐了，字面意思，不是修辞手法。

姜婠婠很震惊。

她知道有些事情是不能中断的，学神也不是那么容易做的，她混了三年，有心理准备。但，也总不至于渣成这个样子吧。

看书，看吐了……

并且这种症状出现了一次以后就频频出现，她甚至连胃口都糟糕起来，食欲不振，好几次在饭桌上就干呕起来。

好在那时姜滩都不在家，就是李阿姨看她的目光有点微妙。

这样的微妙之下，姜婠婠自己也终于察觉出了那么点不对劲。

那个好像……两个月没来了。

啊！

姜婠婠抱着一线奢望，去了妇产科。

可惜这个奢望对她不怎么温柔。

检查结果很快出来，她怀孕了，两个月。算起来，大约是苏则向她求婚那天有的……也有可能是之后岛上那几天。

姜婠婠欲哭无泪，万万没有想到，她热恋时候采的花，会在分手以后结果……

是的，姜婠婠想，苏则可不就是一朵牡丹花吗？

而她，就要死在牡丹花下了。

更重要的是，这一刻，她还猛地记起一个强烈的隐忧。她垂眸望着自己平坦的小腹，忧心忡忡地想：这里面是人，还是人鱼？

正常推断应该是人，但她三百多年实在经历了太多无法用常理解释的事，此刻真的不太有把握。

如果是人还好，如果是人鱼要怎么办？

姜婠婠的脑子里刹那间闪过可怕的画面，仿佛已经亲眼看到小人鱼一出生就被迫和她分开，因为体质特殊被送到科研所，从此活得人不人，鱼不鱼……

短短几分钟，姜婠婠捏着检查报告走出电梯的时候，双眼通红。她吸了吸鼻子，坚强地低着头往前走。

“婠婠。”

一道温柔得仿佛怕将她惊吓的嗓音忽然从前方传来。姜婠婠下意识抬眼，不偏不倚与前方芝兰玉树的男人四目相对。

苏则身长玉立，清贵不凡，像从天而降的谪仙。医院大厅里的灯光很亮，可此刻他眼睛里的光芒竟把灯光也压了下去。姜婠婠视线所及全变得暗淡模糊，只有他在发着光。

他大步往她走来，眼睛里的惊喜鲜活夺目，竟让她也感同身受。他走到她身边，他的手心滚烫，握着她轻轻发抖：“婠婠，太好了……”

因为激动，他几乎说不出话来。

有那么一瞬间，姜婠婠想，不能让他知道。但下一个瞬间，她又开始纠结怎样开口告诉他。用什么样的词语，什么样的语气，还有什么样的眼神？最重要的是，她想要达到什么样的效果？

但事实上，这些纠结全都没有用上，因为姜婠婠对苏则说的第一句话根本就没有经过脑子，她望着苏则，眼泪莫名夺眶而出：“我不要和它分开，不要它人不人，鱼不鱼地活着……”

苏先生，愣住了。

下一刻，男人忽然用力将她抱到怀中，他的胸腔震动，低沉的笑声传到姜婠婠的耳朵里，那样得意而畅快。

姜婠婠：“……”

她的想法有点奇怪，却让苏则欣喜若狂。因为他从她看似毫无头绪的动荡情绪里懂得了她的心意。

——她想要这个孩子。

他追来医院的这一路，整个人都在崩溃的边缘。他的情绪在极度的喜悦、极度的恐慌和极度的痛苦之间来来回回转换。一会儿想到婠婠怀了他的孩子，他整个人就喜悦到几乎癫狂；一会儿想到婠婠对这个孩子可能的态度，他又恐慌不已。毕竟她还没有结婚，她可能会不要它，更可能会恨他，恨他故意让她怀孕，然后彻底和他一刀两断。这样的结果，即使只是想想，也把他吓得浑身发寒，眼前一阵阵的黑。

姜婠婠见到他的时候，只看到了他外表沉静，却不知他心里山重水复的煎熬。而她更加不知道，她对他说的第一句话，无异于将他救赎，从死到生。

懂得了姜婠婠的态度，苏则之后说话做事起来就格外有底气了。

趁着姜婠婠心不在焉，车子直接开到市中心的别墅。

等姜娟娟回过神来，才发现不是回的西山，她不高兴地看着驾驶座上的男人：“你带我来这里做什么？”

苏则却仿佛全然看不到她的不高兴，兀自温柔地凝着她：“娟娟，我们今天先来试试婚纱。”

“……”

他到底是什么时候买的婚纱……

“试完婚纱我们就回去，我知道你怀孕了很辛苦，可是婚礼必须要开始准备了。我们的宝宝已经两个月，再晚穿婚纱就不好看了。这是两个月前我就定好的，也不知道现在还合身不合身，不合身我得让人尽快改。”

“……”

心里好堵怎么办？

她气呼呼地坐在椅子里，瞪着苏则提醒他：“我们已经分手了，婚纱合身不合身都和我没有关系。”

苏则侧过身来，手掌自然地覆在她的小腹，笑道：“怎么会没有关系呢？连上天都站在我这一边了，你还不肯原谅我吗？”

“……”

苏先生可真是会给自己脸上贴金啊，还上天都站在他那边呢，明明是他自己早有预谋……

苏则见她噘着嘴巴不说话，轻叹：“难道你要让我们的宝宝一出生就没有爸爸吗？”

姜娟娟垂下眼皮。

苏则学着小孩子萌萌的声音：“让宝宝长大以后每天问你，妈妈，爸爸去哪儿了？”

他素来清冷，偶尔滑稽起来就格外有趣。

“还有啊，其他小朋友都有爸爸，就我们的宝宝没有爸爸，你想过宝宝会有多委屈多难过吗？”

姜娟娟睫毛轻轻颤了颤，她怎么会不懂？她可是在大海里自生自灭了三百年。

苏则就是个最会捏人软处的浑蛋，姜娟娟反抗无力，只能闷闷不乐地跟着去试婚纱。

婚纱是由世界顶级的高端婚纱设计师亲手剪裁缝制而成，华丽奢侈，单是裙摆就至少有七米长，放在偌大的主卧里，也占据了大半个房间。

美轮美奂，闪闪发光，仿佛把整个房间都照亮。

姜婠婠觉得那光芒闪得有些不科学，仔细一看，才发现裙摆上竟是镶着钻石。不是水钻，是南非钻。一颗一颗光彩夺目的钻石镶在裙摆上，像是一条鱼尾上闪闪发光的鱼鳞，别出心裁，巧夺天工，美得让人不敢呼吸。

姜婠婠一直都知道，苏则虽然是个活了三百多年的老古董，可是一旦用心就浪漫得让人招架不住。像这样的婚纱，该是多少闺中少女的梦呢？就是她，此刻也有了一种就算不结婚也一定要试穿看看的心态。

姜婠婠的语气已经动摇："两个月前就做好了？"

苏则点头："我们去岛上那天送来的，本来打算回来就举行婚礼……"

姜婠婠垂下眼皮，那并不是什么美好的记忆。

"万幸没有错过，"苏则低头亲吻她的眉眼，轻叹，"婠婠，我想让你知道，只要我们之间终有这一天，那么不管过程多么漫长煎熬，不管其中怎样折磨痛苦，我都可以等。"

三百多年来，也都是这样一个信念支撑着他。

然而试穿的时候，出了点问题。

太繁复太华美了，姜婠婠一个人根本穿不上。她脱了衣服在房间里折腾了好久，不仅没有穿进去，甚至差点被绊了一跤。

苏则在外面敲门："婠婠，好了吗？让我进来看看。"

姜婠婠说："好什么好？你怎么能让我一个人试婚纱呢？"

苏则不知道婚纱试穿都要有专人帮忙的吗？他想得到定做婚纱，想得到让她试穿婚纱，怎么就想不到找个人来帮她呢？

笨！

房门识趣地从外面推开。

姜婠婠吓了一跳，一面连忙拿婚纱挡住自己光溜溜的身体，一面恼怒地瞪向进来那人："臭流氓！你进来做什么？出去出去！"

男人落在她身上的目光深邃幽黑，神情却纯良无辜，他解释道："你刚刚的意思，难道不是让我进来帮你吗？"

"……"

姜婠婠气得跺脚，她哪里是这个意思了？

"我说的是，婚纱太复杂了，你应该找专业人员来帮助我试穿。"

而不是让你进来帮我穿啊！

姜媗媗跺着脚赶人："出去出去！"

"我也可以帮你。"

姜媗媗吓了一跳，有那么一刹那，她真的以为他是在说笑，可是看他满脸认真，她立刻明白过来，他是说真的。

苏则毫不迟疑地走到她身边，见她退，眼疾手快抓住她："和我躲什么？我们都有孩子了。"

姜媗媗："……"

他说得太好，她真是无言以对。

可是姜媗媗实在太了解某个男人了，从前他们在一起的时候，他在某方面的意志力就是无与伦比的薄弱，不然她的孩子是怎么来的？

让他帮她换衣服，那她绝对是在自己作死。

姜媗媗对他的警惕心很重。

对此，苏则无比清心寡欲地表示："你怀着孩子，就是你想要，我也不给。"

姜媗媗："……"

什么叫她想要？他们两人中，她才是清心寡欲那个好吗！浑蛋！

最后，姜媗媗还是不情不愿地让苏则帮她，一来是因为她的确喜欢这件婚纱，又被他勾引得这样心痒痒，今天真是非试不可；二来，苏先生说话从来不在意尺度这个东西，她不知道如果她再拒绝下去，他还会说出什么话来。

好在这是个精明的男人，对她又格外温柔，的确让她少受了不少罪。

后来，苏则就坐在床上，含笑欣赏她穿着婚纱在他面前臭美，两个人的脸上都有种宁静的满足。姜媗媗抬头挺胸，下巴抬得高高的，像公主一样在房间里踱来踱去，走完一圈又一圈。

她现在不能穿高跟鞋试，索性光着脚踩在地毯上，偶尔又忍不住踮起脚尖，一会儿走到镜子前，一会儿走到苏则面前。因为裙摆着实太长，即使是小小一个转身的动作也要绕一个大大的圈，于是姜媗媗就这么绕着卧室来来回回走了至少几十圈，并且还乐此不疲着。

这件婚纱是彻底把姜媗媗作为女孩的公主梦唤醒了。

最后，还是苏则提醒她："很美很合身，换下来吧，我们婚礼的时候再穿。"

姜媗媗噘着嘴巴，不置可否。

什么婚礼，她还要看某人的表现才决定要不要有婚礼呢。

苏则起身走到她身后，帮她拉下拉链。

……

穿的时候相安无事，没什么问题，脱的时候，情况却有些失控。

动情的男人很可怕。

姜婠婠始料未及："苏则你要不要这么流氓，我还怀着孩子呢！"

"我知道，我只是想亲一亲我们的孩子。"嗓音温柔得快要化掉。

等姜婠婠反应过来，人已经被他抱上床。

这个时候，她终于想明白为什么婚纱要放在卧室里了。她刚进来的时候还在想，裙摆那么长，别墅这么大，哪里不好放婚纱，偏偏要放到卧室里？原来是在这里等着她呢……卧室做某些事多方便啊。

还有啊，为什么知道要定制婚纱、知道要试穿婚纱的苏先生，却不知道要找人帮她试婚纱……都是早有预谋的！

姜婠婠想想自己刚才竟然还会以为他笨，真是悔不当初，这世上还会有比苏则更精明的男人吗？

好在精明的男人说话算话，果然只是在亲宝宝。他覆在她身上，吻她一会儿，又抬头看一看她，目光深深，虔诚温柔。

姜婠婠一开始好尴尬，被他这样亲着，身体尴尬，心也尴尬。可是亲着亲着，感觉到男人温热的吻绵绵密密地流连，她心底又仿佛渐渐涌出了什么，温温热热的，将她的整颗心都慢慢填满，舒服熨帖。她从来没有过这样幸福的感觉，即使是当年和苏将军爱得缠绵的时候。从前，是快乐和爱；此刻，是幸福。爱是心动和激情，幸福是熨帖和圆满。

她忽地意识到，从今以后，她有爱人，有孩子，她再也不是大海里自生自灭孤独流浪的美人鱼了。

眼角渐渐湿润，姜婠婠迟疑良久，缓缓抬起手，轻轻抱住身上的男人。

这是一个细微的动作，仿佛千里之遥，她不过是迟疑地动了一小步，几乎不能让人察觉。可是苏则的反应却让她有种自己其实已经走完的错觉，只见他浑身重重一震，猛地抬起头来，四目相对，让她那样清楚地看到他眼中的受宠若惊，还有因为激动蕴藏的水光。

他忽然用力抱住她，十倍百倍之于她抱他的力量，带着无怨无悔的笃定和义无反顾。

姜婠婠默默地回抱着他，两人相拥躺在床上，谁也没有再说话。

这一刻，姜婠婠忽然明白，就像苏则所说，只要这一天终于能够到来，那么从前的等待、寻找、煎熬和折磨，就真的都不算什么了。

是她之前太傻，因为过程艰难，就崩溃地忘记了初衷，否定了最初的心意。

姜婠婠想明白了，而苏则一向是个见微知著的男人，早在她迟疑地向他伸出手的那一刹那，他就知道她想明白了。他以为还要等很久，原来她终究还是舍不得他。

男人的吻落到她的脖子里，从最初的如蜻蜓点水，到逐渐动情深入……

姜婠婠在他怀里软哒哒的，笑眯眯地拿他刚才的话反问他："你刚才不是说，就算我要，你也不给吗？"

男人吻上她的唇，低低呢喃："给，你要什么我都给，就算要天上的星星，我也给。"

第二天，苏则正式拜访姜家，在姜瀰那里基本没有任何悬念地通过，并且雷厉风行地将婚期定在下月，迫不及待的样子简直让姜婠婠叹为观止。

之后，除了每天指挥婚礼筹备，剩下的时间，苏先生常驻西山别墅，以便时时刻刻对未婚妻有求必应，因此将她宠得愈加不像话。

姜瀰并不知道姜婠婠怀孕的事，不明不白之下对这样的姜婠婠也快看不下去。

这天早晨，姜婠婠慢吞吞下楼的时候，姜瀰已经吃好了。看到她懒哒哒的样子，终于忍不住说她："你就要嫁人了，以后还是这么懒散可怎么了得？"

姜婠婠："……"

家里管得比苏先生严多了好吗？

姜瀰说了她就提着公文包出门，不过眨眼又回来了。

姜婠婠听见关门声，以为是姜瀰忘记拿东西，年纪大了嘛。结果回头就看见姜瀰走在前面，他身后跟了一人。

姜婠婠偏头去看，顿时手一抖，勺子落到碗里，敲了清脆一声。

林丽雅。

"婠婠还在吃早饭呢？"林丽雅听到声音，笑容满面地往她走来。

准确地说，姜婠婠一口都还没吃，她早晨起床喉咙就有点干干的，没什么胃口。此刻只见林丽雅一步步往她走来，脸上的笑容和三百年前那一湖血水重叠，她终于忍不住捂着嘴巴痛苦地干呕起来。

这个反应完全出乎所有人的意料，林丽雅白着一张脸，受伤地看着她，姜滩无奈地叫了姜媗媗一声。

"媗媗……"

姜媗媗起身跑向洗手间。

林丽雅双肩轻颤，楚楚可怜地看着姜滩："对不起……"

姜滩闭了闭眼。

等姜媗媗出来的时候，姜滩和林丽雅都不在客厅了，玄关处有两双换下的拖鞋。

姜媗媗坐在沙发里缓了缓，没一会儿就有人敲门。

是苏先生过来喊她吃早饭。

姜媗媗起太早，一点都不想吃东西，可还是怀着微妙的心情跟他走了。

结果事实证明，对一个吃货而言，一切"没胃口"其实都是挑剔的暗示，暗示她要吃更好吃的。当苏先生告诉她，厨房的牛肉已经炖好，问她要不要吃碗牛肉面的时候，她没忍住，默默吞了吞口水。

她已经想象到那个味道了。

……

后来姜媗媗才知道，厨房里不只有牛肉面，还有小笼包、小馄饨、水晶饺、各种汤……

苏先生基本上是把能想到的姜媗媗爱吃的早餐全都准备好了，假如刚才姜媗媗表示不喜欢吃牛肉面，他也可以立刻给出别的选项。

姜媗媗感动得双眼泛酸："这么多东西……你多早就起床了？"

"我没睡，半夜就开始准备了。"

半夜就开始准备早餐……姜媗媗感动得都快哭了，看她要嫁的老公多好。

然后就听他说："没有你在身边，睡不睡并没有差别。"

姜媗媗："……"

这个话太有歧义，姜媗媗一不小心就想得有点歪。

然而后来，苏则真的只是抱着她睡了一个回笼觉，无比纯洁又温暖，姜媗媗顿觉汗颜。

原来真的是她想歪了。

想歪的不止她一人。

下午，姜滩回家收拾东西，没见着姜媗媗人影，特地到苏则这里找人。彼时姜媗媗刚刚醒来，还赖在苏则怀里，苏则被她撒娇撒得没有办法，不觉有些放纵。

这时，门铃响了。

姜潍见到这样的姜媗媗，眼神很是凝重。可惜他是当爹的不是当妈的，有些话到嘴边还是生生咽了下去，算了。

算了，反正他们下个月就结婚了。

姜潍是特地过来告诉姜媗媗，他临时要去趟意大利，大约半个月回来，说完就直奔机场去了。

姜媗媗的好心情霎时一扫而空。

联想到早晨才见了林丽雅，姜媗媗认定姜潍是在骗她。什么出差，是和林丽雅破镜重圆去了吧？

假如姜媗媗不曾想起从前的事，那她已经要出嫁，林丽雅也不过是过眼浮云了，实在不值一提。可是现在，只要看到林丽雅那张脸，当年所受的折磨就历历在目。

姜媗媗忽然醒悟到，原来这么多年的失忆，其实是上天给她的恩赐。而在她想起一切以后，如果这个人还要再次成为她的后妈……

苏则察觉到她的恐惧，连忙握住她的手安抚道："姜潍没有骗你，是我让他出国去谈生意，唐瑄和他一起去的。"

姜媗媗不解地看着苏则，眼睛还湿漉漉的："你为什么要这么做？你吓到我了你知道吗……"她还以为，姜潍就真的那么放不下林丽雅，林丽雅又要回来当她的后妈了。

苏则亲了亲她噘起的嘴巴，笑道："一来，姜潍出差，你就可以留在我身边；二来，林丽雅赌场失意，正回来纠缠，我这个时候让姜潍和唐瑄出去，正好避一避，同时也增进他和唐瑄的感情。"

姜媗媗想了想，只觉这样眼疾手快一箭三雕的手段，果然只有奸诈的苏先生做得出。

她萌萌哒扑过去，一边一口亲了亲他，表白道："苏先生，我喜欢你。"

苏先生："……"

能不能更有诚意一点？

后来，林丽雅又来过别墅两次，两次都没有等到姜潍，她这才不得不相信，姜潍真的出国了。但这个时候出国，很难不联想到他是为了躲她。

林丽雅整个人都有些憔悴，想想从前，姜潍对她多好，哪里会对她这么狠？

林丽雅很自然地怪起了姜媗媗，想到姜媗媗那天看到她直接吐了出来……她不用想也知道，定是姜媗媗挑拨离间，姜潍才会这样对她。

李阿姨没什么心机，虽然她对林丽雅也一直不满，但耐不住林丽雅纠缠不休又可怜兮兮，一个不小心就说漏了嘴。

“丽雅你别误会媗媗，媗媗不是针对你，她……她是怀孕了。”

李阿姨的解释弄巧成拙。

林丽雅闻言，脸霍地青白，身侧拳头死死攥紧。

为什么这么不公平？她身世不如姜媗媗就算了，这么多年，她一心一意不过想要个孩子，也一直无法得偿所愿，而姜媗媗的一切却来得这样容易！

林丽雅觉得自己快疯了。

苏先生的动作雷利风行，一如当初他费尽心思住到姜家隔壁时的效率，短短一个星期，就将婚房准备得差不多，正在东边的山上。

姜媗媗原本想婚后住在市中心的别墅，但苏先生说那里湿气重，对母子都不好。

东山和西山不同，西山已经被开发得差不多了，名字带山，但基本没剩下什么天然植被。东山则不同，从规划之初开始，这个地方就是留给权贵阶层的。大片大片的绿色植被里错落着寥寥几栋古典园林，高贵冷艳地俯瞰着整个 A 城。

车子驶入山中，不久，就到了一处园林，小桥流水，精致高雅，宛若天成。

姜媗媗忍不住笑着打趣：“你这是要与世隔绝吗？”

苏则含笑反问：“媗媗，你有没有想过，我这个年纪，在人类的世界里早就该退休了？”

“……”

“那些退休的老人所想的多半就是这样吧，远离闹市，不争名利，闲情逸致，陪伴娇妻。”

退休的老人还有娇妻……

“老流氓吗？”姜媗媗问。

苏则笑了笑，牵着她的手，两人绕过回廊：“我带你去试试我们的新房。”

姜媗媗下意识地以为他是口误，房间不是该用看看吗？试试是什么？怎么试？

转念一想，卧室这种东西还真是能试。

果然，某人顺着她的话，就是要理直气壮做个“老流氓”。

山间清净雅致，空气中一阵阵飘来栀子花的芬芳，姜婠婠也有一些沉迷……

老流氓问：“喜欢吗？”

姜婠婠将脸埋在他怀中，害羞地老实道：“喜欢。”

不过，试试就好，有些事还是要留到新婚之夜的。

后来，两人手牵着手躺在床上聊天。

苏则和她说他的计划，为什么要拿这里做婚房呢？因为这里安静，空气好，她可以安心养胎。山上还可以看日出，他们曾经看过许多次海上的日出，还没有看过山上的日出，以后他们可以天天看日出。

这个计划真的让姜婠婠很为难：“可以天天看日落吗？”

她并不想那么早起床去看日出。

从前能和他看海上的日出是因为她是人鱼啊，不用像人类一样睡这么长时间，但现在她的身子是人，她就没有那么好的精力了。

对此，苏则略一思索，折中道：“那一个月至少一到两次。”

“……”

说好的浪漫呢？如果浪漫要被量化，那就不浪漫了好吗。

苏则侧身支肘凝着她，手掌轻轻落在她的小腹，温柔地抚着：“书上说，相爱的父母生出的孩子会更加健康快乐。婠婠，我想让宝宝知道，宝宝的父母非常爱彼此。嗯，虽然宝宝的爸爸年纪大了，但还是会和妈妈一起做浪漫的事，就像年轻时一样。”

姜婠婠本来还有些感动，听到最后一句，“扑哧”一声笑了出来：“老流氓你当上瘾了吗？”

苏则眼中笑意轻荡，缓缓俯身吻上她的唇。姜婠婠笑眯眯地回吻他，双手环过他的脖子。

谁说浪漫一定要看日出？现在不就很浪漫吗？

不过苏先生可能是指对胎儿来说比较健康的浪漫。

如果苏先生不问她一些奇怪的问题就更好了，譬如：“如果有一天我忽然老去，不再这么好看，婠婠还会不会爱我？”

姜婠婠转了转眼珠子，笑嘻嘻地问：“苏先生，这句话的重点真的不是要我夸你现在有多么好看吗？”

"……"

姜婠婠已经非常给面子地夸起来："好吧，苏先生，你是我活了三百多年见过的最好看的男人，不对，是雄性，人鱼里面也没有你这么好看的，我爱你。"

"……我也爱你。"话题已经完全被带偏了。

新房太舒服，姜婠婠躺在苏则怀中没一会儿就睡着了。

苏则侧头凝视着她，眼神幽深难辨。

命运不可捉摸，就像三百年前他从不曾想过自己能够长生，如今，体内灵珠异动，他也不知道他将何时失去。

对于这颗灵珠，他曾有过埋怨，怨它将他和小美人鱼分开三百多年，但更多的还是感激，感激三百多年的陪伴，感激它带来的长生，让他可以等到重逢之日。

然而重逢之后，他却不再需要。他原本打算，和姜婠婠恩爱一生，然后，他就放弃灵珠，和她一同死去。

可是最近灵珠的异动却让他有非常不好的预感，他猛然意识到，他的计划是否太过自以为是了？假如这颗灵珠再也坚持不了那么长的时间呢？

那么，他会如何？他会立刻老去吗？还是会立刻死去？他本该是作古的人，一旦失去灵珠，是否就立刻灰飞烟灭了？

他一无所知。他倒是没有别的惧怕，只怕这三百多年才等到的重逢，终究无法相守到老。

苏则拥紧怀中的姑娘亲吻，因为惧怕而没有办法惜力："婠婠，婠婠……"

被他吵醒的姜婠婠："……什么？"

"我们下山了。"

"……"

姜婠婠没有睡醒，不开心地噘着嘴巴："说好的来看婚房呢？只让人看卧室是什么道理？哦，苏先生，你这个老流氓！臭流氓！"

苏先生泰然自若，强势地搂着她离开，一面柔声哄道："我们明天再来看，现在还有更重要的事要做。"

姜婠婠不乐意地跟着他上车："几个小时的车开着好玩的吗？"

如果有重要的事情……

"苏先生，你都不会提前想好时间这个问题吗？"

"抱歉，我也是刚刚才想起来。"

的确是刚刚才想起来，苏先生现在被灵珠弄得很没有安全感，刚刚倒是忽然想起一件可以增加安全感的事。

夜长梦多，不如赶在民政局下班之前先把证领了吧。

——再没有比这件事更重要的了。

然而姜娟娟问他，他却要卖关子。

"惊喜。"

"……"

"乖，睁开眼睛，看看我，只有现在多看我一眼，将来你的痛苦才会稍微少那么一点点。"
"那么，忘记我吧。婠婠，醒来以后，再也不要记得苏则。"

Chapter 20

待嫁，再度死别

事实证明，惊大于喜。

也不知今天是什么日子，都已经下午了，民政局还排着长长的队，结婚登记处等候大厅里几乎座无虚席。

姜婠婠也不是不高兴，只是想到结个婚还要排这么长的队，难免有点畏难情绪。

阿未把他们的证件送来，姜婠婠畏难地扯着苏则的袖子："要不，我们明天再来吧？"

苏则说："明天星期六。"

好吧，苏先生的意思她懂，他就是想要今天结婚。

可问题是……今天人好多啊，结个婚火爆到这个程度真的科学吗？

姜婠婠目光逡巡一周，慢悠悠地踱到一位圆脸长发女孩身边坐下。女孩向她看来，她立刻甜甜地笑了笑。她笑得这么可爱，女孩连忙友好地向她打招呼："你和你先生也是特地赶在今天来结婚吗？"

姜婠婠顺势问出心中疑惑："今天……是什么日子？"

"啊，你竟然不知道？"

女孩立刻眉飞色舞地和她描述这个日子有多好。

简单来说，国人结婚都会算算日子，与其将之称为迷信，不如说这是一种传统的祝福，找个好日子，寄托着两个家庭对这桩姻缘的祝福和期待。这种祝福遵循着一种姜婠婠不懂的算法，而今天这个日子，就是这种算法算出来的公认的大吉日子。

姜婠婠想起上午离开市区的时候，遇见的三个送婚队伍，恍然大悟。

也是，这么好这么吉利的日子，不用来结婚也是浪费。

姜婠婠立刻开心起来，抱着苏则的手臂亲昵地蹭了蹭。苏则换了个姿势，让她可以舒服地靠在自己怀中，两人耐心地等着领证。

但因为人实在太多，姜婠婠又怀了孕，没多久就想上厕所。

苏则无比自然地站起身来，就要送她去洗手间，可姜婠婠觉得苏先生真是腻歪得不像话了，就这么短的距离，上个洗手间也要送。

姜婠婠噘着嘴巴问："你怎么不抱我去上厕所呢？公主抱。"

苏则抬了抬眉毛，不疾不徐地说："只要你愿意，我不介意。"

姜婠婠："……"

她介意，她介意好吗。

旁边的女孩已经被好看又体贴的苏先生苏得不像话了，忍不住念自己老公："看看人家多体贴。"

女孩老公说："你要上厕所吗？我现在抱你去。"

女孩："……"

姜婠婠："……"

闹了个笑话，姜婠婠把苏则按在椅子里，自己去了洗手间。

洗手间是个八卦集散地，姜婠婠上一次在CR的洗手间里听见了别人的八卦，世事难料，这一次，她竟一不小心听到了自己的八卦。

隔间内，她听见外面有人在讲电话。洗手间空旷，那人讲话的声音就显得格外响亮，真是让人不想偷听都难。

"赵小姐，您别着急，我明天肯定离开……"

"您放心，您和苏先生的大恩大德，我小郭这辈子都不敢忘记。没有你们，我几辈子也挣不出那样一套房子啊，我的女儿也不可能这么快就结婚。"

"不不，您放心，我绝对不会参加她的婚礼！我知道，我答应过苏先生，事情办妥之后立刻离开A城，可这不是我女儿结婚吗？我陪着他们过来领证就算是参加婚礼了，明天一早我就……"

那人正讲着电话，冷不防一抬头，就从镜子里看到姜婠婠，顿时脸一白，被吓得噤声。

"郭姐？"姜婠婠似笑非笑，在镜子里对讲电话的女人打招呼。

那个传说中有说不清背景要追杀赵小亿的郭姐……可以向她解释下是怎

么回事吗？

虽然闹了笑话，但苏则丝毫没有收敛他对姜婠婠的在意，频频往洗手间的方向看去，惹得旁边那对小夫妻也频频往他看来。最后男人实在忍不住了，悄悄对他说：“兄弟，给条活路行不？你看要不暂时先别秀恩爱，我家这位盯着呢，一会儿又得比。”

苏则懒得理他，直接起身。

他现在要去洗手间接老婆，有意见吗？

可惜老婆不在洗手间了……

苏则没找到人，一颗心紧张得快要跳出来，好在这时手机响了一声，进来一条短信——

“我在门口，不要领证了……”

苏则刚被吓得半死，终于松了一口气，二话不说地追出去。

不领证就不领证吧，但，可以不要这么吓他吗？

“怎么了，嗯？”

姜婠婠果然在大门口，苏则大步走至她身边，一手将她揽在怀中，惊悸犹存地亲了亲。

姜婠婠幽怨地望着他：“苏先生，我这么相信你和赵小亿，你们竟然联合起来骗我……”

苏则心里霎时咯噔一跳。

证没有领成，两人空手而归。回去以后，姜婠婠抱着枕头坐在沙发里，静静看着苏则，要他解释。

“我不要问赵小亿，我要你亲口告诉我。”

苏则坐在她对面，老实交代：“你那时太生气，连我也一度以为我们之间无法挽回，一时痛苦得无计可施，这才别无选择地求助赵小亿，但她也是为了你好，所以才会被我收买。后来你要卖房子，我怎么能让你卖房子呢？那里是我们相爱的地方，有那么多恩爱的回忆。所以我要找人替我买下来，人么，背景越简单越好，离 A 城越远越好。那时，郭女士投奔女儿而来，刚到 A 市一天，在 CR 做保洁，以她的身份，你不可能认识她。我原本只是想以她的名义，暗中买下那套房子，但是没有想到，你会回来还我镯子，和我清算得那么清楚，最后还要把房子也还给我。所以我索性让她和赵小亿联手演了那样一出戏，逼得你不得不赴约见我。”

苏则说到这里，笑了笑，疼惜地看着她：“明明我才是三百多年前的古人，你嘛，你却比我还要迂腐。为什么一定要还我呢？假如你心狠一点，直接卖了我就彻底无计可施了。”

姜娓娓抿了抿唇，笃定地说：“你不会无计可施的，一计不成你会再生一计，你总会达到你的目的。”

“是，我不会放弃你，对你，我早就无法自拔了。一次没有成功，我会再次给我们之间创造机会，我总是要给你留在我身边的理由，让你渐渐懂得你对我的感情。”

苏则没有说错，的确是那一次两人心平气和的见面，才让他争取到了一个做朋友的机会。以至于后来他才能更进一步，搬到她家附近，再次陪伴在她身边。但最后真正柳暗花明，还是因为孩子。不过话说回来，假如没有那段时间两人平静的相处，就算姜娓娓后来发现自己怀孕了，和他之间最后的记忆也还是停留在岛上两人的恩断义绝，以她的性格，她也未必就会接受他。

都说情爱不可争取，可不得不说，姜娓娓和苏则这条情爱之路，的的确确是苏则一点点争取到的。爱情不代表天长地久，爱情只要两个人的心动，天长地久却需要一点点经营。

她一直享受着爱情，然后经营就全部留给了他，姜娓娓懂得苏则的无奈和别无选择，可是她就是暂时不想理他。

这样厉害的一个人，他把她的父亲拿捏得滴水不漏，又几乎钦点了未来的丈母娘，还将她多年的闺蜜也收买得死死的，将她蒙在鼓里，她心里也会别扭啊。

别扭的姜娓娓回去自己家里待嫁了，以此表达她对苏则算计自己的微弱抗议。

但是不知道为什么，所有人都以为她是和苏先生冷战了。

连苏先生给她送吃的过来，李阿姨都要小心翼翼地问她要不要见。

姜娓娓：“……”

当然要见啊……她又没有冷战，她只是……

只是想给自己一点时间，让自己全心全意地相信他。毕竟，爱上这样一个男人很容易，但要心无旁骛矢志不渝地相信这样一个心思深沉的男人，她还是需要再努力一点，说服自己。

说服自己，然后，以后再遇见这样的事，她就连别扭都不会有了。

赵小亿来看她，也语重心长地劝：“婠婠，如果可以，你还是好好珍惜苏先生吧。”

姜婠婠：“……”

叛徒，你以为你还能和我说这些吗……

但赵小亿显然完全没有以“叛徒”自居，仍旧深陷在“闺蜜”的角色里不可自拔：“你可别说我没提醒你，我觉得你和苏先生真是没什么缘分，你现在不好好珍惜他，以后分开了你会追悔莫及的。人啊，就是在失去后才会懂得珍惜。”

姜婠婠听到这个话，立刻就气炸了：“你才没有缘分呢！赵小亿，你这个乌鸦嘴！浑蛋啊你！”

他们缘分很多的好吗？分开了三百年都还能重逢，赵小亿什么都不懂。

赵小亿慢悠悠地说：“如果真是有缘分，你就不会在民政局遇见郭姐了。在那样一个大家都迫不及待要结婚的大好日子里，你们都没有领成证。想想这个城市这么大，几千万人，就是约好了都不一定能见上面。而你不仅遇见了，还正好听到她和我讲电话。”

姜婠婠听到这个话，顿时觉得整个人都不好了。

她最怕的也不过如此，怕她和苏则没有缘分。这世间之事，很多都能争取，但有些东西，譬如缘分，终是人力不能争取的。要不怎么说天意弄人呢？

赵小亿本是劝和的话，却无心地戳中了姜婠婠的恐惧，她一连几个晚上做起噩梦来，梦见她和苏则没有缘分，终于还是分开了。

姜婠婠梦里哭醒过来，吓得一身冷汗，肚子也隐隐有些不舒服的感觉。

她不敢怠慢，第二天立刻去医院产检。

产检这样的事，她当然不能让苏则错过，出门就顺路踱到了隔壁。

可惜苏则一大早就出去了。

姜婠婠拨他的电话。

苏则看到她的来电，嗓音温柔得都能掐出水来：“婠婠？”

姜婠婠气呼呼地问：“怎么不在家？”

苏则以为她终于想通不别扭了，连忙就让司机调头，一面迫不及待地解释：“下星期就是我们的婚礼了，今天要看一看现场，我怕下面的人办事不力，亲自过去，现在正在去东山的路上。婠婠，等着我，我立刻回来。”

姜婠婠：“……”

好好的别扭，别扭成他们这样也是不容易，他一面要小心翼翼地纵着她，一面还要紧锣密鼓地筹备婚礼。

姜婳婳忽然想起一句话，一切不以分手为目的的别扭都是秀恩爱。

所以搞了半天，她这几天都是在秀恩爱吗？

姜婳婳被自己囧到了。

她有点心疼他来回奔波：“不用了，你去准备吧。”

姜婳婳这是在体贴他呢，可惜苏先生现在整个人都杯弓蛇影的，婳婳的体贴在他听来也是不开心。但他也不好为自己说话，只能试探地问：“婳婳，你找我有什么事？”

“今天约好了医生产检，我想和你一起去，不过改天也可以。你不用急着回来，我会等你的。”

会等他……

苏则心头激动地一跳：“婳婳，你不生我的气了？”

“嗯。”姜婳婳垂了垂眼皮，轻声说，“但是，你以后也不要再骗我了，好不好？我知道你是为了我好，我愿意让自己全心全意地去相信你，但你也要迁就我一点。我爱你爱了三百多年，你是我这样长的生命里唯一爱过的男人，什么事情，只要你和我说，我都是愿意站在你这边的，但是你不和我说，我还是会难过。”

苏则抬手盖住眼睛。

他从前一直认为，他所做一切，过程并不重要，重要的是动机和结果。他有自己极深的心思，他算不得一个坦诚的男人，但他从前并没有觉得这样有什么不对，直到此刻，他才恍觉自己的确是错了。

婳婳什么都懂，为了爱他，她在他看不到的地方说服自己全心全意地信任他，而他一直以为自己了解她，这么多天以来，却一直当她是单纯地闹别扭，站在原地不曾向她走近。

“婳婳，不要难过。我答应你，以后我想什么，想做什么，我都告诉你，好不好？”苏则温柔地说。

姜婳婳笑眯眯地点头，然后才反应过来他看不到，立刻重重应下一声：“嗯！”

隔着电话，苏则也笑了，一面催促司机快点。

姜婳婳连忙说不用了：“可以明天再去。”

可是苏先生现在哪还有心情去管什么婚礼布置，他现在就只想飞奔回姜媗媗身边，谁也拦不住他。

“今天去，我想看看我们的孩子，迫不及待。”

姜媗媗抿着唇笑，好吧，迫不及待就迫不及待吧。

“那你开车小心点，我一会儿让司机送我去医院，我们在医院见。”

这样他也不用辛苦地回西山接她，来来回回跑也是累人。

苏则想了想，答应了，但还是对姜媗媗叮嘱：“让李阿姨陪你一起去，医院人多，我不放心。”

这有什么不放心的……姜媗媗好囧，真不知道从前没找到他的时候，她自己是怎么活过来的。不过考虑到要成全苏先生一片爱妻护妻的情意，姜媗媗还是答应了。

姜媗媗算着时间到医院，但没想到苏则进城后，路段交通事故把他的车子堵在了路上，所以她就先到了。她和李阿姨先去八楼妇产科，在八楼，她遇见了一个怎么也没有想到的人。

让人不得不由衷地感慨——果然出来混，总是要还的。

其实姜媗媗从前说谎，也大都说些无关痛痒的小谎话，结果基本都是你好我好大家好那种。说起来，她活了三百多年，实际意义上的骗人，她也就只做了一次，就是在 CH 珠宝店，她用十万块的钻戒换了人家九位数的镯子。

那时的姜媗媗也特别想得开，或许在别人看来，她很坏，但在她自己看来，她既救下了一只原本可能被摔碎的镯子，还挽救了一桩婚姻，简直是功德无量好吗！

但是当日那么想得开的姜媗媗，今天不知道为什么，再见到镯子原来的主人，却不怎么想得开了。

是的，姜媗媗在妇产科外遇见的人，正是当日在 CH 那只镯子原来的女主人。

与姜媗媗的偶遇不同，对方是有备而来，径直走到她面前。

“姜小姐，好久不见，借一步说话？”

女人很瘦又很高，居高临下地看着姜媗媗。不同于当日的感激涕零，此刻女人眼中有着锋芒毕露的攻击性。

姜媗媗想无耻地说自己不认识她，但苏则没有说错，她这个人有时候就是这么迂腐。在她自己特别想得开的时候，说谎对她来说简直是家常便饭，她一点心理障碍都没有，可当她心中认定这不应该的时候，她就再也说不出谎话来了。

做错了事，意识不到是一回事，一旦意识到了，姜婠婠一向愿意认错。

“好。”

走廊尽头，姜婠婠开门见山地对她说：“你是为了那只镯子来的吧？”

女人有些惊讶于姜婠婠的坦白爽快，挑了挑眉：“姜小姐看这件事要怎么处理？”

姜婠婠直截了当地说：“既然你现在已经知道那只镯子的价值，我可以还给你。至于那颗钻戒，你也留着，就当是我戏弄你的补偿。”

姜婠婠自己都觉得自己大方。

可惜她的大方并没有得到回报。

女人笑了，眼里的贪婪格外放肆：“那镯子，姜小姐还是自己留下吧，我是俗人，不识货，给我反而糟蹋了。给我钱吧，当我卖给你。”

姜婠婠蹙眉，忽然回想起第一次见面时，苏则说的话——

“那对夫妻绝对不是省油的灯，尤其是那个女人。法律范畴上讲，无效交易确实撤销就好，但人心不足蛇吞象，如果他们想要更多呢？譬如缠上你，告你诈骗，要你赔偿？”

那时，她以为苏则是在吓唬她，没想到短短一年多的时间，就将他的话印证——

“你要多少？”

“五亿。”

姜婠婠笑了出来。

那只镯子上了名流拍卖会，也只被拍到两亿，眼前的女人狮子大开口，竟问她要五亿。

姜婠婠不喜欢贪婪之人，补偿之心荡然无存。

“不答应吗？那我们法庭见。”女人仿佛抓着什么天大的把柄一般，有恃无恐地威胁着姜婠婠，“只是到时，不仅法官不会放过你，舆论照样不会放过你。姜小姐，你说，‘A 大优秀毕业生行骗大丑闻’这个标题怎么样？我们让你的母校，让你从前优秀的过去也帮着炒一炒热度，说不定这样一炒，那只镯子身价倍涨，炒到七八个亿都有可能呢……呵呵！”

“你确定？”姜婠婠丝毫不将女人的威胁当回事，她笑了笑，笑得有些淘气，“你有没有想过一种可能，假如，它被摔碎了呢？”

女人脸色顿变，不敢相信地看着姜婠婠。

姜婠婠也看着她，若有所思："你倒是很聪明嘛，我还真是低估你了。可惜我这个人一向不喜欢让明珠蒙尘，与其被你勒索，我宁愿摔碎它。"

摔碎了再粘起来的珊瑚镯子，和市面上的镯子再无区别，几万块的价值已是卖了高价。到时再要清算，和那颗价值十万的钻戒比起来……呵呵，姜婠婠还是个慈善家呢。

女人久久说不出话来，被姜婠婠气得发抖，忽然抬手狠狠推了她一把。

还好李阿姨在一旁眼疾手快扶住姜婠婠，又立刻挡在她身前。但姜婠婠还是受了不小的惊，她现在可不是一个人，地又这么滑，万一真出了事……

姜婠婠被这么一吓，彻底吓出了火气，她冷冷地看着眼前的女人，撂下话来："我现在就明明白白地告诉你，那只镯子，你想都不要想！不信你就给我试试看！"

女人暴跳如雷地瞪着姜婠婠，想再往前一步，却被李阿姨拦住，只能凶狠地吼道："我不会就这么算了的！"说完，愤恨地转身离开。

苏则还堵在路上，周围人多嘈杂，加上忽然生的不愉快，姜婠婠觉得医院再待不下去。

她对李阿姨说："我们去旁边的咖啡厅等他。"

到了咖啡厅，姜婠婠想要打电话告诉苏则刚才的事，却发现自己的手机不见了。

她揉了揉太阳穴，想起刚才被推那一幕："一定是那个时候被拿走的。"

李阿姨很气愤："医院有监控，我这就去找他们。"

如果是其他财物也就算了，可是手机里面那么多私人的东西，姜婠婠一点都不想被外人看到。

"快去快回，我在这里等你。"

李阿姨去医院保卫科，监控显示，手机确实是被那个女人拿走的，但一时也拿不回来，因为对方已经离开了医院。

李阿姨不知道这事要不要报警，拿不准姜婠婠的意思，又立刻回到了咖啡厅。

然而，那里早已没了姜婠婠的人影。

明明人来人往，热闹无比，李阿姨身体里却陡然升起一阵寒意。

服务员走来，手上拿着一个包包，李阿姨一眼就认出来那是姜婠婠的。

“您好，和您一起来的女士把包落在了这里。”

“她人呢？”李阿姨急了。

“她和另一位客人离开了，大概走得急，把包落在了这里，麻烦您转交给她。”

李阿姨只觉眼前一黑，眼前各种可怕的画面已经接二连三了。

她着急地瞪着服务员，急得都发抖了：“你们是怎么回事啊，就让她这么和陌生人走了，出了事你们负得起责任吗？”

服务员一脸无辜：“可我们也不能不让顾客离开吧，您先别着急，他们看起来是朋友。”

糊涂！是朋友会连包都不拿就走吗？又刚刚经过了医院那件事……

李阿姨六神无主，连忙给苏则打电话。

交通好不容易才恢复，苏则刚到市中心，就接到了李阿姨的电话：“苏先生，不好了……”

苏则的车几乎是横冲直撞到的咖啡厅，到的时候，李阿姨正在和咖啡厅的店长争执。李阿姨要看监控，店长不让。

店长中规中矩地说：“现在没有任何证据证明那位姜小姐是被不怀好意的人带走，说不定是去哪儿逛了，你不如先联系下本人。”

李阿姨被这种态度激怒：“我告诉你，如果她出了事，你别想在A市混！”

店长上上下下看了眼她，不以为然。

李阿姨急疯了。

正在这时，苏则到了。

李阿姨如见救星：“苏先生……”

如今这社会，首先是一个看脸的社会，但比脸更重要的是气场。苏则卓尔不凡，清贵冷沉，一进门就将先敬罗衣后敬人的店长和店员震慑住。

苏则一个字也不浪费：“报警。”

店长一惊，立刻反应过来，连忙赔笑对苏则说：“先生，您先别着急，我们先看下监控，说不定是认识的人呢。何必把事情弄大呢，对不对？”一面殷勤地指路，“两位，这边请。”

监控看得让人失望不堪。

对方有备而来，那是一个高大的男人，黑色的运动装、鸭舌帽、墨镜，从进门到挟持姜娟娟不动声色地离开，全程没有被咖啡店简陋的监控拍到脸。

唯一能看到的只有他抵在姜媢媢腰间的一支反光的注射器。

姜媢媢怀着孩子，不能承受被注射迷药的后果，不得不就范，竟就在闹市区的咖啡厅，这样被人不声不响地带走了。

苏则静静看完监控，脸上没什么表情，只有握紧的拳头上骨节泛白，青筋凸起。

“是医院那个女人，一定是她！”李阿姨激动地向苏则告状。

说曹操，曹操就到了。咖啡厅又进了客人，手上拿着姜媢媢的手机。

“就是她！”

苏则眸微眯，阿未以迅雷不及掩耳之势将人控制住。

女人名叫钱婷秀，手忙脚乱地向苏则解释：“我什么也没有做，我只是过来还手机的。”

“只是过来还手机？”苏则淡淡抬眸。

“再……再和姜小姐谈一谈。”

先从手机里找到点把柄，再谈一谈。

“是谁指使你的？”

钱婷秀脸色顿变：“你在说什么？我听不懂。”

苏则冷道：“你当了替罪羊还犹不自知。你在医院所做的一切，你挑衅她，威胁她，动手推她，还偷她的手机，全在监控记录里。现在她被绑架了，你说如果我报警，你会是什么下场？第一个逃不掉的人就是你！”

“你……你说什么？”

姜媢媢被绑架了？

钱婷秀眼前一黑，差点摔倒在地。

苏则冷眼看着她：“你是老实交代还是等警察来问你？”

林丽雅这几年都有些歇斯底里，姜滩一直处处让着她，呵护着她脆弱的神经。他不仅自己如此，还如此要求姜媢媢，理由是林丽雅神经有些脆弱，不能刺激她，要呵护她。

从前姜媢媢真是无言以对，林丽雅一点都不脆弱，相反她无比强悍好吗，不强悍怎么做心机婊？为什么姜滩就看不出她是故意装得神经质，好达到她自己的目的呢？对这个女人而言，当年身体可以是手段，现在没什么不可以成为手段的。话说回来，一哭二闹三上吊不来点神经质都不逼真的好吗？

不过此刻，姜婳婳觉得林丽雅的神经真是出了问题，她疯了。

疯了疯了。

“你知道绑架是犯法的吗？”

姜婳婳被绑架了，林丽雅把她绑架了。

在咖啡厅，她就已经有所预感。作为一条懂得认㞞的美人鱼，她自认不曾和人结怨到需要被绑架，除了林丽雅，那是上辈子带来的恩怨。

姜婳婳双手被绑，胃中翻腾，脸色惨白。林丽雅就站在她面前，笑得心旷神怡。

这是一间公寓，似乎在郊区，空荡得有些森然。

林丽雅直勾勾地盯着她，朝她笑：“婳婳，你误会我了，我这哪里是绑架你？我这是在救你呢。你是姜濉的亲女儿，爱屋及乌，我怎么可能会伤害你？”

姜婳婳一路颠簸，此刻终于干呕起来。

林丽雅微微笑着，徐徐地说：“你得罪了人，被人家报复绑架，是我凑巧碰见，把你救了。怎么说我也曾经是你的妈妈，妈妈救女儿还有错？我就不信姜濉会不分是非，乱给我扣罪名。”

姜婳婳脸上都是汗，无比狼狈，无力和她争执，只能靠着墙，虚弱地看着她：“我现在安全了，你放我离开。”

林丽雅走到她身边，一把抓住她的胳膊，将她往里面拽。

和她粗暴的动作不同，她的嗓音格外轻柔：“你放心，我肯定会放你离开，但是你现在这个样子，一个人离开我可不放心，万一遇了什么危险，要我怎么向你爸爸交代？”

姜婳婳挣扎不动也无力挣扎，任林丽雅将她拽到卧室：“你想怎么样？”

“让你爸爸来接你。”

姜濉还在国外。

那就让他回来。

林丽雅把姜婳婳用力地推到床上，当着她的面拨下姜濉的电话。

姜濉那边是晚上，他正准备睡觉，电话就响了，看到来电显示是林丽雅的号码，犹豫了片刻，挂断。

林丽雅脸色一沉，拿眼神狠狠剜了姜婳婳一眼。姜婳婳心想，姜濉总算有骨气了一回，干得漂亮！

可惜姜濉的骨气没能持续多久，也就是林丽雅给他打第三遍的时候，他就接了电话。

姜婠婠：“……”

姜濉无奈地说：“丽雅，够了，你爱的也不是我，何必不放过你自己？”

林丽雅“呵呵”笑了一声：“姜濉，你可是误会我了，我这次不是纠缠你，是特地打电话告诉你，婠婠遇了危险，现在在我这里，你回来接她吧。”

姜濉惊坐而起：“林丽雅，你疯了！你知道你自己在做什么吗？”

林丽雅笑得娇俏：“那也是你惯的，从前的我，哪有这么大的胆子？”

躺在床上头晕目眩的姜婠婠看不下去了，她这是上辈子造的什么孽，这一生遇见了这样两个人。她已经可以预见结果，绑架算什么？只要姜濉不报警，那就不是绑架，只是家庭内部矛盾。苏则倒是可以报警，不过报了警也没用，有个替罪羊在，林丽雅仍旧安然无恙的。

姜婠婠本来还纳闷儿，怎么镯子原来的主人会忽然来找她。现在算是想明白了。

果然是姜濉惯的啊，姜婠婠觉得自己好可怜，她成了姜濉爱情的牺牲品。

林丽雅的情绪拿捏相当丰满而有层次，上一刻微笑着撒娇，下一刻就哽咽着哭出来：“姜濉，我只是想要给我们俩最后一个机会啊，我们毕竟十五年的夫妻，我最好的年纪就跟了你，我把我所有的一切都给了你，现在我老了，你什么都有，我什么都没有，你就忍心这样抛弃我吗？”

林丽雅抽泣两声，继续说：“你放心，我不会伤害你女儿，我和她也有十五年的感情啊，我不过想要你来见我一面。只要你来，不管结果如何，我都会放你们走。当然你也可以报警，我想你对我大概也没有剩下什么情分了，只是我肚子里已经有你的孩子，三个多月大了，是个男孩。姜濉，你连他也不要了吗？”

姜婠婠心里“咯噔”一跳，这下糟了。

当然她不是信了林丽雅的谎言，林丽雅这个谎言简直不堪一击。糟糕的是姜濉，姜濉有着可怕的重男轻女情结，即使他怀疑这是个谎言，也会小心地亲自求证，他一定不会报警了！

林丽雅果然得逞了。

最后，她含羞带怯又带着几分温柔地说：“我等你。”

姜婠婠：“……”

她对姜滩失望透了！

林丽雅处理好了手机，走到姜媗媗身边，对她笑得阴森森的："我就知道你爸爸会原谅我，看到了吧？"

姜媗媗默默别开头。

罪孽果然都是纵容出来的。

苏则安排好了定位系统，等待林丽雅的勒索电话。他知道，林丽雅上个月在赌桌上输得很惨，她现在非常需要钱。

他就在这里等着给她送钱。

然而等了半天却一点动静也没有。

苏则按捺不住了，一切能用钱解决的问题都不算问题，但假如连钱都用不上，那就代表着不受控制，他现在承受不起不受控制的代价。

苏则坐在沙发里，闭目宁神，额头的青筋却一直绷着。

电话终于响了起来，声音传来的一刹那，他猛地睁开眼睛，双眸如鹰隼一般，锋芒毕露，猛烈狠戾。那是一头蓄势待发的猛兽，一击就要敌人碎尸万段。

然而电话却不是林丽雅打来的，而是唐瑄："苏先生，媗媗被林丽雅绑架了。"

苏则捏了捏眉心："我知道。"

念头一转，苏则已经想到某种可能："她联系了姜滩？"

唐瑄说："是，我听到姜滩讲电话，可看他的态度，他不打算报警。"

苏则双目微眯："正好，我也不打算报警。"

他立刻拨了姜滩的电话，开门见山地说："媗媗被绑架了，我要地址。"

姜滩默了默："我已经知道了，你放心，林丽雅答应过我不伤害她，我会把媗媗安全带回来。"

苏则按捺不住心内的怒火，他的嗓音丝丝阴沉："我再说一遍，我要知道媗媗人在哪里。你已经牺牲过她无数次，这一次，她的一切由我负责。我不会报警，我也答应你不伤害林丽雅，但我要立刻找到媗媗。"

姜滩沉默。

苏则三百多年的冷静终于荡然无存，他低吼道："同样是不伤害，你不相信我苏则的承诺，却相信那个疯女人的承诺。姜滩，你脑子有毛病吧！"

姜滩就是不吱声。

这时，广播里传来登机提示，姜滩大大松了一口气："我现在就回国，你放心，娟娟不会有事。”

话落，电话里就只剩下了忙音。苏则再打，却提示已关机。

苏则怒火中烧，手中的手机竟被捏碎。

“苏先生……”阿未上前劝道。

“现在立刻去查交通监控，我要把 A 城翻过来！”

因为机场管制，飞机迟迟没有起飞。

机舱内，唐瑄失望透顶地看着姜濉：“她的谎言明明不堪一击，你却信以为真，还小心地怕苏先生伤害你的孩子？”

姜濉沉默。

唐瑄“呵呵”笑了一声：“你怕一个子虚乌有的谎言受到伤害，难道你就不怕你女儿受到伤害吗？”

姜濉心累地说：“丽雅她只是骄横，心肠不坏，我相信她不会伤害娟娟。更重要的是，她不敢。”

林丽雅要的是复合，要的是富足的生活，伤害姜娟娟对她没有任何好处。

唐瑄气得头都疼了，站起身来：“我真为你女儿感到悲哀。”

姜濉问：“你去哪里？”

唐瑄淡淡看了他一眼：“我有眼无珠，一直以为你是个有情有义的男人，现在证明那是我错了，原来我的眼睛和你一样瞎。”

唐瑄走进经济舱，轻轻松松就找人换了个位置。

姜濉真是个渣，姜娟娟心想。

她躺在床上，奄奄一息，已经一天一夜没吃东西没喝水了。

林丽雅看她的眼神和三百年前的丽娘一模一样，俨然毒蛇一般，嗖嗖嗖地放着绿光。

这样的林丽雅却对她笑得格外温柔，姜娟娟怎么敢吃她给的食物？

她不怕自己有事，但她怕肚子里的孩子会有事，三百多年了，她和苏则才有这么一个孩子。

呜呜，苏则……她好想他，他不会傻乎乎地去和医院那个女人纠缠吧，那就是个障眼法啊。不，苏则不会那么笨，他一定猜到是谁绑架的她，他一定会来救她。

姜娟娟对苏则有信心，可是对孩子没有信心啊……姜娟娟有非常不好的预感，林丽雅知道她怀孕了。林丽雅一向嫉恨她，凡她所有，林丽雅都千方百计想要得到，得不到便毁掉。如果林丽雅真的知道她怀孕了，后果简直不堪设想。

林丽雅的脚步声传来，姜婠婠浑身顿时戒备。

一杯牛奶递到她面前，林丽雅说："你不吃饭，那喝点牛奶吧。"

姜婠婠看了她一眼，别开头。

林丽雅冷笑："真不知道你是怎么念上好学校的，这么蠢。你不吃东西，把自己弄得这么虚弱，想逃跑都不可能。"

姜婠婠看向窗外，天亮了，已经一天一夜。

她本来就被折腾得害喜严重，头晕目眩。如果可以吃，她当然想吃东西。可林丽雅越是殷勤，越有问题。

"你怕我下毒？"

林丽雅自己喝下一口，递给姜婠婠："现在可以喝了吧？"

呵呵，大人喝了当然没事，谅林丽雅也不敢把她怎么样。可肚里的孩子就不一样了，宝宝那么小，那么娇弱……

姜婠婠淡淡地说："脏死了，我不喝。"

姜婠婠觉得越来越不舒服，心中默默祈祷姜灕早点到。她不是指望姜灕，只是，只有姜灕到了，苏则才能找到这里来。他当然会自己找，但基本不可能比姜灕快，而姜灕有多快，就真的得看人品了。

虚弱的时候连眼皮都打不开，姜婠婠却绝不能让自己睡过去，她现在是妈妈了，她要保护自己的孩子。她闭着眼睛，但知道越到后来，林丽雅进来看她的次数越多，这让她越是戒备。所以林丽雅每次进来时，她都强打起精神，眼睛睁得大大地看着她。

这让林丽雅越来越气急败坏。

下午的时候，姜婠婠终于控制不住自己，迷迷糊糊就要睡过去。她偷偷掐自己的腿，疼得眼泪都出来了，才勉强睁开眼睛，终于察觉到不对劲。

她用力地呼吸几口空气，惊恐地发现空气中的氧气越来越稀薄。

她猛地睁开眼睛："林丽雅，你真的疯了……"

姜婠婠下床，要去开窗户。

林丽雅用力拽住她，将她扔回床上："你警觉性很高啊，这样都能让你发现。好吧，告诉你也没关系，我把煤气打开了。"

姜媗媗脸色青白，怒不可遏："你到底想做什么？姜濉马上就到了，这个时候你想和我一起死吗？"

疯子，疯子！

林丽雅在她床边坐下，笑得冷森森的："你放心，我不会死，你也不会死，媗媗，胆子不要这么小。"

姜媗媗痛苦得快昏过去了。

林丽雅的手指肆无忌惮地爬上她的脸，湿冷仿若毒蛇："我只是想看看，在充满煤气的房间里，到底是健康的我先昏过去，还是怀孕害喜的你先昏过去。我如果昏过去，你就去把窗户打开；如果你先昏过去，我也会去把窗户打开。反正窗户这么近，我们谁也不会死。"

"你到底想做什么？"

"我想做什么，你不是早就猜到了吗？给你东西你不吃，给你喝的你不喝，警觉性真高。"

姜媗媗脸色惨白如纸。

"但你以为你斗得过我吗？你清醒的时候我拿你没办法，你现在这个样子，我看你怎么反抗！"

林丽雅说完，转身出去，不久端了一杯乳白色混浊的状若牛奶的东西进来，一步步逼近姜媗媗。

姜媗媗努力往后退着，可惜双手被绑在身后。假如是昨天，她还能反抗，可此刻身体早已经缺氧，她连一点力气都没有。

姜媗媗虚弱地摇头："不要这样，我们化干戈为玉帛不好吗？你这样做，你也会付出代价的！"

"放心，杀人是犯法的，我不要你的命。"林丽雅坐到她旁边，脸已经扭曲，说起话来却是可怕的温柔，"但你未婚怀孕，你肚子里的孩子是奇耻大辱，我作为你的妈妈，这么做也只是为了保护你和你爸爸的颜面，相信就算你爸爸知道了，他也不至于让我偿命吧？"

姜媗媗捏紧拳头，可是极度缺氧之下，她却连拳头都捏不拢，更遑论反抗。胸腔里既是愤怒又是痛苦，身体里煎熬焦灼却无能为力，意识更开始渐渐离她远去。

姜媗媗落下眼泪："你为什么要这么做？你不是也喜欢孩子吗？你为什么要这么做？"

“我恨你，姜媗媗！”林丽雅咬牙切齿，“凭什么你样样比我好？我有的，你天生就有，而我却要用我的一切来换；你有的，我这一辈子怎么努力都得不到！而我已经这么卑微了，你却还要破坏我和姜滩的婚姻！姜媗媗，你这么狠毒，却还让你怀了孩子！你知道我这么多年多想要孩子吗？凭什么我得不到的，你总是轻而易举就得到？我恨你，我绝对不会让你好过！至少，我要让你失去这个孩子，让你永远不能做母亲，和我一样！”

林丽雅用力抓起姜媗媗的头发，疯狂地把她拽过来：“姜滩就快要到了，我得在他到之前让你喝下去。你别挣扎，我把一整瓶药都溶了，非常苦，你一口喝下去还少受点罪，越挣扎只会越苦。”

“不，不……”姜媗媗激烈地摇头反抗。然而在她，她是用尽了身体里所有的力量。于林丽雅，却不怎么费力就制住了她，心狠手辣将整杯药全灌了进去。

姜媗媗抗拒挣扎，药水便从嘴角、鼻子里流出来，狼狈不堪，痛不欲生。

林丽雅残忍地扣紧她的嘴巴：“不准吐，吞下去！”

美人鱼这漫长的一生里，曾经许多次尝到过绝望的滋味。她前面的三百多年生命，可以说除去和苏则相恋那短暂的数年光阴，几乎都是在绝望里度过的。

但绝望这回事，不可能说尝过就能免疫，尝过多少次都没有办法免疫，只要她心中还有在意和珍惜。

肚子里的孩子，她有多珍惜，此刻就有多痛苦。

没有一个母亲能忍受自己的孩子被人杀害，还是以如此惨烈的方式。

姜媗媗拼了命地挣扎、反抗、痛哭，手腕在绳子上磨得血肉模糊，鲜血淋漓，她仿佛感觉不到，疯了一样。可一切都是徒劳，林丽雅狠狠扣住她的嘴巴，只有一部分药汁流了出来，大部分的液体都被强行灌了进去，顺着食道，流入胃里，所过之处，几乎将粘膜也灼穿，姜媗媗感觉自己的身体里充斥着铁锈血腥的味道。她想吐出来，可是林丽雅紧紧扣着她的嘴巴，逼着她吞下去。

“不，不……”

……

腹部开始绞痛，来不及了。

姜媗媗不再挣扎，她躺在床上，绝望又恨极地瞪着林丽雅，死死瞪着。

林丽雅放声大笑。

姜娓娓的嗓子眼儿在发抖，因仇恨而发抖：“你杀了我吧，否则，我会杀了你。林丽雅，我要你的命，我发誓我一定要你的命！”

姜娓娓咬着牙，牙齿上上下下打颤。三百多年了，第一次，她这样恨，她这样想要一个人死，她恨不得一刀刀割去林丽雅的肉，看着林丽雅痛苦地死去，和她此刻一样痛苦。

她要让林丽雅偿命，哪怕同归于尽，哪怕自己死。

林丽雅满意地看着姜娓娓，快意扭曲又疯狂，此刻姜娓娓的痛苦仇恨与她的快乐刚好成正比。姜娓娓的恨已经扭曲，林丽雅的快意自然也扭曲了。

“不，你要不了我的命，因为你的好爸爸，他会保护我，他要保护我肚子里的孩子啊，你忘了吗？除非你先杀了他！不过到那个时候，你就是个弑父的杀人凶手，狼心狗肺，世人的唾沫都能活活淹死你。”

姜娓娓恨得撕心裂肺，拳头紧了松，松了又紧。半晌，她忽然大笑起来。

“林丽雅，你可真蠢，你竟然以为姜濉会为你死？竟然不知道他才是最铁石心肠的那个人！姜濉不在意我，但你以为他心里最宝贝的就是你吗？”

林丽雅拿眼睛斜着姜娓娓。

姜娓娓感受着腹部一阵阵绞痛，清晰入骨的痛苦似乎将仇恨死死打入了骨髓和血液。她似笑非笑地看向林丽雅：“林丽雅，我告诉你一个秘密吧，告诉你一个你这么多年都查不到的秘密。姜濉他……在外面有个儿子，和你嘴里的谎言不同，那可是个真真实实的儿子，都能打酱油了，还时常在你眼皮子底下晃呢。”

林丽雅浑身一晃，眼中露出条件反射的慌乱和恐惧。

姜娓娓直直盯着她的眼睛，一字一句地说：“你以为姜濉会为了你丢下他的宝贝儿子吗？你和他在一起这么多年，还是蠢得无可救药啊。你以为你有姜濉？不，你一无所有！林丽雅，你没有姜濉，你没有金钱，你没有老公，你也不会有孩子！你最多也只是有个谎言！你求医问药又如何？就算你的身体变好，也要看姜濉愿不愿意要你给他生儿子。他那样宝贝他的儿子，他不会给你任何机会，他不会让你像害我一样害他的儿子！”

“不，你胡说！姜娓娓，你这个贱人，你休想骗我！”林丽雅冲过去，一巴掌狠狠扇向姜娓娓。

姜娓娓本已快失去意识，这疼痛又让她回光返照一般，找回了一丝精力，她好像感觉不到林丽雅折磨她的疼痛，只是偏头笃定地盯着林丽雅的眼睛：“那你就去查好了。事实就是事实，你早晚会知道。”

姜媗媗笑睨着她："其实，你不也怀疑过吗？你不是还找人查过吗？你那么了解他，他有多想要个儿子，你还不知道？他对你越是耐心，你就越是怀疑他在外面已经有了儿子，我告诉你，你的怀疑都是对的。你查过那么多次，却一无所获，不是他没有做，只是他做得太滴水不漏，这一次我就告诉你方向，你一查就查到了。"

鬼使神差地，林丽雅俯下身，侧耳去听。

姜媗媗含笑凑到林丽雅耳边："去年年初，你的弟妹收养了一个小男孩是不是……"

……

姜媗媗给林丽雅画了张毒大饼，而林丽雅，毫不犹豫地一口咬了下去。

其实姜灕没有儿子，姜灕那样的人，有儿子怎么可能不养在自己身边，向全世界炫耀？姜媗媗已经说得很明白，她不如林丽雅重要，难道他的儿子也不如一个林丽雅吗？只是林丽雅不会这么想，姜媗媗一针见血，快准狠地戳破了她的心魔，其后自能一发不可收拾。

姜媗媗也是疯了，痛苦和仇恨让她失去了理智，她想要同归于尽。她想，自己快要死了，那就带着仇人一起死吧，带着林丽雅和姜灕。

林丽雅的心魔正好就在姜灕和她的弟妹。姜灕的身边全是男人，唯一走得近的只有林丽雅自己的娘家人，自然包括林丽雅的弟妹，一个比林丽雅更加年轻的女人。林丽雅就这样防范到了自家弟妹身上，疑神疑鬼多时。

女人多疑的时候，谁都比不上她的想象力。如果说姜媗媗前面的话还让林丽雅半信半疑，那么当姜媗媗提及她心中的假想敌时，林丽雅自己就将那张原本还只有两笔的毒大饼补全了。

林丽雅眼睛里渐渐露出疯狂，她放开姜媗媗退了两步，抓住刚才的杯子，用力砸碎，又将房间里其余的东西全部砸掉，像疯子一样肆虐。

姜媗媗就静静看着她发脾气，眼泪顺着眼角流下，笑了起来。

就这样吧，大家一起死。

温热的血液开始从身体里涌出，姜媗媗缓缓闭上眼睛。

——苏则，我只是，舍不得你。

姜媗媗昏迷后，林丽雅将屋子里所能毁坏的一切全部毁坏，最后她冲进厨房，从里面拿了一把明晃晃的菜刀，藏到沙发垫子底下，她就坐在沙发上等姜濉。

此刻，林丽雅越想姜媎媎的话越以为然，是啊，她可真是个蠢女人，这么多年的青春，换来竹篮打水一场空。到头来她一无所有，没有婚姻，没有金钱，没有孩子。而这全是姜濉害的，是姜濉害了她，凭什么姜濉就什么都有？

大家一起死吧！

然而那一天，谁也没有死。

假如那一天，先到的人是姜濉，结局说不定就真如姜媎媎的报复计划那样，同归于尽。

但是先到那个人是苏则，苏则先找到了她。

姜濉还未到，苏则就确定了姜媎媎所在，他怕林丽雅伤害她，不敢正面刺激林丽雅，而是买通隔壁住户，从窗户翻身进去。

二十多楼的高层住宅，离地七十多米，稍微不慎，粉身碎骨。苏则来不及准备任何的防护措施，就赤手空拳地翻了过去。

然而入眼所见，仿若千万支利箭，朝他心脏齐发。

只见满床满地的鲜血散发着枯败死寂的气息，她就躺在鲜血中，双目紧闭，整个人惨白得仿佛一张纸片，像是没有了呼吸。

“媎媎……”

苏则如绝境里将死的困兽，低低发出悲鸣。

林丽雅警惕心很高，卧室里动静传来，她提着菜刀就冲了进去。

苏则抱着昏迷不醒的姜媎媎，如入无人之境一般，大步流星往外走。与提着菜刀疯狂可怖的林丽雅迎面相逢，脚步未停。他要送媎媎去医院，谁也不能拦他，谁也不能耽误他。

林丽雅举刀朝苏则砍去，苏则杀伐戾气刻骨，双臂却稳如泰山，仍旧稳稳抱着姜媎媎，只是抬腿重重踢上林丽雅的手腕。

林丽雅痛呼一声，菜刀当即脱手往上飞去。

苏则又以迅雷不及掩耳之势将林丽雅踹翻在地，这里是被她肆虐过的房间，地上全是碎片，玻璃碎片、瓷器碎片……林丽雅以大字姿势脸朝下扑去，正正扎在一地的玻璃碎屑里。

她还没来得及惨叫，那把被苏则踢飞的菜刀又落了下来，刀刃朝下，不偏不倚斩下林丽雅的右手腕。

连皮带骨，分毫不差。

“啊！”

缓缓合上的电梯门将林丽雅撕心裂肺的惨叫阻绝。

电梯里，苏则手足无措地亲吻着怀里的姜娟娟。她的皮肤冰冷，冻得他的嘴唇发抖，他的嗓子也在发抖：“娟娟，别怕……我会救你，还有我们的孩子……不要怕……”

她在流血，他的手能清晰地感觉到汩汩温热的血液从她身体里流出来，他肝胆俱裂，三百多年来，竟从来没有一刻像现在这么害怕过。

他想安抚她，可他听到自己的声音里全是恐惧和颤抖。他从来没有想过自己也会有崩溃的时刻，然而这一刻，他的的确确崩溃了。

他再也说不出话来，眼泪落到姜娟娟的脸上。他更紧地拥住她，仿佛知道她将要离开他了，而他无能为力，只能垂死挣扎地紧紧抱住她，耍赖一样地抱着她不让她离开，抱着她哭。

电梯停靠后，他发足力抱着她狂奔。一个疯子一样的男人，抱着奄奄一息不知生死的女人，所过之处，留下一地暗红的血液，此情此景，将周围路过的人吓得不轻。

包括刚刚赶到的姜滩。

姜滩惊愣片刻，苏则的车子已经如箭一样奔了出去，他赶紧掉头，一路跟去医院。

姜娟娟一氧化碳中毒，并被灌了太多的打胎药，服用剂量竟是正常剂量的两百多倍。A 市最权威的医生全部齐聚医院，然而有些事，终究无力回天。

“苏先生，现在的情况，胎儿是肯定保不住了，目前只能立刻手术，全力争取母亲的生命。”

苏则坐在床边，静静看着床上的姜娟娟。姜娟娟气若游丝，苏则也是如死一般的枯寂。

他吻她的时候就尝到了，她脸上那苦涩灼烈的味道，应该是挣扎时洒出来的打胎药。她竟被暴力灌了这么苦的药进去。她那么娇气恣意，平时不合心意的东西都不肯多吃一口，他也一向是宠着她纵着她，现在她却被这样对待。

苏则清楚地感觉到左边心脏的位置，有什么一片片碎裂开去，他还能听到那碎裂的声音。

他握住她的手，将自己的脸埋进她冰冷的手心里。

在场的全是泰斗级的人物，眼见着宝贵的时间一点点流失，心内也焦灼没有把握起来，偏偏苏则却迟迟不说话。

慕院长上前劝道："苏先生，不要再犹豫了，立刻手术吧。"

苏则没有抬头，嗓音喑哑："多少概率？"

孩子是肯定保不住了，苏则问的是，大人活下来的概率。

这个问题同样残酷，慕院长和几名专家对视一阵："五成。"

苏则从姜婠婠的手心里抬起头来，凝视着无声无息的她，笃定地说："没有五成。"

医生们面面相觑。

苏则懂医术，这家医院幕后的大老板就是苏则，但在这些权威眼中，苏先生充其量也就是个略懂医术的有钱人，医术只是其次，有钱才是重点，但竟要反驳他们会诊的结果吗？

"苏先生，这个时候尤其不能悲观，请您相信我们，我们会尽全力救苏太太。"

苏则淡淡地说："你们救不了她，只有我能救她。准备手术室。"

众人很尴尬。

苏则不再说话，只是痴恋地凝着姜婠婠。阿未将人全部请出去，只有姜灕站着不动。

事情发展成这个样子，姜灕始料未及，心中带着翻天覆地的悔恨。他抬手擦了擦眼角的湿意："苏则，不要这样……"

姜灕话音未落，苏则已经一拳狠狠挥到了他的脸上。

姜灕被打得踉跄了好几步，震惊不已地看着苏则。

这个男人，原本万念俱灰地坐在那里，离他至少还有两米远，却忽然像个影子似的冲过来打了他一拳，而他竟没有看清他是什么时候站起来的。

苏则狠戾地盯着他，嗓音丝丝阴沉："滚！"

苏则抱着姜婠婠进了手术室，权威们个个欲言又止，都是想阻止又无力阻止。话说回来，连慕院长和姜灕都阻止不了，其他人还有什么资格说不呢？

经过阿未时，苏则略停了脚步："记住我交代给你的事。"

阿未是个五十多岁的高大的中年男人，听到这句话，眼眶竟是泛红：“是，苏先生。”

苏则抱着姜娓娓进了手术室，大门在他身后关上，一门之隔，仿佛生与死。

他把姜娓娓小心放在床上，他没有动她，只是缓缓坐在她床边，眷恋地凝视着她。

他不会把孩子拿出来，那样，娓娓就真的活不成了。五成？哪里来的五成？一群庸医！如果孩子取出来，她连一成的活命机会都不会有，他知道。

——她的灵珠就在他的身体里，已经开始一点点碎去。

三百多年都完好无损能量无穷的灵珠，竟开始碎去。他不知道它是被自己影响，还是被娓娓影响，假如是娓娓影响了它，那代表什么？那代表，她不愿意再活下去了。

经历过那样的残忍惨烈，尝尽无穷的无力痛苦，眼睁睁看着腹中的孩子被杀死，而她作为母亲却无能为力……她该有多痛、多恨？

连他也要舍弃了吗？

苏则握住姜娓娓的手，滚烫的眼泪落到她的手背，他低低叫着她的名字：“娓娓，娓娓……娓娓，睁开眼睛看看我，看看我，好不好？”

他知道，她不是真的舍得他，只是一时被痛苦、绝望和仇恨冲昏了头脑，当她醒来，如果再见不到他，她会痛不欲生。

苏则此生最不愿意看到的就是她难过。

可偏偏，他总是将她置于痛苦。就连最后一刻，他也要给她最沉痛的一击。

苏则吻着她的手，几乎泣不成声：“娓娓，我要离开你了，你睁开眼睛看看我，再看我一眼，好不好？”

男儿有泪不轻弹，只是未到伤心处。

苏则本已有预感会有今日，却没想到这一天来得这么快，这么惨烈，这么猝不及防，让他措手不及。

他要将灵珠还给她了，原来灵珠的归宿竟是这样，命中注定的事，真是谁也躲不过。

灵珠让他活了三百多年，一旦离开他的身体，他会如何呢？大约是灰飞烟灭，什么也不会剩下。

可是，他消失了，她该怎么办？他舍不得留下她，留她一个人独自面对漫长寂寞的生命，舍不得她以后再也见不到心里爱的那个人。那样的痛苦，他承受了三百年，他日日夜夜地思念她却求而不得，那样的思念如何蚀骨，如何让人绝望，古往今来怕也不会有人比他更清楚，而今天，他却要让她独自去承受了吗？

他从未料到，自己相待最残忍的那个人竟然是她。他吻她的嘴巴，眼泪落到她的脸上，沾湿了她整张脸。

“婠婠，我舍不得你……乖，睁开眼睛，看看我，只有现在多看我一眼，将来你的痛苦才会稍微少那么一点点。”

苏则一寸寸地吻她的眉眼，吻她的脸颊，吻她的嘴巴：“听话，看看我，好不好？”

……

婠婠终究还是没能睁开眼睛，她太累了，也太虚弱，除了微弱的呼吸，可说她已经没有了生命。

苏则也再舍不得勉强她，他眷恋地看了她最后一眼，深深的最后的一眼，而后，他缓缓闭上眼睛，吻上她的唇。

“那么，忘记我吧。婠婠，醒来以后，再也不要记得苏则。”

就让我独自一人带着我们所有的记忆，相爱、分离、快乐、痛苦，灰飞烟灭。

"宝宝，我们回家了。今天要和爸爸说什么，还记得吗？"
"记得，和爸爸说生日快乐。还有，妈妈爱爸爸，小执也爱爸爸。"

Chapter 21

修成，一生一世

三年后。

镶嵌着奥地利水晶的自动门像两道水晶帘子，缓缓往两旁退开，仿若通往华丽宫殿的两道帷幕，徐徐展开，庄严神圣而高不可攀。

唐瑄踩着高跟鞋走进 CH，饶是见惯了奢侈品的女强人，一刹那也被满眼又大又闪的钻石闪得眼睛无法聚焦。

经理殷勤地上前引路："苏太太已经到了，就在楼上，唐总这边请。"

苏太太就是姜媗媗，现在的姜媗媗是 CH 的大老板。不只是 CH，还有 CR，还有碧海潮生和医院……曾经苏则所有的产业，他积累了三百多年的财富，如今全在姜媗媗名下。

姜媗媗大约是当今世上最富有的未婚女人了，但她不许别人叫她姜小姐，只能叫苏太太。

所以苏则的愿望落空了，姜媗媗并没有忘记他，不仅没有忘记他，反而一天记得比一天更清楚。要知道，她每天都会被人叫无数声"苏太太"，无时无刻不提醒着她，他的存在。

苏太太有一个女儿。

唐瑄进门的时候，苏太太正把好不容易爬到茶几上的小家伙抱回怀里。

小姑娘遗传了父母全部的优点，小小年纪就漂亮得让人移不开眼，这会儿头上别着一枚粉色的小发夹，手里捏着一枚夺目的大钻戒，一面挣扎着去够桌上的蛋糕盒子，一面撒娇："妈妈，妈妈，放到里面……"

苏太太的女儿名叫苏执，执念的执。苏执才两岁多，说话还不怎么利落，奶声奶气的，脑子却已经很灵活了，常常说出让人意想不到的话。

唐瑄进门，一面笑道："把钻戒放到蛋糕里，是谁教的小执？"

姜婠婠循声望去，脸上尽是无奈。

她怀里白白嫩嫩的苏执则是睁着黑葡萄似的眼睛，又萌又无辜地说："没有教。"

噢，自学成才啊，小小年纪，就这么懂得浪漫，晓得把钻石放到蛋糕里。

唐瑄蹲在小糯米团儿似的苏执面前，正要夸她，就听姜婠婠无奈地说道："她才不是要放钻戒，她是想趁机吃蛋糕。"

唐瑄："……"

苏执的世界里没有浪漫，只有好吃的。

见苏执这会儿眼珠子还滴溜溜地盯着蛋糕，垂涎欲滴，快要流出口水来的小模样，唐瑄只觉心也萌化了，真想抱着她狠狠亲一口。

可惜苏执什么都好，就是只能看看不能抱抱亲亲，这简直折磨得唐瑄和赵小亿这种怪阿姨挠心挠肝儿的。话说回来，苏执不给爸爸妈妈以外的人亲近这点，想想也是遗传了苏先生。

姜婠婠从女儿手里拿回钻戒，放到盒子里交给唐瑄，又将桌上的铂金对戒一并递给她。

姜婠婠的设计，唐瑄满意到了心坎儿里。

唐瑄就要结婚了，新郎不是姜灕。也是，假如新郎是姜灕，今天姜婠婠也不会为唐瑄设计婚戒了。

把戒指交给了唐瑄，姜婠婠一手抱起女儿，一手去提蛋糕，就要回家。

唐瑄连忙接过她手里的蛋糕："我送你。"

"不用，司机就在下面。"姜婠婠亲了女儿一口，"宝宝，我们回家了。今天要和爸爸说什么，还记得吗？"

苏执虽然是只小吃货，但也是只乖巧的小吃货，她主动亲了姜婠婠一口，萌哒哒地点头，如数家珍地掰着手指："记得，和爸爸说生日快乐。还有，妈妈爱爸爸，小执也爱爸爸。"

姜婠婠心满意足。

唐瑄最后还是送了姜婠婠，因为她坚持。姜婠婠知道她有话要说，也就随她了。这三年来，姜媗媗除了在一个地方有执念，其他时候都是随遇而安、顺其自然。譬如唐瑄有话要说，姜媗媗即使知道她要说什么，也还是给她机会说出口。

唐瑄开着车，手指无意地敲着方向盘：“这几年市场不景气，好多企业都倒闭了。去年赵家险些破产，多亏有你。”

姜媗媗坐在后座，抱着女儿，似笑非笑地说：“有钱就是好，想救谁救谁。”

唐瑄从后视镜里看了姜媗媗一眼：“听说过几天姜氏会正式宣告破产。”

姜媗媗低头把玩着女儿的手指，没吱声。

唐瑄斟酌地说：“当年的事，的确是姜濉对不起你，害了你和苏先生，但他毕竟是你爸爸，他已经知道错了，这几年过得并不好。林丽雅也进了精神病院，毁了容又残了右手，人不人鬼不鬼地活着，真不如死了。他们，都得到了惩罚。”

唐瑄的意思很明白，姜媗媗淡淡地说：“你放心，寻常子女能做的事，我都会做到。”

唐瑄一时不解姜媗媗的意思。

“衣食无忧。”姜媗媗淡淡地说。

唐瑄无言以对。衣食无忧，其实也够了吧，多少人一辈子追求的不也就是这四个字吗？如果还要求更多，对姜媗媗和苏则反而是残忍了。

车子一路行了两个小时才到东山园林，下车后，姜媗媗一手抱着女儿，一手提着蛋糕。

苏执肉乎乎的手臂缠着姜媗媗的脖子，萌萌地问：“妈妈，沉不沉啊？”

姜媗媗心里格外柔软，即使她知道小家伙居心不良：“沉要怎么办呢？”

苏执立刻自告奋勇：“我帮妈妈吃掉！吃掉它就不沉了。”

姜媗媗：“……”

姜媗媗亲了亲她，温柔地解释：“宝宝，这是妈妈亲手为爸爸做的，要先给爸爸尝。”

苏执真的好馋，不过为了爸爸，她还是愿意忍一忍，就是口水吞啊吞的。其实早上妈妈做的时候，她在旁边就想吃得不得了……

东山园林是当年苏则计划做婚房的地方，这几年姜媗媗一直住在这里，带着苏执小朋友和苏先生。